偽証

模倣された若妻刺殺事件

石田隆一

まえがき

カバー表紙にはどうしてもフェルメールの絵画を借用したかった。

タイトルに模倣されたとあり、さらにフェルメールとくれば、誰しもナチスに一泡ふかせたことで有名な、稀代の贋作師ハン・ファン・メーヘレンをたちどころに想起するに違いないと考えたからである。

したがって、本来なら、「青衣の女」を真似た贋作の方で覆うべきであろうが、どうも嗜好に合わないし、すでに他の書物に使われていることもあって、フェルメールの中でも特に好きな作品を、本編の被害者に見立てて、採用することにした。

だが、本編を読み進める読者の中には、被害者のイメージにそぐわないといぶかるむきもあるかも知れない。しかし、この作品では、被害者は接する相手によってさまざまに変貌する。どうやらこの女性は、さしずめ朝の食卓で食後の煙草をくゆらせている夫の目に映っていた被害者だと考えるのがいいだろう。

本書は十数名の関係者の証言で構成されているが、もちろん真犯人は特定されてはいるものの、証言の数だけ真犯人を手繰り寄せる推理が成り立つとも言える。

どうやら稀代の贋作師は、作者ではなく、読者の方であるらしい。

偽証　模倣された若妻刺殺事件　目次

偽証

模倣された若妻刺殺事件

第一章　事　件

事件は、白昼、公団住宅と建売民家が混在する、都内郊外の新興住宅街の一角で起きた。

若い主婦を刺殺した凶器は平穏な日常を切り裂き、近隣にときならぬ恐慌を浴びせたが、当時の新聞は夕刊の締め切りを逸したために、翌朝の三面記事の片隅に簡単な状況を報じるにとどまっている。それが、ある週刊誌に「白昼の若妻刺殺事件」として登場するや、一転してスキャンダラスな装いで喧伝《けんでん》された。

これには古めかしい〝若妻〟という粉飾による刺激のほかに、ある特別な要素が絡んでいる。逮捕されたときの容疑者の扮装が、いささか奇異で、どう解釈したものかすぐには判断がつきかねたからだ。というより、まったく想像がつかないわけではなく、いかにもありえそうなのだが、それでいて虚をつかれた扮装だったといったらいいのか。

なにしろ容疑者は女装していたのである。

変装はくるまれる実体が消滅する憧れと恐れにまみれている。日常化された化粧でさえそうだ。パフではたかれるたびに顔貌は変形し、崩れて行く。リップスティックになぞられる唇は当惑をくわえ、そこから耳の方へと流れる驚愕した視線は、融けてゆく顔形をまざまざと垣間見る。

もっともすぐに慌ただしい生活に呑み込まれて意識されることはないが、この事件がマスコミを賑わせた要因にはこうした憧憬と畏怖が介在したと思われる。

もちろん単純に考えれば、変装は逃走のための手段だったと理解できる。しかし、それならば、顔面の化粧に加え、せいぜい鬘やワンピースなど、ごく表面的な装いで十分ではないか。

その扮装はどう考えても念入りすぎた。つけ睫毛やマスカラーはもちろんのこと、下着は最新流行のものを身に着け、携帯したハンドバッグの中身は二十代の女性が所持する品をそっくり揃えていたのだから。なによりも歩きづらいハイヒールが逃走手段としてはいかにも不都合と言えないか。

彼はいったい何から逃れようとしていたのか。

背後から迫る魔手。

行く手に立ちはだかる罠。

過剰な擬装は、周囲から自分の姿を隠そうとするのではなく、あたかも自分自身から逃れようと欲する、およそ不可能な、むやみなあがきを思わせなくもなかった。

容疑者である細野邦夫の容貌は、写真で見る限り、凶行を演じる残忍さも冷酷さもいっさい窺えない。むしろ大きく見開いた臆病で落ち着かない目が、おとなしく、誠実で、どこか一途な印象を強調するばかりである。概して目鼻立ちは端正で、もし豊かな髪の鬘ですっぽり覆われれば女性と見まがう柔和な美しさで収まるだろう。薄くて赤い唇が皮肉なゆがみを予感させなくもないが、大きくて不恰好な鼻のせいでその印象もあいまいにされている。

ご丁寧にも、当時の週刊誌は女装した容疑者の合成写真を掲載している。さほど不自然さは見られない。すっきりした青を基調とした柔らかな生地のワンピースは、やや胴長の体形をゆったり包み込み、可憐にさえ彩っている。

しかし注意深く観察するなら、鼻孔から覗いている汚らしい鼻毛は女性なら決しても見逃さないものだし、だらりと下がった不恰好で大きな手が全身から不自然に際立っていて、たちまち男性だと暴露する。ストッキングを透いた長く濃い脛毛によってたちまち見破られるように、注意深い配慮の一方でうかつな不手際が露呈されていた。

新聞の片隅に載った一報は、簡単にこう記している。

「十三日、午後二時頃、日野市石田〇〇〇番地、公務員片山宗次郎さん宅の一階十二畳のリビングで、近所の公団住宅に住む長男片山恭一郎さんの妻怜子(31)さんが刺殺されているのを、帰宅した家人が発見した。怜子さんは鋭利な刃物状の凶器で全身滅多刺しにされており、出血多量でほぼ即死だったとみられる。(略)同日、十二時頃、同家を訪ねている豊島区要町に住む無職細野邦夫(27)が、その後行方をくらませていることから、犯人とほぼ断定され、全国に指名手配された」

その日、たまたま親戚の家を訪問した容疑者が、偶然そこに居合わせた長男の嫁をナイフ様の鋭利な刃物で殺傷し、そのまま逃走したのだと言う。

犯行時刻は午後一時から二時頃と推定される。

遺体発見者は、犯行直後に帰宅した、同家の次女片山留美子(28)である。同女は、犯行の直前まで被害者ならびに容疑者と歓談していたのだが、近所の友達から電話で呼び出され、外出を余儀なくされた。従って犯行は、同女が外出して帰宅するまでのわずか一、二時間そこそこの間に起きた出来事だった。

驚愕して立ちすくんだ次女の前で、Vネックのセーターに萌黄色のカーディガンをまとい、緑色のスカートで下半身を包み込んだ遺体は、システムキッチンの収容棚の前で顔を少し背けるようにして横たわっていた。衣服はズタズタに引き裂かれ、鮮血に染まっていた。立った姿勢のまま大量の血が流れたらしく、厚手のソックスの上部は濃紅の血液をたっぷり吸いこんでいた。

食卓の位置がわずかにずれ、椅子が一脚大きくはみ出しているのを除けば、周囲の家具調度には目立った混乱はなかった。しかし、床には無理やり引きずられたような痕跡が残り、血をたっぷり含んだ刷毛《はけ》を乱暴に振ったように廊下からリビングまで血飛沫が飛び散っており、血まみれになった被害者が必死に逃げ回った様子を物語っていた。

発見時、廊下も居間もリビングも消灯され、薄暗い台所のガス器具に消し忘れた青い火がひっそりと燃えていた。

玄関の靴箱の上には、エビの尻尾を残した出前の丼が三椀とざるが三枚、ともに丁寧に重ねて置かれていた。

部屋を物色した物盗りの形跡もなかった。ただ、被害者が身に着けていて、出前が届いた際に支払いに使用されたと思われる財布が紛失していた。

凶器は現場には発見されていない。

犯行の二日後、行方をくらませていた容疑者は、東京発博多行の新幹線ひかりの車中で、車掌の機転により緊急逮捕された。

車掌の不審を誘ったのは女装の不自然さではなかった。乗車券の検札を求める慇懃《いんぎん》な態度に、あっさり見破られたと察知した容疑者の過剰反応のせいだったようだ。もし変装が逃走の手段であったとすれば、皮肉なことに擬装の不自然さを当人が誰よりも自覚していたというわけだ。

余りにもあっけない逮捕劇に、もともと逃亡の意志はなかったのではないかとの疑いも残らないでもない。両手を進んで差し出しかねない素直さが見られ、逮捕されるのを今か今かと待ち侘びていたかのような態度に戸惑った、と車掌は述懐する。

「あたかも女装の姿で新幹線の車中で逮捕されることだけが目的だったかのような、目的を達した安堵感さえ窺えたのです」

【容疑者細野邦夫(27)の供述】

新宿から急行電車を利用したのでほぼ三十分で高幡不動に着きました。そこから凶行現場となった伯母の家までは徒歩で十分そこそこです。

いつものように神社の裏手を抜け、途中から舗道をそれ、近道になる桑畑の中を歩いて行きました。お昼近くなのに、まだ霜の名残があるのか、土を踏みしめる靴の底に妙な弾力を感じるのです。やわらかく浮遊し、その直後にあっさり沈むような。どうにもしっくり足が地につかないような。

心を惑わせる弾力を踏み続けていると、見知らぬ土地をあてどなくさまよっているように思うのでした。それでなくても、その辺りにはまだ雑木林や田圃が残っていて、土の匂いが濃密に漂い、じめじめした湿地帯特有の深い霧が立ち込めることがよくあったのです。

誰かに不意に呼び止められたかのように立ち止まって、何気なく足元を見ると、湿った地面にとどまった靴が、いかにも野暮ったく、無用な形に見えました。機能からも用途からも見捨てられた強張った皮の模型。それを眺める姿勢が奇妙に傾いて感じられ、泥の付着した靴の重みが心にどんどん堆積してゆき、それ以上一歩も進めない気分になるのでした。

歩き出すと、身体の動きに煽られた風景が歪みながら追いかけて来ます。立ち止まって振り返ると、すっと退いて何食わぬ顔付きで横たわるのです。歩いたり立ち止まったりを繰り返す足取りが背後に延々と続き、もう何日間も歩き続けているような気分でした。それからたった十数分の距離を、ひとりぼっちで、ひたすら世間から置き去りにされるような侘しさを抱えながら歩いて行ったのです。

風はほとんどありませんでした。でも、剥き出しの顔面が痛いほど冷たかったことを憶えています。ことに耳が、凍てついて、固く怜悧なイヤリングに噛みつかれているようでした。傷口から悶える血のあがきの熱っぽさをにじませて。

やがて見慣れた家屋が遠くに見えてきました。ごく最近増改築された、一部が三階建ての不均衡な家屋の、まさにその一階のリビングが、今回の殺人現場となるのでした。その向こうには、数階建ての公団住宅が五棟、扇状に並んでいるのが見えました。時刻は、確認していないのではっきり分かりませんが、正午を少し回ったところでしたでしょうか。

その朝、目覚めたのは八時すぎでした。目下失業中で、だらしない生活にひたっていた最近にしては、ずいぶん早い目覚めですが、これといって予定などなかったのはいつも通りです。

上体を伸ばして枕元の煙草を取ろうとしたとき、思わずぎょっとしたことを憶えています。何か生命体の根源的な恐れに触れたとでもいうように、顔面の皮膚がぺろりと剥がれ落ちたような気がしたのです。のみならず、ひねった上半身に取り残された下半身が、まるで骨も筋肉もとろけた液体のような、白っぽい舌を出した貝のむき身のように思えました。

今想えば、その一瞬のただならぬ溶解の予感が、この事件の始まりだった気がするほどです。

指がほとんど空っぽの煙草のケースに触れたとたん、たちまち心がその軽量を飲み込み、おそろしく空虚な気分に陥って、ぼんやり周囲を見回し、はがれかけたポスターや本が散乱している雑然とした様子を認めて、しばらく惨めに取り残されていました。自分の部屋なのに居場所がないような、分厚い透明の瓶に閉じ込められているような、妙に気詰まりな気分なのです。まるで見知らぬ部屋にでも居るようでした。

鏡を見ても自分ではないような。何をするにもそらぞらしく、意欲も湧かないし、かといって無為を玩んでいるゆとりもなく、ただただ無性に落ち着きません。グラスに注いだばかりのコーラの表面には微細な噴霧がせっかちに弾かれていますが、ちょうどそのときのぼくは、無数の懸念を持て余しながら、為す術もなく手をこまねいている、グラスに閉じ込められたあの褐色の液体そのものでした。

煙草を一本取り出そうとして、うっかり落っことし、急いで拾いましたが、指と指とがもどかしく抗うばかりで、うまく挟めませんでした。ようやく挟んでも、しっかり力をこめていないと、煙草がするすると逃げてしまいそうに危ぶまれる始末です。太くて不器用な指と指との間にある、ほっそりした煙草は、嗜虐にさらされているけざやかな裸身のように映るのです。

火をつけて喫っても、味もそっけもなく、ただ辛い刺激が舌を掠めるだけです。唇まで引き寄せて離す腕の動きに肩が強張り、身体の重みそのものの、無性にけだるい倦怠感が募るばかりでした。

顔全体が熱っぽく感じたので、思わず額に手を触れてみました。でも、手と触れた額のぬくもりにはほとんど温度差は感じられませんでした。

煙草を喫いながらぼんやりしていると、不意に、すぐ身近で歓声が聞こえました。それがまるで指の先端から洩れたとでもいうように、煙草を挟んだ手元をまじまじと見入っていたものです。すぐに分かったのですが、校庭で湧いた子供たちの歓声でした。アパートのすぐ隣が小学校なのです。

顔を向けると、まばゆいばかりでそれ相応のぬくもりを伴わない冬の日差しが窓ガラスに美しく蕩け、くっきりと際立たせた木立の影を、部屋の中をこっそり覗いている誰かの影のように見せていました。

さて、それから新聞を拡げて、三面記事に目を通してみたのです。そのときひどく気になったのは、記事から目を逸らしたとたん、読んでいた内容をさっぱり思い出せなかったことでした。気のせいではなく、どんなに注意深く読んでも、すらすらと文字を綴ってその紙片をすかさず裏返したように、一瞬の後には何ひとつ思い出せないのです。とつぜん白痴になってしまったようで、ぞっとしました。

「これは良くない徴候だな」と思い、実際にそうつぶやく声を、耳をくわえるように迫った他人の声のように聴きました。

それから、あらためてナイフで刻むように、慎重に一字一字を記憶に留めてゆき、新聞から目を離してみました。


主婦売春……

少女買春容疑で小教諭逮捕……

暴走族同士の騒乱、三人検挙……


見出しのごく短い言葉なら記憶に残ります。でも、本文のたった数行を暗記しようとすると、どんなに繰り返し読んでもさっぱり頭に入らないのです。字面を辿ってゆくと、活字がゆらゆら踊って見え、その悪戯っぽい身振りを捉えようとしているうちに、たちまち前の言葉を忘れてしまい、どうしても脈絡のある文意を把握できません。それどころか要約さえできない有様です。何度繰り返してみても、やはり無駄で、印刷されない辞書を頭の中にぶち込まれた気分でした。

そこで試しに簡単な計算を暗算でやってみましたが、これはごく普通にやれました。それで、ちょっとした気の迷いか、瞬時の障害に過ぎないのだろうと思い、ようやくほっと安堵したのでした。

そんなことで三十分あまりも費やしました。

それから何処へ行こうという気もなく、何をしようという目的もなく、ぶらりと外出したのでした。

外出するときはたいていそうであるように、そのときもたしか本を小脇に抱えていた気がしますが、犯行現場となった伯母の家へ向かった電車の中ではすでに所持していなかったので、本当にそのとき本を持って出たのか、今でははっきりしません。そのくせ、今でもこの脇のあたりに本の厚みと嵩をそこはかとなく感じるのですから、人間の感覚なんて不思議なものです。

アパートを出ると、徒歩で池袋駅の方に向かいました。

見慣れた風景なのに、駅が近づくにつれ、そこが何処かへ行くための起点だという気がしなくて、行き止まりか、瓶に閉じ込められる雰囲気なのです。駅前広場を四方からビルのひしめきが迫っている構成がそうであるというより、街そのものの構造の性質に、散在する人影を漂わせながら閉じ込める、ちょうどたそがれ時の色合いを感じたのでした。あたりは朝の澄み切った日差しにまばゆく満ちているのに、ビルとビルとの間の翳りや、たまたま停車している車の位置や、黄色に変わった信号などが共謀して、全体を夕暮れのように演出するのです。実際に、なぜか視界は薄暗く、サングラスでも掛けているのかと疑ったくらいです。

現に眼前に拡がる朝の光景が、たちまち虚偽めいたものに感じられ、昨日の夕暮れの雑踏に立って、今朝のこの明るさを回想しているようなちぐはぐな気分でした。

十時の開店を待って西武デパートに入り、しばらく四階の家具売り場をぶらぶら覗いていました。

これまでにもたびたび暇がてらに寄っていた場所です。そこにはお気に入りのベッドと椅子があり、特にイタリア製の暗い赤色を染めた皮張りの椅子が大好きでした。買おうという目算もなく、またその工面のあてもないのは分かっていました。期待がふつふつと身体から湧きあがるのを漫然と放任している状態そのものが、たぶんぼくには好ましいのでしょう。それでなくても、椅子はドアがそうであるように、いつでも新鮮な感銘をもたらし、そぞろな哀感をそそらずにはいません。

「いつも誰かを待っている明白な不在性」

——とまあ、一言で言えば、ぼくにとって椅子というのはそんなふうに説明できると思います。そばをうろつき回り、ゆくりなく眺めているだけで満足していたのです。ぼくの日常生活そのものが、いつも誰かを待ちわび、虚しく期待を裏切られている時間の集積だったのでしょうか。

家具売り場の隅の方には、食器類に混じって刃物類も陳列されています。そこで事件に使用された狩猟ナイフを買い求めたのでした。

決して衝動的な購買欲にかられたのではなく、ベッドや椅子と同様、これも以前から欲しくてたまらなかった代物でした。ただ、ベッドや椅子は高価で手が出せませんでしたが、ナイフは手頃な価格で、そういう意味では実用的だったのです。

狩猟ナイフがぼくの嗜好に適ったのは、まず手に余るその重量感の手応えでした。それに、果物やチーズを切るのに適していますし、皮を剥いた果物をナイフの刃の上に乗せたまま無造作に口に入れる仕草がシャレて感じられたからです。食事にはいつも無造作でありたいというのがかねてからの希望でした。狩りをしながら食べる。木からもいだまま食べる。そのように野卑で粗暴でありたかったのです。買うなら、もちろんゾーリンゲンと決めていました。

価格は一万三千円で、クレジットではなく、現金で支払いました。といっても、そのために現金を用意してきたわけではなく、尿意を催したのでトイレに入ったように、たまたま財布に二万円あったので購入を決意したのです。その日買わなくても、どうせいつかは必ず買う代物でした。

デパートにはほぼ一時間あまり屯していましたが、あっという間に過ぎたような気がします。もっとも、こうした感覚はぼくにとって目新しい経験ではありません。ふと気がついたときには、いつも時間は過ぎ去っているか、さもなければ焦れったく停滞するかで、時間と心おきなく対峙したことなどありません。時間はぼくの注意を巧みに擦り抜けるか、そうでなければ眼前に横柄にのさばって身動ぎしないのです。いつも液体のように手に負えず、ぼくはそれを手際よく処理し、うまく受け止めるグラスを持ち合わせていないのでした。

伯母に電話したのはデパートを出てすぐのことでした。時間を確かめていないので正確には分かりませんが、十一時頃だったでしょう。

どうしてその日に限って唐突に伯母の家を訪ねようと思い立ったのか、今考えても不思議でなりません。だって、ひそかに恋慕していた長女の沙織は、すでに嫁いでいて、もうぼくには訪問の理由などなかったのですから。ほんの気紛れだったとしか釈明のしようがありません。

それとも、すでにコートのポケットの中にあったナイフの重みが、身体の一部でありながら除け者にされた位置に滞り、身体の動きにつれて、ついと背いたり、動きを抑制したりして、その気紛れな訪問をそそのかしたのだとでも言いましょうか。

もっとも、これまでも伯母の家を訪ねるときはたいてい気まぐれを装っていましたから、伯母の方では少しも不自然に思わなかったことでしょうが。

「あら、邦夫ちゃん？」

「ご無沙汰しています」

「あなたの電話はいつもだしぬけね」

伯母はいつもの調子でやんわりたしなめながらも、もちろん訪問を快く承諾してくれました。

ただ、そのとき聞きなれた伯母の声に、明確に仄めかされたわけではありませんが、不意の訪問をなんとなく憚るような澱みを感じました。それで、誰か来客があるのかも知れないと考えたのです。なんと間の悪いタイミングだろうといった伯母の心中が手に取るように見透かされ、かといって不平をあからさまに表明するわけにもいかない、――そんな感じなのです。

ぼくはてっきり沙織が訪問する予定なのだろうと思いました。伯母が、ぼくと誰かとの鉢合わせを懸念するとすれば、相手は長女の沙織しか考えられませんでしたから。

伯母は常々、どちらかというと気難しい長女が、なぜか甥とはウマが合うらしいと不思議そうに見ていましたし、沙織はともかく、ぼくの傾倒ぶりがかなり深刻なものだと見抜いていました。ですから、結婚する以前ならともかく、こうしてようやく片づいた今になって、かつて親しかった二人の再会を懸念したとしても無理はありません。

それでなくても、伯母に言わせると、長女は、「すったもんだしたあげくようやく結婚に漕ぎ着けたばかりだった」のですから。

「でも、あの子だって……」と、深夜遅くまで二人が顔を付き合わせるようにして話し込んでいるのを眺めながら、いつか伯母はそんなふうに気を回してみたかも知れません、「いったい何を考えているかさっぱり分からない子だから」

なにしろ長女は、二十代後半になっても結婚する素振りも見せず、どうやら一度熱烈な恋を体験したようですが、あろうことか相手が妻も子供もいる男性で、それについて聞き質そうとしても、とうとう一言も弁解しなかったという経緯があるのでした。

「普段はおとなしいくせに、いったい誰に似たのかしら、おそろしく頑固なんだから」

見合いを勧めてもいっこうに気乗りしないらしく、あいまいにはぐらかすばかり。結婚を軽蔑するとか嫌悪するとかいうのでもないらしく、ただただ相手の出方を待っているというふうなので、――「だが、いったい相手は誰なのかしら。まさか、まだあの妻帯者と未だに関係を引きずっているわけはないだろうけれど」という、とりとめない不安が顔をもたげてこないでもなかったでしょう。

「だとしても、年相応の分別を弁えている大人同士なので、取り返しのつかない事態は避けられるだろうが、困るのはあの子の突拍子もない性格だ。ひょっとして、まさか、あの四つも年下の、大学を中退して三年も経つのに、未だに職業も定まらない怠け者と一緒になりたいなんて、バカなことを言い出さないでしょうね……」

と、まあ、親しく馴れ合っている二人をいつもそばで見ていた伯母の気持ちは、まずそんなところだったでしょう。沙織が結婚するまでは、それでもぼくに対して多少の好意を抱いて見守っていたようですが、結婚してからは、あまり信頼を置いていなかったのです。

ぼくには長女と同じように何を仕出かすかさっぱりわからない大それた面があると、日頃よく口にして、甥の突飛な性格をむしろ得意げに吹聴していたのです。「この子は、今にきっと何か途方もないことをやり遂げるような気がするわ」

いつも不平顔でたしなめるのが常でしたが、ぼくがなぜか無条件に伯母を気に入っていたように、伯母もまた内心ぼくに期待するものがあったのだと思います。

皮肉なことに、伯母の予感は別な意味で的中したわけですが、伯母とても、よもや甥がこんな悲惨な事件を引き起こすとは思いも及ばなかったでしょう。しかも、こともあろうに自分の家で犯罪が行使されたのですから、その悲嘆ははかり知れません。

とにかく受話器を置いたとたん、ぼくは約束したばかりの訪問を億劫《おっくう》に感じ、急にその場にしゃがみこんでいました。訝る通行人の往来を意識しながら、全身を石のように感じ、わざとそのままの姿勢を保っていました。明らかに奇異な行動だと意識してそうしていたのです。蟻の視線をさまよわせて、立ち止まり、ためらいながら去ってゆく通行人の足元を眺めながら、依怙地《いこじ》な気分でうずくまっていたのです。

ようやく立ち上がった時、軽いめまいに襲われました。あやうく傾いた平衡感覚にゆられながら、駅前のオレンジ色の夢をまたたかせた、アイドル歌手のコンサートを紹介している電光板を眺め、訪問をすぐに撤回しようかと逡巡していました。

しかし、いったん連絡して急に取り止めると言うのも不自然ですし、伯母の機嫌を損なわないとも限らないと考えて、そのまま駅に向かって、電車に乗ったのでした。

そのときコートのポケットの底には購入したばかりの狩猟ナイフがひっそりと沈んでいたのですが、もちろんそんなことはすっかり忘れていました。

電車に乗っている間、何かひどく手持ち無沙汰な、所在ない思いをしていたので、すでに本を手放していたと思われます。きっとデパートの売り場にでも忘れてきたのでしょう。もしそうだったとすると、犯行に使用された凶器を購入した場所に、なんと記名入りの重要な手がかりを残してきたことになります。

小説なんかでは、冷静沈着な犯罪者がときとしてひどく愚かな失態を犯すのを目にします。たとえば指紋を丁寧に拭き取って犯行現場を去った後で、うっかりドアを閉め忘れたことに気付いたり、手が血まみれになっていることに長時間気付かずにいたりといったような。ああいった不注意は、作者の吟味された手法なのでしょうか。それとも実際の犯行に於いてたびたび見られる現象なのでしょうか。

もしそうなら、本をどこかに忘れたぼくのうかつさは、やがて行使する犯行を予言していたことになるのでしょうか。不思議なことです。だって、ぼくの意識にはそうした大それた考えは微塵もなかったのですし、当の相手がそこにいる状況さえも明確に認識していたとは思えなかったのですから。

それとも、ぼくが殺害しようとしていたのは、怜子さんではなく、別の誰かだったのでしょうか？

伯母の家が見えたとき、どうも到着が早すぎて不自然な気がしました。電車の乗り継ぎがタイミング良すぎたのです。もともとこれといった理由はなかったのですから、なおさら気乗りせず、この訪問に特別な意味合いを勘繰られないかとしきりに気を揉んでいました。それに時間がお昼に近かったので、まるで昼食が目当てのようで、浅ましい気がしたのです。

それで、しばらく付近をぶらぶら歩いて暇を潰していたのですが、まっすぐ続いた路の向こうに主婦らしい人影を見つけると、監視されているように感じてたちまち落ち着かない気分になり、慌てて引き返したものです。

伯母の家を訪問するとき、ぼくはいつも戸惑った気分に陥るのが常です。それまでたびたびそう感じながら、その理由がわかりませんでしたが、そのとき不意に合点がゆきました。どう考えても家の造りが妙なのです。なぜなら正面玄関が裏通りの隘路《あいろ》に接し、背後の通用門が広いアスファルトの道路に直面しているからです。

その経緯はこうです。その家屋はかつて雑木林の一角を買い取って建築されたので、家の背後は雑木林のまま残されていたのです。その後、その辺りが都心まで三十分の通勤圏内ということで急に脚光を浴び、家の背後に広い舗装道路が通り、その向こうに大きな団地が立ち並んだのでした。そのうち分譲されて新築された両隣も、当然広い道路に向かって建てられたので、当家だけが玄関が逆になったちぐはぐな体裁を保ったままだったのです。長男夫婦を呼び戻すために増改築されても、基本的な構造はそのままでした。

そのために、ぼくは訪問のたびに、裏口からこそこそと侵入する泥棒のような後ろめたさを感じなくてはならないのでした。戸惑いの理由はそんな単純なからくりだったのですが、殺人を犯した当日に、初めて納得したということが不思議でなりません。

ぼくを玄関で迎えたのは、伯母ではなく、次女でした。たしか電話でもそのように告げていたように思いますが、手編みか何かの講習会とかで、伯母はすでに外出していたのでした。

次女はもともと屈託のない明るく陽気な子ですが、その日は特にぼくの訪問を待ち構えていたらしく、満面に笑みをたたえ、はしゃぐような調子で迎えました。

「ねえ、ねえ、知ってる?」

思わずぼくの手をつかんだぽってりした白い手。ぼくはその鈍い圧迫に気を囚われてぼんやりしていました。

「怜子さんが来ているのよ」

　わくわくするような胸の昂ぶりをこれ見よがしにのけぞらせてみせ、内緒ごとを耳元でこっそり告げるように囁き、早く対面させようとしきりに急き立てるのでした。

「え？　怜子さんが？」

とぼくは、思わず湧き上がる慎みのない喜びを抑制するために、とても意外だというような顔つきをわざと強調してみせ、それから努めてゆっくり靴を脱ぎました。

　長男夫婦が抽選に当たった近所の公団住宅に移り住んだのは、二年前で、それ以来ぼくは怜子さんとは会っていませんでしたから、実際意想外でもあったのです。

　靴を脱いだとたん、むっとする靴下の臭いがひどく気になり、これじゃとても上がるわけにはいかないと思い、しばらくもじもじとためらっていました。

「さあ、早く、早く」と次女がしきりに促し、ぼくもようやくその気になるのですが、やはりいつまでもぐずぐずと迷っているのです。

　でも、いつまでも逡巡しているわけにもいきません。次女の後に従ってうす暗い廊下を歩いてゆくと、台所が見えてきて、それが何か移動カメラの絶妙な展開のように現れてくるのでした。

　リビングには夥しい光があふれているように感じましたが、それは見せかけの明るさでした。庭を一面透かした天井まで届く大きなガラス戸の向こうにせり出している木製のベランダがまばゆい光を泳がせていたのです。それで、台所を併設したリビングは、実際より薄暗く見え、消灯しているのだと思われました。が、そうではなく、天井には蛍光灯が海に浮かぶ海月《くらげ》のように浮遊していました。

次女のやや小肥りの身体が、手招きしながら遠去ってゆき、ひょいと身を交わしたように消えると、その向こうにあるソファーに座っている怜子さんの顔が、誰かの引っ張っている紐によって動くようにゆっくり振り向くのが見えました。そのときぼくはまだ戸外の光の届かない台所の隅に立っていたので、怜子さんを見た視線に、まばゆい光に直面した後ろめたそうな睫の重みを感じました。

次女の肢体が何か言いかけた怜子さんの顔を遮り、そっけなく歩いてゆき、襖の開いた居間にいったん消えました。すぐにまた姿を見せた次女は、ぼくに向かってにっこり笑いかけ、腰を少し屈めるようにして怜子さんの耳元に何か囁いていました。

不意にくるっと顔をあげると、ぼくを意味ありげなまなざしで眺め、なぜか不意に弾けるように笑いました。屈んで、それからすッと戻った姿勢の動きが、何かゼンマイ仕掛けの人形のようにコケティッシュに見えました。

次女のぽってりとした手が、からかうように怜子さんの肩に触れ、その瞬間、その手が異様に大きく映り、すぐに今度は異様に小さくすぼまり、そのたびに怜子さんの肢体は縮んだり膨れたりしました。

やがて肥った次女の身体が、泳ぐようにやってきて、触れそうになりながらぼくをやり過ごすと、ゆっくり台所の方に向かって歩いて行きました。

そこでぼくはようやく怜子さんと対面することができましたが、軽く微笑みかけて、羞じらうように目を伏せてしまったようです。

きゃっ、きゃっと、陽気にはしゃぐ次女の声が、ときおり台所から場違いのように甲高く聞こえました。するとぼくには、怜子さんもぼくもそこから姿を消し、次女の陽気だが、乾いた空虚な声だけがそこに取り残されたような気がして、実はそうでもないのに、誰からも朗らかで屈託のない子だと見られがちな次女の寂しさを、障子の白さと改築してほどない間新しい柱の肌に感じたのでした。

「こんにちわ。元気だった？」と、怜子さん。

ぼくはその声を遠い記憶のように聞き、あの人の声が意外に低く物憂げなことに初めて気付いたように戸惑い、それじゃぼくが怜子さんの声だと思っていたのは誰の声なのだろうと訝りながら、まるで別の人と対面しているように感じていました。

「ええ、怜子さんも？」

怜子さんは、静かな、けれども子供のそれのような無頓着で大胆な眼差しをまっすぐ向けながら、口を開こうとはせず、愁いのある面ざしでそっとうなずきました。その弾みに、白い顔からやわらかな溜め息のようなものが落ちて、二人の間のフローリングの床に溢れたミルクのようにのったりと拡がってゆくのでした。

唐突にぼくは、なぜかひどく慌てた動揺を示し、急いでポケットの中を探ったものでした。きっと煙草が目当てだったのでしょう。ところがそこに探り当てたのはナイフの柄の固い感触だったので、後ろめたい秘密にでも触れたようにどぎまぎしました。

そのときすでにナイフは包装を解かれ、刃は皮製の鞘で覆われていましたが、むきだしのように危ぶまれたのです。包装が解かれていたのは、道すがら取り出して、桑の小枝を相手に試し切りしていたからでした。たしか小箱と包装紙はそこで捨てています。

動揺からようやく抜け出して座りかけようとしたとき、まだコートも脱いでいないことに気づきました。そこで慌てて脱ぎ始めたのですが、ポケットに手を突っ込んだまま脱ごうとしたり、ボタンを外す前に袖を抜き取ろうとしたりといった愚かな失態を繰り返しそうになるのでした。

ぼくの動揺は含羞《はじらい》が原因でした。コートは公園で催された古着のバザールで購入したもので、柔らかな上品な革製がとても気に入っていたのですが、実は女物でした。だから寸法も合わず窮屈だったのです。その上、肩口の糸が少しほぐれていました。

不意に身体のどこかに軽くこづくような手応えを感じ、驚いて振り返ると、いつのまにか怜子さんがすぐ背後に立っていて、脱衣に手を貸そうとしていました。それでますます羞じらって躍起になるのですが、脱ぐ手順をすっかり忘れてしまったように手間どるばかりです。

「あら、あら、だめね。じっとしてなくちゃ」

袖がなかなか抜けず、かえって不自由に緊縛され、とうとう人形のようなぶざまな恰好で突っ立って、為すがままに身を委ねなくてはなりませんでした。

ようやくコートを脱ぎ終わったとき、途方もない重荷を下ろしたように感じ、身体中が異様に熱っぽく興奮していました。

怜子さんが元の場所に坐り、ぼくがその向かいに坐ると、ちょうど次女が台所から戻ってきて、用意したコーヒーを低いテーブルの上に配置しました。次女は怜子さんの隣に膝を斜めにのばして座りながら、「邦夫ちゃん、また仕事を辞めたんだって?」と、そのふっくらとした、そばかすをいっぱいに撒きちらした顔を向けて訊きました。

「うん。……」

ぼくは何か弁解したい気持ちでいっぱいでしたが、怜子さんなら分かって貰えると思っていましたから、退社の経緯に関しては何も話しませんでした。

それからちょっとした間があったので、そこからすっと挿入された怜子さんのつぶやきは、ぼくには少し唐突に思えました。あの人はこう言ったのです、――

「会いたかったわ。とっても」

「……」

そのしみじみとした口調には、何かぼくに対して取り返しのつかない負い目があり、いつも気に掛けていながら今までなおざりにしてきたことを詫び、ようやくその穴埋めができるといった喜びがじわじわと滲みでてくるようでした。ぼくは少し困惑し、手にしたコーヒーカップの重みを、まだ落ち着かない心の中で不安定に傾いているやじろべえみたいに感じるのでした。

そのせいでリビング自体が奇妙な具合に傾いてゆきます。次女が顔を上げ、そばかすだらけの顔が疑り深い表情に見えたので、そのまま黙っていましたが、何か言い足りない気持ちでいっぱいでした。

「ねえ、どうして一度もうちに遊びに来てくれないの？」

しばらくしてから、怜子さんはカップに唇をつけながら訊きました。

「だって、新婚の家庭は遠慮すべきでしょう？」

ぼくは微笑って答えましたが、実は怜子さんが伯母の長男と結婚してからすでに五年以上も経っていたのです。けれども不思議なことに、当人も、また次女も、ぼくの言葉が奇異だとは思わなかったようでした。怜子さんの結婚からぼくの中では時間が停止していたというように。

正直に言うなら、そのときぼくにはさほど深い感銘はなかったのでした。怜子さんは初めて遇ったときと同じように、やはり美しく、穏やかな慈しむまなざしでぼくを見つめていました。一方ぼくは、気乗りのない手つきで旧いアルバムをめくっているように、怜子さんと自分を結びつけるどんな思い出も持ちあわせていないようでした。したがってぼくの表面的な動揺は、そうした自分を負い目に感じた弁解じみた気分の顕れであったのかも知れません。

それでも二人は、そっと目を見交わしただけで、たちまちかつての信頼を手にしていました。黙っていても怜子さんの心が手に取るように了解できます。それはきっとあの人も同じだったでしょう。そうして、そことここに、ちょうど碁盤の最初の石のようにひっそりと寡黙に位置しているだけで、ぼくらは他の誰よりも深く理解し合っていました。

もしもぼくらに共通点があるとすれば、二人とも如才なく振る舞っているように見えても、世間から除け者にされていて、しっくりと馴染みきれない違和感をいつまでも持ち続けていることでしょう。ぼくらは同性愛者同士がすぐに同じ性向の相手を見つけるように、遇った瞬間から互いの障害をめざとく嗅ぎつけて、たちまち共感し合ったのでした。そうした単純な親しみは、久し振りに会ったというのに、やはり残っていたのです。

お互いの信頼は、ただそうあるだけで、そばにいる次女を除け者にする後ろめたさを伴わずにはいません。それでぼくらは月並な挨拶を交わした後は、ときおり物言いたげに見つめ合うばかりで、わざと視線を避けていました。そんな気がします。ただ、そうしていてもこれといったきまずさは感じられず、また怜子さんだって少しも気に留めていないと分かっていました。

次女が立ったり、座ったり、移動したりして、ひっきりなしに喋りちらしていました。次女の動きにつれて時間が確実に経過してゆくのに、ぼくと怜子さんの間には時間がそのまま停滞しているようでした。

やがて果物が出て、そのいくつかを口に入れましたが、口中にひややかな、水っぽい、なめらかな動きを感じただけで、それらしい味覚をちっとも味わえないのです。コーヒーを飲んでも、カップの重さにばかり気を囚われているといった調子です。

怜子さんは、次女を憚っていたわけでもないでしょうが、ぼくに何か負い目でもあるように終始遠慮がちにしていました。ぼくの気分もどちらかというとそんな感じでした。よそよそしいというのではありませんが、程の良い距離を保ちながら、ぼくらは畳の襞のように無頓着に密着して無言で語り合っていたのです。

「邦夫ちゃん、煙草が喫いたいんでしょう」

ぼくの浮かない顔つきを勘違いしたのでしょう、次女がそう訊いていました。

ぼくの場合、煙草は嗜好品というより、他人と対峙するときの緩衝剤のようなものでした。ぼくは対面する相手との間に、緊張し動揺しがちなぼく自身とは別の、煙草という冷静で孤立した視線と思惑を配置する必要があったのでした。

「残念なことにうちは禁煙なの。でも、いいか、一応お客さんだからね」

次女が応接間に歩いてゆき、重いガラスの灰皿を手にして戻ってくるまでの時間が、耐え難いほど永く感じられました。

煙草のせいで、ようやくぼくは落ち着きを取り戻しました。

そのうち次女が、この秋に結婚した沙織の話題に触れ、そのことでひとしきりぼくに同情しました。

「邦夫ちゃんは姉にぞっこんだったものね、さぞかし辛かったでしょう」

ぼくはさほどきまりが悪いとも感じず、もとより怜子さんに弁明する必要はないと考えていました。長女の沙織に惹かれていたことは、これまでずっと周囲には内緒でしたが、怜子さんは気付いていると思っていましたし、ぼくが沙織に傾倒し、そのあげく失恋したという経緯を知ったとしても、ただ微笑ましく見守ってくれるでしょう。何につけ怜子さんにはそうした無条件のおおらかな許容がありました。

でも、そのときの次女の口ぶりにいつにない疑問を感じたのは、今ではぼくが、沙織ではなく怜子さんに惹かれているると勘違いしているのではないかということでした。次女の態度になんとなくぼくらの仲を取り持とうとする好意的な配慮を感じましたし、ぼくが怜子さんに惹かれるのはもっともだし、またそうあって欲しいという漠然とした期待感さえ窺えたのです。

次女はもちろん、ごく初期の頃から、ぼくが沙織に夢中だったことを知っていました。二人の仲を微笑ましく見守っているばかりでなく、二人の間に横たわる難題を自分のことのように案じ、ひそかに応援していたのです。ところが、沙織が家人に交際相手を披露し、それを汐にぼくがあまり当家を訪ねなくなってからは、かなりぼくに同情していて、そのことが今になって怜子さんとの間を取り持ち、後押しする態度になっていたのだと思います。

とっくにお午を回っており、そのことに今更ながらに気付いた次女は、「あら、あら、大変。もう十二時半を回っているわ」と、うかつさを大仰に恥じらって陽気にはしゃぎました。それで多少きまずくなりかけた雰囲気が和らぎました。

「お母さんも居ないことだし、面倒だから昼食は出前を取ろうね」と次女が提案し、ぼくと怜子さんに「何がいいの？　中華、それとも和食？」と尋ねました。

ぼくはあまりおなかがすいていないと断りましたが、「それじゃ困るわ、お母さんに怒られちゃう。たまにはあなたがちゃんと面倒みなさいと言われているんだから」と苦笑するので、それなら蕎麦にすると答えたのです。

すると怜子さんが、心なしちょっと急きこんだ調子で、「だったら私も蕎麦にするわ」と同調しました。

「じゃ、三人とも天ぷら蕎麦でいいわね」

そう念を押して、次女が電話を掛けに行き、席を外したのはほんのしばらくだったのですが、その間の時間の経過が、次女が席を外す度に感じたように、やはりひどく永く感じられました。

「あいにく混んでいるので少し時間がかかるって」

次女は戻ってくると、ぼくを見て、座りながらそう言いました。でもなんとなくその姿勢が落ち着かないのです。立ち上がる契機を待ち構えている、妙にそわそわした感じなのでした。またぼくらを見守る視線も、なぜかすっかり豹変してしまい、つい今しがたの穏やかで好意的なものとはまるっきり違って見えました。どことなく表情を探っているような意地悪な意図を感じるのです。次女が席を外している間、ぼくらの間には一言も会話はありませんでしたが、何か秘密めかした遣り取りでもあったかのように疑われている気がするのでした。

出前が届く前に電話が鳴り、次女がまた席を立ち、残された二人はますます居心地の悪い対峙を強要されていました。

「友達から誘われたのでちょっと出掛けてくるわ」

電話を終えて戻った次女は、そう告げると、いったんあたふたと二階に上がりました。それからまた、ひどく慌てた様子で下りて来ました。

「泣いているみたいなので、少し心配なの。すぐ近所だから顔を見せてくるわ」

なにげない調子で言ったのですが、黒いふんわりしたコートに袖を通そうとした際の注意深い視線に、ふと、誰も寄せつけない突慳貪《つっけんどん》な、そっけない冷淡さを見ました。

「すぐに戻るわ、遅くとも三時か四時には帰れると思うけど」

次女は苦笑しながら軽く手を振って玄関の方に消えました。

その慌ただしい態度に、ふと作為めいたものを感じずにはいられませんでした。帰宅時間をわざわざ強調したようにも思え、姿を消す間際に、ちらっと意味ありげにぼくを見ました。その瞬間、あからさまにウインクでもしてみせたように感じたくらいです。ひょっとしたら実際にそうしてみせたのかも知れません。でも怜子さんは別に気にも留めず、またぼくと二人きりに残されることに少しも不安を感じないらしく、黙ってにっこりうなずいて見送ったのでした。

次女が出掛けてしまうと、家全体が本来そうである厳めしさを伴って意識され、その中で寛いでいるぼくらの姿勢におもむろにのしかかってきました。もっともそうした重苦しい憂悶は永く続かず、すぐに部屋は空虚な囲いをした平凡な造りに変わってゆきました。それからまた次第に重々しい雰囲気を伴ってゆくのですが、それ以上には進展せず、今度はその予感だけを鳥肌みたいにびっしりはびこらせるのでした。

透明のガラス戸の向こうのベランダには、すでに刺激のなくなったやわらかな、くゆるような日差しが溢れており、その向こうにさびれた空漠とした庭が広がっていました。隅の方に古いガラクタが置かれ、その手前に、きっと近所の子供が忘れたのでしょう、少しへこみのあるうす汚れたゴムのボールが転がっていました。

ボールのゆるやかなへこみには、忘れかけた思い出が澱んでいるようで、怜子さんと初めて遇った日のことをなぜともなく思い出しました。ぼくらは同郷で、遠い親戚でもあったので、葬儀か何かの折だったと思いますが、いずれにしろずいぶん昔のことです。

ふと、頬に昆虫の翅が触れる予感を感じ、なにげなく手元を見ると、指が吸殻をひねり潰しており、灰皿の中で狂暴な沈黙が横たわっていました。自分の手がおそろしく不格好で、汚らわしく見えました。

実際はどうだか分かりませんが、不自然な沈黙が言い訳の効かないほど永く続いていた気がして、ぼくは急にお喋りになり、怜子さんは終始おだやかな笑みを浮かべながら、軽薄な調子で喋り続けているぼくを見つめていました。ときおり言葉をはさんでも、慎重に言葉を選びながらはっきりと返答しないので、ぼくはなんとなく物足りない気分でした。妙に気恥ずかしく、視線を落としていたので、膝にそっと添えられた怜子さんの白い手ばかりが目に付くのです。

しばらくして、ぼくが所在なさからベランダに出て、枯れたさくらんぼの木のそばの池を眺めていると、いつのまにか怜子さんがすぐ身近に寄り添っていました。胸が潰れるような圧迫と緊張を感じました。そのうち、あろうことか、肘のあたりに肉感のたゆとう弾力をさえ感じて、ぎょっとして、思わず後ずさりしそうになりました。

その瞬間、自分の影が無数の蟻のようにゆるゆる床をうごめき、その動きがぼくの肢体の動きとは食い違って見えたので、影が一人歩きし始めたように驚いたものでした。

怜子さんはそうしたぼくの動揺を少しも気に留めず、黙って、静かに池を眺めていました。どんな変化にも甘んじるといった風情をした冬の空を映している池の淀みに、しなやかな緋鯉がゆっくりと現れ、ほとんど身体をうねらせないで移動してゆきました。

「可哀そう……」

なにげなく怜子さんはそうつぶやきましたが、ぼくには緋鯉の寡黙さが哀しいのか、重たげな水のなかを泳ぐそのゆったりとしたポーズが哀しいと言っているのか、よく分かりませんでした。それで黙ったままでいました。

並んで立っている二人の肩が今にも触れそうでした。こっそり盗み見するふっくらした怜子さんの肩や胸が、近くなったり遠くなったりするのです。そのたびに、怜子さんの身体がどんどん大きくなってゆき、そのそばでぼくがちっぽけな虫のように縮んでいったり、逆にぼくの身体がどんどん大きくなってゆき、怜子さんの身体が虐待され、うちひしがれた惨めな風情で哀れっぽく身をよじったりして見えるのでした。

ぼくは何か言いかけたまま、意味もなく怜子さんをまじまじと見つめ、怜子さんがそのぶしつけな視線に気づく直前に慌てて視線を逸らしました。

そのうち、乾いた地面にかなり大きな蛾が弱々しげに喘いでいるのを見つけました。黒っぽい蛾は、ぱたぱたと羽を震わせ、身体をよじって必死にもがいているのです。とうとう力尽きたらしく、ふっつりと動かなくなり、ときおり羽が微かに震えますが、風に左右されているようにしか見えません。そうこうするうちに、もともと死骸でしかなく、風が生きている動作を強いていたのではないかと思われ、注意深く眺めると、蛾ではなく、枯れ葉だったのでした。

「なんだ、枯れ葉だったのか？」

とぼくは、思わずすっ頓狂な声をあげそうになり、慌てて口を塞ぎました。

「え？」

といった顔つきをした怜子さんが、すかさずぼくを振り返りそうになりましたが、そのまま思い留まり、視線をまっすぐ庭に向けていました。ぼくはゆるく開いたまま滞っているその形の良い唇をこっそり盗み見て、見つめる意識によって閉じさせようとする甲斐のない努力を重ねているような気分でいました。

次女が外出してからせいぜい三十分しか経っていないのですが、ぼくには丸一日が過ぎたような、それも日差しの気の遠くなる移りゆきを全身の細胞で体験したようでした。

出前が届いたのは、それからしばらくしてからです。

怜子さんが玄関に出て応対し、ぼくも玄関に出て手伝いました。ラップを張った丼はぼくが持ち、怜子さんはざるに盛られた天ぷらを分担しました。両手で膳を持ち、前後に並んで、暗い廊下を無言で歩いて行くのですが、そのとき両腕を縛られたように不自由に感じていました。

テーブルの上に三人分の蕎麦が並べられましたが、いっこうに空腹感を覚えず、すぐには食べる気がしないのです。それでぼくは雑誌を取り上げて読み、そんなぼくを困ったように見つめながら、怜子さんは台所で所在なげに突っ立っていました。

「蕎麦がのびないうちに食べないと」

そう促す怜子さんの声を聞いても、ぼくはなぜか拗ねているようにそっぽを向き、気乗りなさそうに雑誌をめくっていました。どうして、言い争いでもしたような、そんな生意気な感情を抱いていたのか分かりませんが、すぐには立ち上がる気持ちにはなれないほど億劫でした。

林檎とナイフのような気まずい対置が続きました。

「お茶をいれるわね」

「ええ、すみません」

それでぼくはようやく身体を起こして食卓に着きました。椅子に座りしな、ふと何か言いかけ、流し台に向かって立っている怜子さんの後ろ姿を、なぜか恐ろしく冷静な視線でじっと注視してしまったのでした。そんなふうに心おきなく眺めるのはもちろん初めてでした。それに、そんなぶしつけな視線は失礼だと考えてもいたのですが、怜子さんはとっくにぼくの注視に気付いており、そのうえで許してくれているのだろうという安易な判断に甘えていたのです。

その後ろ姿は、遠い思い出を蘇らせ、現実のあの人を台所に残したまま、ぼくの心がどんどん遠く置き去りにされてゆきました。そのときもまた、視線は生き物のように呼吸していて、ふっくらした怜子さんの後ろ姿を小さくさせたり大きくさせたりする気紛れな遠近感を弄んでいました。しかも、そのゆるやかな変化に伴い、蛇口から迸る水の音が威勢よくなったり、弱々しい頼りなげなものになったりするのです。

ふっくらした豊かな腰つきのあたりで、不意に青白いガスの火がぽっと燃え、それに促されたように、くるっと怜子さんが顔を向けました。

すると、ぼくは思わず胸を締めつけられ、慌てて何か言いかけたまま、しかし急にうつむき、めざといあの人が不審に思うだろうことを承知で、身体を固くして黙っていました。

怜子さんがお茶をいれて戻ってきて、ぼくらはやはり黙りこくったまま食事に取りかかりました。丼を覆ったサランラップを剥がすと、びっくりするほど水がしたたり落ちて、指をあたふたさせました。

箸を取り上げ、その使い方を忘れてしまったように妙に指がぎこちなく、ひどく手間取ったことを覚えています。しかし、そのときはとりたてて緊張していたということではないようです。指の動きや口の動きといったごく身近なことにばかり気を囚われていて、うっかり怜子さんの存在さえも忘れ、食べることにばかり子供じみた執着を示していました。

蕎麦がするすると箸から逃れて口の中に滑り込み、食道の壁を内部から押し退けてうごめくのを、得体の知れない生き物の動きに感じていました。口のなかでいつまでも咀嚼《そしゃく》できずに溢れてしまって、喉がつまりそうになるので、たえず必死に飲み込もうと躍起になるというありさまで、味覚を吟味する余裕などありませんでした。

静かでした。

こんな静寂はあり得そうもない気がして、なんだか不思議でした。箸が転がると途方もない響きを轟かせるように危ぶまれ、おいそれと置くこともできないのです。少しも空腹感はないのに、さかんに箸が進み、そのくせ食べるにつれてますます空虚な気分になってゆくのでした。

すぐにぼくは蕎麦を平らげてしまい、齧られた歯跡を残した海老の尻尾だけが残っている丼をぼんやり見ていました。それから、立ち上がって丼を玄関の靴箱の上に片づけると、リビングに戻り、ソファーに横たわって雑誌を読み始めました。

雑誌は次女が講読している女性週刊誌で、下着や洋服の写真で埋められていました。そのために怜子さんの洋服のなかを覗き見しているような後ろめたさが心にうごめき、その一方でそうした後ろめたさを愉しんでいる不遜なゆとりさえ感じるのです。そのときはまだ、怜子さんは食卓について蕎麦を食べていました。

するすると蕎麦が吸い込まれる音や咀嚼する音が、ひっきりなしに淫らなもつれを伴って聞こえ、重複する甘ったるい余韻に顔面を嘗められている気分でした。怜子さんの濡れた唇が歪むと、赤い口紅の輪郭がチューブからあふれる絵の具のなまなましい動きに見えるのです。

しばらく堪え難い沈黙が続き、無言がぼくらを確実にむしばんでいました。それに耐えかねたのか、ぼくは何気なく時計を見ました。針はきっかり二時を差していました。それから目を転じて庭を見たのです。

そのとき庭の向こうの隣家の二階のベランダで人影が動くのが目に入りました。はっきり見定めたわけではなかったので、あるいは気のせいだったかも知れませんが。

それからもう一度怜子さんを見つめて、なぜか少し悲しい気分に襲われました。でも、それを自分の感情のようには実感できず、部屋の明かりが少し翳ったように感じるばかりでした。

それからしばらくしてトイレに立ち、戻ってくると、リビングには怜子さんの姿がなく、わけもなく少し驚いたのです。

そのときの小さなショックは、持続するというのではなく、ほとんど気にも留めていないのに心に堆積してゆくというふうに断続的に残っていくのです。食卓の上はすっかり片づいていて、六脚の椅子は昨日からの不在を思わせました。ソファーの上に広げられたままの雑誌があり、女の鮮やかな口紅を塗った薄い皮肉そうな唇をアップしたグラビアがページを埋めていました。

襖を開け放した隣の和室を覗くと、そこに怜子さんがぼんやりした表情で座っていました。ぼくはそこには滅多に足を踏み入れたことはありません。その奥が寝室だったので手前の和室も老夫婦専用の空間のように感じられていたからです。簡易の鏡台と、つややかな栗色の碁笥《ごけ》が二個と、老眼鏡を載せた分厚いかや材の碁盤が窓際に置かれ、他には何もないこざっぱりとした、手狭な四畳半です。

そのほぼ中央に、怜子さんは心こそうつろにしながら、身体を傾けて座っていました。その横顔はことなく不機嫌そうでした。ふっくらした頬が光を浴びていて、産毛を金色に染めていましたが、それが戸外に面した真新しい障子の白さによる反映なのか、真上の電灯の明かりによるものかよく分かりませんでした。

老夫婦の部屋に我が物顔で居座った姿勢はそれだけで不遜に見えました。そのうえ姿勢が、なぜか妙にだらしなく、これまで見たことのないしどけなさを感じさせたのです。ゆるく崩れた膝が奇形のように曲がり、両足の長さが極端に異なっているように見えました。

怜子さんが、ゆるく顔をのけぞらせながら首をまわし、ぼんやり障子戸の方を眺め、そのままくるっとぼくの方に顔を向けて、低い声で何かつぶやきました。

くるっと振り向いて、ぼくを見たとき、その目つきがとても険しく暗いものに見え、直視できませんでした。後ろめたくうつむきながらその姿態をみると、……蒲鉾《かまぼこ》のような、ゴムのかたまりのような魯鈍な弾力が、影をひきずりながら蠢《うごめ》いているようでした。

怜子さんの唇が動き、何か言っているのですが、どうしたものか、耳のなかがガサついて良く聞き取れませんでした。そのくせぼくはためらいもなく応答していたらしく、何か言った唇の動きを感じましたが、そのとき何と答えたのか覚えていません。こめかみがひりひり疼くので、顔面を思い切り歪めているように感じていました。

ゆっくり歩いてゆくのですが、怜子さんの顔が間近に迫ったり遠くなったりするばかりで、いつまでたっても二人の距離が縮まらないし、むしろ遠ざかってゆくようにさえ感じるのです。足の動きが妙にもどかしいのです。意志通りに動かないような。意志に逆らってちぐはぐに動くような。身体の前に目に見えない壁があるように、透明の歪んだ風船の弾力で、身体を遮る重苦しい障害をありありと感じるのでした。

そのまま居間に入っていいのかどうか、そうすることが何か支障でもあると考えていたらしく、永い間迷っていました。そんな気がします。敷居の上にある自分の右足を見て、靴下に包まれたあいまいで自信のなさそうな意志が、周囲のただならぬ緊張感のなかで愚かしく困惑しているのを眺めているのでした。あたりの空気が次第に重くなってゆき、オレンジっぽい色に染まってゆきました。ふと身体のどこかに痛みを感じましたが、明白な変調を意識しながらわざと手をこまねいている気分でした。

ぼくはもうそこに居ないようでした。

怜子さんもまたすでにそこに居ないようでした。

ついさっきまで二人が話していたとりとめない話題の断片がふっと脳裏に浮かびましたが、それも一昨年の思い出にしか思えないのです。薄暗い台所を備えテーブルを配置した洋間のリビングと、その向こうの廊下が二階への階段と玄関に伸び、途中で浴室のドアがひっそりと閉ざされていました。そうした情景が振り返って眺めたわけでもないのに、鏡を覗いたみたいにありありと見えるのです。柱には鏡があったので、実際にその中に映っていたのかも知れません。ぎらぎらと脂ぎった、身近の脅威に驚いた暗い顔が、不意に間近に迫りました。それはまぎれもなく自分の悪意に驚愕したぼく自身の顔でした。

何か始める以前にもうすでに後悔している気持で、胸が苦しく、どうかすると今にも吐きそうでした。でも、ことさら異常があるわけでもなく、またその苦痛には根拠がないことをはっきり知っていて、むしろ苦しみたいという鏡の中の歪んだ欲望がそんなふうに感じさせるのです。

そのときふと体の動きを妨げる不自由さを感じ、両手が塞がっていることに気づいたのです。ぼくの手にはいつのまにかコートがあり、コートの中には何か得体の知れない重みがあって、そのことがぼくを戸惑わせていました。今ならその重みはポケットにあった狩猟ナイフの重みだと分かるのですが、そのときは「とんでもない方向からやって来た不当な嫌疑」と言うふうに意識されたのです。

不意に、黒っぽいコートが足下に滑り落ち、足元から突然黒い大きな鳥が羽ばたき、思わずぎょッとしました。それはちょうど遥か上空を翔ぶ鳥の影が顔面を覆った不意打ちと、状況を正確に把握できない合点のゆかなさを伴った衝撃でした。

たしかコートは怜子さんが片づけておいてくれたので、それが玄関にあったのか、それともリビングの手前の廊下にあったのか、よく覚えていませんが、いずれにしろぼくはそれを手にして、まるで帰ろうとするように、怜子さんに別れを告げに行くような、そんな気分で近づいていったのです。

怜子さんが動いたのか、それともぼくが動いたのか、周囲がにわかに動揺して、ただならぬ混乱に巻き込まれました。何かが始まったのです。遠くの事故現場を眺めるように、無関心な心にそこばくの予感が羽ばたきました。

……重い水をひきずりながら泳いでいるようでした……

……或いは小学校の頃のフォークダンスを踊っているように、二人の手と手とが交錯し、足と足が絡み、触れ合うのを必死の思いで避けながら、転げそうにもつれてテーブルの回りを駆けてゆくようでした……

怜子さんの「やめて！」「やめて！」という声も、調子の狂ったレコードの歌声にしか聞こえません。怜子さんが必死に逃げ去ろうとしており、それをぼくが追い掛けているという自明の状況も、流動的な空間の戯れでしかなく、ぼくの意志も、あの人の意志も、もはやそこには介在していないように思えるのです。

とつぜんテーブルの上から何かが落ちて、いささか合点のゆかない間をおいて、予期しない方向でグラスの割れる音がしました。ぎょッとした自分の暗い顔が、鏡にでも映しだされたようにまざまざと間近に見え、耳が兎のそれみたいにぴんと立ったように感じました。

怜子さんの白いロングスカートが優雅に泳ぎ、やわらかなうねりがこぼれたミルクみたいに眼前に拡がってゆき、一瞬何も見えなくなりました。闘牛師の操るケープのようなスカートの煽りにゆられて、まっすぐな柱がやわらかくうねり、時計の顔が歪んで、ぼくの心も惑わしく歪みました。リビング全体をそっくり覆い尽くそうとするように広がったスカートの裾の間に、怜子さんの両足が見え隠れし、それがおそろしく小さく見え、そのためにプロポーションの良い怜子さんの肢体を極端にアンバランスな体型に変形させていました。ペディキュアを塗ったこぢんまりとした爪が透いて見え、その足下にペディキュアの小瓶を逆さにしたように血が滴り落ちていました。

それからけたたましい怒号や歓声が沸き起こり、不意に耳が聞こえなくなりました。それと同時に、胸が圧迫される窮屈さに縛られ、そこから身悶えしながら抜け出そうとするむやみな抵抗を感じるのでした。

不意に視野がひどく狭くなり、柱の陰から覗いたり引っ込んだりする怜子さんの動きだけが目につきました。

階段がくねくねと揺らいで、そこを登ってゆく誰かの視線の揺れそのままに、階段が歪みつつ上に向かって伸びてゆきました。

もともと怜子さんは豊かな身体つきをしていて、背も高い方でしたが、そのときとりわけあの人の肢体の豊かさに圧倒されていました。階段のせいでもあったのでしょうが、敵わない無力感のなかで無益に足掻いている気分でした。

しばらく経って居間に戻ってきたのですが、その経過が不明のまま、忽然とそこにやってきた気がして、きょとんと訝ってあたりを見回したのです。そのとき怜子さんがどこでどうしているか少しも考えてみませんでしたし、何か大変なことを仕出かしてしまったという気持ちもなかったと思います。

それから何かハッと思い出して立ち尽くし、また少し歩き、不意に倒れたことを覚えています。足をすくわれたみたいに、ちょっとしたもつれで、ひどくあっけなく倒れたのです。そのとき身体のどこかをしたたかに打ったのですが、しこりのように残った痛みを、なぜかしっくりと実感できないのです。痛みはしぶしぶ身体からすり抜け、カレンダーの裾に洗濯バサミみたいに人を食ったおどけたポーズで吊らさがっているとでも感じている気分です。

両手が猫の両足のようにもどかしく、すぐには起き上がることもできず、倒れた身体を丸太のように不得要領に感じていました。ひどくぶざまな恰好だな、とぼんやり呟きながら、周囲を、ことに顔面の間近をひどく暗く感じていました。もうすぐ雨が降り出しそうな気配、そんな感じです。騒動の最中にうっかり明かりを消してしまったのだろうかと思いました。しかし、そうではありませんでした。リビングも居間も確かに明かりが灯っていましたが、それがぼんやりくすぶっている太陽のようにしか見えないのです。

台所の隅でガスの火が青白くひっそりと燃えていました。しばらくジッと見つめていて、そのままにしておいたら危ないなと考えながら、どうしてもそこまで歩いて行って処置しようとする気にならないのです。いえ、その気持ちはあるのですが、どういうわけか自分でも妙だなあと思いつつ、いつまでも放置しておくのです。もっとも最後には始末しました。……その筈です、……たぶん、いや、どうだったか……。

ふと気がつくと、手が濡れていました。水道の水がしっとりと馴れ合い、薄い透明の手袋を嵌めようとしているみたいに手の甲を濡らしていたのです。

血みどろになったナイフと手を洗い、そのときうっかり指を切って、その痛みで半分意識を取り戻した気持ちになりました。水が急にひんやりとして、一瞬、氷のようなぎざぎざした刺々しさで触れ、それからまたまろやかな滑らかさに変わりました。それが二度繰り返されました。いつまでも滲み出る血を見ていると、なんだかひどく情けない気持ちになり、女々しい感情が傷の窮屈な狭間から身悶えしながら苦しげに這いだしてくるようでした。それから何かの拍子で、ふっと痛みを忘れました。

いつまでも執拗に洗っていて、さて水道の蛇口を止めようとするのですが、手に力が入らず、もどかしく抗うばかりで、蛇口が緩んでいて空回りしていました。ところが、不意に強引な抵抗に遇い、とっくに蛇口を十分回し切っていることに気付いたのです。

そんなふうに手を洗った記憶は鮮明にあるのですが、果たしてそこが洗面所だったのか、それとも台所だったのかということになると、やはりはっきりしません。そこに辿り着くまでの経緯はいっさい記憶していませんし、歩きだすと、どんなに身近な場所であっても、行く手は辿り着けない距離を感じさせ、そしていつのまにか不意にそこに立っているといったあんばいでしたから。

リビングに落ちていた財布を拾ったのは、色が赤く鮮やかで、周囲のくすんだ色合いの中でそれしか目につかないほどくっきりと際立って見えたからです。

とはいえ、最初それを見たとき、何か穢らわしいものでも見るように眺めていたようです。それは福神漬の赤だったからで、幼い頃のぼくの感性はその赤色に対していつも顰めっ面をしていたものです。赤に限らず、暖色系統の色をことごとく毛嫌いしていました。したがってぼくのクレヨンの箱を開けると、残っている量が、なめらかな曲線を描いて寒色から暖色にかけてせりあがるゆるやかなカーブを描いているのが常でした。それは或いはぼくの憧れの意識のカーブだったと言えるかも知れません。赤色は、ぼくが憧憬しながら遂に触れることのない、嫌悪を盾にした気の許せない魅惑だったのです。努めて排除しなければどうしても染まってしまう魅惑だったとも言えます。

そうしたこだわりがあったからでしょうが、すぐには赤い財布を取り上げようという気にはならなかったのです。ただ、その財布が怜子さんのものだということは知っていました。だからこそ誘惑を感じ、やがて拾い上げたのでしょうから。

手にすると、怜子さんのものだということが、ただそれだけで嬉しく、懐かしい気がして、指があの人の暖かく柔らかな心に触れたようでした。たわんだ指の中に財布という実体はなくて、確実な手応えを与える重みや、触れて確かめることのできる嵩が、情感のように豊かに胸のなかでふくらんでくるのです。そのぬくもりに慰められ、まるであの人の形見を身につけている気分でした。

気の遠くなるほど永い時間立ち尽くしていて、やおら一歩足を踏み出したとき、リビングと居間の間の敷居の上に何かがうずくまっていて、危険を察知した身構えるポーズを取りました。とっさにぼくも、対抗して同様な態度で身構えました。

よく見ると、それはコートでした。今しがた壁から落ちたばかりに思え、豊かな嵩と温もりを予感させ、雑踏のなかに忘れられた酔体のようでした。

腰を屈めて手を伸ばすと、一瞬、膚を剥がれる戦慄を感じて、慌てて手を引っ込めてしまいました。着衣しようとする意識が、脱衣を思い出させる矛盾した感覚を伴ったからです。それからふたたび気を取り直して拾おうとするのですが、やはり同様の意識にとらわれ、慌てて中止するのです。そんなことを数度繰り返していると、まるで裸体になってしまったようで、気恥ずかしさを感じながら慌ててコートを拾いあげました。

脱ぐ時と同じようにひどく手間取りながらコートを着て、それから靴を履いて外に出ました。朝とは打って変わったやわらかな日差しのなかを歩いていると、コートも忘れているし、靴も履き忘れている気がしきりにするのでした。立ち止まって自分の上体をつくづくと眺め、さらに手でコートの袖に触れて確かめるのですが、それにもかかわらずそれを着ているという感じがどうしてもしっくりと伝わってこないのです。

駅まで徒歩で二十分あまりの筈ですが、もっともっと永かった気がします。逃げているという気持ちはありませんでしたが、足か腰を紐に括りつけられている感じがいつまでも付きまとっていました。それに、背後には誰かにこっそり尾行されている予感が絶えずちらちら揺れているのです。それもこれもポケットにある赤い財布のせいだとは分かるのですが、それを捨てようなどとは考えもしませんでした。

【隣家の主婦佐々木聡子(54)の証言】

その日、私はずうっと家におりました。

毎日、毎日、朝は目の回る忙しさに追われ、ようやく一段落するのは、みんなが出払ってしまう八時すぎのことです。主人はもう年金を貰っているのですが、週三日だけ小遣い稼ぎのために警備会社に勤めています。長男は自動車の整備工場で働いており、次男は予備校生です。嫁は病院勤務ですが、前日は夜勤だったので、その日はまだ帰っていませんでした。

主人の背中を丸めた小太りの体形がのっそりと立ち上がり、弁当箱を抱えて玄関を出たとき、靴箱の隅に一度も日の光を浴びたことのないような肌色の蜘蛛が目に留まりました。ひ弱そうですが、屈曲した脚を含めると体長がゆうに十センチもあるので、とても薄気味悪く映り、思わず身をすくめたものです。靴ベラで叩き殺そうと思いましたが、微動だにしないので、そのまま放置しました。

長男が留まることを知らない旺盛な食欲に憑りつかれて主人の食べ残しまで平らげ、のっそり立ち上がって、主人そっくりの体形を向けました。爪楊枝で歯をしゃくりながら快活な声で何か言っていました。私は即座に応答して食器を片付けながら見送ったのですが、長男の姿が見えなくなると、何を告げられたのかどうしても思い出せませんでした。

さて、残るは予備校に通う次男です。その日に限ってのことではありませんが、寝坊したのかいつまでも降りてこないので、階段の中ほどまで上って声を掛けました。やっと起きてきたかと思うと、今日は休むとかぐずぐず言い出して、嘆いたり叱ったりしてようやく説き伏せたものの、料理をもう一度温め直さなくてはならず、あんまりのんびりできませんでした。

ああ、この子は悩みの種です。受験には二度も失敗するし、先日なんか、あろうことか万引きで補導される不祥事をしでかす始末。まったく我が家の面汚しです。

次男が、声を掛けても返事もせず、耳にイヤホーンをあてがって渋々外出したのは、たしか九時過ぎのことでした。最近また急に背丈が伸びて、廊下ですれ違うと、顎をくいっとのけぞらせて見上げなくてはなりませんでした。剃り残しの青白い顎髭を目に留め、それから表情全体を窺おうとすると、すげなく避けるように体を翻し、よれよれの服を着たひょろっとした体がだらしない足取りで玄関に向かいました。

誰もいなくなると、急に家の中ががらんとして、軽い当惑にうたれてしばらくぼんやりしていたような気がします。何気なく顔をあげてカレンダーを見ていて、それから不意に、今日が日曜日だと言うことに気づきました。主人は仕事柄土日の勤務も挟まりますが、長男はいったい何処に出かけたのでしょう。何か言っていたのはその事情を知らせようとしたのでしょうか。

だとしても、次男は？　ああ、私はなんてひどい仕打ちをしでかしてしまったのでしょう。鬼のような形相で息子を追い出してしてしまったのです。後悔が洪水のように胸に溢れました。

さんざん悔やんでいて、それから急に思い立って猛烈な勢いで掃除と洗濯にかまけ、ふと気づくと、もうお昼を回っていました。

昼食はたいてい一人ですからいつもあり合わせの物で簡単に済ませるのですが、なぜか妙にお腹が空いて、食べても食べてもいっこうに満腹感を味わえないのです。立ったり、座ったり、ドアを開けたり、蛇口をひねったり、居間と台所を行ったり来たりして、そのたびに何か見繕って口にする始末です。次第にお腹がもたれて苦しくなってゆくのがわかるのに、それでもいっこうに空腹感を癒せず、物足りない気分が持続するのでした。

退屈だとか、淋しいとか、そうした明確な理由があるわけでもない、とりとめない空虚にさらされて、ただもう、無性に落ち着かないのです。そのくせ、ぼんやりテレビを観ながら、成す術もなく、こぼれたミルクみたいにだらしなく過ごしてしまうのでした。今日一日の間に決着しなくてはならない作業が山ほどあり、「さあ、早く立ち上がらなくては」と思いつつ、何度か腰を浮かしかけるのですが、そのまま漫然と構えているありさまです。いつもなら食卓の上をさっさと片づけなくては気が済まない性分なのです。ところが、汚れた皿や茶碗をぼんやり眺めているばかりでした。

そのうち、急激な眠気に襲われて、炬燵《こたつ》に入ったままあっけなく寝入ってしまったのでした。すぐに目覚めたのですが、またぞろ執拗な睡魔に吸い寄せられるのです。あれほど抵抗しがたい惰眠に襲われるのは初めての体験です。やわらかなゴムの弾力が瞼の上にのったりと押し付けられるような、得体の知れない眠気でした。ひょっとしたらどこか身体が悪いのでしょうか。

そう言えば、最近、真夜中に不意に大声を上げたり、ふらふらと家の中を徘徊するようになった主人は、再三の催促にようやく診察に応じて、肝炎脳症の疑いがあると診断されたばかりでした。長男は職場でいざこざがあるたびに癇癪《かんしゃく》を起して暴れているそうですし、嫁は年中不機嫌ですし、次男はしょっちゅう頭痛と腹痛を訴えています。まるで家族全員がそろって病人みたいです。

うとうとしてからどれほど経った頃でしょうか、不意に、衣服を裂くような甲高い声が聞こえたような気がして、はっと目覚めたのです。涎が手の甲を濡らしていました。

隣家の方角から聞こえた女性の声は、確かに悲鳴のようでしたが、差し迫った恐怖が顔面をかすめたのも一瞬のことで、「何だろう」と思ったきり、あれこれ考えをめぐらすこともなかったようです。実際、空耳だったかも知れません。

点けっぱなしにしていたテレビの画面がゆらゆらうごめき、音声が途切れ途切れに聞こえていました。いつも観ているその番組から判断すると、一時から二時の間のことです。正確な時刻は確かめていないのでわかりません。今になってみれば、今回の惨劇で発せられた悲鳴だったに違いないと思い当たるのですが、もちろんその時は気のせいだと思い、すぐに忘れてしまいました。

それからようやく重い腰を上げて台所に立ち、食器を洗い始めました。ひんやりした冷水にはっと我に返ったように顔を上げ、蛇口をひねりながら窓を見上げたのです。なぜか窓は少し開いており、そこから今にも雨が降りだしそうな気配が忍び込んでいました。あら、大変。取り返しのつかない気持ちになって、慌てて二階のベランダに駆け上がり、干してある布団を取り込もうとしたのです。ところが、思ったほど日が陰っていなくて、降雨の心配はまずありませんでした。

不思議でした。

拍子抜けした気分に包まれたまま立ち尽くし、頬に何か触れたような気がして、何気なく隣家の方角を見やったのでした。

広大な庭は常緑樹でびっしり埋め尽くされていますが、そこからすっくと伸びた喬木《きょうぼく》は季節柄すっかり落葉していて、二年前に豪勢な構えに増改築された三階建ての建物がすっかり見渡せました。テラスの傍らに穿たれた池が光をまばゆく反射しており、その反映がテラスの向こうの大きなガラス戸にゆら揺れていました。カーテンはすっかり引かれていて、リビング全体が見通せました。

その瞬間、ガラス戸越しに、二人の女性の争っている光景がいきなり飛び込んできたのです。

ええ、そうです。そのとき垣間見えたのは、男女ではなく、二人の女性の姿でした。老眼の兆しがあるとはいえ、遠くを見るのに支障はありませんから、まず間違いありません。二人の女性が追いつ追われつしながらリビングを動き回っていたのです。

いいえ、そのときは悲鳴は聞こえませんでした。そのとき耳にしたのは近所の公団住宅の方角からにわかに湧きあがった幼い子供たちの歓声だけでした。ですから、一方が追いかけ、他方が逃げ惑うシーンは、音声の途切れたテレビの画面のようにどこかおどけて見えました。離れたり迫ったりしながらもつれる二人の動きには、けれども切羽詰まった雰囲気はなく、まるで水中で戯れているようでもありました。それで、てっきり姉妹がふざけているのだと思ったのです。あの家庭ではありえそうもない光景ですし、すでに長女は嫁いでいて不在のはずでしたから、今考えると不自然なのですが、その時はそれ以外の状況は考えつかなかったのです。よもやそのリビングが、やがて凄惨な殺人現場になるとは夢にも思いませんからねえ。

その場に別の誰かが居たのか、今回の事件の容疑者の姿があったのかどうかという点については、確認していないので分かりませんと言うしかありません。私が目撃したのは動き回る二人の女性の姿だけです。それも、風が急に強くなってシーツを荒っぽくはためかせて視界を奪ったので、時間的にはほんの一瞬のことでしたが。

今思い返してみれば、実際にそんな光景を眺めたのか、戯れていたのは本当に女性二人だったのか、反論されればたちまち自信がなくなってしまうほど心許ない気分です。じっくり確認したわけでもなければ、庭を映したガラス越しの光景ですし、ひょっとしたら寝ぼけ眼で観たテレビ画面の記憶の反映であったかも知れません。

それでなくとも、今の私にとっては家庭がすべてで、来る日も来る日も日常茶飯事に追われ、自分というものをすっかり見失い、家事はすべて把握していますが、それ以外のこととなると確信の持てるものは何一つないのです。

ほどなく階下に降りてゆき、また炬燵に背中を丸めて寝込んでしまいました。そういうわけですから、それから小一時間経った三時頃、ドアが激しく叩かれ、隣家の次女が憔悴しきった顔で玄関に飛び込んでくるまで、事件の兆候にはいっさい気づかなかったのです。

次女は私の顔を見たとたん、獣じみた悲鳴をあげ、泣きわめきながら私の両腕の中にハンガーに架かったコートのように崩れ落ちました。いつのまにか帰宅していた嫁と一緒に介抱し、しばらく経ってから嫁が警察に一報したのです。丸々とアシカのように肥った次女の体型は重い水の詰まった風船みたいで、柔軟で、捕らえがたく、抱き上げるのに、そりゃあもう難渋しましたよ。

それにしても、部屋中一面血の海になったおぞましい凶行だったと言うじゃありませんか。浮気相手がいきなり乗り込んできて、有無を言わさず滅多切りにしたと言うんでしょう。狂った、激越な愛憎の噴出なしでは考えられない所業ですわね。

え？　そうじゃないんですか？　相手が違うんですって？

でも、被害者が浮気をしていたと言うのは事実なんでしょう？　みんなそう噂していますよ。中にはいかにももっともらしい根拠をあげて得意げに吹聴する人さえいます。

「そういえば被害者がバス停を降りたとき、スカートからブラウスの一部がはみ出していて妙に思ったわ」とか。

「そうそう、私もすれ違ったとき、まるで情事の直後のように精液の臭いがぷんぷん漂って、思わず振り返ったことがあったわ」とか。

「私、実は、その浮気相手を目撃したことがあるの。深夜、多摩川べりを一緒に歩いていたわ。男の方が前を歩き、彼女は少し遅れて歩いていた。もぞもぞと妙にぎこちない歩き方だったわ。男がふっと立ち止まり、彼女がびっくりして顔を上げた。そのとき男は大胆に彼女の股間に手を伸ばして鷲掴みにしたの。私はびっくりして思わず逃げ出したくらいだったわ」などと。

みんな口々に埒もない噂をまきちらし、被害者の妖艶さをあげつらっていますが、事件が発生するまで誰一人そんな印象を洩らす人はなかったと断言できます。むしろ慎ましく、清楚で、生真面目すぎるぎこちなさを感じさせたくらいです。とにかくあの人を悪く言う人は、私の知る限りこの近所では一人もいなかったと思いますよ。

物静かで、謙虚で、人一倍他人を思いやる人でしたね。そして、確かに美しい人でしたね。ふっくらした顔立ちで、眉毛が濃く、目鼻立ちがくっきりして、大きく切れ長の目が印象的でした。いつも寡黙に控えているのですが、誰かと対面するときはまっすぐ相手を見て、おおらかな優しさに満ちたやわらかな微笑で包み込むのです。男ならうっとりと魅了されるでしょうし、女だって意地悪な嫉視を溶かされ、とても敵わないと諦めてしまう美しさでした。

私はなんとなく桜の花の緻密な花粉のイメージを抱いていたものです。でも、あの犯罪があってからは、花粉は花粉でも、今にも腐乱しそうな、淫らな、蜜の汚辱にまみれた百合の印象に変ってしまいましたが。

浮気相手はいったいどこの誰だったのでしょうね。よくある職場の同僚でしょうかね。

それにしても、以前から不思議に思っていたんですが、なぜあの人はいつまでも会社を辞めなかったのでしょうか。旦那さんの印刷会社の総務を受け持っていたと聞いています。昔は資金繰りに苦労していたそうですが、今ではすっかり軌道に乗り、従業員も結構な数になっており、厚生のために山中湖に保養施設を購入したという羽振りの良い話も漏れ聞いています。ですから奥さんがいつまでも勤めていなければならないほど余裕がなかったとはとても考えられません。

外に出れば、どうしたって変な虫がつくでしょう。世間の男どもは、そりゃあもう、だらしない上に抜け目がないときていますから、旦那さんだって自分の女房が周囲の悪戯な視線に啄まれていることは承知していたはずですわ。それとも奥さんの浮気を容認するどころか、むしろ促していたとでもいうのかしら。

女は常に抑制していますが、いったん箍《たが》が外れると、男より断然大胆になります。だから被害者の浮気も、ひいてはそれが原因で引き起こされた今回の事件も、旦那さんに大きな責任があると思っていますよ。うちの亭主は男どもの浮薄な欲情を熟知しているからこそ、家庭の台所は火の車なのに私を外に働きに出さないのだわ。

それにしても、浮気ということなら、むしろ旦那さんの方がよほど納得できるんですがね。だって、あんなにハンサムだし、誰にも如才なく振る舞い、細やかな心遣いを欠かしません。近所の奥さん連中の間ではいつも話題の中心でしたよ。それに、今じゃ、小さな会社とはいえ、立派な社長さんですものね。

夫婦仲をとやかく言う人はいませんでした。ただ、結婚して数年経つのにまだ子供に恵まれない点が気がかりと言えば気がかりでしたが。それに、当初は両親と同居していたのに、二年後には公団住宅が抽選で当たったとかで、さっさと引っ越してしまったのには驚きましたね。もっとも歩いてものの数分の近所ですし、しょっちゅうむつまじく出入りしていましたから、これといって問題もなかったでしょうが。


隣同士といっても、実はさほど親しくしていたわけではないのです。もっとも引っ越してきた当初は、こちらが新参者ですからいろいろ目を掛けて貰って仲良くさせていただいたものです。

隣家がここの土地を購入して家を新築したのは、先方がまだ新婚そうそうの時期で、その頃辺り一面はまだ雑木林で、農家がまばらに数件あるだけの淋しい土地柄だったそうです。その後、公団住宅が五棟建築され、都心への恰好の通勤圏内と持て囃され、その周辺に分譲住宅が乱立し始め、たちまち地価は高騰しました。隣家は実に先見の明があったということですわね。

私たちが三十年という気の遠くなるローンで購入した物件は、手狭な、申し訳程度の庭のついた二十五坪の物件でしたが、先方は建物こそ平凡な造りだとはいえ、ゆうに百坪もある庭が高貴な風格で周囲から隔絶していました。その広さは車庫の配置にさんざん苦慮していた私たちには垂涎の的でした。いずれにしても、うちより数倍も広い敷地なのに、二十年前に購入したせいで、金額はほぼ同じだと言うから悔しいじゃありませんか。

もっとも私たちが引っ越した当初は、まだ庭は雑木林を無造作に伐採しただけで、塀も垣根もありませんでした。庭師の手を煩わせることもなく、こじんまりした池をうがっただけで、自然な、むしろ質素な佇まいであったので、うちの子供たちには格好の遊び場所になっていましたし、先方も気軽に侵入を許していました。

夏の盛りには、その庭で家族総出のバーベキューパーティが催され、私たちも相伴《しょうばん》にあずかりました。子供たちも大はしゃぎでしたが、その態度にいつにない神妙なためらいが垣間見られ、行儀作法というものはこんなふうにして育まれるものなのだと、今更ながらに環境の影響力を感じました。

牛肉に目のない私は、口の中で美味しくとろけるカルビに思わず夢中になっていましたが、翌日スーパーで買い物をした際、陳列棚に並んだ牛肉のパックの値段を眺めながら、隣家との食生活の相違を痛感したものです。

何につけても難癖をつけたい気分のときがあるもので、ある日の午後、二階のベランダから、庭を眺めながら私は意地悪くほくそ笑んだものでした。それというのも、隅の木陰にクヌギの丸太が何本も無造作に放置されてあるのを見つけ、そこに人並みの怠慢を見つけたからです。几帳面そうな奥さんの、いつも取り澄ましたような穏やかな顔を思い出しながら、からかってみたいような気分でした。ところが、それがシイタケの原木栽培だと知った時、自分がどんなに浅ましく感じられたことでしょう。隣家の庭の広さが一段と際立って感じられた瞬間でした。

お隣の奥さんに出会うたびに、過剰な追従を振りまく自分の姿に気づくのは、それから間もなくのことでした。屈辱が募る一方で、あからさまにおもねる自分の卑屈さに気づかされて、腹立たしくってなりませんでした。

もっぱら一方的な私の嫉視から、両家とは次第に疎遠になってゆきました。樹木のひしめく広大な庭が豊かな濃緑に覆われていると、隣家の建物は見えません。でも、冬になってさびれた庭は、その空漠とした拡がりとともに、隣家の改築された広壮な威容を誇示するようになります。だから、私は冬が大っ嫌い！

そういうわけで隣家との友好的な関係は移り住んだ当初だけでした。開けっ広げな庭がブロック塀に囲われてからは、なおさら隔絶された冷淡さを突き付けられました。

ある年の夏の盛りのこと、隣家のブロック塀にへばりついている蛇を見つけたとき、私の隣家の庭への嫌悪は頂点に達しました。

驚愕している私に加勢しようと、そのときまだ十歳の長男が、物置から大きな剪定《せんてい》バサミを持ち出して駆け寄って、蛇を退治しようとしたものです。両手に余る鋏を持て余しなら、全身を張らせ、慎重に狙いを定めている姿は、怖さを忘れて、私を有頂天にしました。その機転と勇気に感動したのです。

丸々と肥った長男の全身に、えいっとばかりに力が込められると、頑丈な両刃が迫って見事に蛇の胴体を真っ二つにしました。丸くしなやかに回転しながら落下して身悶えした蛇は、驚いたことに、切断されても激しく跳ね、鋭い歯を剥き出しにして襲いかかろうとするのでした。断裂した頭部も尻尾も、それぞれ異なった意思で暴れまわるのでした。

思いがけない反撃に遇った息子は、すっかり動転し、必死になって鋏を振りまわし、悶える蛇の胴体をさらに切断し続けました。けれども蛇の猛々しい意志が更にまたいくつか増えただけでした。顔面を真っ赤に膨らませ、狂気じみた勢いで格闘する息子を嘲笑うように、蛇はわずか数センチになっても、執念深くひくひくとうごめき続けるのです。

息子の全身から白い湯気が湧きたち、上半身は汗みどろになっていました。あちこちに転がり、それぞれ勝手に動き回る得体の知れない塊との苦闘は、永遠に続きそうでした。

蛇の執念深い生命力よりも、そのときの息子の血走った狂った顔つきに、私は思わず叫びだしたいほどの空恐ろしさを感じていたものです。寸断された蛇を馬糞に埋め込んで無数の蛇を蘇生させる秘法があると聞きますが、息子の中に無数の悪意の種子が育まれてゆくように思えたのです。

ごく幼い時分にはよく隣家の庭で遊んでいた子供たちも、私の心が伝染したのでしょうか、めっきり寄りつかなくなっていました。のみならず、思春期を過ぎる頃には、隣家の庭を心底毛嫌いしていました。それというのも、二人揃って虫が大嫌いで、虫の発生源はその庭しか考えられなかったからです。

長男はことに極端で、あんなに体格が立派で、手に負えないやんちゃな子でしたが、蚊に刺されただけで癇癪を起こし、痒みが収まるまで誰かれ構わず怒鳴り散らすのです。痒みに耐え切れず、無我夢中で引っ掻いて、全身血だらけになったことがあります。打撲や裂傷の痛みなんかはへっちゃらなのです。バイクの事故で骨折しても呻き声を発しただけでじっと我慢していましたからね。ところが痒みにだけはからっきし弱いのです。

いつだったか、バイクの騒音の件で隣家のご主人から小言を言われた際、相手を殺しかねない形相で歯向かったことがありますが、ご主人に対してというより、蚊を繁殖させる庭を丹精するご主人の行為そのものに対する憎悪であった気がするほどです。

長男は虫を毛嫌いしましたが、怖がることはありませんでした。でも、次男の場合は少し事情が違います。蚊だけではなく、虫全般が次男の大敵でした。あらゆる昆虫の形も、動きも、おぞましく目に映るようで、イナゴの大量発生の光景がテレビで映し出されたときなど、全身を身震いさせて怖気をふるっていました。まだ幼い頃、縁側でうっかりバッタを裸足で踏み潰してしまい、飛び出した絵の具のような臓物に驚愕していた場面を思い出します。あっけない、手ごたえのない不気味な感触と相俟って、異様な色彩が底知れない恐怖を浴びせたのでしょう。きっと、あれが虫を嫌いになったきっかけだったのでしょうね。

それにしても、うちの子供たちは。……

血は争えないものですね。電気工事を請け負う小さな有限会社の店主と、その店主が通うスナックのホステスの間に生まれた子供は、酒乱の父親の粗暴な性格を受け継ぎ、次第に凶暴な一面を覗かせ始めました。ことに長男は何かにつけて理解しがたい怒りを暴発させていました。

結婚したての頃、夫は毎日酒びたりで、酔っ払って暴力を振ったり、家中めちゃくちゃにしたり、しょっちゅう暴れまくっていたものです。泥酔していたときに孕んだ子供だから、あんな凶暴な性格に生まれついたのでしょうか。わが子ながらときどきぞっとする恐怖を感じています。いつもは朗らかな、人なつっこい優しい面のある子なのですが、いったん火がつくと誰にも止められません。いつのまにか暴走族の仲間になり、土曜の早朝にはこれ聞こえがしの騒音をまき散らし、非難する者には悪態をつき、近所の顰蹙《ひんしゅく》を買っていました。

暴力行為で警察沙汰にもなったことも一度や二度ではありません。

それでも高校を卒業すると、すんなり自動車の整備会社に就職してくれました。ほっと安堵させてくれたと思うと、ほどなく妊娠した看護婦を連れてきて、明日入籍するつもりだと宣言して驚かせたものです。

嫁との確執はもちろんありますよ。所詮、他人ですからね。几帳面で、仕事への精勤ぶりには感心します。ただ、無口で、頑固で、陰湿で、意地悪です。最初の対面から、私が物分かりの良い姑を演じようとして、必要以上に謙ったのがいけなかったのだと思います。赤ちゃんを産んでからはなおさら図に乗って、横柄な態度が目に余るようになりました。すっかり居直って、程よく折り合おうという気持ちなどさらさらないのです。仕事に熱心なのも、きっと早く貯蓄して家を出て行こうという魂胆なのでしょう。

嫁が夜勤のある不規則な勤務だったせいで台所の主導権はあいまいのままでした。ある夜、私が最後に入浴し終えて更衣室で着替えようとしたとき、閉め切ったドアを通して陽気なさざめきが洩れ聞こえました。食卓で酒を交えた団欒がまだ続いていたのです。着替えに手間取り、すっかり冷え切った体を丸めてそっと窺うと、甲高い嫁の笑い声が突き刺さりました。いつも不愛想な嫁の、あの陰気な顔がほころび、うって変わった笑顔が蛍光灯の光を浴びてつややかに輝いているのです。相好を崩した主人の追従めいた歪んだ唇は明太子のようでした。長男も酔っ払って顔を真っ赤に染めた上機嫌な哄笑をまき散らしていました。

そのうち、冷蔵庫にはどう料理していいものか見当もつかない食材が満載されるようになりました。私の手料理よりも嫁のレンジで温める出来合いの料理の方がみんなに人気があるのです。

真夜中にトイレに立った時、長男と嫁が夜食をつまみながら顔を寄せ合い、ひそひそと交わしていた言葉を唐突に切って、揃って振り返りました。そのときの二人の表情がそっくりで、暗く、剣呑で、私はこそこそ逃げ出すようにトイレに閉じこもらずにはいられませんでした。

いつのまにか夕食はもっぱら嫁が担当し、私は食後の汚れた食器を洗う役目になっていました。その間、三人は酔いに浮かれているのです。次男だけは食事を終えると、たいていそそくさと自室に閉じこもります。その態度が私には唯一の慰めになっていました。やがて洗濯も長男夫婦は別々になりました。食事も全員が勝手に気の向いた時間に取るようになり、私は一人ぽっちで冷めた食事を啄むことがよくありました。

粗暴な兄に比べると、次男はごく大人しい方で、あれでも中学生までは秀才で通っていたんですよ。トンビが鷹を産んだのです。私たちは長男の汚名を一挙に晴らすものとひどく期待していました。ところが、いつのまにかひん曲がった陰鬱な顔付きになり、何を考えているのか想像もつかない子になってしまいました。受験に二度失敗し、現在は予備校に通っていますが、身を入れて勉学にいそしんでいるようには窺えません。兄のようにバイクこそ乗り回しはしませんが、最近はどこをふらついているものか、帰宅は遅く、ときには夜中にこっそり出かけて朝方まで帰宅しないこともあります。

家族って、いったい何なんでしょうかねえ。

私と夫、二人の息子に嫁と孫の六人が、小さな家の中に窮屈に押し込まれ、逃れることのできない緊縛を強いられて暮らしています。最近、家族という抜き差しのならない関係についてよく考えてみます。あらゆる問題の元凶は、むきだしにされた強烈な個性が、否応なく、緊密に関連づけられた形態にあるのだと思います。厳しく限定された枠の中で、がんじがらめになった個々の意識が、毎日毎日、恐ろしく敏感に触発し合い、息詰まる空間の中で対立しているのです。子供はそうやすやすと家を飛び出すわけにはいきません。親だって子供を棄てることはできません。

一見平穏そうに見えても親子の間には凄まじいばかりの緊張が張りつめています。一瞬たりとも気が許せないのです。愛情はごくわずかな歪みでたちまち凶器になります。お腹を痛めた子供は絶えず過剰な関心を親に注ぎ続けます。こっちだって毎日愛情を注いでいるのに、十年の信頼も一瞬のうちに崩壊してしまうのです。

いいえ、事態はもっと複雑です。母子ですから造作もなくこころゆくまで信頼を得られもするのです。その大地のような確固たる基盤が、あっけなく初冬の湖に張り始めた薄氷に変わる危うさに、私は怯えているのです。もう二度と子育てなどできません。もう、うんざりです。とても怖くてできません。どんなに努力しても軋轢《あつれき》は生じます。そして、いったんこじれた感情を取り戻すのは至難の業です。自分の身体の一部のように感じられた息子たちの、理解し難い、突然の手の施しようのない拒絶。絶え間ない闘争がいつ果てるともなく続くのです。家族に終わりなどないのですわ。

結婚当初から十年間、私にとって家庭は、さながら地獄でした。主人の仕事は景気に左右される不安定なもので、それ以上に不安定なのは主人の性格でした。陽気で豪胆な時もあれば、凶暴に暴れまくるときも頻繁です。仕事にあぶれたときは真っ昼間から酒を浴び、貪欲に、身勝手に私の肉体を求めました。エアコンのない狭い部屋で、酒乱の夫と唾棄しながらも依存する妻が汗みどろになって格闘するそばで、怯えたように隅に隠れていた幼い子供の目が忘れられません。やがて夫の浮気の発覚。呆れたことに相手はかつての私と同じ境遇のスナックのホステスでした。

……実は、いつか誰かに相談しなければと思っていたことなのですが、少し気になる点があるのです。まあ、老婆心にすぎないでしょうが、次男がどうやら被害者に恋慕していたようなのです。

あの子の部屋を掃除したとき、写真が三葉パソコンの下にこっそり隠してあったのを発見してしまいました。なんと、それは隣家の庭に佇むお嫁さんを盗み撮りしたものでした。そうです、今回の事件の被害者です。あの年齢の男の子は誰にでもたやすく恋に陥るものですが、二度も受験に失敗したのは、希望と絶望の糸で織られる苦しい恋情のせいだったかも知れません。

さらに気がかりなのは、机の抽斗の中に、巨大なレンズ付の一眼レフカメラが隠されてあったことです。そんな高価なものを買い与えた記憶はありません。いったいどうやって手に入れたのでしょう。考えられることは、兄に買って貰ったか、友達から中古を譲られたかですが、とうとう問い質す機会もないまま今に至っています。よもや盗品ではないでしょうが、もしそうなら身の破滅です。家族もろとも地獄行きです。世間の誹謗や中傷に耐えきれる家庭というものは存在しません。

話しかけても無視され、小言を言えばだしぬけの激情によって反発されます。あの子はもう私の手には負えません。私の両腕の中で微笑んだり泣いたりしたあどけないあの子はどこへ行ってしまったのでしょう。利発で、物覚えが良く、いつも感心していた自慢の子は、手元からこぼれて、庭の隅に忘れられた、空気が洩れて哀れにへこんだサッカーボールのようです。拾おうとしても、一昨年の映像のように、触れることさえできないのです。

そういえば、ある日、スーパーマーケットで買い物をしているとき、背中を丸めて棚の陰からこっそり覗き見しているあの子を見かけたことがあります。

曲がった背中、ぼさぼさの髪、頬の削げた怯えた横顔には無精髭。これが我が子かと、一瞬、見紛うところでした。その視線の行方を追うと、カートを押している被害者の姿があったのでした。私は何か不都合なものを垣間見てしまったようにこそこそ逃げ出してしまいましたから、その後、息子がどういう行動を取ったかわかりませんが、息子の表情や様子から判断すると、こっそり尾行していったとしても不思議はありません。

　息子のストーカーまがいの行為を目撃した母親の気持ちを理解してもらえるでしょうか。情けないやら、悔しいやら、哀れでもあるし、いろんな感情がごちゃまぜになって、恥ずかしくて、こそこそと逃げ出すより仕方がなかったのです。

　それに、たしか同窓会からの帰り道だったと思いますが、バッタみたいに張り付いて隣家の浴室をこっそり窺っている人影を発見したことがあります。まるで自分の裸体を盗み見られたように動揺しました。軽く咳払いしようとしながら、意地悪な気持ちから故意に見過ごしたのですが、今になって思えば、あの痩せた男の影は他ならない次男だったのではないかと疑われる始末です。もっともそれは若夫婦が公団に引っ越す四年前のことで、未だに悪癖が続いているとは思いませんが。

　盗撮といい、覗きといい、あの子は現実というものに直面していないのではないでしょうか。ファインダーや隙間から覗くまばゆい空間だけがあの子の現実なんです。それは現実とそっくりの光景ですが、後ろめたさに動揺してあでやかに漂う幻影でしかなく、あの子はそこにはいません。現実の外側でぽつねんと佇んでいるのです。


　それに比べると、あちらは子供たちに恵まれています。全員すくすくと成長し、近所の評判も上々です。長男も次男も大学を卒業し、娘たちも短大に進みました。長男は印刷会社に勤め、ほどなく独立して、今では立派な経営者になっています。あの子たちの姿を見かけるたびに私は悲しくなったものです。大人同士が次第に疎遠になり、剣呑な雰囲気になっても、あちらの子供たちは大きな庭で寛ぎながら、私の姿を見かけると、屈託のない声で話し掛けてくれたものです。

　私はそのたびに、思わず微笑みかけそうになるのを必死に制し、胸の中に嫉視と羨望と憎悪がないまぜになって湧きあがるのを放任していました。みんな、明るくて、素直な、いい子ばかりでした。

　ところが、どうしたわけなんでしょう、最近になって隣家も変調をきたしてきたではありませんか。あんなに仲睦まじかった親子が、ここ数年のうちにすっかり離ればなれになってしまいましてね。

　長男は近所の団地に所帯を構え（これには驚きました、お父様もさぞかしショックだったでしょう）、次男はいつのまにか家を出るし、長女はこの秋結婚したばかりでした、――もっとも相手が子連れの再婚でしたので、披露宴もなく、入籍だけで済ませたようです。あるいは身内だけの会が催されたのかも知れませんが、私たちは招待されませんでした。世間体を人一倍気にするお父様にはさぞかし辛い儀式だったでしょう。残っている次女も、最近は帰宅が遅く、しょっちゅう外泊しているようでした。ときおり垣間見られるオレンジ色の明りの中での夕食は、たいてい夫婦ふたりきりの侘しいものでした。

　賑やかだった家庭から笑い声が途絶え、出て行く息子を繋ぎとめようと慌てて増築された広壮な邸宅の構造や、色合いまでが、急に淋しいものに見えてきました。さすがに父親は意気消沈したのでしょう、庭の手入れに精を出す姿も滅多に見られなくなり、このところめっきり老け込んでしまって。

　最近、隣家に関するよからぬ噂が聞こえてきます。父親が、定年間近になって、とんでもない不祥事を起こしたとか。……大きな声では言えませんが、なんでも電車の中で若い女性に痴漢行為を働き、プラットホームで衆人環視のなか頬をぴしゃりとはたかれたのだそうです。次男がサラ金に手を出して自己破産に陥って父親から勘当を突き付けられたとか、次女の男を漁る破廉恥な行動は目に余るとか。長男夫婦だって、表向きそつなくふるまっていますが、仲はすっかり冷え切っているらしいというのがもっぱらの噂です。

——ああ、また始まった。

——最近、身体中、痒くてたまらないのです。

長男と同じ症状で、ひっかくと、みるみる紅斑がひろがり、ますます痒さが増して、居たたまれません。だから、このところずっと寝不足なんですよ。

横たわっていると、全身に虫が這いずり回っているような気がするんです。起き上がって、布団をめくろうとして、思わずためらいます。そこにうじゃうじゃと無数の虫が溜まっている気がするからです。思い切って乱暴にはがすと、そこには何も見当たりません。それと確認しても、いっこうに不安は解消しません。そこにいないということはどこかに隠れているということでしかないのですから。

目を開けていても、得体の知れない虫がいつも顔面のまわりをうるさく飛び交っています。和室に入ると、畳一面に、襞の数だけびっしりとはびこっており、一歩踏み込んだ足をすばやく避けたうごめきが、なおもわずかな間隙を埋めようとゆるゆる迫っています。押入れを開けると、虫のかたまりがいっせいになだれ落ちてきます。家中いたるところ虫だらけです。

ハイヒールを履くと、指先をちくちく噛まれます。主人の背広のポケットを探ると、最近頻繁に出入りしているスナックのマッチが出てきて、箱いっぱいに虫がうじゃうじゃと詰まっていて、体をひねりながらどんどん飛び出してきました。

つい今朝のことです。床に落ちている黒のソックスを拾おうと手を伸ばすと、指が触れる寸前に、黒いかたまりがにわかにうごめき始め、無数の虫が四方八方拡がってゆきました。しかも、黒いかたまりはなおもふくらんでゆき、どこから湧いているのか、ますます溢れて来るんです。

今や洗濯機や浴槽の蓋を取るのが怖くてたまりません。

ああ！　誰か私を殺してくれませんか！

白状します！　白状します！

あの子です！　被害者を刺殺した犯人は息子なんです！

事件当日の夜、浴室の隣にある洗濯機の中に無造作に放り込まれた厚手のソックスには、干からびた血痕が染みついていました。足裏にべったりと、隈なく。

次男の靴下でした。私はぎょっとして、急いで洗面台で水に浸してみました。すぐには馴染まず、両手で擦るとにわかに濁りました。間違いありません、まぎれもなく血でした。めった刺しにされた被害者の体からあふれ出た血にちがいありません。

なんてことでしょう。あのとき、あの子は惨劇の舞台に居たんです！

私は慌てて靴下を洗濯かごの下に隠し、翌朝、細切れに切り刻んで、こっそり焼却しました。靴下はもちろん、その日息子が着ていたものはすべて処分したかったのですが、周囲を憚ってそうもできませんでした。

あの子が被害者にずっと執心していたのは知っています。でも、なぜ、こんなことに！

ひょっとしたらあの子も死ぬ気じゃないでしょうか。

後生ですから、誰か助けて下さい！

第二章　動　機

逮捕直後こそ、容疑者は興奮状態にあり、泣いたり喚いたりして、感情の起伏の激しい一面を見せているが、翌日には落ち着き、取り調べには終始素直に応じている。反抗的な言動はもちろんのこと、苛立った表情さえほとんど見せなかった。首尾一貫して片山怜子殺害を認め、その点に関しては一度たりとも供述を翻していない。

犯行を克明に辿る供述には、はぐらかせる意図もなく、澱みもいっさい見られず、むしろ饒舌《じょうぜつ》すぎるほどであった。だが、それが真相を保証するわけでもない。といって、目撃者もないのだから、ひとまず事件はそのように展開したと信ずるしかない。ただ、それが故意なのか、単純な記憶違いなのかは判然としないが、明らかな誤りはすぐに指摘できる。

「片山家を訪問するとき、被害者の在宅を知らなかった」と主張している。しかし伯母である片山房枝は、容疑者から電話があった際、実は被害者について触れている。二人が同郷であることから、このところ沈みがちな被害者を慰められると考え、怜子の在宅をむしろ強調しているのだ。したがって「被害者に会ったのは予想外だった」という証言は、明らかな記憶違いである。

「被害者がそこに居ることを事前に知っていたのだね」という問いかけに、

「いえ、知りませんでした」と当初、容疑者ははっきり否定していた。

「しかし電話で伯母から聞かされていたのではないか」と指摘されても、

「そう言われれば、なんとなく会えるような気がしていたように思います。だとしても、それは伯母から聞かされたという根拠のあるものではなく、そこに行けばひょっとしたら怜子さんに会えるかも知れないという漠然とした期待、あの人に対する憧れめいたものに育まれたものでしょう」と冷静に述懐している。

ごまかしを暴露されたバツの悪さも示していない。実際に伯母の言葉を聞き漏らしたか、あっさり失念しているかのような印象を与える。仮に容疑者の弁解に故意の作為がないとしても、この「あっさり失念している」という性質には、多少注意を傾ける必要があるのかも知れない。

いずれにしろ、まことしやかな供述内容も、詳細に見れば事実と完全に一致しているわけではない。ちょっとした綻びが見え、そこを突き詰められると、容疑者はこともなげに撤回し、修正する。すでに犯行を認めているので、何も隠す必要はないわけだ。悪びれた様子もないが、その反応がいささか軽薄でせっかちすぎると感じられなくもなかった。

ごく稀にだが、終始冷静であった容疑者が、過剰に動揺し、混乱する場面もあった。これには一定の傾向が見られる。虚偽やごまかしをあからさまに指摘されるときである。なぜか必要以上の反発が見られ、そのためにかえってしどろもどろな供述になった。

いずれにしろ、この事件の特異性は、犯人があっさり特定され、その供述から犯行の経緯もほぼ正確に辿れるにもかかわらず、なんとなく納得しかねる欺瞞の匂いが漂い残ることである。

なぜ片山怜子を殺害したのか。その動機がいつまでも解明されない。すらすらと犯行のすべてを語っているようでいながら、その実、肝心の核心の部分が欠落していた。

動機の点では、検事調書はほとんど何も語っていないと言っていい。被害者の財布が紛失しており、容疑者が奪って逃走した事実は明白であり、本人も認めている。動機は被害額の多寡で決定されるものではないとはいえ、さすがに調書はたった数千円の強奪をこの凄惨な凶行と結びつけるのをためらっている。

「怜子さんの財布を拾ったのは、犯行後のことなのか、それとも犯行前のことなのか」

この質問は、これといった意図も無く、なにげない再確認のために向けられた。なぜなら既に犯行後だと自白していたからだ。ところが、容疑者は迷うことなくあっさりと答えた。

「犯行前のことです」

単なる言い間違えではなかった。その主張には、犯行が窃盗のためと思われたくないという明白な意図があった。

「犯行前だった？　だとすれば、財布が床に落ちていたというのは不自然ではないか。ナイフで切りつけられて逃げ回っているときに落ちたのではないか」

「落ちていたから拾ったのだと言いましたが、落ちていなかったなら拾わなかったし、盗みもしなかったと弁解しているのではありません。そのときの興奮状態なら、家中ひっくり返して金目のものを物色したとしても不思議はありません。ぼくは財布を盗んだことを弁解しているのではないのです。財布は拾ったが、決して金銭目当てに盗んだのではないと主張しているだけです」

窃盗という嫌疑が、容疑者には我慢のならない不当な言いがかりに思われたのか、躍起になって反駁した。殺害よりも窃盗の方が、はるかに外聞が悪く、不名誉だと言わんばかりだ。

「強いて言えば、財布の色が赤かったということが、くすんだ灰色の世界の中で、妙になまなましく際立って見えたことが、財布を拾い上げた要因なのですから。ぼくが財布を盗ったのは事実ですが、強姦したあげく、殺害し遺棄した犯人が、翌日になって犯行現場に戻り、死体から財布を抜き取るというほどの意識のズレがあると言えます。ぼくはもともと金銭に執着することはなく、なければないで平気でした」

それは事実である。関係者が口を揃えて証言するのは、日常生活における容疑者の金銭に対する無頓着さだった。貯金通帳さえもない。住居は古いモルタル造りの手狭なアパートだし、食費に事欠き、パンの耳を鳩の餌だと偽って手に入れながら食いつないでいた時期もある。将来の展望もないが、それでいて絶望しているわけでもなかったようだ。夏用の布団をマント代わりに覆って外出している姿も目撃されている。周囲の目を憚らずその扮装で買い物にさえ出掛けており、むしろ奇抜さを得意がっている一面さえみられる。

だが、どんな奇矯な性質も、犯行時の不可解な行動を説明できるわけでもなかった。

問い詰められて、容疑者は、「財布を拾ったのは、犯行後ではなく、犯行前だった理由」を急いで作成した。

「実を言うと、財布が目につき、それを拾おうとすると、……いや、実際に手を伸ばして拾った瞬間を、怜子さんに発見されたのです。そのとき怜子さんは厳しい目で見据えていました。あたかも盗もうとしていたかのように疑う暗い目つきに感じられ、急いで弁解しようとしましたが、言葉にならず、よろよろしながら近づいていくと、両手で胸を庇いながら怯えて後ずさりしていくので、悲しくなって、思わず凶器をふるったのです」

こうして隠された思いがけない事実が白状された。だが、たった今思いついた架空の出来事のようにも思える。状況を詳しく求められると、次第に確信がなくなったように黙りこくった。尋問の誘導する方向にずるずると流されていく傾向はおなじみのものだった。その後も、財布についての供述は二転三転した。多様な展開を披露したあげく、自分でもさっぱり分からなくなってしまったような供述からは、真相を手繰り寄せるのはとうてい不可能だった。

「あ、……そういえば、あのとき怜子さんが蕎麦の代金を立て替えたのでした。そのとき財布を取り出し、支払いの後テーブルの上かどこかに置かれてあって、あの混乱の最中に床に落ちたのでしょう。怜子さんが丼の載った盆を持とうとするので、『あ、ぼくが持ちます』と言うと、にっこり笑って、『だったらそっちの方をお願い』と海老の天ぷらを盛ったざるを顎で指示しました。それから二人でリビングに戻りました。そのとき盆を抱えて歩いて行くあの人の姿勢がなんだか不自由そうに見えました。きっと財布を小脇に挟んでいたのでそう感じられたのでしょう。三人分の丼と天ぷらを盛ったざるがテーブルの上に配置され、そのとき何か影のような物体が一緒に置かれましたが、それがきっとあの財布だったに違いありません」

もっともらしい説明が続く。だが、これも追い詰められてとっさに反応する顕著な特徴が顔を出しているに過ぎないとも言える。

「蕎麦屋の出前が届いたのは、次女が外出してしばらく経ってからですから、たしか一時すぎだったと思います。玄関で若い男の声がして、まず怜子さんが応対に出て、いったんリビングに戻り、それからあらためてもう一度玄関に向かいました。一人残されて待っている間、玄関から出前の男の陽気で軽薄そうな声が聞こえ、忌ま忌ましく感じていました。つい舌打ちしてみせると、その甘ったるい甲高い音が、部屋いっぱいに響いて、心をこなごなにしました。

応対がひどく手間取っている様子なので、出前の男が何か不届きな思惑を抱いて、怜子さんを故意に足止めしているのではないかという疑いがむっくり鎌首をもたげました。やきもきし、そのうち、何を思ったのか不意に立ち上がり、相手を威嚇するような気分で憤然と玄関に出て行ったのでした。明るい戸外の光に満ちている玄関で、両膝をついたまま怜子さんがくるりと振り返り、ちょうど玄関のドアが閉まりかけていて、蕎麦屋の店員の身体の一部が、ぺろりと舌を出した貝のように見えました。まるでぼくのやって来る気配に気づいてこそこそ逃げ出したようなので、ますます腹立たしくなりましたが、その男の顔は見ていませんし、彼もまたぼくの姿は見掛けていない筈です」

動機については、怨恨説などさまざまな尋問が浴びせられたが、容疑者の口からははっきりとした回答が得られたとは言いがたい。問われるごとに相手の意向に迎合し、誘導のままに供述は変更される。だが、次の瞬間には、あっさりと翻すといった変転も繰り返された。しかも、そのたびにますます確信ありげな口吻になるのだ。そもそも容疑者には、なぜ殺害に動機が必要とされるのか理解できていないようでもあった。

供述書は、容疑者よりもむしろ取調べ官の心象があからさまに描写されているとさえ感じられる。

犯行時間については、次女の外出した一時前から、同女の帰宅する三時頃の間に絞られる。検視結果も一致している。

出前が届いて、次女が帰宅するまでに、せいぜい二時間しか経過していない。その間に、容疑者は天ぷら蕎麦を平らげ、その直後に、凄惨な凶行を演じている。食後だと判断される確かな根拠はないが、刺殺して、その後に平気で食事をとったとは考えにくいから、食後だと考えるのが妥当だろう。この短時間に、いったい二人の間に何があったというのか。

いずれにしろ、邦夫が、犯行現場から被害者の所有する赤い財布を盗んで逃走したという事実は否定しようがない。

「形見を携帯するようにポケットにいれて逃走した」と、被害者への愛着を仄めかしもしているが、逮捕されたときすでに財布は所持していなかった。更に追及されると、「中身を拝借して、駅に着くまでには、もう捨てていた」と、こともなげに述べている。この無造作な扱いは（あるいは故意に無造作をてらった作為）は、容疑者の顕著な性格のひとつである、奇妙な執着と同時にきわめて飽きっぽい性癖を暴露しているだけだろうか。

その財布も、凶器同様、発見されていない。

執拗な取り調べが進むにつれ、当初明確だった犯行の経緯も、次第にあいまいになり、辻褄《つじつま》の合わない矛盾を露呈するようになった。つぶさに探れば探るほど真相から遠ざかってゆくようだった。

「つい昨日までは、何もかも明確に把握していたのに、質問を繰り返されるたびに心許なくなり、記憶の欠落さえ招いた」という、取り調べに対する非難がましい指摘も残っている。「犯行当時の記憶はスープみたいにあっけなく冷めてゆき、その手応えは指の間をするするとこぼれてゆく砂のように頼りなくなっていった」とも述懐する。

また、強要されるままに思いつきを喋っているフシが頻繁に見られた。確認を繰り返し、執拗に細部にこだわろうとする聴取に、うんざりし、ふてくされている場面も稀にあった。とうとう苛立たし気に声を荒げる。

「殺人を認めているのに、これ以上何を要求したら気が済むんです？」

【被害者の義母片山房枝(61)の証言】

取り返しのつかない大変なことをしでかしてくれたものですが、未だに信じられないというのが偽らざる気持ちです。被害者も加害者も身内なのに、まるで他人事のようで、悲しみも憤りもしっくり実感できないでいます。

当夜、何も知らずに帰宅して、事件に直面したときの驚きといったら。

血みどろになった惨状を眺めながら、そこが自宅だとはどうしても考えられず、垣根越しに他人の家を覗き込んでいるような気分でした。今だって、戸口に挟まれた訃報《ふほう》を目にして戸惑っているようにしか事件を受け止められないでいます。

あらぬ誤解を招いても困るのですが、どうかすると私にはこうなることがとっくに分かっていたような気さえするんですよ。といっても、邦夫の性格にそうした兆しがあったとか、怜子さんとの間にもつれた関わりを予感していたということではなく、きっと何事もあるがままに受けいれがちな私の性質のせいでしょう。

もともと邦夫は、どこかしら一風変わっていると見られていたようですし、こんな大それた事件を起こしたからにはますますそうした性格を誇張されるでしょうが、私に言わせれば、穏やかで、素直な、とってもいい子でした。まあ、ちょっとしたつまらない事象に不思議な執着を示したり、誰もがあたり前のように受け止めている良識をまばたきでもするようにあっさり無視したりする傾向がありましたが。でも、根はいたって平凡でしたよ。こんなふうに言うと、きっとあの子は気分を害すでしょうけれど。

少なくとも日常生活に支障となるような奇異な振る舞いを見せませんでしたし、他人とは協調的でした。世間の風評とは逆に、むしろ安易な妥協と、順応しすぎる傾向を危惧していたくらいです。あれで、結構如才ないのです。気遣いも必要以上でしたし、決して他人に疎まれるような性格ではなかったと断言できます。職場の同僚からは概してきさくな好青年と見られていたようですし、その点は私もまったく同感です。もっとも仕事が一年以上長続きしたためしはありませんでしたが。

しかし、幼少の頃となると、話は別です。昔はとっても内気で神経質な子でね、伯母の私に会ってもろくすっぽ挨拶さえできない子でした。

あの子がまだ学校に上がる前のことでした。私がそこに居るとも知らずに勢い良く走って来て、うっかりとんでもない場所にやって来たというように、びっくりした顔つきで敷居の上に立ち止まり、入ることも逃げることもできずに、人形みたいに突っ立っていました。

大きなくろぐろした目を見瞠いて、黙って私を注視している驚愕の表情は、内心の動揺とはうらはらな無関心を貼りつけて、どこか昆虫の顔つきに似ていました。自分の目の前で微笑している私を見て、好意的な笑顔だが、なぜそうなのか見当もつかないといった顔つきで凝視し続けているのでした。

小一時間後、おざなりな親交をまじえて実家に戻ろうとしたとき、玄関に残していた私の下駄が見当たらず、不思議に思って探していると、あの子が戸外から戻ってきて、先刻のときのように、びっくりした顔つきで私を見るのです。そのちっちゃな裸足が、赤い鼻緒を絡めて、そぐわない大きな下駄を持て余していました。と、やにわに、半ズボンをはいた痩せた身体が羞恥を撒き散らしながら、下駄を脱ぎ捨て、裸足で逃げだしたものです。その下駄は私のものでした。

帰郷の記念にと家族全員で撮った写真が私のアルバムにあります。あの子は買ったばかりの真新しいランドセルをわざわざ背負わされて、咲きほころんだ梅の木の前に立って、撮影者を臆病な目で見つめています。片手をポケットに突っ込んで、身体をはすかいにして、今にも後ずさりしそうな身振りです。

どうしてそうなったのかわかりませんが、その左手を私の手が握っています。逃げだそうとするのを微笑ましく諭そうとするように。

実を言うと、そのランドセルは私のプレゼントでした。息子のお古だと言って妹に渡したのですが、実際は新品で、ネームプレートは豪華な晴れ着の一部を使用した私の手製でした。

それから、もっと後年になって、長女の沙織と一緒に訪問したときのことが印象深く思い起こされます。

実家の浴槽は旧式で、新装したばかりのタイル貼りのお風呂の噂を聞きつけて、妹の家に貰い湯に行ったのです。寡黙で引っ込み思案な沙織が、ただただ潔癖さのために、あまり気の向かない訪問を自分からせがんだのでした。

玄関で声を掛けると、たまたまあの子が居間から出てきて、私の顔を見ると、やはりこそこそと逃げるような素振りを見せながら、かろうじて踏みとどまり、「え?」と言った頓狂な声をあげました。私がにっこり笑って挨拶しても、以前のようにへどもどするばかりで返答もできないのです。もう十五歳になっていたのですが。

「どうしてそんなに慌てて逃げようとするの?」

そのとき妹が居間から出てきたので、「この子ったら、私を見ると、いつもこそこそ逃げ出すのよ」と妹に向かって苦笑すると、あの子は必死になって弁解するのでした。

「そうじゃないよ。トイレに行こうと思って」

そのくせそこにとどまり、私の後ろでそっぽを向いたようにして突っ立っている沙織をこっそり覗き見していました。その頃の沙織は、周囲を疎ましげに蔑む、ちょっと嫌な娘でした。

その夜は夕食をごちそうになり、お風呂でゆっくり寛いでいるとき、ふと曇りガラス窓が僅かな間隔をあけて、気の許せない余白を留めていることに気付いたのです。閉め忘れたのか、湯気を逃がすためなのかとも思われましたが、そのときつい先刻のあの子の奇妙によじれた姿勢を思い出したのでした。身構えた姿勢から覗かせる暗い後ろめたい視線。ひょっとしたら、このガラス戸の間隙は故意に仕組まれたのかも知れない、ふとそんな気がしたのです。裸身の覗見のために。

だとしたら、その対象は私だったのかしら、それとも沙織だったのかしら。

とにかく、両親とさえ滅多に会話も交わさない子で、学校にあがるとますますその傾向が強くなり、部屋に閉じこもって本ばかり読んでおり、何を考えているのかさっぱり理解できないと、あの子のことになると、母親はいつも嘆いてばかりいました。それでも学業の成績は秀逸だったので、あまり文句は言えなかったようです。

おとなしい、誠実な性格なのですが、感情の揺れが激しく、子供のように興奮したり、急に落ち込んだりすることがあって、その原因をつかみかねる周囲に必要のない不安を強いていました。普段はいたっておとなしいので、ごくときたま鳳仙花のように爆ぜる怒りと興奮は、人が変わったようで、妹はとても怖がっていました。妹は、あの子は癲癇《てんかん》もちだからと嘆いていましたが、原因の一端はあるのかも知れません。もっともその怒りに接したのは、ごく身内に限られていたでしょう。私もあの子がまだごく幼い頃、たった一度垣間見たことがあるだけです。

また、他人に嫌われることを極度に恐れていて、不当な誤解を被ったときなど、必死になって抗弁することがありましたね。そういう意味では、他人の評価を過剰に信頼しすぎる傾向があったと言うことができるかも知れません。

「注意力散漫と非社交性」

それが通信簿の余白に添えられた評価だったそうですが、成長するにつれ、いつのまにかすっかり変貌してしまい、高校を卒業して上京した頃には、誰に対してもかなり如才なく振る舞えるようになっていました。ところが、両親に対してはまったく変化はなかったそうですから、あの子の処世術だったのでしょう。

都会があの子を変えたのでしょうか。それとも、故郷の不自由な束縛から開放されて羽ばたいたのでしょうか。いずれにしろ、何か転機となるような体験を経たのでしょう。軽妙洒脱な、油にまみれた円滑な歯車の自動化を掌中にしたというふうで、私からすればちょっと軽薄になった感じでした。

しかし、わたしは好きでしたよ。欠点さえ、憎めませんでした。ただ、私の縁戚ということもあって、家を訪ねて来たときは、うちの人に遠慮してむしろ冷淡に接していましたが。

上京して半年も経たないうちに休学して、留学のためのまとまった資金を貯めるという口実で、うちにしばらく下宿したいと言い出したものですから、なおさら負い目があって、ときおり邪険にさえ扱ったものです。

居候《いそうろう》していたのは一年余りでした。部屋は、一階の、普段は滅多に使用しない洋間の応接間の一角を利用させました。かつて次男が使用していた、簡易ベッドを隅に設置した、調度品とソファーだけの手狭な空間です。二階には三室あり、一室空いていたのですが、結婚前の姉妹の隣室というのはさすがに憚れたのです。

選んだ職種は警備とかで、勤務先は府中競馬場でしたから、うちからは近くて通勤には便利でした。でも、夜勤と二十四時間勤務の不規則なローテーションの上、週に二日九段下の蕎麦屋で昼食のピーク時の皿洗いのアルバイトを兼ねていたので、ほとんど家に居なかったというのが実情です。通勤電車ではたいてい眠りこけていたのではないでしょうか。

居候の期間中、うちの人とはもちろんのこと、子供たちの誰ともうまく折り合っていたようです。でも、心底打ち解けるというふうではなく、いつも過剰な礼節と気兼ねを保っていて、多少とっつきにくいというふうに見られていたかも知れません。もっとも、寝起きの際にはそうした配慮が行き届かず、ときどき朝の食卓で手の施しようのない不機嫌な表情にでくわすことがありましたが、朝は家族の誰もがたいてい怒りっぽかったので、さほど目立ちませんでした。

休業日、主人と子供たちが慌ただしく出掛けて行った後、わざと寝坊したばかりのように工夫しながら起き出してくるのが、たいてい九時頃でした。いつも一人で冷めた朝食を取るのです。私はわざと放任していましたし、本人も余計な気遣いから遠慮していたので、ミソ汁を温め直すこともありませんでした。私が掃除と洗濯を終えて寛ぐとき、たいていあの子はそばでぼんやり煙草を喫っていました。そんなときはやわらかな光の湯浴みにひたっているように幸福そうでした。

でも、夜勤明けの日曜日ともなると、さすがにみんなと顔を合わせないわけにはいきません。そんなときのあの子の態度ときたら、まったく見物でしたよ。誰よりも遅く起きるのは、低血圧ぎみの沙織でしたが、起き出すのがちょうど同じ時刻なのです。あまりにもぴったり合うと、さすがにバツが悪いのか、慌てて部屋に戻ろうとして、それがかえって羞恥を招いてしどろもどろになるというわけです。

とにかく、その頃から沙織とは大の仲良しでした。沙織さえ居れば安心して家族の中に溶け込めるのですが、沙織が居なくなると、とたんに口実を失ったように落ちつかなくなるのでした。

沙織に言わせると、どことなく私に似ている面があるということで、ときどき息子のように感じていました。私の若い頃の写真をせがんで、見るたびに褒めそやすので、こんなことを言ったら笑われるでしょうが、あの子と一緒に居ると、妙に若やいだ気分になって、娘時代の可憐なときめきを思い出したものです。

取るに足りない淡い憧憬や、小さな裏切りといった、他人にはとても言えないことでも、ついつい口をついて出てしまい、後で気恥ずかしい思いをしたこともあります。

女にはいつまでたってもそうした秘密を打ち明けたいという気持ちがあるもので、それを見越した上で持ちかけているのではないかという、気の許せない視線を感じなくもなかったのですが、うっかり引き込まれてしまうのです。また、あの子には妙な色気があって、ときとしてその視線にただならぬ濃密な粘り気を感じて、どきりとしたときならぬときめきを感じることさえあったものです。

あの子には、いうなれば他の人がいつしか断念してしまう他愛ない夢をいつまでも持ち続けている一面がありました。立ち上がって歩くと、夢がぽろぽろとこぼれ落ち、素足にやわらかくまつわりつくような印象が残るのです。それでなくても、ふとした折に意味もなくぼんやりして、うかつな失態を繰り返すことがあったので、なおさらそんなふうに感じるのかも知れません。具体的に打ち明けられたわけではないのですが、本人にも自覚できない漠然とした計画を懐いているようでした。

いつもあらぬ方向に関心があるようでした。何においても心底満足するということがなく、いつだってそこが本来の居場所ではないといった落ち着きのなさも感じたものです。普段はごまかせているのですが、どうかした拍子に、不意に耐えがたくなることがあるらしく、談笑している最中にふっと不安が顔を覗かせ、それが次第に焦慮にまみれます。そうした変化が手に取るように分かるのでした。

同居の日々が続いても、あの子にとって我が家は心置きなく寛げる場所とはならなかったでしょうね。

そのうち、一年も経った頃でしたか、目標にしていた資金がたまったからと出て行きました。それは表向きの理由で、きっと居辛くなったのだろうと思いましたが、私は正直ほっとして、引き止めもしませんでした。

案の定、留学したという報告もなく、大学にも戻らず、アルバイトにばかり精を出していたようで、うちにも余り顔を出さなくなりました。

都会はもうあの子を孤立させることはなく、むしろ柔軟に泳ぎまわれる居心地の良い場所に変わっていたのでしょう。田舎の小川に棲むドジョウやフナが熱帯魚となって泳ぎ回っているような危うさと妖しさを感じました。それにしても、あんなに稼いでいたのに、いったい何に散財していたのでしょうか。だって、授業料も滞納し、退学を余儀なくされていたというじゃありませんか。

それにしても、いかに貯蓄の為とはいえ、あの子が我が家に厄介になろうとするには余程の決意が必要だったはずです。他人との関わりを苦痛なしでは保てないあの性格を強いて曲げさせたのはいったい何だったのでしょう。今になってとても不可解に感じる出来事でした。実家に相談したわけでもなく、自分で決心して直談判に及んだのですからね。そのことを私からの電話で聞き知ったお父様も、経緯を聞いてすっかり驚き、ひどく恐縮しながら主人に詫びを重ねていました。

あの子のお父さんは、そもそも私とは郷里の幼馴染みです。互いの家は二軒しか離れていなくて、小中学とも同窓でした。そりゃあ、もう、その頃のお父さんは凛々しく、魅力的で、みんなの憧れの的でしたよ。忌まわしい戦争の時代でしたが、私たちはそれなりに明るく健気に暮らしていました。

やがてあの方は軍役に志願し、残りの一家も総出で満州に渡り、家は一時期もぬけの殻になりました。出征して、南方で戦死したような噂も聞きましたが、終戦から数年経った頃、どうやら東京にいるらしいと、田舎の親戚から消息を尋ねる連絡がありました。

主人が役所に勤めていましたから、そのつてもあり、ようやく探し出したのです。高島なんとかという職場で易者をやったり、港湾で肉体労働をやったり、細々と食いつないでいたようです。

やがて周囲の説得で故郷に戻り、妹と結婚したときには、自分のことのように嬉しくてはしゃいだことを憶えています。結婚式を挙げたときにはすでに邦夫が誕生していましたから、今で言う〝できちゃった婚〟だったのでしょう。

ちょうどその頃、私は肺病を病んで半年ほど田舎で静養していましたから、新婚の妹に経済的な支援やら何かと面倒をみてあげることができました。その後も毎年のように静養を兼ねて滞在していましたから、本人はもちろん憶えていないでしょうけれど、邦夫がごく幼い頃、農作業に明け暮れしている妹の代わりによく面倒をみてあげたのです。オシメだって何度も替えてあげたんですよ。

よく泣く子でした。それも全身を振り絞るように激しいのです。ひっきりなしに泣いていた記憶ばかりがあります。下腹がぷっくり膨らんでいて、便秘ぎみで、数日おいて下痢を繰り返す厄介な子でした。うちの子供たちに比べて便が異様に臭くて、「田舎と都会の食事の違いからかしらね」と不用意に洩らした一言が、妹をひどく傷つけてしまったことがあります。

妹は寡黙で、不平不満は一切呑み込んで、決して表情には出さない子でした。八人きょうだいの長女と末っ子で、歳もかなり離れていましたから、従順で、謙り、傍目には下女のようにかしずいているように見えたかも知れません。そんな妹がむき出しの感情をあらわにしたのでした。ただ、浅黒く、いかつい、野卑な顔つきだったので、目立ちはしませんでしたが。長年にわたってはびこり、固着した卑屈な劣等感は私には無縁なものでした。もっとも私はひとしきり同情したものの、すぐに忘れてしまいました。

ところで、犯行後、怜子さんの財布が盗まれていて、金銭目当ての犯行だったと取り沙汰されていますが、これほど見当外れな憶測はありません。だって、あの子には、金銭に対する執着や名誉に対する憧れはいっさい見受けられませんでしたもの。そういった意味ではまったく欲はないのです。

日頃、余りの無欲に私たちはやきもきしていたくらいです。ある年の冬なんか、外套を買うゆとりもなかったのでしょう、毛布をまとってパンを買いに出掛けようとするところを娘の沙織にたまたま目撃されているくらいです。そんなことはちっとも平気で、むしろ得意気になって、「鳩の餌だと言えばパンの耳はただで貰える」と吹聴していたそうですから、呆れます。

でも、どうして沙織が見掛けたのでしょう、今になってそんな疑念が舞い込んできます。ひょっとしたら、私たちに内緒で、二人は外でしょっちゅう会っていたのでしょうか。

最近も、せっかく就いた仕事をあっさり放棄し、ぶらぶらと遊んでいたようです。生活費にも事欠いていたと思われますが、見栄や外聞には呆れるほど無頓着で、どんな惨めな境遇も平気でした。といっても、仕事に就けば就いたで、それなりにこなしていたのですから、怠惰ではあっても無能ではありませんでした。

他人には迷惑をかけず、勝手きままにやっているようで、私は安心して見守っていましたが、主人は顔を見るたびに小言を浴びせていました。ただでさえ頑固で口やかましい方ですから、訪ねて来るやいなや、さっそく教訓を垂れようとします。

ところが、あの子も澄ましたもので、なんて言うんでしょう、柳に風とでも言うんでしょうか、そんなときの二人のやり取りがなんとも軽妙で面白いのです。そこへ、皮肉屋の沙織が取り澄ました顔つきで嘴を挟むものですから、なんとも珍妙な構図が展開されるのです。沙織は邦夫に理解を示し、ついつい応援してしまうのですが、過剰な贔屓《ひいき》に気づいて、今度はしっぺ返しを喰らわせるのです。うちの人だって、内心はどうでしょう、結構邦夫ちゃんが気に入っていたんじゃないかしら。

と言っても、娘の縁談の相手ということになると、まったく話は別です。とんでもない、絶対許すわけにはいかないというのが本音だったでしょう。

ええ、まあ、それらしい話がなくもなかったのです。ただ、周囲がそれらしい雰囲気を嗅ぎつけ、しきりにやきもきしていたのに、当人同士はいっこうに慌てようとしなかったというのが実体です。沙織に対してときどき慎みのない憧憬をあらわにすることがありましたが、それも風船がしぼむようにあっさり立ち消えてしまいます。娘はというと、一度妹にそれとなく打ち明けたことがあったそうですが、普段はまったく気振りも見せないのです。ええ、沙織の方も満更でもなかったと思います。でも、二人の仲は、またたくまに意気投合し、親愛を募らせたのに、それを持続するだけで、いっこうに進展しませんでした。

余り気を回されても困るのですが、一時期、二人が愛し合っていたのは間違いないと信じています。ええ、お互いに結婚さえ望んでいたと思いますよ。

それに、怜子さんに惹かれていたことも、他の人はともかく、私はとっくに見抜いていましたよ。本人は意識していませんが、あの子は人一倍淋しがりやで、誰にでもあっさり夢中になってしまうのです。といっても、ことさら慎みがないとか、鼻持ちならないというふうには感じられませんでした。それがあの子の不思議な魅力なのです。

事件の当日、私は邦夫からの電話を受けてほどなく外出しています。十一時を少し回った頃だったでしょうか。次女にはボランティアの会合だと言い残しましたが、本当は長女の沙織と渋谷で待ち合わせていたのです。

それというのも、前夜、沙織から電話があって、久しぶりに立ち寄るつもりだと言うのですが、その口調にふといつにない憂悶を感じ、気を回して問いただすと、それとなく悩みを抱えていることを認めたからでした。といってもあの子は、自分の苦境には少しはすかいに構えて皮肉っぽい苦笑交じりの調子でごまかす癖があるのですが、母親の私にはすぐに分かりました。

何か深刻な悩みを抱えているにちがいないと考え、「それじゃ、久しぶりに美味しいものでも食べて、買い物でもしよう」と誘い、十二時に渋谷で会うことにしていたのです。

渋谷は、あの子の結婚直前に、二人で心ゆくまで語らいあった場所です。事情があって披露宴もしないというので、私なりに奮発して豪勢なお祝いをしてあげたのでした。

駅前で落ち合い、小一時間沙織と一緒に過ごし、買い物を終えて自宅に戻ったのは、すでに夕暮れでした。同行していた沙織が、「やっぱり今夜は帰るわ」といつものきまぐれでつぶやくので、私も強いて勧めず、明大前でその寂しげな後ろ姿を見送りました。一人で帰宅した私を待っていたのは、異様な雰囲気に包まれた騒然とした光景でした。自宅の周辺には赤色灯をせわしげに回すパトカーが縦列し、大変な人だかりでした。……

長男の指示でしばらく近くのホテルで過ごすことになったので、警察の方にお願いして、着替えをまとめるためにこっそり現場に足を踏み入れました。殺害現場となった廊下とリビングを避けて、ベランダから上がり、和室を抜けて寝室に向かいました。

そのときふと、現場の雰囲気に、なにか微妙な違和感を嗅がずにはいられなかったのです。

リビングと居間の間の襖はいつも開け放たれているのですが、そのときはなぜか閉まっていたのです。案内した係員によると、現場はそのまま保存されているとのことでした。すると、誰が、どんな目的のために閉めたのか、さっぱり合点がゆきません。差し迫った理由は思い当たりませんし、襖は両開きになっていますから、習慣から片手でうっかり閉めたとも言えません。襖を慎重に閉ざす密かな意図を想定しなくてはなりませんでした。

それに、もうひとつ奇妙だったのは、寝室への敷居の手前で足裏が固い物を踏みつけてしまったのです。思わずぎょっとして足元をみました。

碁石でした。黒の。主人は囲碁が趣味で、新聞の対戦を辿りながら背中を丸めて呻吟していましたが、碁盤に載った碁笥《ごけ》から碁石が飛び出すことは滅多にあるものではありません。それに毎日居間は掃除していますし。……

いえ、だからどうだとか、そんな意味で言ったのではありません。そのとき最も奇妙な点があるとすれば、そうした何でもないことに意識が注がれた、私自身の意外なほどの冷静沈着であったでしょうから。

この歳になればついつい暇を持て余します。苦しみもありませんが、溢れる喜びもありません。何をしても中途半端な感動しか得られません。モルヒネによって苦痛から逃れているベッドに縛り付けられた末期の癌患者のようなものです。

それで最近はボランティアに参加しているのですが、会合は月に二度、余程の事情でもない限り必ず出向きます。育てた子供がつつがなく成人し、やがて結婚して家を出て行くと、取り残された同じ年頃の女性たちが、日常のもっとも無為な昼下がりに、二十人くらい集まり、紅茶とケーキを添えて陽気なおしゃべりで時間をすごすのです。率先して座を盛り上げる人、周囲に耳を傾けるだけの人、それぞれの役割はあらかじめ決まっていました。

私たちの活動は恵まれない境遇にあるシングルマザーたちへの支援でした。ほとんどが水商売に勤めながら子供を育てている女性たちということもあって、最初は何となく憚れたのですが、接してみると、みな素直で、健気で、いい子ばかりなんです。家庭に安穏としてきた私なんぞにはとても想像もつかない苦労を抱え込んでいて、私自身の戦後の苦労を思い出して身につまされました。あの人たちの子供への献身ぶりには頭が下がる思いでした。保育所を世話したり、就職を斡旋したり、ときどきは子供の玩具などもプレゼントしてあげていました。

先月の例会で、七十歳に手の届く痩せた神経質そうな、茶色の老眼を掛けた、かつて教師だった婦人が、一人遅刻してやってきて、恐縮しながら私の向かいの席に座りました。

退屈なおしゃべりを聞き流していると、つんと嫌な臭いが鼻を掠めて、私はおもわず顰めっ面をしていました。物の腐った臭いに似ていますが、何の臭いかよく分かりません。窓が少し開いていたのでそこからすべりこんできたのでしょうか。すると排水溝からの臭いなのでしょうか。それにしても執念深く絡みついてきて居たたまりませんでした。

そのうちふっと、遠い記憶がよみがえったのです。娘のおむつを代えたときの手のしぐさを思い出し、そうか、あの臭い、……排泄物の臭いだと思いあたりました。

思わず前の席の女性をそっと窺いながら私はひとしきり同情していました。年齢的にもきっと紙おむつの世話になっているにちがいないと思ったからです。もうすぐ私もその年齢になると思うと気も塞ぎました。

臭いはますます執拗にからみつき、耐え難くなりました。そこで席を立ってトイレに向かったのです。臭いからの退散のつもりでしたが、トイレに入ったとき、少しお尻がむずがゆく感じたので、ペーパーを当てがってさらりと拭いて便器に落としたのです。そのとき白いペーパーにくっきりと黄色い染みが染まっているのが目に入りました。

そのときの私の絶望を分かってもらえるでしょうか。いきなり胸のあたりをドンと突き飛ばされた感じです。悪臭を発していた犯人はなんと私自身だったのでした。無残な醜い老衰をあからさまに暴くだらしない弛緩を見せつけられた思いです。それに気付かなかった不注意が更に大きな痛手でした。大きな釘を刺している無痛の足を見る気持ちで、私は生まれて初めて死にたいと思っていました。

それ以来、私には全身から糞尿の臭いがまつわりついて消えません。

事件の当日、近所に住む怜子さんが洗濯物を抱えてやって来て、たびたびそうするのですが、「お義母さん、一緒に洗いますね」と声をかけて、もう浴室の手前の更衣室に入って行きました。

その軽快な足取りを私は漫然と見逃していて、それからはっと思い立って、慌てて追いかけたのですが、手遅れでした。

怜子さんは洗濯槽に持参した下着を放り込み、更衣かごにある私の下着を取り上げたところでした。つと不審げな顔つきをして、私のやって来る足音を聞いてこちらを振り返りながら、しばらく手を止めていて、思わし気な間をおいてからさりげなく指を放しました。

白くて細い指先が、摘んでいた下着が離れても、いつまでもしなを作って留まっていました。落下してゆく下着はいったん宙に留まり、すっと消えましたが、その寸前にからかうように翻ったのです。そのとき私は辛い秘密を覗かれたと察して生きた心地がしませんでした。全身が羞恥にまみれ、かっと発火し、気が狂いそうでした。……

やがて次男がいつものように声も掛けずに出て行った後、いつか灰皿の煙草を消し忘れていたことを思い出して、確認しようと応接間に入ったのです。意外なことに、灰皿は空っぽでしたし、ベッドも整然としているのです。怜子さんが掃除していたことを思い出し、苦笑しながら部屋から出ようとしたとき、つんと嫌な臭いが漂ってきたのです。

それでなくても、私はこのところ臭いにひどく敏感になっていました。しかし、いつも悩まされている便の臭いではありません。もっと甘い、もっと執念深い臭い。そうだ、あの臭いだと思い当たりました。カバーをめくると、案の定、白いシーツには、拭き取りきれなかった濡れた染みが拡がっていました。臭いはそこから漂っているのです。

私には似たような経験が幾度かあります。長男も次男もかつて同じようにベッドで漏らして、長男はこっそり下着を洗っていましたが、次男はあっさり告白したものです。頭を掻きかきあっけらかんと、「お母さん、おれ、夢精しちゃった……」

最初、私はその意味がわからないでいました。理解すると息子の前で裸になったように急に気恥ずかしくなりました。

最近の記憶はなかなか思い出せないくせに、遠い記憶は鮮明に浮かぶことが頻繁にあります。夫の臭いは思い出せなかったくせに、息子の臭いは思い出したのです。

「まったく、幾つになっても……」

苦笑しながらティッシュで拭き取っていると、ふと、応接間に掃除機を携えて入ってゆく怜子さんの姿が思い浮かんだのでした。

掃除機を持て余しながら不自由そうに体をひねってドアのノブに手を掛けた場面です。手間取っているようだったので思わず駆け寄ろうとした瞬間、ドアが開いて怜子さんの身体を取り込むと、そっけなく閉まりました。

そこにはまだ次男が眠っていたはずでした。そのままドアは閉じられたまま、部屋をそっくり飲み込んだ静寂のなかで物憂く単調な掃除機の音が漏れていました。形にならない予感に迷わされて、私は何度か閉じたドアの前を行き過ぎ、そのたびに注意深く耳を傾けたような気がします。

そのときの情景が、今更ながらに鮮やかに甦ったのです。

そういえば、庭に下りて花に水を撒いて戻って来たときも、掃除機を引きずって出てくる大儀そうな怜子さんの姿を見かけたように思います。たまたま入るときと出る姿を見かけたのですが、その違いは明確ではないとはいえ、まるっきり別人のようでした。

二人が密室で一緒にいたという事実が改めて明確になり、そこで滞留していた時間が不自然なほど永かったように思い起こされるのでした。応接間の空間が、急に疑念をくねらせて掃除機のように唸りをあげるようでした。それは私の心の中でさらに増幅して騒々しく渦巻きました。全身の血管がいっせいにふくらみ、顔面が紅潮するのがわかりました。

息子の精液が急に汚らわしいものになり、臭いも我慢できないものになりました。全身が沸騰するようでした。私は思わず立ち上がって応接間を飛び出していました。

すると、そこに、私を見ながら微笑している白い顔が待ち構えていました。口汚く罵倒する私の声が体の奥底で激しく怒鳴っていました。怒りがたぎって、体中が膨らんでくるようでした。

私はとっさに台所に駆け寄ると、収納棚を開き、すかさず包丁を手にしました。

「あら、おかあさん、たまには私がやりますよ」

嫁はにっこり微笑みながらそう声を掛けて私を見ていました。その優美な無垢な表情を見ると、私の中からみるみる力が抜けていくのがわかりました。へたへたとその場に座り込むような脱力感が全身を覆って動けませんでした。私の横合いを嫁は素軽い身のこなしで追い越して行きました。

「そうね、……お願いしようかしら」

私は手にしていた包丁を俎板の上に置くと、そう言うのが精一杯でした。

そのときの相対する二人の構図は、かつての私と末の妹の対比そっくりでした。妹の前ではいつも優雅に優越していた私と、卑屈に黙りこくって身体を曲げてかしずく妹と。采配を振るうのは美という圧倒的な輝きでした。間近に立って、はち切れそうな健康な輝きをまぶしく見せつけて、私を決定的にやりこめたのは、いつのまにか全身を蝕んだ醜い老衰でした。

【片山家次女留美子(28)の証言】

この事件でいちばん衝撃を受けたのは母だと思う。被害者も加害者も身内で、しかも凶行現場は何より大事にしていた自分の家だったのだもの。でも、気丈な母だから、努めて冷静に対応している。もともと母は、たいていのことはその大きな器の中で平然と受け止めてしまい、あるがまま素直に受容する傾向がある。いつしかそれが母の処世術になって、やがては揺るがない性格となった。

結婚して三十年以上経ってもその態度は変わらない。ゆったり落ち着き払って、泰然自若。肩肘張らず、自然体で生きてきた母の精神は、必然的に我が家の雰囲気を醸成した。

父は、役所でも家庭でも人一倍口やかましいが、その影響力は皆無に近い。基本的なことはすべて母が取り仕切ってきたの。新婚そうそう、まだ雑木林だった土地を購入して新築したのも母の提案によるもので、これが実に安い買い物になった。購入に消極的だった父はすっかり面目を失った。そんなこともあって昔から母に頭が上がらないの。

アルバムにある二十代の頃の母は、色白の、うりざね顔の、目鼻立ちの整った美人だ。古い写真はモノクロで、誰もが美人に映っているけれどね。結婚前はずいぶん周囲からちやほやされたらしい。邦夫ちゃんはとても母を慕っていたけれど、今でもかつての面影を残している、おだやかで優雅な憂いを染めたその美貌のせいだったと思う。美人にはからっきし弱いの。

子供たちは、私と次男は父親似、長男と長女は母親似で、母の美しさはやや稀釈《きしゃく》されて二人の子供にだけ受け継がれた。

事件のことを思い出すと今でも胸が潰れそうになる。

私が近所の友達から電話で呼出しを受けて外出したのは、一時頃だったように思う。出前を注文したのに待たずに出掛けたのは、友達の声が切迫した調子に感じられたからだった。

でも、実際は取るに足りない甘えた恋愛相談だった。それで早々に切り上げて帰宅したの。動転して時刻を確かめる余裕などなかったけれど、たぶん三時を少し回った頃だったと思う。だから、犯行はせいぜい二時間余りの間の出来事だった。

私がいけないんだわ。もし私が外出せずその場に留まっていたなら、この惨劇は防げたに違いない。そう思うと返す返すも残念でならない。

友達の家を出た帰りがけに、ふと思い立って、邦夫ちゃんの好物の果物を買った。今から思うと、そのとき妙に重苦しい胸騒ぎに包まれたような気がする。お釣りを手間取っている店員の愚図な仕種にやきもきしていたし、帰る道すがら心なし急ぎ足になってもいたから。唇が乾いた空気にひび割れるので何度も舌で潤していた。やがて見えてきた落葉樹に囲まれた見慣れた家と、隣家と、道路を挟んで建っている五棟の公団住宅が、人工的な構築の印象を際立たせ、曇った風景全体を陰惨に見せて映っていた。

家に着いたとき、玄関の呼び鈴を押したのだけど、今もってなぜそうしたのか、よくわからない。自分の家なのに。鍵ももちろん掛かっていないのは分かっていた。二人の在宅は明白だった。二人を残して二時間前に外出したのだから。家の内部からいっこうに返事はなかった。それでわざとぞんざいにドアを開けて玄関に入った。

静かだった。その静寂は広い家がにわかに呑み込んだというように実感された。

「ただいま」と陽気に叫んでも、やはり返事はないし、迎える気配もなく、私の声だけが場違いのように反響していた。玄関の脇に脱ぎ捨てたままになっている父の黒い靴が、あんぐり口を開けて、なんとなくいわくありげな予感を飲み込んでいた。そのとき目に付いたのは父の靴だけで、当然そこにある邦夫ちゃんの靴は目に入らなかった。といっても、無かったと確認したわけではない。もしそれと確認していたなら不審に思ったはずだから。

私は、普段は無頓着なくせに、ときどき臭いに極端に過敏になることがある。そのときも、革靴の汗と黴の混ざるすえた臭いが鼻につき、執拗に絡み付いて離れなかった。靴を脱いで、そおっと忍び足で廊下を歩いて行った。返事も返そうとしない二人がどうのこうのという、いかがわしい想像を巡らしていたわけではなく、気づかない二人を驚かせてやろうという悪戯っぽい気分だったように思う。

　玄関も廊下も消灯されていた。廊下の突き当りに二階に向かう階段があり、途中で明り取りの小窓があるので、そこだけが明るかった。階段の中程に何か黒っぽいかたまりが目に付いた。スリッパだったかも知れない。

　リビングに入ろうとしたとき、不意に、靴下が吸い取った生あったかいぬめりを感じて驚いた。だが、まさか血糊だとは気付かなかった。それに気を留める余裕もなかったのは、何か異様な雰囲気が眼前に差し迫っていたせいだ。

　それというのも、リビングも消灯され、ベランダに面したガラス戸も厚手のカーテンで覆われていて、全体が薄暗かったからだ。なぜか引かれているカーテンからは人が通れるほどの間隙から淡い光が差し込んでいるだけだったのだ。さっぱり合点がゆかなかった。

　当然そこに居るはずの二人の姿がなく、まるでそろって外出したような状況だった。そのとき、台所の隅で、ガスレンジの青い炎がひっそりと燃えているのに気付いた。

　ガスの火を消して、カーテンを開けて、それからゆっくり振り返ると、台所からリビングにかけて黒い染みが点々と続いているのが見えた。それを確認しても、事態がすぐに把握されたわけじゃない。なにしろ家具や調度品にはめだった混乱はなく、椅子が一脚テーブルからはぐれているだけで、見慣れた形と配置が整然と控えていたのだから。

　次第にむず痒く感じられる足裏を意識しながら、私はなおも呆然として立ちつくし、顔面がゆっくりと熱っぽくふくらんでくるのを感じていた。闇に目が慣れるような猶予の後、ようやくシステムキッチンの一番端の収納棚に前に横たわっている遺体を発見したが、一瞬、ふざけてそうしているのだと思った。

やだ、かくれんぼ？

倒れた肢体は、顔を収納棚の方に向け、少し窮屈に捻った姿勢から真っ白な素足が伸び、スカートが尻までめくれあがっていた。

私は思わず周囲を見回した。そこにはやはり誰もいなかった。とうに分かっていた事実があらためて再確認された。とたんに、横たわった肢体が、死んでいる、とはっきり分かった。それで、私は大声で喚きながら裸足でベランダを飛び出して、一目散に庭を突っ切った。這う這うの体で隣家に駆け込み、おばさんの顔を見たとたん、何か喚いて、意識を失って倒れたらしい。自分の声を鳥のような甲高い奇声に聞きながら。


気を失う寸前も、目覚めてからも、台所に横たわっていた遺体はてっきり沙織姉さんだと思っていた。無残な光景を間近にした瞬間、とっさにそれが邦夫ちゃんの犯行だと察知したけれど、動転して何が何だかわからないまま、怜子さんのことはすっかり念頭になく、被害者は姉だと早合点してしまったの。

だって、犯人が邦夫ちゃんなら、その被害者は姉以外には考えられなかったもの。

それに、あの日、たしか姉は久しぶりに家に来る予定だったんじゃなかったかしら。数日前に電話でたしかそんなことを言っていたもの。そんなこともあって、事件の直後、私の不在の間に、姉がひょっこり訪ねて来て、そこで何かいざこざがあって、それがあの惨劇に結びついたのではないかと考えても、さほど突飛な連想でもなかった。

幸い姉は寸前で訪問を取り止めたので、事件に巻き込まれることはなかったけれど、その日の訪問は二人が示し合わせていたのではないかしら。それまでにも、何度もそうした疑いを抱いたことがあった。邦夫ちゃんがやってくる日は、いつもきまって姉は外出しなかったもの。

本人たちは隠しているつもりだったかも知れないけれど、私たち家族の間では、二人の仲は池に泳ぐ二匹の緋鯉のようにあからさまに眺められた。少なくとも邦夫ちゃんは姉にぞっこんだったし、姉だって満更でもないといった顔つきをしていた。母や兄はせいぜい、グラスに溢れそうな水の、あぶなっかしく揺れる表面張力のような関係を想像するだけだったけど、私はもっときわどいもつれを疑っていた。私の妄想では、水は荒っぽく溢れ、グラスは粉々に砕け散っていた。

私が邦夫ちゃんに出会ったのは、もう十数年も前のことで、母の実家に家族そろって避暑がてらに遊びに行ったときが最初だった。そのときすでにして姉との間には、周囲の誰をも寄せ付けない、二人だけの共通の親愛があった。姉はそれ以前にも、何度か母と一緒に訪れており、そこで会っていたと思うけれど。

邦夫ちゃんは、上京してすぐに、しばらくうちに居候していたことがある。だから私たち姉妹とは一時期きょうだいのように一緒に暮らしていたの。兄たちとは年齢差以上に感性的に離れていたし、成長するに従ってますますその隔たりは大きくなった。そんなところへ邦夫ちゃんが住み着いて、私たちは本当に仲良くなれあった。邦夫ちゃんを二人で奪い合いしたくらい。

でも、最初から勝負はついていた。私は母や二人の兄から捨てられたように、邦夫ちゃんからもあっさり見切られた。傍目には私のほうが仲睦まじく馴れ合っていたように見えたかもしれないが、実際は邦夫ちゃんの心は姉にだけ注がれていた。その目は姉しか見ていなかった。

うちを出てからも、邦夫ちゃんは頻繁に訪ねてきたが、その頃には訪問が姉目当てだという意図を隠そうともしなかった。ときには冗談めかしてあからさまに吹聴さえした。

きっと、出会ってすぐに二人は口の中でとろけるアイスクリームのように恋に陥ったのだと思う。でも、二人ともそれに気づかなかった。だって、余りにもあっけない溶解だったから。どちらも心情を告白しなかった。最初から相思相愛だったから、確かめ合う必要さえなかったのだ。耐えきれなくなる苦しみもなく、溢れる情愛を持て余す場面もなかった。すでにして最初から満たされていたのだ。

まるで人前に素っ裸で抱き合っているような親愛を見せつけるのに、そのくせ、なぜか二人の間はいっこうに進展しなかった。最初出会ったときにすべてを許しあい、完全に溶け込んだのに、それでいて細胞膜の仕切りをいつまでも保っている、そんな感じだった。

姉は、あんな性格だから、妹の私にさえ心中を明かさなかったけれど、二人が愛し合っていたのは疑う余地もなかったと思うな。たとえ二人揃って否定しようと。結婚だって真剣に望んでいたと思う。ええ、どっちも。私はいずれあの二人が結婚するものだとずっと思い込んでいた。

実際に、邦夫ちゃんがプロポーズしたことがあったのよ。それも、私の眼前で。

まだ邦夫ちゃんが学生の頃、うっかりしていて横断歩道で車に跳ねられ、入院する羽目になったときのこと。むしろ恰好の口実ができたとばかりに病院から姉に電話で報告してきたものだった。もちろん家人にはくれぐれも内緒にしてくれるように頼んで。

「でも、そういうわけにはいかないわ」

「駄目だよ。だって、余計な心配はかけたくないから」

ところが、私も一緒に見舞いに付いてきたものだから、邦夫ちゃんは忌ま忌ましげに姉を睨んでいた。「ぼくよりも四つも年上の恋人は、まだ秘密ひとつ持てやしないんだ！」とでも言いたげに。

「あら、ずいぶん元気そうじゃない。今にも死にそうな情けない声で電話してきたのは誰だっけ？」

のっけから姉にからかわれて、邦夫ちゃんは肘に掠り傷が残っているだけで、これといった不都合もない身体をひどく不名誉に感じているようだった。この他愛のないからかいによって、恋というものはときとして呆れるほど無邪気な残酷さから容赦なく犠牲を要求し、また望まれた方でも進んでそうするものだと私は理解した。

姉はしばらく病室をゆっくりと歩きまわっていた。その横顔はひどく考え深そうに見え、またその歩行は、無意味で、あてどないものに見えた。ほっそりした背筋と、浮かない横顔を見せて、他人を容易に寄せつけない心の孤独な営みを感じさせた。

一方私は、ベッドの脇にある一つしかない丸椅子に腰掛けて、にこやかな笑みを浮かべながら邦夫ちゃんを見ていた。わくわくするほど愉快で、むしょうにからかいたくてしようがなかった。手を伸ばして体のあちこちを思い切り抓ってやりたい、そんな感じ。

「ねえ、手を見せて」

と私は、抓る代わりに声でせがんでその手を取った。数日前に手相の本を読み耽っていたので、会う人ごとにしたり顔で注釈していたのだが、周囲はうんざりして取り合おうとはせず、そうした事情を知らない邦夫ちゃんが恰好の獲物に見えたの。私に手を差しのべながら、邦夫ちゃんは窓辺に立ってぼんやり外を見ている姉を眺めていた。二人の距離は手に触れている私よりも密着していた。どちらも妙に哀しげな表情だった。

私の真後ろで姉はいったん立ち止まり、それから病室を出て、もう一度戻ってきたとき、その両手には可憐な花がひっそりと揺れていた。憂鬱そうな姉の横顔には遠い関心が窺えた。何を考えていたのだろう。邦夫ちゃんが慎みのない直視を向けると、その視線を意識したように姉はくるっと顔を向けて、にっこり微笑し、何か思いついたというような顔つきをして持参した果物の包みを開いた。

「食べるでしょう?」

姉がつややかな赤い林檎をかざしながら聞いていた。邦夫ちゃんはそのほっそりしたしなやかな手を見つめ、まるで自分の手にあるかのように林檎の重みを感じている様子だった。

「健康にはこれっぽっちも問題ないわね。九十歳まで長生きするわ。恋愛運に少し乱れがあり。あらら、仕事運は無残に途切れちゃってる」

私のありふれた説明を聞きながら、邦夫ちゃんは林檎の皮を器用に剥いてゆく姉の白い手に見惚れていた。

「邦夫ちゃんの指って太いのね。まるで女の子の指みたい」

邦夫ちゃんの指は醜く節くれだって太かったので、私は少し意地悪く指摘した。

「ねえ、さーちゃん」

背後を振り返って同意を促すと、ゆっくり近づいてきて興味なさそうに一瞥した姉は、蔑むように眉をひそめ、あからさまな嫌悪を表明した。

「ほんと。まるでグローブみたい」

そのとき邦夫ちゃんの表情に激しい憎悪が沸騰するのが分かった。でも、これほどむやみな言い懸かりはなかった。すっと鼻孔を掠めた腐臭に対するような性急な顰めっ面を軽くたしなめるだけで十分だったのに。

邦夫ちゃんの憤怒には別の要因が関与していたと思う。とっさのことで本人も自覚していなかったが、憎悪はむしろ私の方に向けられるべきだった。つまり恥辱に身を染めて激しく抗ったのは、掌の不恰好さを指摘されたからではなく、私がなにげなく洩らしたつぶやきにあったような気がする。

『……まるで女の子みたい……』

その不用意なからかいが邦夫ちゃんをひどく傷つけたことを知って、私はとても悲しかった。

そうしたとうに忘れていた哀傷が、いつまでも記憶の底にしがみついている。ごく些細な契機をも見逃さないで甦ってくるようで、やるせなく、哀しい。思い出が哀しいのではない。甦る記憶の、拙く、健気な、手元からこぼれたボールがバウンドするあの無感動な忠実さが哀しいの。

ふと顔を上げると、姉の手には皮を剥かれた林檎とナイフがあった。姉はそれを掌の上で慎重な手つきで等分し、邦夫ちゃんに向かって差し出したが、邦夫ちゃんはなぜか合点がゆかないといった顔つきで姉の手をまじまじと見つめ、いつまでも手を差し伸ばそうとはしなかった。姉の手にある林檎の重みが、というよりもナイフの重みだろうか、……心のなかで不安定にうなだれて、どんどん重たく感じているというように。

いつまで経っても、差し出された林檎を受け取らないでいる不自然さを、邦夫ちゃんは悲しく認識しているようだった。息づまる沈黙のなかで、祈るようなひたむきな気持ちで拒否していたいという、子供じみた執着を見せて。

「どうしたの？　林檎は嫌いだった？」

姉が不思議そうに訊いていた。

邦夫ちゃんは何がなんだかさっぱりわからないといった顔つきで姉の手を見ていた。病室特有の臭いに気を囚われながら、私は無意味に哀しく、なにか物足りない気分で一杯だった。

「ああ、……」と物憂げにつぶやき、邦夫ちゃんは慌てて手を差し伸べ、林檎を受け取りながら、戸惑い顔で訊いている。

「手、大丈夫だった?」

つまり鋭利なナイフが姉の手を傷つけなかったかどうか危ぶんでいたのだった。ナイフが林檎を真っ二つにした瞬間を未だに息を止めて見ている横顔に、私は激しく嫉妬した。ちょうど一人で乗っているシーソーのような、一方的な、揺るがない傾斜を間近にするようだった。いつしか戻る絶妙な平衡のバランスを願っていた私の心はむなしく背かれていた。

姉はにっこり微笑って、「あら、平気よ。そんなこと心配してたの?」と言い、なぜかそのままふっつり黙りこくってしまった。

しばらくきまずい沈黙があり、邦夫ちゃんは責められたように顔をあげた。そこに、姉の何か言い掛けて留めたように閉じ切らない薄い唇と、戸惑ったように離れた左右ちぐはぐな感じのする目とが待ち受けていた。そのとき姉は、ちっとも美しくは見えなかった。

「沙織……」

「なあに?」と、赤ん坊みたいにあどけない口調。

そのとき私は、二人の見つめ合うまなざしに、コーヒーカップとその受け皿のような単純な必然を感じた。

「結婚しようか」

「………」

とたんに病室はただならぬ沈静にひたされ、抜き差しならない事態が間近に迫っていた。私は、目が窪み、頬骨がぶざまに突き出て、顔形が途方もなくいびつに変形してくるのを自覚している気分だった。それでも精一杯陽気に振舞って、

「ほら、ほら、どうしたの。プロポーズされているのよ！」とはしゃいだ。

沈黙に耐えかねたように不意に弾けた私の声は病室の空虚な空間に響いていた。

姉は顔を上げてまっすぐ邦夫ちゃんを見ていた。それからさかんに囃したてる私を困ったように見つめ、たしなめるように何か言った。それからもう一度邦夫ちゃんを見て、ゆっくり口を開いた、

「そんなこと急に言われたって……」

「……」

邦夫ちゃんは黙っていた。

「だって、どうして生活するの？」

その表情はとても生真面目なもので、少しいびつな顔形をして、ほくろが目立つ貧相な印象が強調されていた。

「どうするって、」邦夫ちゃんは言いよどみ、それからくだけた口調で付け足した、「沙織に喰わせて貰おうかな」

「駄目よ、そんなの！」

と大声で叫んだのは、当事者ではなく、私だった。かたわらで姉も苦笑していた。病室はたちまち緊張感から開放された。

結局、邦夫ちゃんの思い詰めたプロポーズは、姉がためらっているうちに、本人が冗談めかして笑っ

て決着がついたのだけれど、案外、本気だったと思うな。姉だって深刻そうな顔つきで受け止めていた。でも、邦夫ちゃんはまだ二十歳の学生だったし、姉だって二十四歳になったばかりだった。

そのときの場面を思い出すとき、私はいつも、薬品と金属質の怜悧な医療器具を直截に連想させる、あの病院特有の臭いを思い出すの。それがそのまま二人の特有な関係を連想させるからかしら。そして、それはそのまま死を連想させた。また、それと相まって、プロポーズ直前のあのナイフのやりとりを思い出して、私は今回の事件をたちどころに結びつけてしまった。

……操るナイフから赤い皮が血のように垂れて。……

二人の間には、私たちには思いも及ばない、密約や共謀といった逃れがたい信頼と謎が介在していた。いつもそうだった。だから、我が家で起こった殺人事件は、その原因や経緯がどうあれ、二人の不自然な関係が必然的に招いたものだと思ったとしても不思議はなかった。


それから半年余り音沙汰なし状態が続いたある日、ひょっこりうちにやって来て、邦夫ちゃんにしては精一杯の大胆な行動に出たことがあった。

その日私は、友達のところに泊まるといっておきながら、最終電車が間に合ったので帰宅した。家はすでに寝静まっていたので、物音を立てないようにこっそり二階に上がって行った。すると、姉の部屋の襖がそっと開けられ、なんとそこから出て来たのは邦夫ちゃんだった。私を見て驚きはしたが、意外に平然と私の目をじっと見て、そのまま逸らそうとしなかった。私は踊り場で気押されたように突っ立っているだけだった。邦夫ちゃんは黙って階段を降りてきて、私のかたわらをすり抜け、そのままゆっくり階段を下りていった。すれ違ったとき、私は全身が真っ二つに切断されたように感じた。

二階は私たち姉妹の部屋があるだけだった。いうなれば男子禁制の聖域のようなものだったから、邦夫ちゃんの姿が見えなくなると、まるで下着を見られたように嫌な気持ちになったことを思い出す。いつもの私ならすかさず姉に問い質すところだが、そのまま自室に入り、化粧も落とさずベッドに横たわり、しばらく興奮して寝付けなかった。

後でそれとなく聞いたのだけど、邦夫ちゃんは家人が寝静まった深夜に、こっそり二階の部屋に忍び込んで来たんだって。いきなり強引に抱きすくめられたとか、手にキスされたとか、あんまり詳しいことは知らないけれど、二人の間にそんな際どいもつれがあったらしい。でも、ほんの数分で立ち去ったらしい。

でも、本当にそれだけだったのかしら。上手な嘘は、まず不都合な部分をさらけ出して、肝心なものを隠すっていうから、もっと大それた行為に及んでいたかも知れない。私が帰宅する予定はなかったのだから、たっぷり時間があった。

いずれにしろ、姉は内心かなり深刻に悩んでいたと思うな。邦夫ちゃんはああいう人でしょう、いつまでたってもまともな定職にも就こうとしないし、仕事に就いても長続きした例がない。頻繁にやって来るかと思うと、ふっつり顔を見せなくなる。そのうち、「どうもいかがわしい場所に出入りしているそうだぞ」と家人は囁き始め、とうとうキャバレーのホステスと同棲しているという噂が舞い込んできた。

そういう面では邦夫ちゃんは結構乱れていたの。でも、二人の態度は少しも変わらなかった。姉には、邦夫ちゃんが誰と付き合おうと、満たされない恋の埋め合わせであり、自分の代理品でしかないという自惚れがあったみたい。

そんなこんなで色々あったけれど、二人はこの上もなくお似合いのカップルだった。出会った直後から、そう。ちょっと妬けるくらいだった。二人の間には当事者同士しか共有できない暗黙の了解というものがあって、傍目にはどんなに不自然で突飛に思えることでも、二人にとってはありふれた必然のなりゆきでしかなかった。そういう他人にはとうてい理解できない雰囲気があったわ。

姉は、結婚前に三度見合いをしている。かなり迷っていたケースもあるので、あながちおざなりでもなかったみたい。ところがそのうちの二度、邦夫ちゃんの訪問と合致している。これはどう考えても偶然だとは思えない。姉の結婚を阻止しようとする意図があったとしか考えられない。

邦夫ちゃんは、「へー、相手はさぞ迷惑だろうな」と茶化すし、きっと邪魔しに来たんだわと指摘する私に、姉は、「でも、どうして日程を知ることができるの?」と、二人の間には連絡さえなかった事実を強調しながら惚けた。

結局、予想はついていたが、見合いは三度とも姉の方から断った。邦夫ちゃんの影響だったと言えないにしても、示し合わせたような邦夫ちゃんの訪問を家人が奇異に感じていたのは事実だわ。

いつだったか、三人が示し合わせたデートで夕飯を伴にしながら、そのなにげない会話の途中で、邦夫ちゃんが姉の顔をまじまじと見つめたことがある。姉の顔面の黒子に気付き、それに初めて気づいたというようにわざと大袈裟に驚き、容赦なくからかってみせたのだ。ところが姉はいつものきびきびした応酬を返そうとはせず、頬をつねられた幼女の、痛みにはまだ無頓着な、つねられた肉感の歪みそのもののような困惑で見つめていて、そばにいる私を合点のゆかない気持ちにさせた。

その瞬間、何かが変った。

それは二人の日頃の関わりを根底から覆すほどの変化ではなかったとはいえ、単純な必然のように信じられてきた信頼を、一瞬見失ったような気持ちにさせたの。

見慣れた姉の顔が妙にぎこちない形をして見え、私の目にも唇のそばの黒子がひどく印象深く注意を引いた。それから、まぶたの脇にあるもっと控え目な黒子も。また滅多に目につかないほっそりした首すじの黒子も。

それらは美しさにおもねるしおらしい点描ではすでになく、厚かましく、意地悪な効果を伴った染みのようだった。姉の表情はたちまちみすぼらしいものになり、いたるところにある黒子が次々に目につき、むきだしの腕に散在する黒子さえわざとのように目に入るのだった。それらは私の知っている姉のさりげない美しさに、気掛かりに纏わりつく蠅のようだった。

姉の過剰な反応に邦夫ちゃんはすっかり慌てた。というのも姉の美しさを信頼していればこそ、ああもぶしつけな嘲笑を浴びせられたのだから。

「黒子って遺伝するのかな?」

「え?」

「だって、ぼくらの従兄弟には意外に黒子の目立つ人が多いじゃないか」

そう言い繕うことで、姉の黒子も自分達のそれと同様、よほど注意しないと目に留まらない些細なものだと強調したかったのだろう。でもこれはかえって拙い効果を招いた。どう贔屓目に見ようと、姉の黒子の夥しさは見逃せなかったもの。邦夫ちゃんはますます慌て、そのときふと、「食いっぱぐれのない徴」と誰かに指摘されてかねがね自慢していた唇にある黒子が、たまたま従兄の唇にもあることを話題にした。

「唇のこのあたりに小さな黒子があるだろう? 従兄の和夫さんにもちょうど同じ位置にあるんだ」

すると、すかさず姉は叫んだ、

「あら、私にもあるわよ」

くいっと顔を少しのけぞらせて、唇をゆるく開いて確認させようとした。よく見えないのか、邦夫ちゃんはテーブル越しに顔を近づけて、ごく間近から覗き込んでいた。姉の薄い上唇の右端に、口紅の色で見え辛い小さな黒子が染みついている。それと確認しながら、邦夫ちゃんはわざと怪訝そうな面もちをして惚けた。

「どこにあるんだろう……」

姉をからかいたくてたまらないといった表情が覗えた。

「変だなあ、見えないよ。本当にあるの？」

乾いた唇が間近であどけなく開かれていた。

いつまでも白ばっくれているので、姉は不安に翳られそうになる心許ない顔つきを、いつまでも不自然にかざしていなければならなかった。

邦夫ちゃんは相変わらず辛抱強く黙り続けていた。無言が二人を不自然に司り、二人の立場は同等ではなかった。沈黙にむしばまれつつあるこの気まずい状況は、邦夫ちゃんが故意にあつらえたもので、姉はそれが作為に導かれているものかどうか考えあぐねている状態だった。そのひたぶるな緊張感はそのまま二人の永くつたない恋のありようを端的に表していた。表面張力の優雅な欺瞞が姉の前にいつでも頼りなげにゆれながら、保たれていた。そして、たぶんそういう負い目をこそ、邦夫ちゃんは望んでいたのだ。

「見えない？　口紅のせいかな……」

とうとう舌足らずな甘えた声がそう訊き、開いた唇の間から濡れてたちまち乾いたつややかな歯が覗き、舌の先端がはしっこそうに動いて消えた。

姉の唇が不機嫌そうに歪み、ふっとつぐまれて、非難めいた言葉を洩らそうという意気込みを満たすと、邦夫ちゃんはもう辛抱し切れなくなって、慌てて叫んだ。

「あ・あった！」

そんな他愛ない、と同時にいかにも意味ありげな遣り取りを、その傍らで私は黙ってずっと眺めていたのだった。

このときの切ない気持ちを理解してもらえる？

姉は、いつも自分では何一つ望まず、ただすまして控えているだけで、いつもすべてを手に入れた。私は必死になってなんでも求めたのに、いつも叶わず、悔しい思いを重ねてきたのだった。

そうこうするうちに、姉の身に大変なことが起きた。妊娠だ。姉は相手のことを決して明かさなかったが、かつて一騒動のあった職場の上司だろうというのが家族の暗黙の了解事項だった。そして、姉は二泊三日の小旅行と称して出かけ、その間にこっそり処置した。

だが、ほんとうに相手はあの不倫相手だったのだろうか。私は、正直、邦夫ちゃんとの関係をまだ疑っていた。それで、恭二兄さんにカマをかけて訊いてみたが、あの兄にしては珍しく口が固く、はっきりしたことは何も言わなかった。でも、恭二兄さんはきっと真相を知っていたのだと思っている。

私だけではなく、母だって二人の深いつながりをとっくに見透かしていたし、長兄だって邦夫ちゃんのひそかな恋慕には気づいていた。

でも、二人はとうとう尻尾を出さなかった。

そうしていつのまにか姉は二十九歳になっていた。これはみな邦夫ちゃんの優柔不断のせい。邦夫ちゃんはいつも姉に愛を告白し、せつなく哀訴していたようなものだったもの。


去年の秋、姉は以前から色々悶着のあった人と結婚した。

私はその決心を聞いて、何か嫌な予感がしてならなかった。その人とはもうずいぶん永い付き合いだったけれど、遅すぎた決意は、何か不自然な慌ただしさを感じさせたもの。せっかちな隠蔽と言った方が妥当かも知れない。それまでにも何度も見合いを繰り返していたけれど、やきもきする周囲を尻目に、当人はいたってのんびり構えていたし、そのまま一生独身を通しても不思議はないと感じていた矢先のことだったから。

結婚相手にも問題があった。なにしろ十才も年上で、しかも先妻との子供が二人居て、離婚にもさんざんてこずった挙句の結婚だったからだ。

この結婚は、家族の誰もが反対したけれど、私が本当に憂慮したのは、邦夫ちゃんの存在だった。愛し合っている二人が、どんな理由からか、やむなく結婚を断念したという経緯が、私には納得できなかったのだ。もともと不都合な障害など何もなかったのに、なぜいつまでも逡巡し、決して踏み切ろうとはしなかったのか。そして、あらかじめ定められていたかのようにあっさり別離を受入れたということが、かえってとんでもない破局を招くのではないかと恐れていたの。

もしその気にさえなれば、二人はいつでも一緒になれたはずだわ。周囲がどんなに反対しようと、二人の決心次第だった。姉が三十歳を目前にすると、あんなに干渉していた両親も、息をひそめて成り行きを見守っている状況だった。再婚で、しかも子連れが相手ということなら、まだしも邦夫ちゃんの方がましだと考えている節もあった。もし二人が切り出したなら、あの頑固な父も無下には反対しなかったと思う。

そういうわけで機は熟していたの。姉が家を出て一人暮らしをしてみたいと言い出したときでさえ、父は周囲が唖然とするほどあっさり譲ったし、その費用さえ工面したのだ。明らかにそうした機運を知っていたのに、二人はとうとう決心することはなかった。その恋はいつも満たされる寸前で踏み留まる必要があったとでもいうように。……

そういえば、この賃貸マンションでの一人暮らしの一件も、どうやら邦夫ちゃんの提案だったらしい。姉は、あれで結構頑固で（父親譲りね）、いったん言い出したら梃子《てこ》でも動かない一面があったけれど、なぜか邦夫ちゃんのアドバイスにはいつも従順だった。何か拭いがたい負い目でもあるように、素直で、信頼しすぎる傾向があった。

とにかく、二人をいつも身近に見てきた私には、姉の結婚は不自然極まりなく、うさん臭く感じられてならなかった。ひょっとしたら偽装ではないかと勘繰っていた。姉は、相手が邦夫ちゃん以外だったら誰でも良かったんじゃないかしら。

私はずっと二人のことを疑っていたけれど、結婚してからはなおさらその疑念が濃厚になった。邦夫ちゃんがふっつり訪問しなくなってから疑惑は確信に変わった。

きっと、二人はこっそりどこかで密会しているに違いない、と。

とにかく、二人にはなんとなく合点のゆかない面が多すぎるわ。何か、変。そして、その変なところが、今回の惨劇に密接に結びついているような気がしてならない。ひょっとしたら、私たちは、とんでもない勘違いをしているのかも知れないわ。

こうした考えはきまぐれに思いついたものではなく、ずっと私の中に潜んでいたような気がする。長すぎて、気になってしようがない袖のように、ずるずると引きずってきた。何がどうのってうまく説明できないけれど、あの二人を永い間そばで見守ってきて、ときどき底知れない虚偽を感じていたのは事実だった。

結婚してほどないある日、訪ねてきた邦夫ちゃんに、長兄は唐突に、なにげない調子で、「沙織と会っているか」と尋ねた。そのような嫌疑を抱かれることさえ意外だったのか、邦夫ちゃんはひどく動揺し、「だって電話番号さえ知らないもの」と言い訳していた。

私はかたわらで内心驚き呆れていた。嘘ばっかし！

すると、長兄は名刺の裏に電話番号を記して手渡して、「ときどき会ってやってくれ」と、さりげなく伝えた。

邦夫ちゃんは長兄の真意をはかりかねて戸惑っているようだった。長兄はきっと祈るような優しい気持ちで二人を見守っていたのだ。もっとも長女を溺愛していた父は、そうした事情にはからっきし疎く、次男にはどうでも良いことだったけれども。

この場面は家族の親しい雰囲気の中で取り交わされたものだけれど、考えようによっては、とんでもないやり取りだった。長兄がかねがね姉の結婚に反対していたのは知っているが、度を越えたちょっかいだ。姉の家庭の不和でも聞きつけていたのだろうか。

いずれにしろ、こんなひどい決着がつくとは考えてもみなかったけれど、あの二人なら、どんな突飛な結末でも容認できそうな、あやうく、きわどいもつれがいつも付きまとっていた。だから、今度の事件の被害者がこともあろうに怜子さんだったという事実が、私には未だに信じられないの。怜子さんはとても美しい人だし、また母の若い頃の写真を見ると、何となく似通った面差しに見えた。もちろん邦夫ちゃんが怜子さんに少なからず関心を抱いていたことは私だって気づいていた。でも、ほんの淡い憧憬といった程度だったと思う。同郷だし、互いに親しみは感じていただろうけれど、それ以上の深い繋がりがあるとは到底考えられない。

もし邦夫ちゃんが、しかるべき理由があって殺人を余儀なくされたとしたら、その相手はどうしても姉でなくてはならないという私の信念は今でも揺るがない。

ましてや、邦夫ちゃんが怜子さんを殺さなくてはならない動機なんてあるはずがない。だから、邦夫ちゃんと怜子さんとの関係を問われると、私は困惑するしかない。

それにしても、ときどきあの二人には、いらいらしちゃう。きっと私には姉に対する根強い劣等感が猛烈に渦巻いているのだと思う。

でも、姉はちっとも美人じゃない。どちらかというと平凡な顔立ちで、顔面に散在する黒子のせいでどことなく貧相な印象さえ与えることがあった。ちょっとはすに構えた皮肉っぽい言動やおつに澄ました顔つきでごまかしているだけ。むしろ私の方がずっと優美で端正な顔立ちなのに、この太った醜い体型のために誰も気づかないだけなのよ。

「小さい頃はお人形さんのように可愛かった」と、母は口癖にように言っていた。愛想のない、冷たい印象の長女に比較して、愛らしく、人見知りしない子供だったと。母親の手作りの洋服で着飾って幼い女の子は何不自由なく育った。

ところが、七歳の秋、一生消えることのないトラウマとなる体験に遭遇した。

当時、私の家の近所は建築ラッシュだった。たぶん故意に忘れたのだろうが、私はその場所をはっきり憶えていない。建築現場か資材置き場のような場所だった。

男はガードマンの制服を着ていた。詰め所の窓から私を手招きしたその男は、手品師だった。椅子に座って、被っている帽子を膝の上に載せた。帽子をひっくり返すと、そこには板チョコがあった。男が両手で割って、ひとかけらを口にし、残ったかけらを私の口に押し込んだ。甘く苦い味がとろけて口中に拡がった。そのとき腰のあたりに男の手の動きを感じた。いつのまにか大きく股を開いている男の脚の間に私が立っており、下着がずるずると下りてゆく。チョコレートでまみれた口を開いて、私は泣き出しそうになっていた。膝まで下りていた下着がまた元通りに戻ったので、私は少し落ち着いたが、齧られた林檎のような顔つきをしていたに違いない。

「さあ、今度は何が出るかな?」

男はまた帽子を脱いで、指でくるくる回しながら股間に被せた。私を見てにやりと笑うと、周囲の空間がからかうように揺れた。帽子がさっと視界の端に飛んだ。すると、そこには赤ん坊の足くらいの大きさの、赤く、つやつやした物がそそり立っていた。

「おや、ソーセージだね。さあ、食べてごらん」

私がぐずぐずしていると、男の腕が伸びて太い長い指が私の手を握って、ぐいと引き寄せながら立ち上がった。するとその得体のしれない物体は私の頭部の上に見えなくなって、ますます得体の知れない不気味な物体になった。男は右手でそれを握って私の顔面を軽く叩いた。乾いた、すべすべした異様な弾力が頬や目頭に弾み、私は目を閉じた。

私は声を振り絞って泣き出して、ようやく解放されて家に戻ったが、去り際に囁かれた男の厳しい戒めの言葉が耳について離れなかった。

このおぞましい体験は二十年経っても癒えることはない。後年、私が男性遍歴を重ねるのは、不意をついて驚愕させる相手を、もはや脅かされず、どんな影響も被らない存在だと信じたいとする希求の現れかも知れない。男には慣れたが、どんな些細な物音でも、それが背後からだと、私は飛び上がるほどひどくびくつく。その反応は決して消えることはなかった。

男の顔はよく覚えていないが、鼻のそばに大豆ほどの大きさに盛り上がった疣《いぼ》があった。私がやたらと目立つ姉の黒子を異常に嫌悪するのは肌に異物のように付着する疣と黒子の類似性に因るのかも知れない。

あら、私の顔面に無数にはびこっているのは、黒子ではなく、ソバカスよ。

そのうち不意に肥り始めた。勢いはとまらない。洋服はどれも使い物にならなくなり、母はもう私を自慢しなくなった。理想的な体型と美貌は、その頃母が夢中だった俳優の舞台に華やかに乱舞していた。そして、捨てられた女の子は、やがて誰とでもすぐに寝る都合の良い女になった。

私はどんどん自堕落で自暴自棄な生活に浸ってゆく。だが、決して心が安らぐことはなかった。あのときの男の乱暴な態度はいつでもありありと再現される。私の成長に応じてますます膨張する。私の心の安定感がませばそのつどそれを上回る大きさで脅かすのだ。初めて出会った黒人とさえへっちゃらでベッドを伴にするのに、路上でだって平気でセックスするのに、誰かが背後からやってくると、びくっと身体を震わせる臆病さは決して消えることはなかった。

私は人一倍臆病なくせに、セックスではとても大胆になる。私にとって男たちは、許容する肉体の上でだらしなく哀願し、切羽詰って、やがて弛緩する、いつも決まった、ほとんど変わることのないパターンを繰り返す相手でしかない。そのくせ、私には、男たちはいつも未知の恐怖であることに変わりはないのだけれど。

私にももちろん理想とする男性がそばに居た。その人には恋人が居て、自分はまったく相手にされなかったが、毎日のように馴れ合い、恋の手管を仕向けるのが楽しみだった。だが、まったく歯牙にも掛けられない。それでも懲りなかった。しかしその一方で、私は誰彼となく付き合い、誘われるままにベッドを共にする尻軽な女だった。つまり、私の切ない一途な恋には、途方もない落とし穴があったのだ。自分の身体を捨て鉢な気分で投げ出しながら、遠い幻想を眺め、いつも切なく身をくねらせている、とんでもない純情だったのだ。肉体がどんなに汚辱にまみれようと心は混じりけのない純情で一杯だった。

そういえばこんな体験もあった。

そろそろクーラーの必要を感じる頃、私は初めて会社をさぼって駅裏の喫茶に入った。窓際に似通った年頃の男性がいた。客が何人か出たり入ったりして、二人きりになった。時おり私を気がかりそうに眺めるのを意識して、私は心地よかった。ところが、トイレに立って戻ってきたとき、窓際の席がぽっかり空いていた。

翌日、私はもう一度そこへ出向いた。やはり窓際の同じ席にその男性が座っていた。テーブルの上の灰皿には吸殻が満載だった。

たいていは相手から誘惑される。しかし今回は私のほうから声を掛けた。不慣れな始まりのせいで勝手が違った。そのために手馴れたはずの情事に臨む私は、まるで初心者のようだった。

私が一歩前を歩き、男は同じ歩調で付いてきた。暑熱が肩に湯浴みしていた。私のアパートは閑静な住宅地の一角に、カラフルな色彩と瀟洒《しょうしゃ》な造りを際立たせていたが、そこへ辿りつくまでに、古い民家のひしめく路地裏と錆び付いたガラクタが点在する工場の跡地を通らなくてはならなかった。そこを過ぎると、分譲の民家が建ち並ぶ。日常生活の喧騒と慌しい雰囲気が私は大嫌いだった。生活を感じさせる干された洗濯物やベランダにはみ出した布団の光景も嫌いだった。

三階建ての建物の脇についた鉄製の階段を上がるとき、そのすぐ背後に従う男の視線に突き刺さされるように感じて、私は少し動揺していた。ドアを開けると、この二週間に三人の別の男が泳ぎまわった乱れたベッドがすぐに目に付いた。

私はすぐにベッドに体を投げ出した。彼は黙って立っていた。やがてズボンを下げ始めた。ベルトのバックルがせっかちに鳴った、その焦慮を確認すると私はすっかり落ち着いた。彼が不器用に覆いかぶさってきた。キスを繰り返し、乳房を乱暴に握り締める。そのうち、彼は上体を起こし、トイレに立った。しばらくして戻ってくると、また同じような行為が繰り返された。そのときにはもう私は彼のやみくもな焦慮の意味が分かっていた。私の裸体に密着した個体が萎縮したままだったのだ。同情と同時に激しい屈辱感が沸くのを止められなかった。

「あっ、今、聞こえなかった?」

彼は顔をあげて当惑していた。

「いけない、帰ってきたんだわ!」と私は叫んだ。

彼はびっくりして跳ね起きた。あたふたした動揺を私は軽蔑したように眺めていた。彼は下着をはいて、ズボンを腰まで引きずりあげると、Tシャツを掴んで、もうドアのそばまで駆け寄っていた。ところが逃げる相手に向かって直進しているという事態に気付いて、いったんくるっと振り向き、怯えた表情を向けた。私は軽く頷いて急かせた。

「大丈夫、まだ駐車場よ」

すぐに鉄製の階段を慌てふためいて駆け下りる靴音が響き渡った。私はベッドで煙草を喫いながら、悔しさだけではない、自分でもよく分からない理由から声を出して泣いていた。……

経験をつむうちに男たちとの応酬の仕方はうまくなっていたが、それは見かけだけのものだった。夥しい数の浮薄な情事は私にとっては煙草を喫うほどの認識でしかなかった。実際、私の心には何も残らなかった。わがままを押し通すことのできる優越感に身を任せていると、自分が都合よく利用されている存在と見極められなくなる。男は翻弄される振りをして心の隅で私を意地悪く愚弄している。下半身に顔を埋めながら、こっそり上目づかいに窺ってほくそ笑んでいる。そんなことはとっくに承知している。私にはどうでも良いことだった。事に及ぶとき相応の刺激はあっても本来の快楽はなかった。それはあの憧れの人と思いを遂げたときにだけ味わえるものだった。

数年前の私は劣等感のかたまりだった。でも、今では心の落ち着かせどころを弁えている。弁舌がたくみになり、如才なさが身についた。一風変わっていると周囲から見られることとの甘い優越感。私ほど自由を満喫している女性は居ないという自負。物分りの良い大人であり、何もかも心得ている分別盛りの、結婚前の魅力的な女性の一人なのだ。豊満な乳房は、痩せぎすの姉を凌駕する魅惑を自慢げに誇示していた。もっぱら乳房を強調する装い。乳房にキスし、くわえるときの男は、赤ん坊のように従順だ。時々その頭部を撫でてみたくなる。陶酔できない精神は男の哀れな痴態を冷静に睥睨《へいげい》する。

男が離れて行く前に自分の方が飽き飽きしているので、傷つくことはなかった。タイミングの問題だ。男は相次いで訪れ、相次いで去ってゆくが、与えるだけで求めないから、私には捨てられたという実感は一度もない。もともとこれは代理で、代用なのだ。そういう意味では何もなかったと同意義だ。

一度思うさま無下に扱われたことがある。乱暴にベッドに転がされた。蹂躙《じゅうりん》され、あからさまな侮蔑を投げつけられた。惨めに凌辱された屈辱の時間が終わると、さっそく私は別の男の元に走った。それでチャラだ。

それにしても、私はどんどん肥ってゆく。もともと肥満体質だけど、少し自虐的な気分から放任しているせいだ。痩せている姉への対抗意識のせいだとは思いたくないけれど。

私たち姉妹は対照的だと良く言われる。一方は性的に異常なほど潔癖で、他方は手におえないほど放埒だと。そういうわけで、姉妹で一番の違いは、男性に対する考え方ね。私は中学時代からすでにセックス抜きの恋愛ごっこに何か虚偽めいたものを感じていた。

男性と付き合うとき私はまずセックスから入る。会話したり見詰め合ったりする恋愛の雰囲気は心地よく酔わせる一杯のワインでしかない。私はベッドで抱き合ってからその人のことを考えることにしているの。温度差のないベッドの中のぬくもりは悪くない。

うちって、お父さんが、謹厳実直、役人を絵に描いたような人でしょう。娘は、一方がその血を受け継いで、一方はまるっきり逆の性格を手招いてしまった。

私ったら、いったい何をくどくどと言っているのだろう。

姉の事に少しでも関わると、いつも支離滅裂になってしまう。そうそう、とっておきの秘密を教えてあげる。あの二人の間には、実はなんにもなかったのよ。そう断言できるわ。兄やお母さんはどうやら少し疑っていたようだけれどね。きっとキスもしていないわ、あの二人。人前で裸で抱き合っているように感じさせながら、その実、遂に肉体関係などなかったと思う。これは豊富な男性遍歴を持つ女の勘よ。

姉は、世間では堅物で通っているけれど、実際どうだか分かったものじゃない。私は余計なことを喋りすぎるけれど、姉は静かに澄ましてときどき薄い唇を皮肉そうにゆがめるだけなので、ちょっと賢く見えるだけ。

いつまでも清純そうな顔つきをして、痩せっぽちの体はセックスの妖艶さからは無縁そうな雰囲気だったけれど、不感症だったというだけじゃないかしら。私は無軌道に何人もの男と付き合ってきたけれど、姉はたった一人と数え切れないくらいセックスを重ねていたとも言える。そういう意味じゃ私とたいして変わらない。それも不倫。まあ、結局、結婚したけれどね。

邦夫ちゃん？　そうね、嫌いなタイプじゃないけれど、まあ恋愛相手としてはどうかしら。実際はどうだったって？

そうね、隠してもしようがないわね。私の裸体を前にして不能だった男と言うのは、実は邦夫ちゃんなの。アパートに辿り着くまでは別の男性だけど、部屋での行為はそっくりそのまま彼との体験だった。殺したくなるほど屈辱的だったわ。

もちろんその時の邦夫ちゃんの態度には横柄さは少しもなかった。ただただ惨めに恐縮していた。トイレに立ち、それから戻って来て苦闘するあのときの姿が私の中で何度も何度も繰り返される。でも、あれは貧弱に縮こまったままだった。私は躍起になって滅多にしないフェラチオまで試みたけれど、やはり無駄だった。

「ごめんね」

小さくつぶやいて、煙草を喫っているそばで、私はぽつねんと置き捨てられていた。ベッドが校庭の広さに感じられ、いつか母に痛烈に叱られたときのように、世界中でもっとも惨めな子供に戻っていた。

あの体験は何度も何度も脳裏に蘇り、姉に対する拭い難い劣等感をいっそう致命的なものにした。いつか必ずとっちめてやる！　二人とも！

あれ以来、私は発情した雌豚のように激しく邦夫ちゃんを欲している。肥った体は怠惰に寝そべっているが、痩せた心は猪突猛進している。いつか、きっと捕まえてみせる。わたしの前で涙ながらに愁訴する場面を夢みてそれを支えに生きてゆくわ。

事件当時、友達から電話があったのはもちろん嘘ではないけれど、断りきれない相談ではなかった。私は故意に加害者と被害者を二人っきりにして家を出たの。私の誘惑にさえうかうかと乗る邦夫ちゃんの性格を考え、二人がどうにかなってしまえばいいと思っていたにちがいない。もちろん姉との不協和音を期待してのものだった。

そういえば姉はなぜか怜子さんを嫉視していた時期がある。家族の何気ないやり取りの中でそんな風に感じたことが再三あるわ。

あの二人の仲がこじれるなら、私はどんな卑劣な手段を講じることも厭わなかった。怜子さんと戯れているところへ、ひょっこり姉が訪ねてきたら、それこそ見ものだったわ。よもや殺人は起きなかったでしょうけれど、とんだ愁嘆場になっていたに違いない。

【天藤の店員山田俊介(23)の証言】

片山家へ天ぷら蕎麦を三人前届けたのはオイラだよ。ちょうど店が混んでいるお昼時に注文を受けたので忌々しかった。電話で注文を告げた相手は女性だった。常連ではなかったので住所と電話番号を書き留め、蕎麦が出来上がると、バイクで駆けつけた。元暴走族だからバイクはお手の物だ。店を出て十分と掛からなかった。

玄関で出前を受け取った若い女性についてはほとんど印象が残っていない。顔をはっきり確認したわけではないし、服装についても記憶がない。だいたい客の顔や洋服なんかよく見ていない。代金を貰うことと、釣り銭を間違わないことを念頭においているだけだから。でも、雑誌に出ていた被害者だったと思うよ。

「お幾ら？」

と、その女性は手にした赤い財布を開きながらオイラに向かって訊いて、ふと考え込むような表情を見せると、廊下の奥を振り向きざま、

「ねえ、お金、こまかいのない？」と声を掛けた。

「大丈夫です。お釣りは用意してきました」と、オイラは急いで遮った。手っ取り早く済ませたかったのだ。

「八百五十円の品が三人前。二千五百五十円です」

相手が赤い財布から一万円札を取りだし、オイラはバッグからあらかじめ用意してあった七千四百五十円を無造作に取り出して返金した。遣り取りはそれだけだった。

そのとき見かけたのは対面した若い女性だけだった。他に誰か居たのかどうか、女性が声を掛けた相手は無反応だったので、声も聞いて居ないし、確認のしようがなかった。ただ、立ち去り際に奥の方で抑制された誰かの声が聞こえたように気がした。きっとテレビの音声だったのだろう。それにつられて顔をあげたとき、薄暗い廊下の奥の方で誰かがじっと窺っているような気がして、ちょっと怖かったな。

へ、へ、へ、オイラが怖いと言うと変かな？　お釣を手渡すと、さっさと退散したよ。どうもあの手合いは苦手だ。

出前を届けるのがさほど遅れたわけではないが、待っている客はたちどころに到着するものと思っている。クレームを心配したけれど、嫌みの一つもなくほっとしたことを憶えている。玄関には脱ぎ捨てられた靴が何足もあったが、男女の区別もいちいち確認しなかった。

そう言えば、バイクに跨り、狭い砂利道をゆっくり進んでいるとき、うっかり余所見をしていて、通りかかったアベックにぶつかりそうになったよ。危なかったな。

そこから大きく迂回して大通りに出てスピードを上げたとき、自分の身体がにわかに民家を一跨ぎする巨人になったように思った。その体形で何気なく振り返った、つい今しがた訪問した家は、見えない猛火に炎上して見えた。

ふと、応対した女性を思い出した。なぜだか分からない。だが、頬に熱い羞恥のもつれを感じたので、きっとオイラはひどくぶざまな対応を見せてしまったに違いない。そういえば、退去するとき「毎度ありがとうございます」の一言も掛けなかったような気がする。

女は苦手だ。対峙するとき、わけもわからず動揺し、相手を直視できず、伏し目がちになるのが常だ。きっとそのときもそうだったのだろう。ところが、相手の表情なり、仕草に、オイラの注意を惹く何かがあったような気がするのだ。一瞬だが、素っ裸で、だらしなく横たわる倦怠がちらりと垣間見えた。自然に向けている素顔は隙だらけだったような気さえする。慌てて直視をさけたオイラの視線は、首筋を辿り、その豊かな肢体をなぞった。ぶしつけな視線に啄まれて、豊満な身体がゆるゆるうごめき、どんどん膨らんでゆくようだった。

とにかく、そのとき応対する女性のどこかに、確かに何か不自然さを嗅ぎつけたような気がする。だが、一瞬のうちに忘れてしまった。もっともそんなことは、日常において頻繁に繰り返される、街角でポストや看板を目にとめるような無意味な注視にすぎない。ところが、なぜかそれをふっと思い出してしまったのだが、そのこと自体にもやはり何の意味もないだろう。

公団前の大通りを、アクセルを踏んで、風を切って疾走した。

バイクを乗り回すときオイラはいつも田舎にいた頃遊んだパチンコという弾弓を思い出す。Y字型に切った枝の両脇にゴムのチューブを括りつけて、目いっぱい引っ張ったゴムの弾力を利用して大きな木の実や小石を飛ばす遊具だ。上手になると雀なんかイチコロだったよ。伸ばした左手で支えて、ぐっと右手で引き絞る。全身が弓のようにしなり、親指を掠めるゴムの鞭の痛みを残して、一瞬にしてオイラは消える。そのとき血を吐いて横たわる獲物を見下ろす大きな黒い影は、もうオイラではない。撓んだゴムのようなオイラの意識をそこに委縮させて、一回り大きくなった自分ではない別の意識が、のっそり近づき、ゆったりした手つきでうなだれた獲物をつまむ。手の中にはまだ温かい生命の、ひ弱だが、確かな動悸の余韻が残っている。そのあえかな運命を掌中にしている事態に快感がうずき、指はためらいながら止めを刺すように動く。……

バイクが疾走し、オイラは痛く肌を擦過する風と一体になった。風景を切り裂いて、猛然と獲物に躍りかかるように疾駆する。だが、ハンドルを握った手が、出前用に工夫された緑色の荷台を思い出した。それは、こぼれた汁の沁みついた、形が珍奇で、ひどく滑稽に感じられた。自分がひどく惨めになった。

バイクを停めると、電柱ほどの大男が背後に近づいてきたような気がした。振り返ると、誰もいなかった。

そこは団地の駐車場だった。普段は駐車している車はまばらだが、日曜とあって敷地はびっしり埋まっていた。整然と並んだ高級車の車体がきらりと光り、思い切りナイフで傷つけたいという衝動を抑えるのにひどく苦労したよ。実際にポケットにあるナイフに触れてみたほどだ。折り畳み式のロックバック方式のごく小さなものだ。ナイフはいつも手放さないが、護身用と言われれると傷つくな。こいつはおいらの分身だ。精神のむきだしの切っ先のようなものだ。

意味もなく団地の光景を見回し、それからなんとなくバックミラーを覗き込んだ。そこには武骨な太い指が口を覆った顔がこちらを見ていた。口を隠そうとするのはオイラの癖で、前歯が一本欠けているからだった。顔の表情というものは実に微妙で、ちょっとした歪みや凹凸で大きく変貌してしまう。もともと見栄えの良くないオイラの顔は、欠落した一本の歯のせいで、老人のような、貧相で、愚かなものになっている。

これはまだ田舎にいた頃の暴走族同士のイザコザで被ったものだ。

当時、オイラは小グループの頭だった。対立するグループの頭とタイマンを張って、卑怯な手段で何とか面目を保ったものの、間尺の合わない大きな代償を払ったものだ。治療もせず、二年経ってもそのままだった。間の抜けた顔をしみじみと自虐的に眺めた。もともと女性の目を惹くような魅力的な顔ではないので、いっそもっと醜悪にひん曲げたいほどだった。

不良仲間とバイクを乗り回していたからと言って、毎日喧嘩に明け暮れていたわけじゃないよ。むしろオイラは小心で、不必要な衝突はのらりくらりと回避する方だ。もっとも狡猾に立ち振る舞う頭脳もないから、成り行きでときどきやむを得ない衝突に遭遇することになる。

暴力には二通りある。興奮して突撃し、無我夢中で振り回される狂気じみた攻撃と、冷静に見極めて行使される狂暴な破壊と。前者は、オイラのように肉体的にも非力で、たいてい臆病で卑怯な奴だ。それでも喧嘩に滅法強いのは、奇襲戦法を取るからだ。無鉄砲で、命知らず。かっと血がのぼって無我夢中で突進し、相手がまだ体制を整えないうちに機先を制し、ひるんでいる間に決着する。

最初に対決した男のことを憶えている。そのときオイラは帰宅途中で、両手をポケットに入れて歩いていた。やがて前方の倉庫の前で三人の学生が中腰になって喋っているのを認め、不吉な予感が掠めた。双方の間隔が縮まると、相手の仕草や表情がつぶさに見えてくる。一人の唇が歪むのが見えた。他の連中の上半身がそれに呼応するようにゆらいだ。何かがオイラを刺激した。気がつくと、そばにあった棒を掴んで猛然と突進していた。握った棒を高く掲げ、ひるんだ相手を見下し、口汚く罵倒しながら、実は内心ひどく震えていた。相手はぶざまに倒れかけて、怯えた表情でオイラを見上げていた。

唾を吐き捨てて立ち去りながら、まだ手にしている棒を捨てようかどうか、臆病に迷っていた。いくぶん早足になり、侮られると予測される寸前に棒を捨てた。とたんに背後から襲われる恐怖に包まれて、思わず駆け出したいほどだった。これも慣れればやがて脚の震えもなくなるが、本来の臆病な性質は治っていない。いずれにしろ喧嘩は興奮から冷めたときにすでに勝敗を決していなくてはならない。長引けば非力なオイラは必ず負けると決まっているからだ。

一方、冷静に威力を奮う奴は、本物だ。腕力にも自信を持っている。機関車のようにゆっくりと迫ってきて、圧倒的に威圧する。こういう手合いを相手にするときは、すぐに平謝りに謝るに限る。一発見舞われたら、あっさり倒れてそのまま起き上がらないことだ。海老のように体を丸めて嵐の収まるのをじっと待っている。さんざん足蹴にされても、いつかは終わる。

オイラは卒業間近に集団の暴力沙汰のせいで停学処分になり、それを機に、十八歳で田舎を逃れて東京に出た。

都会は逃げ場所のない袋小路だ。先輩のつてで旋盤工を二年間勤めて、給料日に辞めた。しばらくぶらぶらしていて、腹が減ってしようがなかったから、蕎麦屋で飯を喰って、賄い付きの住み込みを条件にそこに就職した。もう三年になる。すっかりくたびれた老人だ。

不意に頬に雨滴を浴びたような気がして何気なく空を振り仰いだ。当日の天気は故郷の冬の天気と同じだった。晴れているが、いつ何時降り出しても不思議はない、雲の流れが速く、変わりやすい天気だった。

ポケットに手を突っ込んで煙草を忘れてきたことに気づいた。そうなるとますます喫いたくなるというものだ。自動販売機が近くに見えるし、バッグにはたった今手渡された一万円札がある。それで煙草を購入しようとしたところ、バッグには一万円札の他に千円札も一枚残っていることに気づいた。

いったいどういうことだ?

オイラは地球から片足がはみ出したみたいに驚いた。考えられることはただ一つ、――お釣りを間違えたのだ。店を出るとき勘定したので用意された釣り銭はきっかり七千四百五十円だったはずだ。相手も確認したはずだが、何も言わなかった。気づかなかったのか。それとも気づいたが、指摘しないでさっさと済ませたい理由でもあったのだろうか。

この小さな過失にオイラはすっかり動転した。すぐに引き返そうとした。だが、すぐに思い直した。まるで情事の最中に出くわすような間の悪さを予感したからだ。過失は故意ではなかったのだから、相手から電話があり次第、恐縮して善処すればいいと思った。

千円札で煙草を買って、お釣りはバッグにではなく、ポケットにしまった。金をくすねるような苦い憂鬱が喉の奥から上がってきたが、それをガムでも飲み込むようにごくッと喉を鳴らして飲み込んだ。

それから多摩川の土手に転がって煙草を喫った。歯の欠けた隙間にフィルターがすっぽり収まる。大きく一息吸うと、全身が眼前に拡がる陰鬱な風景を飲み込んだ。たまらなく空虚で、叩いたり引っかいたりしなければ、厚みも弾力も確かめられない気分だった。

オイラの日常は何の変哲もない。昨日も、今日も、明日も同じ風景だ。味気のないチューインガムを噛み続け、周囲には怠惰で無気力に映っていることだろう。仕事はそこそこにこなしているが熱意も誠意もないと評されているに違いない。また、実際そうなのだ。

だが、心は空虚そのものかと言うとそうではない。それどころか真っ黒なかたまりで充満している。いつかテレビで見たアフリカか中東の店先に並べられたケーキにびっしり群がったハエのように身動きしないでじっとしているのだ。泡立つこともなく、むらむらと湧きあがることもなく、意味のある形にならない。それで何かに焦慮することもなければ何かをひたすら渇望することもないだけなのだ。人生に何一つ指針を与えられず、寝そべって漫画を読みふけり、手に入る食べ物で空腹を満たすだけの毎日だ。

だが、見えない大きな黒い手が、オイラの心の中に不意に侵入すると、ハエはいっせいに飛び立つ。

今にもどしゃ降りになりそうな陰鬱な天気に変っていた。もっとも天空の一部だけが妙に明るく晴れ渡っていて、やわらかな日差しが覗いていた。わけもなく肩を落としてため息をついた。急にこれといった明確な理由もなく仕事が嫌になり、田舎に帰って大工でも継ごうかなとぼんやり考えていた。体の中に膨らんだ風船が窮屈に詰まっているようだった。

「誰でもいい、人を殺したい」と、唐突に思った。

煙草を吸いたいと思うような軽い気持ちでもあったし、切羽詰まった激しい渇望でもあった。

一息大きく吸い込んで、そのまま緩く開いた口から煙がもれるのを意識しながら、眼前に広がる風景を眺めていた。

きっとオイラはいつか破滅する。オイラ自身の中に眠る狂暴な破壊衝動によって。それは癲癇の発作のように予測がつかない。オイラの中で何かが不意に暴発する。すると、もう手が付けられない。

何もこれはオイラだけが直面している危険ではない。誰しもたやすく犯罪者となり得るのだ。それは癌のように誰の裡にも潜んでいる。そもそも癌細胞は〝異物〟なんかではないとオイラは考えている。それは他の部位と同様のシステムによって守護されているばかりか、成長にも同じからくりを利用しているからだ。癌のように破壊衝動は誰の中にも潜み、いつかは爆発するか、たえずその予感にさらされている。当人の特質や環境はさほど大きな因子とはならない。せいぜいその頻度を左右するだけだ。そういうわけで、誰しも平穏な日常を綱渡りの危うさで保っているにすぎず、たまたま奇跡的な回避に恵まれているだけなのだ。瞬きするような一瞬の傾斜によってあっけなく暴発が誘発される。

店に戻ったのはとっくに二時を回っていて、「油を売っていたんだろう」と店主からお目玉を喰らった。

まあ、いつものことだよ。

第三章　凶器

被害者の片山怜子（旧姓吉田）と容疑者の細野邦夫は、同郷である。

遠い縁戚関係にあたることからも、かねてからの知り合いだったと推測される。つまり、事件は不意に理由もなく突発したのではなく、その胚芽は年月という殻の中にひっそりと準備されていたと考えられなくもない。

週刊誌が「痴情のもつれ」と書き立てたのも理解できるが、まるで後を追うように二人が相次いで上京したと報じた記事は明らかな誤報である。年齢は四つも離れ、中学、高校はすれ違いで、同じ学校に通っていた時期は小学校だけである。二人とも、高校を卒業すると同時に上京し、それぞれ都内の大学に入学するという同じコースを辿るが、被害者が上京したとき、容疑者はまだ中学生だった。

だが、まさにこの時期に、二人の唯一とも思える接点が見られる。

被害者から容疑者に宛てた手紙が残存しているのである。被害者は高三で、容疑者が中二である。ませた子供が思い余って出したラブレターの返信で、勉学にいそしむよう優しく諭した文面である。被害者は書道の達人であったおじいさんの手ほどきを受け、達筆で、ペン字ののびやかな筆跡があたり障りのない文意を優しく慈しむように彩っている。

被害者が大学を卒業して某都市銀行に就職した頃、ようやく容疑者は上京した。

上京当初、容疑者は伯母の家に頻繁に出入りしているが、三年後、授業料滞納により中途で除籍されたこともあってか、次第に足が遠のいている。それから更に数年経過し、被害者は容疑者の伯母の長男と結婚し、一方容疑者は相変わらず転職を繰り返していた。印刷業、キャバレーのボーイ、警備会社と、選択も安易だが、どれも数ヶ月しか継続していない。だが、勤務態度は真面目で、仕事も無難にこなし、これといった悶着も起こしていない。

その数年間、二人の親交を示す形跡はなく、それぞれ惑星のような無関係な軌道を辿りながら、事件の当日、容疑者と久しぶりに再会することになる。そこで事件は、容疑者の供述を信用するなら、本人にもわけのわからない衝動から、不意に突発したのである。

この事件の特異性は、その凶悪な残忍性にも見られる。

解剖所見によると、遺体には、上半身に十二カ所、下半身に二カ所の傷があった。なんとも凄まじい凶行である。致命傷とされたのは、右胸を抉った深さ十センチに達する刺傷であった。

この凄惨な行状が捜査陣を翻弄したことは容易に想像できる。どんなに調べても、二人の間に激烈な憎悪が炸裂する理由を突きとめられないからだ。動機を探ろうと執拗に繰り返される訊問は、霧の中をさまようあてどない航跡をたどるばかりだった。

「滅多刺しの凶行だったということですが、……無我夢中だったので、状況をよく憶えていません。刺殺したという手応えはもちろんのこと、そもそも事件に関わり合っているという実感そのものが最初から希薄だったのです。あのとき、いつのまにか不意に、ぼくの手にナイフが握りしめられていました」

「怜子さんが振り向き、思わずぼくは何か言いかけたのですが、愚かしく口ごもるばかりで言葉にならず、そのもどかしさから逃れるためにしきりに手を振り回していたような気がします。まるで顔面にまつわりついている蜘蛛の巣でも振り払おうとしているようでした」

「それからまた不意に、手にあるナイフに気づき、ぎょッとして思わず放そうとしたのですが、切羽詰まった衝動にもかかわらず、その仕種がひどくまどろっこしく、まるで油の中で手を泳がせているようなのです。指はもう握りしめていないのに、ナイフの柄が鳥モチのようにへばりついているというふうで、その執拗さにうんざりしながら、それでも何とか振り棄てようと躍起になっていました。何かむやみに追い立てる煽りがあり、自分も怜子さんもその熱っぽいうねりにゆられるがままに移動してゆき、背後に残された部屋の余白を自分の心のように感じていたのです」

「ドアが何度も開いたり閉じたりしながら、ぼくの動きを促し、やたらと煽りたてるのです。沼地を這うのろい動きであの人を追い、あの人が後ずさりしながら、心ならずもぼくを手招きしているようでした。そのときもやはり目の前に無数の小さな虫がまつわりついてひどく煩わしく感じました。それで何度も何度も空いている方の手で顔面を拭ったのを憶えています。そのときもう一方の手は凶器を握り締め、力を込めて、がむしゃらに振り回していたのでしょうが、その記憶はあっさり掻き消えているのです」

犯行を白状する一方で、容疑者には刺殺行為そのものの実感はない。筋肉の収縮も、全身のうねりも記憶にない。あらゆる状況がありありと再現されるのに、どういうわけかナイフの重みも、握った柄の固い感触も、身体を抉《えぐ》る手応えも憶えていないのだ。

「ぼくは本当にあのときナイフを手にしたのでしょうか？」と、一度だけそう心許なげにつぶやいている。だが、それもすぐに撤回される。

「もちろん、それは確かなことで、そしてそのナイフで怜子さんを刺殺したというのも、やはり疑いようのない明白な事実です。あらゆる状況の流れがぼくの犯行を裏付けていますから。それでも、そのとき手は、握り締めた力そのものを握り、そのむやみな抗いに困惑している気分でしか追想できないのです。凶行に及びながら、当然怜子さんの身体に触れたのでしょうけれど、手にもどこにもその肉感をありありと捉えたという記憶はありませんし、揉み合った印象も残っていません」

「ただ、猛烈な颪の中で、一瞬、倒れたあの人に覆い被さるように迫った場面を覚えています。でも、やはり身体の豊かな弾力と揉み合ったという感覚はついに得られません。それでいて、ことを仕出かす瞬間の、あの、……ゆらっとした、身体の中に重たげな油が揺れる感じがいつまでたっても消えようとしません。あのときぼくは液体の入った容器そのものでした。液体が揺れ、容器の体型でそれを留めようとする身体の中に、ねっとりとしたゆるやかな反動が戯れたのでした」

いつまで経っても行為の手応えを捉えきれない。凶器を握る力は戻っても、相手に行使する実感がどうしても得られない。

「なぜか眼前が異様に暗く感じられていました。一部が翳り、次第にあたり全体を暗くしてゆくようでした。戸外の明かりも室内の明かりも、まるで霧に包まれた外灯のように範囲をせばめられ、夜の漂いにゆらめいていました。不穏に傾いた暗いコォールタァールの海に漂い、ゆらゆら戯れる舌に嘗められ、哀れに翻弄された小さな明かりの惑乱そのものが、そのときのぼくだったと言えるかも知れません」

「……そこに、手がありました。……指先に方向を行き暮れさせた、白く、しなやかな怜子さんの手が、おそろしくさりげなくそこにあるのが目についたのでした。あらぬ方向をぼんやり眺めている怜子さんの姿勢の中で、まずその白い手が目に飛び込んできたのです。そして、なぜかぼくは人形のように突っ立って、いつまでもその手の色と形に気を囚われていたのです」

「怜子さんがくるっと振り向きました。すると、その動きに煽られてリビング全体が歪み、時間が歪みました。流し台がゆっくり窓の方に移動してゆき、今にも窓から飛び出してゆきそうに見え、と同時に天井がどんどん下に降りてきて、不意にテーブルが襲いかかる荒々しさで迫ったのでした」

「ぼくはなぜかむやみに動揺し、思わず後ずさりしそうになりましたが、そのまま叱られた子供みたいに立ち尽くしていました。まともに顔さえ上げられないのです。ぼくがそれと意図せずに近づいたとき、白い手をひっそりと膝のあたりに添えた怜子さんの姿態がすぐ間近にあり、なぜかその姿勢が妙にしどけなく見えたのでした。売春婦のようにだらしなく、いやらしく、下卑て見えました」

「ところが、軽く振り返って一瞥した怜子さんの視線は、ぼくをひどく情ない気持ちにさせました。そのせいかどうか、怜子さんの肢体からはしどけなさがたちまち消え、そっけない愚鈍なゴムのようなかたまりに変って見えたのです。怜子さんが振り返って、黙ってぼくを見据えたときの動揺は、今でもはっきりと覚えています。というのも、それはかつて幼いぼくを窮地に陥らせた姿勢であり、同じ動揺を思い出させるからです」

「手は忠誠を装っていますが、いつもぼくを戸惑わせがちな身近の裏切りでした。ぼくはいつも物をしっくりと握れないのでした。握っていても、それが思惑の掌中にあるという実感をとくと得られないのです。注意深く意識しながら繰り返しても、その希薄さは変わりません。いずれにしろ、昔からぼくを戸惑わせ、困惑させてきた手のつたない不得要領が、この事件に微妙に関わっているらしいことは分かるのですが、どうもうまく説明できそうにありません」


凶器は、たまたま当日の朝デパートで購入したものだと言うが、伯母の家を訪ねたときすでに包装は解かれていた。道すがら桑の木を相手に試し切りをしたのだと説明する。紙箱も包装紙もそこに棄てられた。すると、犯行現場に赴いたとき、コートには切れ味を確かめたばかりのナイフがむきだしのまま鈍い光を放ってひっそりと押し黙っていたということになる。

この不自然さに気づいた容疑者は、ナイフは皮製の鞘に納めていたと申し開きしたが、鞘は別売りだという新たな食い違いを露呈しただけだった。

当初から弁護人は、当人にも不可解な偶発による殺人を強調し、検察の主張する事前に凶器を準備した計画性を真っ向から否定した。容疑者がナイフを購入したとき、被害者の在宅は確認していないと主張する。たとえ知っていたとしても、被害者を殺害する意図など毛頭なかった。その動機もない。事件は理由もなく、突発的に発生し、たまたま携帯していたナイフが使用され、被害者は不運にもそこに居合わせたのだと。

むしろ殺人は凶器そのものがそそのかしたのだとでも言いかねない論調であった。犯人が凶器そのものであるなら、動機も介在しないし、被害者は誰でも良かったということになる。

さまざまな疑念を残したまま、検察は、事前に殺人を企図した計画性とその残忍な殺傷、ならびに逃走を理由に、懲役十五年の実刑を求刑した。犯行を自白したのは逮捕直後であり、素直で、自発的であった。

一方、弁護人は、犯行当時、容疑者が心神喪失の状態にあったという理由から、無罪を主張した。いずれの側も、犯行が彼の手によるものだという点は揺るがない事実であると認定している。容疑者細野邦夫以外の犯人を想定する余地はまったくなかった。容疑者の供述を虚偽であるとは考えてはいないし、またそう考える理由もなかった。

審理の焦点はもっぱら容疑者の犯行当時の心理状態に絞られていた。

検察側から提出された鑑定書は、鑑定当時ならびにその後の数カ月にわたる入院生活時の容疑者の精神状態は、ほぼ正常で、判断能力はあったと断言している。一方、弁護人側の鑑定書は、当然のことながら、犯行当時の精神状態が責任能力を阻害するほど重大なものだったと主張している。

しかし、不明な動機と同様に、すらすらと自供した凶器も実は特定されていなかった。

当日の朝、容疑者が池袋の西武デパートで購入された刃渡り二十五センチのゾーリンゲンの狩猟ナイフが凶器とされていたが、捜査の結果、その日購入された形跡がないことが判明していたのである。当該の売上伝票がなかった。前日も、前々日にもない。従って、この点に関する容疑者の主張はまったくの偽りであった。

そもそも犯行に使用された凶器は、本当に狩猟ナイフだったのか？

あらゆる状況証拠を無視して、本人がナイフを持参した事実は認めたとしても、当日それを所持していただけであって、犯行の凶器は別の誰かによって行使され、犯行後隠匿された可能性もないわけではないのだ。

また、手記にはデパートの売場に持参していた本を忘れたようにも書かれているが、調査上はそんな事実もない。

この事件では、凶器を巡る捜査が端的に示すように、断定された明白な事実は何一つなかったと言っていい。覆ることがなかったのは、唯一、自供だけだった。

【容疑者の叔母中野静江（旧姓細野）(42)の証言】

邦夫は私が育てたようなものだった。

邦夫の祖父母――つまり私の両親は、長男を除く子供四人を引き連れて満州に渡り、終戦後祖国に戻る途中の船中でそろって病死した。戸籍上の死亡日時は同日だが、それは引き揚げ船が長崎に到着した日であって、実際には正確な日時はわからない。

同行していた子供たちの中で最も年下の私は、もちろん当時の記憶はいっさいない。すべてを見ていたが、すべてを忘れてしまったのだ。

見知らぬ大人たちの手助けを受けながらようやく子供たちだけで辿り着いた実家は、都会から疎開した他所の家族に占領されていた。ある日訪問した親類の者が、幼い子供たちが他人の施しを受け、板敷の狭い湿った部屋に閉じ込められ、怯えながら体を寄せ合って暮らしているのを見咎めた。

「まるで女中のような扱いを受けており、このままでは家が乗っ取られてしまう」

そこで、終戦後行方知れずになっていた嫡男の探索が始まった。兄は自ら志願した近衛兵で、南方の島々で耐え難い辛酸を舐め、何とか生き延びた。敗戦は私なんかには想像もつかない大きなショックを与え、兄は打ちひしがれて、故郷に戻る気力もなくしていた。都会の片隅でひっそりと暮らし、もっぱら闇市や占いでやっと生計を立てていたと言う。その美貌から、端役とはいえ映画にも二本出演している。

ようやく探し出されて説得されたが、当初兄は少し抵抗したらしい。だが、周囲は強引に呼び戻し、近所の適齢期の女性が選ばれ、結婚を急がせた。戦後まもなくのことで、たった二十数戸しかないひなびた寒村では手近なところから縁組が成立するケースが相次いでいた。

花嫁候補に選ばれた、八人きょうだいの四女は、困惑しながらも、この降ってわいた縁談を喜んだに違いない。なにしろ新郎は俳優と見まがうばかりの凛々しい好男子だったからだ。

兄が我が家に到着した日に、生まれたばかりの赤ん坊が一緒にやってきた。大人たちの大仰な歓迎を受けている間、赤ん坊はいったん私の両手に委ねられた。両手に余るほど鈍重なくせに、しっかり押さえていないと飛んで行きそうなちぐはぐな重量感だった。

まだ中学生だった私には何が何だかさっぱり分からなかった。なにしろお嫁さんは近所の人で、つい先日まで田畑で汗を流して働いているのを見ていたからだ。当時の女性は健康で、頑丈だったから、出産直前まで働いていたとしても不思議はなかったけれども。

事情に疎い私はとんでもない勘違いをしていたのだった。

後で真相を知ったが、赤ん坊は兄が都会で愛し合っていた女性との子供だということだった。兄が今度の結婚を渋ったにはそういう理由があった。意中の人が別に居たのだ。だが、その恋は実らなかった。その人には出産した嬰児を引き取れない事情があって、兄一人に委ねられた。この慌ただしくまとめられた婚儀にはそうした隠された秘密があった。

厳粛な式でも、陽気に打ち騒ぐ祝宴でも、兄は沈痛な表情を保っていた。新郎新婦がにこやかに顔を見かわす場面はほとんどなかった。諦念とも覚悟とも採れる兄の静かな思い詰めた表情が変わったのは、いっせいに注がれる酒によってだった。兄は無類の酒豪だった。

私は二人のそばで赤ん坊を抱いて控えていた。その子は宴が始まってほどなく尿を洩らして、私の晴れ着に生暖かい湿りけを浸透させていた。

赤ん坊はすでに邦夫と名付けられていた。

元占い師だった兄は、当時住んでいた近所で誕生した赤ん坊の名付け親になり、この世で最高の名前を付与した。ところが、その子は半年後には肺炎で急死し、名前が仇になったとひとしきり悔やんだ。

「名前負けしたのだ……」

そんな経緯があったので、自分の息子にはわざと不運な名前を選んで付けた。それが邦夫だった。

兄と嫁は、昼夜を問わず必死に働いて家計を支えた。なにしろ新婚早々きょうだい四人と覚束ない実子を育てなくてはならなかったのだ。家計はいつも逼迫《ひっぱく》していた。兄は持ち掛けられるどんな仕事でも請け負って、窮乏をなんとか凌いだ。過酷な労働を強いられたせいか、荒んだ顔つきになり、新婚生活は傍目にもうまくいっているようには見えなかった。

敗戦で生きる望みも絶たれた兄にとって、無理強いされた家督相続は、捕虜になって強制連行され、過酷な労働を強いられているようなものだった。農協に勤めてようやく生活は安定したが、空虚な心が満たされたとは思われない。兄は邦夫を溺愛した。

兄の唯一の逃げ道は酩酊だった。だが、連日自分から飲みにゆくほどゆとりはなかったので、同僚との付き合いや集落の寄合などでしかなかった。ごく稀な機会は目いっぱい活用され、いつもへべれけになった。麻雀も好きだったが、兄の麻雀は恐ろしく慎重で、決して負けない打ち方で面白くないと皮肉られているのを聞いたことがある。兄には余計な失費を重ねる余裕などなかったのだ。

兄夫婦は寝食を惜しんで働いていたので、邦夫の世話はもっぱら私の役割だった。まだ中学生だった私は、ランドセルの代わりに邦夫をおぶって、三キロの道のりを歩いて学校に通った。

子供連れというだけでも恥ずかしいのに、邦夫はとても泣き虫だった。ときどき火がついたように泣きわめき、手に負えなくなる。ある日の授業中、ずいぶんおとなしいので、不思議に思って傍らを見ると、そこに居ない。教室中大騒ぎになって全員で探したが、どこにもいない。不意に、いつのまにか潜り込んでいた教壇の中から、あの振り絞るような泣き声が響き渡った。私は羞恥で真っ赤になった。

一家総出の田植えの時期、赤ん坊は臼のような藁で編んだ揺りかごに容れられて畦道に捨て置かれる。その中で邦夫はいつも泣き叫んでいた。泣き声がふっと止んだと思うと、揺りかごがゆらっと傾き、ゆったり揺れるのが見えた。揺り籠がとうとうもんどりうって、邦夫の全身が田圃のぬかるみに放り出された。いつものしゃにむな泣き声が響き渡り、顔面を泥水に浸しながら喘ぎ、必死に母親に向かって這ってゆく姿は、なんとも哀れだったが、私は感動して少し涙ぐんでしまった。

邦夫は泣き虫だけではなく、癲癇もちだった。突然、白目を剥いて口からあぶくをだしてぶっ倒れる。そのときのおぞましい形相はいつまでたっても慣れなかった。

誰が撮ったのか記憶がないが、改築前の家の縁側でまだ幼い邦夫と一緒に遊んでいるスナップが残っている。

私はその頃の流行の野卑を衒《てら》った髪形で、白いブラウスに大きくふくらんだスカートをはいて座っている。その前にぽっちゃりした体型の子供が、小さな口をぽかんと開いて、上を見上げている。そこにモノクロなので色はわからないが、ふくらんだ風船が浮かんでいる。祭りの香具師から買ったもので、たった今邦夫の手を離れて浮かび上がったのだが、そのときの私の表情がどこか上の空で、その視線は邦夫にも風船にもない。ひょっとしたら恋をしていたのかもしれないと考えたくなるような表情だ。

とにかくその写真が当時の私と邦夫の関係をよく示している。私には長いスカートの裾を絶えず引っ張っているような、どうしても逃れられない幼い存在がつきまとっていたのだ。

多少生活が安定してくると、もともと酒好きな兄が抑制の効かない泥酔に溺れる機会が多くなるのは必然だった。もともと酒乱で、絡みが愚痴っぽくなり、執拗になった。暴れると手に負えなかった。でも、お嫁さんは辛抱強く耐えていた。やがて生まれた長女と邦夫を抱いて、近所の実家に逃げ込もうとするのだが、いつも玄関を潜ることができず、納屋で抱き合って泣いていた。

邦夫は、幼い頃はともかく、成長するに従って、真面目で大人しい、とてもいい子に育った。学校の成績もとびっきり良かった。誰にでも好かれる子だった。でも、人の評価なんてあてにならない。せいぜいその一面でしかない。むしろ私は、無口で手ごたえのなさを物足りなく感じていたし、信用できない二面性を備えつつあるだけだと感じていた。

どうも母親とはしっくりいっていなかったと思う。特に家の手伝いを毛嫌いし、そのことで何度か母親と衝突していた。実家は農家だったが、両親とも外に働きに出ており、兼業だった。

「これはおれのやる仕事ではない」

というような不遜な気概が、邦夫の普段はおとなしい相貌に不意に現れる。母親はおろおろして引き下がる。可哀そうに、だから従順な妹だけが農業を手伝っていたわ。でも、私にはわかる。邦夫は不遜な考えから仕事を拒否していたのではなかった。母親を嫌っていたわけでもなかった。幼い頃、多忙な両親から面倒を見てもらえなかった寂しさから、労働そのものを嫌っていたにすぎない。

農繁期には兄夫婦はそろって帰宅が遅く、私が看護学校に入学してからは、幼い子供たちは近所の母方の親戚で両親の帰宅を待っていた。それはちょうどかつて他人が占領している家で賑やかな食卓を眺めながらひもじい思いをしていた幼少の私の境遇に似ていた。妹が相伴に預かっても、邦夫は余程のことがない限り厚意に甘えようとはしなかった。

祖父母のいない田舎の家庭はどこでもそうだろうが、子供たちはみな寂しい思いを経験している。貧乏でもいいから家族が一緒にいる時間がなにより必要なのだと思う。

やがて上の兄二人と姉が就職し、豪雪に耐えうる築百年の生家を巣立って行った。私は看護学校を卒業した。

その時代は自然と一体になった、気負いもなくのびやかな生活の営みに満ちていた。末っ子の私は新しい地にしっかりとはびこり、黄色い花を咲かせるたんぽぽのようにのんびり健やかに成長した。ときおり頬に触れる悲しみの種子は風に吹かれてあっさり飛んで行った。それは回顧の色彩に好ましく彩られるばかりではなく、一種の解放感に満ちていた時代だった。

成長するにしたがって、邦夫の両親に対する反発は目に余るようになった。面と向かって暴言を吐くことはないが、よそよそしく、軽蔑したような表情で、距離を置いて控えていた。そのうち自室に閉じこもり、一緒に食事することもなくなった。その頃には母親だけではなく父親に対しても同様な冷淡さを見せつけていた。寡黙で、とげとげしく、気難しい息子を、両親は腫物にでも触るようにおずおずと見守っていた。

邦夫の父親との確執が決定的となった場面を私は目撃している。

その夜、兄は上機嫌だった。久しぶりに息子と睦まじく会食していたからだ。ところが、ほどなく安逸な雰囲気が一変していた。邦夫は小賢しい言葉を並べて激しく兄を攻撃していた。どうやら戦争に関わる論争だったようだ。痛罵にも兄はほとんど反論しなかった。一方的に攻め続ける邦夫に私は次第に腹が立ってきた。

あんたなんかに何がわかるのよ！

私の中で怒りが沸騰した。

兄は敗戦によって一切の希望を失った。自分の生きざまを全否定された蝉の抜け殻のような兄を親戚が寄ってたかって連れ戻し、弟妹四人の養育を義務付けたのだ。私は末っ子だったので、一番永く兄の辛い耐乏の日々を見てきた。廃墟のような心に生えた唯一の希望が邦夫だった。だから兄がどんなに邦夫を慈しんできたか、私はよく知っていた。

その息子に、今また痛烈に全否定されようとしているのだ。敗戦と同様の絶望を、よりによって愛する息子から突き付けられているのだ。兄は二度死んだ。私には黙りこくった兄の顔を見るのがつらかった。

夏になると、たいていは盆の前だったが、兄は軍服と写真と勲八等瑞宝章《ずいほうしょう》の勲章を虫干しするのが習わしだった。それはひっそりと持ち出され、陽が傾くと、またそっと押し入れにしまわれた。私はその軍服を着た兄の肖像が大好きで、よく見惚れていた。秀麗で、凛々しく、自信に溢れている。虫干しする年に一度のひそやかな儀式は、きっと邦夫から一方的に非難を浴びせられたあのやり取りのせいだろう、その年を境にふっつり途絶えた。

昨年、兄は脳溢血で死亡した。邦夫が駆けつけたときには、すでに納棺が終わっていた。邦夫は喪主として葬儀に参列した。その表情はまるでマネキンのようで、読経の間も、挨拶のときも、他人ごとのように一度も崩れることはなかった。葬儀が終わって遺骨が実家に戻ってきたとき、私は兄の軍服を仏壇の脇に飾ってあげたいと邦夫にお願いした。邦夫はやはり無感動にうなずいた。

葬儀には列席しなかったが、初七日の日に、東京から〝あの人〟がやって来た。兄がかつて愛した人だと、私が何の根拠もなく信じ込んでいた人だ。そのふくよかな秀麗な姿に接するのは久しぶりだった。今、永い間閉ざされた秘密の一端が明らかになるのではないかと思うと、私は慎みのないときめきを覚えながらその姿を見守っていた。

兄が結婚した当初、私は生まれたばかりの赤ん坊だった邦夫を押し付けられたが、その出生については何の疑いも抱かなかった。だが、私の周囲では口さがない噂が蔓延していたのだった。その頃、この人は病気療養のために近所の生家に滞在していたので、毎日のように顔を合わせていた。邦夫を見ると、すぐに両腕に抱きかかえ、頬ずりせんばかりに愛でた。私はそのそばで所在なげに立っていた。数ヶ月で東京に戻ったが、毎年のように故郷に舞い戻っているという噂を耳に挟んだ。それでも私はまだその人と邦夫を結びつけて考えられなかった。兄の妻の姉で、とりわけ邦夫を可愛がる親切な東京の伯母さんでしかなかった。

そういうわけで、私がその人と兄との親密な仲を疑ったのは、兄が死んでからだと言っていい。それまで胸の奥で靄のように漂っていて、兄の死に際して、突然くっきりと浮かび上がったのだ。葬儀の当日、どんなに見回してもその人の姿を見出せなかった。小さな葬儀場だったので会場は列席者で埋め尽くされていたが、私にはぽっかり一人分の席が空いているように思えた。不在がかえって二人の仲を直結させるようだった。

葬儀から数日隔ててやってきたその人は、仏壇に酒と虎屋の羊羹《ようかん》を供え、線香を上げ、静かに目を閉じた。その白い、まだ若やいだ色香の匂うような横顔を、私は少し離れた位置で、押し黙って眺めていた。挑むような気持ちさえあった。邦夫はその人の真後ろに控え、私はその隣に少し間を置いて座っていたので、邦夫には見えないその人の横顔が私には窺えた。きっと今に、そのほっそりした指が力を込めて握られて白く染まるに違いない、と私は思った。それにつれて胸の奥にひっそりと仕舞い込んだ、永い間秘められた哀惜が、たまりかねて溢れ出るに違いない、と私は祈るように待った。

だが、その姿勢は少しも変化しなかった。それでも私は諦めていなかった。その紅のない、かわいた形の良い唇は、つい思い余って、必ずや兄の遺影に向かって語りかけずにはいられないだろう。読唇術の注意深さで、私はその唇を凝視していた。だが、気負いもなく結ばれた唇はとうとう緩むことはなかった。

邦夫といえば、その俯いた表情に疎ましげな色を浮かべて、自分とその人の間の畳の上を見つめていた。そこには夏に大量発生し、秋に家の中にも侵入してくるカメムシが一匹うごめいていたのだった。強烈な臭いを放ち、触れただけでも臭いが染みついて離れない、農家の一番の嫌われ者だ。カメムシはその人の豊かな臀部の方に向かってゆっくり歩いて行こうとしていた。邦夫が前かがみになり、伸ばした手でいきなりカメムシを摘まんで放り投げたとき、その人が優雅に体を回し、丁重にお辞儀をしながら立ち上がった。

私は慌ててお辞儀を返しながら立ち上がった。そのとき柱に飾ってあった兄のカーキ色の軍服がその人と重なって見えた。私はまたドキドキした。その人も私の視線の行方を追って兄の軍服に気づいたに違いない。軍服をまとった凛々しい姿はその人にとってもっとも懐かしい、忘れがたい兄の姿であるはずだった。

動かない姿態にかすかな動揺が表れたかに見えた。私は興奮した。きっと今に、喪服から垂れた白い手がすっと浮かんで、軍服の方に伸びて、慈しむように撫でるのではないかと思ってわくわくしていた。私は息を呑んでその農業に一度も従事したことのない優美な指先を見つめていた。期待と不安のないまざった確信が大きく膨らんで、今にも口から飛び出しそうだったので、わけのわからない言葉を口走りそうだった。私は邦夫の目を憚って、つい振り返って見ずにはいられなかった。

この子は真相を知っているのだろうか？

あなたの本当の母親はこの人なのよ、と思わず叫びたい衝動にかられた。それを押しとどめたのは座敷の一角でじっと押し黙っている大きな仏壇の重量となよやかにまつわりつく線香の匂いだった。

事情をよく知らない頃から、私は都会の片隅でひっそりと人目を忍んで密会するカップルを想像していた。二人がそれぞれの関係者に責められて、やむなく別離を選び、以後果てしない忍従に甘んじた経緯を思って、ひとしきり同情していたのだった。二人が一緒にバラバラの板を寄せ集めて、鉄の箍《たが》で結束した、中央部が膨らんだ円筒形の樽の意志。板は内部の溢れんばかりの愛情を吸って膨張することによって硬く密閉された。だが、もう二十数年経過した。しかも、一方はもうこの世にはいないのだ。

私の思わしげな注視に気づいたのか、その人は軽く目を逸らして、壁に飾られた軍服を見やった。確かに目を留めた。だが、その表情にもやはり目立った変化はなかった。過去の兄への回顧の言葉も洩れなかった。

そのかたわらで、邦夫は右手を鼻孔に近づけて、カメムシが残した執拗な臭いに顔をしかめていた。

【被害者の義父片山宗次郎(63)の証言】

事件当日、わしは長男と一緒に山中湖畔のゴルフコースでプレイしていた。事件の報に接したのは、長男が谷越えの打ち上げのショートホールでティーショットを打ち終え、続いてわしが屈んでティーをセットしていたときだった。長男の携帯電話が鳴り響き、わしは前方の富士山を漫然と眺めていた。

もちろんすぐにプレイを中断して、長男の運転する車で自宅に舞い戻った。

途中、うんざりするような渋滞に遇い、自宅に着いたのは九時を回っていた。見慣れた我が家の周辺は赤色灯を回転させるパトカーと群がる住人で騒然としていた。長男の機転で駅前のホテルを手配し、やがて家族全員がそこに集まった。わしは見苦しく取り乱しはしなかったものの、これといった指示も思い浮かばず、茫然としているばかりだった。てきぱきと処理をこなす長男を眺めながら自分の時代はアルバムの片隅に閉じ込められたと痛感していた。

誰一人一言も口をきかず、次女の大仰な嗚咽《おえつ》だけが続いていた。

警察の対応も、葬儀の段取りも、すべて長男が取り仕切った。妻は、事件後数日は気丈に振る舞っていたが、心身ともにくたくたになったのだろう、三十九度の高熱に見舞われてとうとう入院した。わしは、事件当時も、それからもずっと何も考えられず、縁側で陽光を浴びている猫のように終日ぼんやりしていた。

これまでのわしの人生は絵に描いたように順風満帆だった。わしは常に身の丈にあった成果しか望まなかった。決して他人を羨望することもなかった。決して無理をしない、背伸びはしない、というのがいつのまにか身に付いた信条だった。

それが最も端的に現れているのが恋愛だった。わしの容貌はお世辞にも魅力的だとは言えない。コンパスで描いたような丸顔で、額は狭く、ぶざまな団子鼻で、唇はタラコのようにふくらんでいる。おまけに十代から極端な弱視で、分厚いレンズの眼鏡を必要とした。背も低く、ずんぐりした体形で、年頃の女性から見れば、醜悪であるばかりか滑稽でさえあったろう。それは自分でも自覚していた。そのうえ、若い頃から髪が薄くなり始め、声さえもだんだん濁声になった。機知に富んだ会話とは無縁だし、ときたま漏らす皮肉はタイミングも悪く周囲に煙たがれるだけだった。女性に対して無関心であったわけではないが、欲望は自然に抑制され、高望みするような愚かな真似は決してしなかった。

平凡な成績で学校を卒業し、役所に入ってからも、性格に変化はなかった。仕事は真面目にこなすが、他人と張り合うこともなく、凌駕することなど考えもしない。自分の低い能力を弁え、淡々とその日を終えていた。わしは子供の頃から妙に老成していた。これといった趣味に拘泥するわけでもなく、日向ぼっこと焚火と家族に対する説教が唯一の楽しみだった。

ある日、三十歳になっても恋愛体験のひとつもないわしに、お節介好きな親類が見合いを勧めた。

相手の写真を手にしてわしは混乱していた。なにしろ相手は女優かと見まがうほどの美人だったからだ。目鼻立ちの整った、うりざね顔の、穏やかなまなざしで微笑んでいる容貌に、わしはすっかり魅了されていた。眠っていた欲望が突然燃え上がった。わしはどうしてもこの女性と一緒になりたいと切望した。こんなことは生まれて初めての衝動だった。

「あなた次第なのよ。先方はあなたの写真を拝見し、履歴も知ったうえで、ほぼ内諾しているのですからね」

何だって？　わしは内臓がひっくり返りそうになるほどびっくりした。

待てよ。この人にはひょっとしたら誰にも言えない不都合な事情があるのかも知れない、わしはそう疑った。それは間違いない。そうでなければどうしてわしのような男との縁談を承知するものか。わしは想定しうるあらゆる障害を並べてみた。

まず、不妊症といった、何か致命的な、肉体的な欠陥を想定した。だが、このままずるずると独身を通す境遇さえ覚悟していたわしに、不妊症ごときが何だ。写真に写る彼女の姿態は清楚な装いを弾き飛ばすほど優雅で健康そのものだ。たとえ美人薄命のいわれの通り短期間で結婚生活が終わることがあろうと、凝縮された濃密な充足がそれを補うだろう。

それとも過去の不行跡が諦念を導いているのだろうか。まさか処女ではあるまい。こんな美しい女性を周りの男どもが放って置くはずがないからだ。かつて熱烈に愛した男性が居て、愛を契りあったが、出征して戦死したということもありうる。あるいは夢中になった男には実は妻子がいて、弄ばれたあげく棄てられたのか。……

だが、それがどうした。たとえ今でもその人のことが忘れられず、わしに注ぐ愛情がこれっぽっちも残っていないとしても、なに構うものか。わしの方がその何倍も愛情にあふれているのだから。仮に二度離婚の経験があろうが、どこかに隠し子が居ようが、そんなことは取るに足りない。片目を瞑《つむ》ればそれで済むことだ。残った片目にはこの上もなく美しい笑顔がわしを待ち構えているのだ。

さては実家が窮乏に喘いでいるのか？　つまり献身的な身売りというわけか？　だとしても借金まみれというわけでもあるまい。いや、この人を得られるならすべての財産を放棄しても惜しくはない。たとえどんな厄介な災難を招こうと構わない。わしは全身全霊を打ち込んでこの人と結婚する。いったん手に入るかも知れないという吉兆を目にすると、それを逃すことに全身が震えるほどの恐れさえ感じた。

最後の最後にどんでん返しがあるような大きな困難を予期していたが、あっさり結婚が決まった。

わしは未だに、どうして妻がわしとの結婚を承諾したのかよく分からない。ひょっとしたら、妙な性向があって、わしの醜さをこそ、妻が気に入った点ではないかとさえ勘繰る始末だった。

とにかくわしらは結婚し、郊外に新居を構え、毎年のように子宝に恵まれた。妻の子育ては非の打ちどころのないものだった。子供たちはみな健康で、明るく、素直に育った。家中に笑い声が響いた。絵に描いたような家族団欒。この上、いったい何を望むというのか。こうして結婚以来、わしは毎年無上の喜びにひたされていた。やがて役所を無事勤め終えて定年を迎え、今は周囲も羨む悠々自適の毎日だ。うだるような暑熱の降りかかるある真夏の午後の事だった。

通販で購入した、柔軟で軽く、絡まらないと言う触れ込みのホースを操って庭に放水し始めたとたん、「きゃっ」という叫び声が木陰から届いた。びっくりして駆け寄ると、隣家の主婦が上半身を濡らした情けない顔つきで見つめていた。前髪が垂れ、顔面が水しぶきできらきら光っていた。

「これはどうも。面目もありません」

「いいえ、私がいけないんです。ずるをして裏木戸から庭を通り抜けようとした罰です。木戸が開いていて、お姿が見えましたので、つい」

にっこり笑いながら前髪に添えるふっくらした腕がとても優雅で美しく見えた。白いノースリーブが濡れそぼち、白い下着と黄色い肌を透かしていた。張り詰めた豊満な乳房がこれみよがしにのけぞっていた。

「すっかり濡れてしまいましたな」

「むしろ爽快でしたわ。この暑さですもの」

ふっくらした白い顔を少し傾け、額になれ掛かった前髪をすくいあげる仕草には、自分の美しさに媚びる愛おしさがあった。わしはふと足元を見下ろし、手にしたホースから水が足元に溢れていることにその時初めて気付いた。

「お中元です」

やわらかな身のこなしで携えた贈答品を手渡そうとするが、わしは手にした水を放出し続けるホースのやり場に困り、子供のようにうろたえていた。

「それはどうもご丁寧に。ありがとうございます」

わしはその豊満な胸元に見惚れ、ホースを足元に落とし、贈答品を受け取った。両手で支える手つきがまるで夫人の胸の大きさをなぞらっているように感じられ、すぐに目を逸らしたつもりだが、明白な注視をすっかり見透かしたような艶やかな笑顔がわしを静かに見守っていた。

「それじゃ、ごめんなさい」

ゆっくり回転して遠ざかってゆく後ろ姿に、わしはふたたび手にしたホースで、思い切り水を浴びせてやりたいという衝動を感じて、思わず全身をふるわせた。ホースをぎゅっと握りしめ、愚かしくたじろいだ。眠っていた情欲が忽然と目覚めた瞬間だった。

そのとき微風が禿げ頭からわずかに残った髪をさらい、ふとした予感が掠めた。軽く振り返るとテラスの向こうに妻の姿があった。

「お中元だそうだ」

わしは妻の振り向かない横顔に、初めて冷淡な侮蔑を見た。


自慢の広い庭でのバーベキューパーティは我が家の恒例だ。

その際もっとも活躍するのは長男だ。甲斐甲斐しく手配を行い、全員に目配りする見事な采配ぶりだ。次男はもっぱら食欲だけ。長女ははすかいに構えて他の人の会話を皮肉にちょん切るのが巧みだ。陽気な次女は会話の中心になる。その傍らに妻は穏やかに微笑みながら控えている。長男の嫁は万事控えめで、言葉少なに、いつも妻のかたわらに寄り添っている。わしは彼らの姿を一人ずつ、ゆっくり交互に眺めるのが好きだ。幸福を感じるのはこんな時だ。

パーティが佳境に差し掛かった時、間近で小さな悲鳴が持ち上がった。その悲鳴に気をとられて、自分の股間が濡れ、寝小便したような不快感が広まってゆくのをわしはぼんやり見逃していた。

「あっ、お義父さん、ごめんなさい」

長男の嫁は、わしのグラスに一杯に注ぐと、ビール瓶をテーブルの上に置いた。ところが、その下にライターが置かれてあったので、あやうく傾いた。いったんは踏みとどまったかに見えた瓶がゆっくり倒れてくるのを眺めながら、わしは漫然と見送っていたのだ。倒れた瓶から溢れた泡だらけの液体が容赦なくわしの浴衣に浴びせられていた。

嫁はあわてふためいて跪き、夢中になって布巾でわしの浴衣を拭った。曲がった豊かな背中がわしの前でその動揺した身振りを繰り返していた。時間が止まった。周囲のすべてがおそろしく緩慢な動きになり、股間に触れる嫁の手の振動が小気味よく弾んでいた。それにつれてわしの全身が豊かにふくらんでゆくのがわかった。しなやかな嫁の手の動きに触発されたようにそのときわしは思わず勃起してしまったのだ。

慰撫するような心地よい弾みが続いていた。わしはすっかり動転し、抑制しようと哀れに焦慮した。おそらくその明白な変化に、嫁だけはその細い指先でめざとく感じたに違いない。あらわな羞恥がわしの全身を巡った。羞恥は抑制としては働かず、ますます興奮を募らせてゆくのだ。バーベキューの網が肉の脂で燃え盛っていた。その赤黒い火が全員の顔を醜く照らし出していた。

ある日、長男が大量の菖蒲を抱えて、嫁を伴ってやってきた。束ねて、一本を利用して器用に結ぶと、浴槽に放り込んだ。

リビングで全員が勢揃いする。配席は昨夜のバーベキューとほぼ一緒だった。土曜日と日曜日だけが、我が家が明るく陽気にはしゃぐ。

「お義父さん、沸きましたよ」

嫁がエプロンで両手を拭きながらやって来て声を掛けてくれた。わしはデートに誘われたように浮きした。嫁は甲斐甲斐しくテーブルを拭き、わしは丸くしなったその背中を見ていた。

入浴を終え、ベランダに出て夕涼みをしていると、まだ菖蒲の香りが首筋に残っていて、心地よく擽った。リビングを見やると、浴衣に着替えた長男が次女と真面目そうな顔つきで話していた。嫁と妻の姿が見えなかった。

わしは立ち上がって、台所に立ち、水を一杯飲んだ。それからもう一度あたりを見回した。長男と次女はまだ話し込んでおり、嫁と妻の姿はそこにはなかった。

わしはいったん居間に入り、またリビングに戻って来た。自分の滑稽な態度を自覚していた。わしが家の中を歩き回り、うろうろする愚かしい姿を長男や次女が不審な目で眺めていることを承知で、どうしても止めることができないのだ。

「母さん、」とわしは寝室に向かって呼んだ。

妻が入浴中だと知っていたのに、無人の寝室に呼びかけたのだ。

「あれはいったいどこに仕舞ったんだっけな」

わしは妻を探して家中をうろつきまわっていた。

「母さん、」ともう一度呼んだ。

子供たちが全員訝しげに振り返っているのが分かった。それでもわしは目的に向かって猛進することを思い留まらなかった。

「母さんはお風呂よ」

見かねて次女がやんわり諭している。そんなことは先刻から百も承知だった。

「そうか」

わしはものうくつぶやき、いったん椅子に腰を下ろした。

「あれはいったいどこにあるんだ」

わしはにわかに顔をもたげ、もう一度立ち上がったが、そのとき頻繁に繰り返していた『あれ』が何を指し示すのか自分でもわかっていなかった。

「母さん、」

とつぜん、わしはまた大声で呼び、今度は居場所を間違えずにまっすぐ風呂場の方に歩きかけた。それからいったん立ち止まり、また動きだして、もう一度わざとらしく大声で呼んだ。そんな哀れな行動を周囲の目はうさん臭そうに見守っているのが分かった。明らかに軽蔑しているのだ。もっともこっちだって自分の愚かしい行動をはっきり自覚していたのだ。

廊下に出た。まっすぐ更衣室に向かい、ドアを開き、足元に下着が散乱しているのを目に留めた。

「母さん、あれはどこにあったかな」

浴室に向かってではなく、居間に居る家族に聞こえよがしに訊いた。

手元で重いドアが、ぶるんとしなり、カチリと甲高いベアリングの音が軽やかに回転した。まだ踏みとどまることができた。が、わしの勢いは止まらなかった。湯気の舞う内部からいっせいに振り返った二人の顔。一方はただ驚き、他方は険しく歪んでいた。そこには妻だけではなく、嫁も一緒にいたのだ。いや、そんなことはとっくに知っていたが、驚いた表情を取って見せる必要に迫られていたのだ。一人は湯船からあらわな上半身をみせており、もう一人は鏡の前で台に腰かけて石鹸まみれの体を洗っていた。どっちがどっちだかすぐには判断できなかった。

「なんですか。はしたない」

妻の声が聞こえた。

わしは口ごもり、すぐには言葉を発せられなかった。そのままドアは開放されていた。

「あれだよ、どこにしまったんだろうな」

わしは弁解がましくしどろもどろになりながら、うわごとのように繰り返したが、自分の愚かしい態度を十分自覚しながら、どうしても止めることができなかった。妻がわしの態度をいかがわしいと疑っており、わしの意図を見透かしている状況は、誰よりもはっきり認識していた。そのくせ、すぐにはドアを閉じようともしない。わしの視線は目の前の湯気の漂う浴室内をさまよっていた。浴槽に身を沈め、そのままこちらを振り返って動かない嫁の白い顔は安らかで、汚れた衆情《しゅうじょう》を慈しむ菩薩のようだった。


役所に通勤していた頃も、新宿までの通勤電車の凄まじい混雑もわしには無縁だった。始発駅に近いせいでたいていは座席を確保できたので、いつも文庫を読み耽ることにしていた。歴史小説がお気に入りだった。

たまたま親戚に用事があって、一泊したあくる日、府中から乗車したので、初めて満員電車の洪水にまみれることになった。

ちょうど体の前面に背の高い若い豊満な肢体が立っていた。さすがに憚れてわしは体を捩ろうとしたが、ぎゅうぎゅう鮨詰めの車内は自由な回避を許さなかった。わしは両手を上げて吊革にすがった。背が低いので、ぶざまな恰好だった。前に立つ婦人のなだらかな肩をくわえるような高さにわしの醜い大きな口があり、カールされた巻き毛のほつれがわしの顔面にうるさく触れた。わしは何度も苦虫を潰した顔つきをして少し背伸びした。海で立ち泳ぎながら水平線を眺めるような気分だった。

ようやく終点の新宿に着いて、乗客がいっせいに吐き出された。

わしは汗みどろになり、当惑したようにプラットホームに立ち尽くしていた。一息ついて歩き出したとき、見慣れない女性が立っているのが見えた。車内で身近に立っていた婦人だとすぐに分かったが、わしはそのまま出口に向かって歩き出した。その瞬間、その婦人が振り返り、すかさずそのしなやかな手でぴしゃりとわしの頬を打った。

何か小さく叫んだのは相手の方だったか、わしの方だったか。周囲が揺らいでいた。小気味の良い響きが耳に残っていた。痛みはわしの愚かな顔面のそばに当惑していた。

婦人のふるまいは明らかにとんだ言いがかりだったが、わしをきっと睨むと、憤然と足早で歩いて行った。

わしはとっさの事でしばらくどんな反応も採れなかった。わしにはさっぱり訳が分からなかった。それで愚かしく追いかけるような態度を取りはしたが、かろうじてその場で立ち停まった。周囲の目がいっせいにわしを凝視しているように感じたからだ。全身を羞恥が駆け巡った。

そのときわしは、周囲に対しても、自分自身に対しても一切弁解もしなければ抗議もしなかった。それというのも、顔面を殴打されたとき、何とも小気味よい音とともに、全身を駆け抜けるときならぬ心地よさを感じたからだった。

わしは何度も何度もそのときの屈辱の場面を思い出す。どんなに丹念に思い起こそうとも、婦人の剣幕に正当な理由を見いだせない。にもかかわらず、その婦人の険悪な顔を思い出しながら、気が遠くなるまで打って欲しい、そしてできればそのときのわしの扮装は、女性物の下着を身に着けた世にも滑稽で惨めなものであって欲しいと切に願うようになった。


わしは見かけほど、愚かでも間抜けでもない。

妻が胸の奥底にひっそり畳み込んで棺桶にまで持ってゆこうとしている秘密のことは、もちろんその当時から知っていた。それは妻が犯した唯一の裏切り行為だった。他の人ならとても赦せるものではなかったろう。だが、わしはあっさり許容した。いや、赦そうと決心した。

もう二十数年前のことで、永い夫婦生活の中ではごく短期間に過ぎなかったとも言える。だが、妻の過ちは、魔が差したとか、ちょっとした心の隙間が生んだといった種類のものではない。あれはいつも冷静に決意する。何かに浮かされるなんてことはないのだ。そもそもわしはそうした妻のひたむきな揺るがない意志を何にもまして愛していたのだ。

裏切りの発端となったのは一枚の往復はがきだった。結婚して、二男二女をもうけた翌年のことだったた。それは故郷を同じくする在京の人達が集う会合の通知だった。たしか、なんとか郷友会とか言ったな。そこで妻はあの男に遭ったのだ。運命の再会だった。

その頃、わしは今でいうソープランドに通い詰めていた。もちろん今時のきらびやかな建物ではなく、壁が今にも崩れそうな陰湿な場所だったが、身ぐるみ剥がされる危険性も含め、わしにはむしろ性に合っていたのだ。初めて知った蜜の味に有頂天だった。そんな負い目もあって、会合から戻った妻の顔が、珍しく酔って上気していることにあまり関心を向けなかった。

会合の夜から一週間後、外出した妻の帰宅が言い残していた時間に大幅に遅れた。そんなことは一緒になって以来初めてだった。その後も変調は続いた。さすがにわしにも疑念がむっくり頭をもたげた。だが、わしは強いて取沙汰しなかった。正直、怖かったのだ。わしは冷静に見極めた。ここでわしが事を荒立てたところで何も好転しない。抜き差しのならない立場に追い込まれ、妻は離婚か自殺を選択しただろう。

相手はすぐに判明した。男は妻の実家の近所の家の嫡男で、二人は幼なじみだった。戦争が二人を遠ざけた。男は志願兵で、近衛兵であった。敗戦は国民全体に大きな衝撃を与えたが、とりわけ男には痛手だったようだ。生きる望みも絶たれたように、嫡男でありながら実家には戻らず、定職にもつかず、東京でぶらぶらしていたとのことだ。

二人の密会を想像してわしは気もそぞろだった。職場から何度も自宅に電話したが、妻は一度も応対にでなかった。わしは疑心暗鬼に憑りつかれて、気も狂わんばかりだったが、唯一の救いは明白な確証のないことだった。

やがて恋人たちは別離を決心したようだった。男は故郷に戻り、妻はわしの元に戻った。だが、再三にわたる二人の密会はとんでもない後始末を残していた。妻は妊娠していたのだ。療養のためにしばらく実家に戻りたいと申し出た。わしは快く承諾した。

実家ではなく、すぐ下の妹の家に寄宿し、やがて出産した。出産した子供は男が引き取り、男は同時に近所の娘と祝言を挙げた。

八か月後、妻は再び我が家に帰還した。こうして秘密は守られた。あれで良かったのだ。わしにとっても妻にとっても最良の選択だったのだと今でも信じている。

わしは我が家に戻ることを選択した妻の決意を尊重する。ふたたび妻は掛け替えのないわしの宝物になった。わしは妻のすべてを愛している。その裏切りさえも。その優雅な物腰も、その秀麗な相貌も、三十年経っても変わらない。何もかもわしの理想だ。今やその白い裸体に戯れることはないが、かつては毎晩愛おしんでいた。無上の喜びだった。

わしは縁側で丸くなってうたたねしている猫のように満足している。目を開いてふりむくと、いつもそこに穏やかな顔が待っている。慈しむような優しい美貌は今も色褪せない。

かつてわしが他所で浮薄な欲情にそそのかされて淫蕩な生活に溺れていた時でさえも、わしにとって妻は依然として理想的な美しさを保っていた。そういう意味ではわしは振り向いて貰いたいために邪険に石を投げつける子供のようなものだった。

妻への熱情はかつても今も全く変わらない。もっとも一つだけ不満がないわけでもなかった。妻は不感症だった。

いや、ついうっかり閨房《けいぼう》の秘密に触れてしまったが、実は確信があったわけではない。あでやかな媚態をうねらせ、なやましい喜悦のあえぎを洩らす裸体に耽溺しながら、ふと指先が啄んだ根拠のない疑いでしかなかった。

そもそも妻にわしが確信を持って断言できることなどあるはずがない。妻はわしにとっていつまでも大きな謎だった。だいたい女房が演技しているなどと夫は考えもしないものだし、もし演技されればそれを見破る能力など夫は持ち合わせてはいないのだ。ソープで戯れた娘たちの演技は見抜けても、妻の媚態の真偽など見抜けるはずがない。

邦夫が上京してほどなく我が家を訪ねてきたときの衝撃は忘れない。ああ、これが裏切りの子だ。わしはその頭部から爪先まで両手で弄るように視線を辿った。封印していた憎悪がめらめらと燃え上がった。わしは内心に渦巻く衝動を押し込めて、妻の様子を注意深く眺めた。それからもう一度十八歳の若者の顔に視線を戻した。

「アパートは見つけたかね」

「はい、豊島区要町です」

「池袋の近くだな」

「ええ、そうです。最寄りの駅は西武線の椎名町です」

「むかし帝銀事件のあった場所だ」

意外だったのは、ごく平凡な顔つきだったことだ。それに大学が東大や早慶なら多少ひけ目も感じただろうが、二流どころの私大ではその必要もなかった。わしは拍子抜けして、握りしめた拳をついゆるめてしまった。わしは理想的なカップルが生んだ、周囲の目を惹かずにはいない、この上もなく秀麗な容貌を想像していたのだが、これもごく平凡の造りだった。

「とにかく最初が肝心だ。まず都会になれることだな」

この招かざる訪問者を子供たちは、特に長女や次女は手放しで歓迎した。兄たちは胡散臭《うさんくさ》そうに見守っていた。妻はむしろ冷淡にあしらっていた。だが、その横顔には必死に思いとどまろうとする意志がひたむきに漲っていた。きめ細やかな細胞の一つ一つにひたむきに抑制された小さな叫びが貼り付いていた。

読者の皆様へ

さて、物語はまだ緒についたばかりで、まだまだ大きな展開があるのですが、ここまで辛抱強く読み進めて来られた方々のなかには、そろそろ限界の極みに達している方もいらっしゃるのではないかと推察致します。

そこで、手っ取り早く結末を急がれる方には、３０３ページの「第五章　偽証」に、一足飛びに移動なさることをお勧めいたします。

ただし、１７９ページの細野邦夫の作文だけは、本編の重要な伏線となっておりますので、煩瑣ではありますがくれぐれも読み過ごすことのないようご注意申し上げます。

著者識

【容疑者の妹木原涼子(25)の証言】

兄の初恋の相手は、実は怜子さんだった。

——ふふふ、これって、ちょっとしたスクープでしょう。

誰にも内緒にしていたけれど、たしか兄が十七歳の頃だったと思う、郵便配達員が兄宛の封書を庭で遊んでいた私に手渡した。淡い花が一葉染まった手紙の差出人の名前が怜子さんだった。達筆でのびやかな筆跡だった。後で知ったことだけど、怜子さんは、書道では県下有数の腕前だった。たしかおじいさんがその道の大家だったようね。

ただ、うちと遠い縁戚関係にあたるとは子供の私はまだ知らなかった。兄だって知っていたどうか。二人の馴れ初めは不明だけど、兄の一方的な憧憬だったんじゃないかな。年齢的にたぶん初恋だと思うけれど、手紙の遣り取りが二度あったきりだから、失恋に終わったように思う。怜子さんとしても、遠い縁戚関係にあったから無下にできず、ひとまず返書しただけじゃないかな。もっとも兄にとっては、恋愛は麻疹《はしか》のようなものだから、すぐにけろりと忘れてしまったに違いない。

怜子さんは、うちの田舎では評判の美人だった。ちょうど漫画で新体操のヒロインが人気だったこともあって、県大会で優勝し、スカウトの目にとまって東京の大学に招聘《しょうへい》された怜子さんは、町民こぞっての誉れだった。誰もがその美しさをほめそやし、憧れの眼差しを注ぎ、兄とて例外じゃなかった。その際、遠い縁戚にあたることを知ったらしく、そのあるかないかの薄い関係を得意げに吹聴していたのを記憶している。

怜子さんが上京し、兄は四年遅れてやはり東京の大学に入ったが、その頃二人にどんな付き合いがあったか知らない。やがて怜子さんは都銀に勤め、兄は授業さえろくに出席せず、アルバイトに精を出し、まとまったお金がたまるとぶらりと旅行に出たりしていた。

家には滅多に連絡もなく、妹の存在さえ覚えていたかどうか。

そう、そう、もう一つ二人の秘密を知っている。たしか、まだ結婚前だったかな、田舎で葬儀があって、入棺が済んでみんなが寛いでいるとき、怜子さんが私のそばにやってきて、「今度、東京で邦夫ちゃんとデートするのよ」と打ち明け、それを聞きつけた周囲を唖然とさせたことがあった。伯母の長男の恭一郎さんとの結婚を間近にして、他の男とのデートを得意げに吹聴してみせたようで、顰蹙《ひんしゅく》ものだった。周囲の反応に気づいても、本人はまるっきり歯牙にもかけなかったけれど。

そのように周囲の評価を気にしない面があった。二人のデートは別にどうということもなかったのだろうけれど、兄の方はそうでもなかったみたい。といっても、兄は惚れっぽい性質だから、出会う人みんなに惚れ込んじゃうんだけど。

でも、やっぱり、兄と言えば、沙織さんよね。二人は相思相愛だったと思う。

沙織さんは、去年の秋に他の人と結婚したんだけれど、そのことと今度の事件は関連しているのかしら。ちょっと胸騒ぎがしたことを憶えている。

かつて私は沙織さんに嫉妬したことがあるのよ。といっても、まだ十二、三歳の少女時代の沙織さんに対してだけどね。

靴下をはいたまま眠ると、いつも妄りがましく猥雑な夢をみる。甘美だが、机の抽斗に閉じ込められたまま快楽を貪るような、不自由な強要を伴った煩悶が繰り返され、概して寝覚めが悪い。郷里は北陸なので冬は寒さが厳しく、幼い頃わたしはよく靴下をはいたまま眠ろうとして、そのたびに兄からたしなめられたものだ。

そのくせ、兄は、ある日靴下をはいたまま寝床にはいろうとして、それを見咎めた少女に即座に指摘され、羞恥に包まれて哀れに萎縮していたことがある。そのとき分別がましく注意したのは、実は沙織さんだった。私がまだ八つだったから兄は十歳で、兄より三つ上の沙織さんは都会の華やかな衣装をまとった、まだ可憐な少女だった。

それは隣町の秋の大祭の晩のことだった。

その地域の秋祭りはつとに有名で、露店の数、夥しい人出、山車の豪奢さは比類がなかった。なによりも人々を魅了していたのは、数百メートルにわたって立ち並ぶ露店で、そこには普段見掛けることのない芝居やからくりが演じられ、にわか仕立ての模擬パチンコ店さえ軒を連ね、果物の苗木が林を造り、夥しい日用品が拡げられた。現在ならさしずめ大型量販店がいっせいに出店し、そのかたわらにパチンコ屋が開店し、その上演歌の舞台公演が重なったような大わらわな状態だ。大道芸人による詐欺まがいの商いが大手を振って催され、傷を癒すのはもちろんのこと、黒子や痣を消すといった薬品も売りつけていた。太い筆をすばやく巧みに操り、微妙に変化する濃淡を工夫した見事な龍を描いてみせる職人もいた。易者もいれば、道化た身振りで哄笑を誘っている猿もいた。もちろんスリなんかも集まってきたし、あちこちで呑めや唄えの大騒ぎ、あげくは泥酔して喧嘩が頻発した。

老若男女がこぞって集うこの大祭は、当時でさえすでに儀式の厳粛さを失いつつあった。人々の関心はもっぱら買い物や遊戯に集中し、神輿《みこし》や山車の行列に注意を向けるものはほとんどなかった。

祭りの行列の中でもっとも興味をひいたのは、赤く怒った形相をした天狗だった。烏帽子《えぼし》を被り、天狗の面をつけた直衣《のうし》装束が、きらびやかに飾った杖を振り回し、道化た身振りで踊りながら神輿を先導するのだった。どの天狗も、わざとふざけた身振りを演じ、滑稽な誇張された仕種で聴衆の喝采を誘っていた。そこには明らかに儀式に対する嘲笑が窺えた。演じている者の陽気な茶目っ気が顕れていただけだとも言えるが、私は天狗の面に不遜で、悪賢い、もう一つの企みを見ていたのだった。滑稽な身振りにまやかされているが、髪を振り乱した真っ赤な憤怒、長くそそり立った鼻、その裏面に注意深い目がひそんでいる。ともすると行列から逸脱しがちなきまぐれな歩行や飄々として踊り歩くその姿には、どことなく捨身の挑戦の気構えがあって、むしろその点が気に入っていた。いや、平気そうに眺めていたが、だしぬけに間近に迫った天狗の面に思わず泣き叫ぶ子供のように、ひそかに畏怖していたといってもいいかも知れない。

天狗の他にもう一つ私の興味を惹いていたのは恵比寿様だ。大きな鯛を抱え、吊り竿を振り回している、風折烏帽子の丸いふっくらした顔が、にこやかに笑いながら、ゆっくり泳ぐように神社の境内を徘徊している。恵比寿様は一台しかなく、それだけでも際立っていたのだが、目を引いたのは、商業の繁栄を祈願する本来の趣旨とは別の、何か異様なゆがんだ惑わしさが感じられたからだった。その太った健康そうな体型には不具者のぎこちない優美さが漂っていたし、その陽気な笑顔には、釘に刺された足に気づかないでいる無痛の痛ましさがあったのだ。

祭りが佳境を過ぎ、名残り惜しげな賑わいがいつ果てるともなく続いていた。その日私と兄は叔母に招待されていたので、日が暮れる前に連れ立って叔母の家に向かった。乾いた曲がりくねった道を二十分ほど歩いたが、祭りの賑わいが背後に次第に遠ざかってゆくので、世間から余儀ない迫害を受けてとぼとぼ追われてゆくように感じていた。

伯母の家には他に来客があった。東京からやってきた少女が、騒々しい大人達の賑わいから見捨てられた離れの小部屋で所在なさそうに遊んでいた。伯母にそれとなく紹介されたが、すぐに名前も忘れてしまった。どうせ明日になれば、少女は都会に帰り、もう二度と逢うことがないという打算もあって、私は努めてそ知らぬ風を装っていたようだ。兄はほとんど無関心だった。その頃の兄はとても内気で、少女を相手に如才なく対処できる筈もなかった。

少女がこちらを振り向き、そのまま立ち上がってにっこり微笑んだとき、その白いレースの襟のついた青いワンピースが、そのとき私にはとても気に入った。それとも、笑いながら近づいてくる少女のストッキングに包まれたすっきりした細い足か、もしくはその背後に残された、青いリボンのついたシャレた麦藁帽子に魅惑されたのだろうか。

にこやかな、けれどもどことなく寂しげな笑顔に遇うと、兄はへどもどして、ぶざまな対応しか思いつかなかった。一方私は、はるかに屈託がなく、すぐにその人と仲良しになった。いつのまにか手を取り合って、親しげにぺちゃくちゃと喋っていた。しかし、二人の対比が私を哀しくさせた。二人とも同様に痩せていたが、優美で洗練されたソツのない美しさのそばでは、私はみすぼらしく、おのずと謙った賤しさが目立っていた。

それまでは余り気に留めたことはなかったが、私は肌が浅黒いので、笑うと白い歯がやけに目立った。しかも、それは決して隈なく磨き抜かれた白さではなく、むしろ濁った黄色を際立たせる白さだった。ほっそりした腕は、どこか無骨な力の漲りを感じさせて、優美なしなやかさを肘の形や曲がり方があっさり裏切っている。もっとも際立った対照を示していたのは、その人はピンクの丸いリボンのついた白いふっくらしたソックスをはいていたのに、私は裸足だったということだ。しかもあちこちに傷のある浅黒い足だった。私にはすす軽く野卑な健康が漲っていて、その人には明日にも死んでしまうような病的な憂いがあった。雑草と花のような対比が、無邪気にわけ隔てなく語りあう二人の子供の間にはありありと見られたのだ。

夜も更け、食事を終えると、大人たちの酒宴がまだ盛りなのに、叔母は子供たちを呼んで、就寝を促した。女の子二人は一斉に反発した。わけても少女は執拗だった。その口調は慎ましいが、とても負けず嫌いな性格だと思った。「まだあ、早いよねえ」その人は舌足らずな甘えた口調で不平げにつぶやき、甘えたような身振りで私に加勢をせがんだ。「だって、沙織ちゃん、明日は早く出発しなくちゃいけないのよ」と叔母はにべもなく答え、押し入れから布団を取り出していた。

その子が沙織さんだった。

用意された布団は二組しかなかった。大人たちは、きょうだいを一組にしか考えていないのだ。それとも女の子二人を一緒に考えたのだろうか。あるいは子供たちを一緒くたに扱って、二組の布団の幅で充分だと判断したのだろうか。

しばらくして再び襖が開いて、叔母がまた「早く眠りなさい」とはしゃいでいる私たちを咎めた。すると、沙織さんは、自分のせいでみんなが迷惑するんだわ、といったすまなそうな顔つきで私を見つめ、それからしぶしぶ立ち上がって、バッグを取り上げ、部屋の隅に背中を向けて坐った。バッグからピンクのパジャマを取り出して、いったん畳の上に並べてから、着替え始めた。そのかいがいしい身振りは、目標を逸脱しないたゆまない進捗を見せながら、注意深い配慮と指の思いつめたような仕種のために、いっこうに捗らなかった。

それで私は、沙織さんが何度も着替えを繰り返しているような気がしたものだった。パジャマに着終えると、それからまた行儀よく坐って、ピンクの櫛で長い髪をていねいに梳き始めた。ぷうーんと、とてもいい匂いが漂った。それがなんだか黄昏のような匂いだったので、沙織さんの中でもっとも早く寝静まるのはその長い髪の毛なんだ、と私は思った。

ところで私は、てっきり叔母が寝間着を用意してくれるものと考えていた。だが酒宴に掛かりきりで忘れているのか、子供用のそれがないのか、そもそも子供にそうしたものは必要ないと考えているのか、周囲を見回してみてもどこにも見当たらなかった。

パジャマに着替えた沙織さんは、とてもしおらしく見えた。その身体が祭りの屋台で売っていた綿あめのようにやわらかく、ふわふわして見えた。パジャマがすげなく身体を被っていて、その身体には儚い溜め息の手応えしか感じられなかった。沙織さんは坐って腰を屈め、三つ用意されている枕の二つを取り上げ、一つを一方の床に、残った一つをもう一方の床にきちんと並べて、くるっと振り仰ぐようにして私を見ると、「お兄ちゃんは、わたしと一緒」と言って、にっこり笑った。

——私はびっくりした。それからひどく寂しい気持ちになったが、まだ事態を真に受けていなかった。二分後にはあっさり忘れてしまう提案だとでも考えていたのだ。

かたわらに居た兄が、何か不平げに言った。もぞもぞと口ごもるあいまいなつぶやきだったので、よく聞き取れなかったが、それでも不平を洩らし、沙織さんの意向に反発していることは明らかだった。

ところが沙織さんはすましたもので、勝手にさっさと寝床に入ると、「お兄ちゃん、早く、早く」と、まるで夢の中を逃げながら手招きするような身振りを繰り返すのだった。十三歳の女の子のどこにそんな艶やかさが生まれるのだろう。そのときほっそりした肢体が娼婦のようななやましい媚態をみせていた。私はまだ、なにやらぶつぶつ言っていた。口調こそ、物憂い、自信なげなものだったが、その脹らんだ頬と唇の歪みによって、頑迷な、激しい欲をほとばしらせていた。

「一緒に寝るのは私の方。だって、私のお兄ちゃんだもの……」

沙織さんの強引な態度に兄は羞恥にまみれながらも少しも逆らえずにいた。それは私に対する、普段なら口にできない日頃の疎ましさが暴露されたように思えた。それに、おそらく沙織さんのシャレた優美な姿態が兄をすっかり魅惑していたのだ。いや、それよりも兄は、沙織さんと一緒に眠ることよりも私と一緒の方を羞じらったせいだとも考えられる。だから沙織さんの提案に少しほっとした気持ちがあったかも知れない。

うふっと含み笑いをしながら、兄を見つめていた沙織さんが、

「あら、駄目よ」と、だしぬけに咎めた。

「え?」

兄にはすぐには沙織さんの言う意味が分からなかった。何かとんでもない勘違いをしているのではないかという混乱が顔に表れていた。誘惑されて、部屋に入ろうとしたとたん肘鉄を食らったような恰好だった。

沙織さんは兄が洋服を着たまま床に入ろうとしたから、寝着に着替えない不作法を見咎めたのだ。

「だってパジャマを用意してきていないし、それに朝方冷えるかも知れない」と兄は弁解していた。

沙織さんは不満げだったが、こんなことは貴方だから許すのよ、といった勿体ぶった表情でうなずいた。薄い唇。すっきりした鼻稜の下に淡い産毛の陰翳が少し目立ち、ふっと一抹の寂しさが感じられた。

「でも、靴下は駄目よ」

呆れたことに、兄は靴下さえ脱いでいなかったのだ。

「だってねえ、靴下をはいて眠るとね、とても嫌な夢をみるの」

沙織さんはひどく大人びた口調で説明して、友達の誰それがみた夢をあれこれ話して聞かせるのだった。兄はとても興味をもったようだ。

「へえー、そう?」

「そうよ。だから、靴下をはいて寝ちゃ、絶対だめ!」

それから沙織さんは、常々不思議に思ったり、ようやく謎の解けた逸話などをあれこれ話しかけたりして、兄はもっぱら聞き役だった。二人は間近に顔を寄せて、抑制した小声で囁いていた。生暖かい吐息が顔面に狎れかかり、それが産毛のように感じられるのか、兄はときどき顔面に手をやっていた。

そのとき私はまだ悔しさいっぱいで、そばに立ったまま二人を眺めていたのだ。無視され、その存在さえ忘れられて、私は宇宙の中で一人ぼっちだった。

とても寝苦しい夜だった。私はしきりに寝返りをうっていた。眠くてたまらないのに眠れない苦しい煩悶が続いた。そのうち、とろとろと寝入り、真夜中に汗をびっしょりかいてふッと目覚めた。いや、目覚めたのも、ひょっとしたら夢の続きだったかも知れない。

部屋は暗かった。闇に目が慣れても、障子の白さがうっすらと映えているばかりだった。沙織さんの、すー、すーという軽い吐息が聞こえた。それがおそろしく間近に聞こえたので、私は自分の頬に小さな穴が開いて、そこから、すー、すーと息が洩れているのではないかと思ったほどだった。一方、兄の寝息は聞こえなかった。兄はきっと眠れないでいたのだ。目を開いて、息をつめて、びっくりするほど間近にある沙織さんの寝顔に見惚れているように思えた。

沙織さんの肢体が少し動いたような気配を感じたので、私は慌てて目を閉じた。それから気の遠くなるような時間が経過した。動悸がどくっ、どくっと音をたてるので、その音が沙織さんを目覚めさせるのではないかと気が気ではなかった。身体がとても熱かった。布団をはがしたいのだが、沙織さんの目覚めを恐れて、そうもできない。ますます暑くなり、もう耐えられないような気がした。私の姿勢は窮屈だった。不自然に身体をひねっていて、押し潰されていた右手が痺れている。そっと外してみたが、ちりちりちりと疼いてたまらない気分だったが、じっと身動ぎしないでいた。痺れがようやく治まると、私はもう一度目を開けて、間近の沙織さんを見た。小さなほっそりした手が、指を軽く握りかけたまま、淡いピンク色の渇いた唇のそばにもたげられていて、唇は少し開いていた。やはり、すー、すーと吐息が洩れている。それがふっと止んだ。

「ねえ、もう眠った？」

兄の方へ顔を向けて沙織さんは訊いた。

「ううん、」

「なんだか眠れないの」と沙織さんはつぶやいた。

嘘ばっかし。私は腹立たしかった。

「ねえ、しばらく話そう」という沙織さんの提案を兄は拒めなかった。それから、二人とも頭から布団を被って、こそこそと小声で話し合っていた。ふたりの吐息がふんわりと馴れ合うのがありありと感じられるほどだった。そのうち、沙織さんが、痒いわ、とむずかり始め、「蚤でもいるんじゃない？」と言った。そういえばなんだか身体中が痒いような気がすると兄が言うと、「退治しようか」と言って、すかさず立ち上がって、明かりを点けた。兄を明かりの下に立たせたまま、膝をついてしゃがみこむと、敷布団の真っ白なシーツの皺をその小さな掌で丁寧に伸ばした。

「私ん所、猫を飼っているから、よくこうして蚤を取るのよ」

私はぼんやり聞き流しながら薄目を開けてその曲がった美しい背中を見つめていた。すると沙織さんが軽く顔を上げて、「跳んだら、捕まえてね」と指示し、兄は慌ててそこにしゃがみこんで、シーツの上にじっと目を凝らした。

沙織さんはさっさとパジャマを脱ぎ始め、脱いだパジャマをシーツの上でパタパタとはたいてみせ、「どう、居ない？」と訊いた。兄は首を振った。沙織さんのほの白いほっそりした裸体に気を囚われているような放心した態度だった。それに兄は、蚤が目に見えるものだとは考えていなかったので、たとえ見えたとしてもすばしこくてとても捕らえられるものではないと最初から取り合わなかったのだ。

「お兄ちゃんも、さっさと脱いだら」と命令するので、兄は羞恥にまみれながらも、相手がもう裸なので、従わないわけにはいかなかったようだ。

「縫い目のあたりにひっそりと隠れてるのよ」と沙織さんは、下着をとっくりと検分している。ほっそりした裸体に戸惑ったようなゆるやかな曲線を仄めかしている胸のわずかなふくらみを、私はそっと盗み見した。そのとき不意に、沙織さんがくすくす笑い、「変なの」と言って、兄の下腹のあたりを指差した。兄は慌てて股間を押さえて、背中を丸めた。

「ねえ、見せて」

「駄目だよ」兄の声は哀れに動揺していた。

「私も見せるから、だったら、いいでしょう?」

「うん、……」

兄はその思いがけないプレゼントを拒むことはできなかったようだ。それからも二人はほとんど無言で、時々くすぐったそうな声を上げたり、寝返りをうったりしていた。

私はじっと身じろぎしないで聞き耳を立てていたが、そのうち急に抵抗できないような執拗なねむけが襲ってきた。……

あくる朝、目覚めると、もう沙織さんの姿はなかった。始発に間に合うように六時には起こされて、そうそうに出発したのだそうだ。

甘美な夢のたゆたいが身体の中に残っているような気がした。指に卵のような形をした予感があった。それは寝床の中で触れた沙織さんのぬくもりのように思えたが、その後の経緯が私にはどうしても確信が持てないのだった。あれは夢だったのだろうか? 真夜中に起きて明かりまで点けたのは、どうしても不自然なようにも思えたし、今朝沙織さんはずいぶん早く起きたのだ。

朝食の間、兄が伯母に沙織さんのことをしきりに問い質していた。これは女の子に関心があると見られることを極端に羞じらっていた兄としては、かなり勇気のいることだった。もちろん訊いたことは何処に住んでいるのだとか、幾つだとか、そうした取るに足りないことでしかなかったが、それによって、沙織さんが兄に対して嫌悪を抱いたのか、そうでないのかを、確信できないまでも、それとなく推測できると考えて、柄にもない役を精一杯に努めていたのだった。伯母たちの反応によって何らかの手掛かりが得られるのではないか、またちょっとした弾みによって、沙織さんの洩らした言葉の片鱗が明かされないとも限らないという切実な期待が窺えた。

「なんでも食べなくちゃ、駄目よ」

叔母は兄の好き嫌いの激しさを知っていて、朝食を前にして気が進まないように箸を止めてはぼんやりしている様子を見咎めて、そう言った。そうしたやり取りから、ずっと疎遠だった私と違って、兄はこの家にずいぶん馴染んでいるような印象をうけて不思議だった。

縁側にあの白い鍔広の帽子があった。

「あっ、忘れてる」と叫ぶ兄の声。

そのはしゃいだ声は、昨夜私の関心を奪った少女の失態を見つけた喜びなのか、それともひょっとしたらその帽子が貰えるかも知れないという浅ましい気持ちの現れだったのだろうか。

それからずっと、兄は不機嫌だった。私を煩わしく感じ、何か話しかけてもわざと黙っていたし、怒ったような口調で反駁することもあった。それでなくても、その日の私がいつになく煩く絡もうとするので、兄はたびたび忌ま忌ましい舌打ちを繰り返していた。

風がゆるく頬を撫でていった。

縁側にあの白い麦藁帽子がまだあった。

帽子はどんどん綺麗に、そしてみるみるまに大きくなっていった。そのとき驚いたことに、ふんわりと浮いた。ゆらっと傾き、腑に落ちない間をおいてから、やおら庭に落下していった。

風が?

いや、私の浅黒い細い素足が帽子を蹴っていたのだった。


今回の衝撃的な悲報が母の元に届いたのは、一日遅れの、兄の所在を確認する警察からの連絡だったようだ。親戚からは何の音沙汰もなかった。「家中、不意に停電になったようで」と母は、警察が帰ってから、私に電話で伝えてきた。混乱した話の途中で、「そういえば、きのう電話があった」と母がこっそり囁いた。そのことは警察には話さなかったと言う。それからもひっそりと息をつめて兄からの連絡を待っていたらしいが、それっきりだった。

この事件について、私は何ひとつ言える立場にない。警察がやって来たときも、それほど衝撃を受けなかったし、今もこれといった感慨もないのだから。たとえ兄がどんな悪辣な行為に及ぼうと、私はそれに対してごくありふれた非難めいた感情さえ持てないのだから。昔っから、そう。言い逃れのできない残忍非道な犯罪を擁護する気持ちは毛頭ないけれど、私の中では兄はいつだって正しいのだから、どうしようもない。倫理的にどうのこうのと言う前に、そうなるしかなかったって、ごく自然にそう思ってしまう。そんなふうに育ってきたのだもの。

兄のことは、本当はあんまりよく知らないの。兄を理解しようなんて思ったことなどなかったもの。理解するのでもなく、あるがままの兄をそのまま素直に受け止めるしかなかった。そんなふうにして一緒に育ってきたんだもの。でも、二人きりのきょうだいだからって、歳が四つも離れていたから、あんまりまともに相手にされたことはなかった。いつだって、妹の言うことなんか、バカバカしくって聞いていられるかって顔つきをしていたわ。

兄が私をどんなふうに感じていたか、考えてみたこともない。私は妹という立場で満足していたし、不満など持ちようもなかった。兄を冷たい人だと評価した人はいないけれど、身内の私には、傲慢で底知れない冷たさを秘めている面がときどき窺えた。両親に対してだって、そう。恋愛対象者は別として、他人に対してはごくありふれた親愛さえも欠けていたと思う。

これは私たちが育ってきた環境のせいだと思う。私たちは暗い大きな家でまるで両親から棄てられたように生活していた。両親の仲は険悪で、喧嘩は日常茶飯事だった。酔って管を巻いている父の濁声と、女々しい母の泣き声と、どちらも聞きたくなかったので、私はいつも耳を塞いでいた。両親二人とも帰宅は遅く、食卓では会話はほとんどなかった。私はまだほんの子供だったし、それにいつも兄が身近に居たから淋しさをまぎらすことができたけれど、兄は近所の母親の実家に遊びに行くのも控えていたから、結構つらかったと思うな。

家はお世辞にも豊かだとは言えなかったが、当時は周囲がみんなそうだった。両親は子供たちにはできる限り不自由はかけまいとして、昼夜働きづめだった。でも、子供にとって豊かさとは、時間を惜しんで働き、小遣いを与えることではないと思う。そばにいつも両親が見守っている時間の永さが豊かさの象徴じゃない？　兄はほとんど何もせがまない子供だった。そういえば、母親の吝嗇《りんしょく》をひどく嫌っていたわ。ちょっと異常なくらい。

うちは瓦葺の作業場を新築したので、母屋の屋根の改修が遅れ、周囲の屋根がみな瓦に変わってゆくのにうちだけが茅葺《かやぶき》のままだった。それが私には非常に恥ずかしかった。でも、兄は違った。兄には家の造作などどうでも良く、家から出奔することだけを考えていたようだった。

私が結婚したときには、兄らしい態度で出席してくれたけれど、さっそく式場で出会ったショートカットの親友に夢中になって、その子の周辺でぶざまにうろたえていたわ。兄にはそうしただらしない面があった。いつだって誰かに恋していたし、逢ってたちまち夢中になってしまう慎みのなさだった。以前の私には、兄にもっと毅然として欲しいという望みがあったけれど、最近ではそんな兄がなんとなく理解できるし、むしろ好ましいとさえ感じていた。

たえず誰かと付き合っているか、さもなければ追いかけていたようだけれど、兄は誰とも結婚する気などなかったと思うな。ありふれた日常生活ほど兄に似合わないものはなかった。これは贔屓目からも知れないけれど、私なんかの見当もつかない大それた望みを抱いているような気がしていた。

一つだけ、兄の恋愛について、誰も知らない秘密を教えてあげる。実は兄をたちまち夢中にしてしまうのは少年っぽい女性だった。兄がそれを意識していたとは思わないが、結果的にそうした特徴ばかりが蒐集されていた。何か、今度の女装に関連した性癖だと考えられない？

でも、本当いうと、私は兄のことは何にも知らないと言っていい。同じ東京に居たと言っても、滅多に顔を合わせることもなかった。いったいどんな暮らしをしていたのかも知らない。たまに逢っても、無口で、不機嫌そうで、取りつく島もないって感じ。いつも私が喋っていて、そのそばでときどき苦笑いしたり、ふんふんと頷くばかり。でも、そんな兄を、きっと成長した私が眩しくてテレているんだわ、と私はちょっと得意気な気分で見守っていた。働くのは好きな方じゃなかったから、金銭的には不自由していたと思うけれど、たいていのことは辛抱できる方だし、あまり贅沢しないタイプだから、まあなんとかやっていたんじゃない。両親はしきりに気を揉んでいたが、私はまったく心配していなかった。親類の誰かが冗談めかして言ったことがあるけれど、乞食でも泥棒でも平気でできる人だと思うもの。

怜子さんの結婚は、兄にかつての恋情を再燃させたような気がする。懐かしさに恋していたんじゃないかな。それに、沙織さんに首ったけだったこともあるし、つい最近まではキャバレーのホステスと同棲していたとか、別れたとか、そんな噂ばっかり。でもね、これは内緒だけど、兄が本当に好きだったのは、他の誰でもない、妹のこの私なの――なあんてね。

犯行の動機なんて、私に分かるはずがないじゃない。ほんのちょっとしたきっかけでそうなることだってあるし、ダイスが転がって、たまたまそんな目が出ただけだって気がする。ころころ気まぐれに転がって、止まると、たちまち偶然は必然に変わる。こと兄に関しては、そんなふうに考えるのがもっとも的を射ているような気がするわ。

たしか、引っ越しを手伝ったときのことだけど（そういえば、そのときも貧相な顔をした神経質そうな女の人と一緒だったわ）、書き散らしたメモがあり、兄がどんなことに関心を持っているのか好奇心をそそられてそっと盗み見したことがある。たぶん、気に入った本から抜粋したものだと思うけれど、案外、今度の事件を理解する上で参考になるかも知れない。たしか、こんな文章だったわ。

「有用な目的に結びついている不快」

あるいはこんなのもあった、

「子供を産むことのできない男性の究極の夢想は……」

「虚無に飲み込まれるあやうい予感」

いけない、いけない、これじゃかえって理解の妨げになるわね。

それじゃ、兄が学生時代に書いた作文でも紹介しましょうか。週刊誌じゃ、こんなことが結構もっともらしく掲載されることがあるじゃない?

これは、逮捕された兄の部屋を上京した母と一緒に片付けていたときに偶然目につき、すべてを焼却してくれという兄の意思に逆らってこっそり持ち出したものなの。

ざくろ

二年二組　細野邦夫

戸外の光がまばゆかった。それでぼくは、まるで自分を影のように感じていたかも知れない。

——だが、いったい何の?

——誰の?

縁側は光と陰とに二分されている。そのあまりにもくっきりとした明確な境界は、物と物との抜き差しのならない対置を思わせ、光に豊かな生命の意気込みが感じられるように、陰にもまたひっそりと身構えた底知れない意図が潜んでいるように感じさせずにはいなかった。縁側の向こうは白く乾いた砂地になっている。その隅に酷暑に萎えた繁みがあり、そこから何かが、すっくと伸びて物憂げに揺れている。鶏頭の花だ。しっとりとした臙脂《えんじ》色の。ちょうど水平線の高さに見えた。

つん、と汐の香りが鼻を掠めた。ぼくは何かを思い出したように、はっと顔を上げたが、新鮮な香りはつれなく消えてゆき、庭の向こうにおだやかに凪いだ海の無意味な表情が見えるばかりだった。汐の香りはときおり思い出したようにやってきた。ぼくはそのたびに顔を上げて無意味さをいっぱい吸い込んで心をふくらませた。何度もそうした気紛れな香りの触手にまみれたので、ぼくはもう何かをあらゆるもののなかから特異な位置に据えることができなくなったようだった。

——と、どこかで、誰かの細い掠れた声が、とぎれとぎれに聞こえた。ちょうど花に目を奪われていたところなので、かすかに耳に届いたその声は、花が洩らす甘美なあえぎであり、もがれる茎のしなやかな悲鳴に思えた。

そのときぼくは両手に玩具をもてあそんでいたが、異質な質感を握りしめた両手を蟹のそれのように無用な、なんとも融通の効かないものに感じた。つまり両手を玩具そのもののように意識したのだ。というよりもむしろ、いきいきとした躍動を予感させている玩具のそばで、手はおぼつかなげに寄り添い、確信なげに指をたわめていたといった方がいい。この困惑はしばらく続いていたが、やがて玩具に興味を失ったらしく、かたわらに無造作に投げ出し、よいしょっ、と立ち上がった。

すると、周囲はときならぬ擾乱《じょうらん》にまみれ、たちまち混沌とした。あらゆるものがいっせいに動きだして臆病なぼくの心を脅かした。降りそそぐ光の波のなかに立ちつくし、恐怖をついばみそうになる渇いた唇の戸惑いをしばらく放置していたが、それは周囲の性質が得体の知れない獰猛《どうもう》なものであるとの認識からではなく、むしろその性質は自分のなかにあると知った不安だった。

そのときぼくは、「ここ」にも、同時に「あそこ」にもいる、とめどなく変幻する自在だった。

軽く顔をあげ、白くつややかな光がミルクのように縁側に溢れるのを眼のあたりにすると、戸惑いは苦もなく呑み込まれた。光の皮膚がやわらかく身体を覆い、ぬくもりに緩和された脅えがゆっくりと遠ざかってゆくにつれ、かすかなめまいを伴う甘い陶酔が募ってくる。

もう一度誰かの声が聞こえた。今度は確かに女の人の声だとわかった。

そのとき庭で何かがすばしこく動いたような気がして、ぼくは首を巡らせ、しばらくきょとんとした面もちをしていた。間断なく降りしきる蝉の喧噪《けんそう》が、測り知れない作為によって遠くなったり近くなったりして、気紛れな風景の遠近を弄んだ。

だしぬけに頬に何かが触れたような気がした。雨の雫くだと思った。

びっくりして振り返ると、光と陰の間でおばあさんがにっこりわらっていた。ぼくは少し警戒し、身体をはすかいにして、右手を握りしめた。指が少し汗ばんでいてひどく心許ない気分だった。相手の表情を窺いながら、ぼくは黙って立ちつくしている。途方もない要請を浴びせられ、厳しい非難を覚悟しているような気分だった。誰かと対面するとき、ぼくはいつもそうした無意味な、だが逃れ難い負い目を感じていたのだ。

おばあちゃんは笑って何か言った。歯の抜けた口が開いたり、閉じたり、閉じようとして閉じきらないで滞ったりするのを、ぼくは黙って見ていた。鼻のそばに小豆くらいのふくらんだ黒子がある。見ていると、どんどん膨らんでゆくように思えて、とても愉快だった。ほら、もう鼻よりも大きく目立つくらいだ。

いきなり、ひょいと抱かれた。するとぼくは、アルバムをめくるように、不意に昨日か一昨日に引き戻されたように思った。

抱かれながらおばあさんの黒子を指で摘んでいると、なぜか急に残酷な気持ちになり、強く掴んで引き千切ろうとした。すると、おばあさんは歯の抜けた口でぼくの手を噛み、ぼくはふざけて魚のように身体をのけぞらせ、思い切り足をばたつかせた。

それから不意に興奮が掻き消え、ぼくは急におとなしくなり、しばらくおばあさんの温もりのなかでゆられていた。そのままぼんやり庭を眺めていたが、もう何を見ているのかよく分からなかった。むきだしの足が光にうっとりと濡れていて、そのぬくもりがアメーバみたいにうごめき、身体の輪郭をあいまいにしてゆくので、「あそこ」に座って「ここ」を回想しているような気分だった。

そのうちふと気がつくと、もうおばあさんはそこに居なかった。縁側に転がっている玩具がくっきりとした濃密な影を引きずり、頭上で風鈴がちりんちりんちりんと鳴った。

ちりん、ちりん、というかろやかな響きが、ぼくの中でいつまでも留まらないやじろべえのためらいを揺らしながら残っている。それでいつも誰かの記憶の中を泳いでいるように感じるのだった。

ところで、とうに気づいていたのだが、黒と白のどこかしら気の許せない意気込みが、縁側の端の陽だまりのなかにうずくまっていた。動かなくても、その柔軟なしなやかさが手に取るように分かる。猫だ。やおら起き上がって、ぐっと背中をそびやかし、欠伸をしている。ゆっくり歩きかけて、止まった。止まると、そこが元居た場所になった。

(すると移動した距離は、いったい何処へ行ったのだろうか?)

光に欺かれた架空の距離は、ぼくの困惑のなかでたゆたい、ぼくは昨日と今日を、保育所と家を行ったり来たりしているような気分だった。どうかすると、移動しているのは猫ではなく、猫を包みこんでいる光のように見える。やわらかな光と、それにもつれる猫の動きを、ぼくは光の肌に付着した黒子のような意識で見つめていた。微細なきらきら光る塵芥の舞っている美しく漂う光のなかで、猫の尻尾がとても魅惑的に見えた。しなやかで、せわしげに動き、まるで精密な探知器のようだ。ぼくはそっと手を伸ばした。誰かの意志によって導かれるように手がゆっくりと伸びてゆき、しっとりとした毛並みに馴れ合った。うっとりと。不思議な、とてもわくわくする小気味のよい感覚にうたれた。庭にある木の幹や枝が日差しにとろけて寸断されて見え、梢が騒々しい信号をきらめかせている。猫の尻尾が、くいっ、くいっと振られ、まるで待ち構えたようにたわんでいたぼくの手のなかにすっぽりと囚われた。そこで、ぼくはだしぬけに力をこめて、えいっとばかりに持ち上げてみせたのだった。

身体のなかに得体の知れない柔軟な手応えがもんどりうった。水平線が傾き、アルバムが開いて、閉じた。

——ふんぎゃあ——

ふとした困惑。一瞬、ぼくはそこに居なくなったようだった。

やがて縁側はひっそりと静まり返り、光に欺かれていた細部が鮮明に映しだされた障子や柱が生き物のように呼吸し、ひそかにささめき合っている。光がねっとりとした粘液になってゆるゆるこぼれてゆき、庭に飛び下りていった猫の尻尾が、縁側の端に千切れたようにいつまでも滞っていた。

ふとした予感があって、振り向くと、仮面がゆらっと剥がれたような気がした。そこから鮮やかな空間が新たに出現してくる。湯のたゆたいが裸体に戯れるようにうっとりと知覚されつつある色、形。そのときぼくはまだ自分の体型を紙片のようにしか知覚できないでいたが、ゆらっと揺れると、身体がにわかに豊かな厚みを帯び、思いがけない変貌が始まった。動いた部分の不穏な膨張。動かない部分の慎ましい萎縮。途方もない不均衡がその体型の特徴だ。肌をうめつくしているひ弱な産毛がいっせいになびき、無数の毛穴が何者かの気の許せない視線のように思える。どこかで遠い声が聞こえる。耳を澄ます。すると、耳は羽になって飛んでゆく。玩具のプロペラのように地面に落ち、あたりは静寂に包まれる。ぼくは手を振る。すると感動は蟹になる。そこにそうしているだけで、ただちに進展してゆく、空間との、のっぴきならない関わり。

　戸外には相変わらず蝉しぐれが続いていたが、ぼくはそれを光の騒擾と勘違いしていたかも知れない。それほど光は苛烈だったし、おそらくまだ蝉という生き物の実体に馴染みがなかっただろうから。たとえあったとしても、酷暑のもとであのようにむやみに焦慮する鳴き声は、できそこないのプラスティックの模型のような蝉の空虚な小さな身体にはふさわしくないと考えられただろうから。それに、光がさざめき、さえずることがないとどうして信じられただろう。

　奥の襖が開いて、父が姿を現した。といっても、その姿は予感として現れ、確認しないまま自明のこととして受け止められた。なぜなら振り返ったとき目に留めたのは、ひとりでに開いて閉じる襖の動きだけだったからだ。その油断のならない襖の開閉の性質が、そのときそのまま父の性格に加味された。

「邦夫、」

「うん、」

　すかさずぼくは答えたが、ぼくの名を呼ぶ声が聞こえたとき、父はすでに身近に立っていたので、その表情が見えなかった。半袖のワイシャツに、だぶだぶのズボンが間近にあった。黒い、無数の皺がよじれているベルト。手拭いが手に握られていたか、腰に垂れていたように記憶している。とにかくそのとき父の体型を間近にして、ぼくは妙な動揺を覚えたようだった。だが何故なのか、よく分からない。

　なにげなく目をやると、庭の隅に使い古された機械のようなものが置き棄てられてあり、ぼくはそのことで父に何か質問したのだが、それがどういうことだったのか、やはり記憶がない。ただ、父はあいまいな口調で何か言い、よく聞き取れなかったが、すぐに納得したような気持ちになった。

　父の表情かその物憂げな物腰によって、帰宅を促していることを察すると、ぼくはすかさず縁側から庭に飛び下りた。ビーチサンダルを素足に絡めたとき、石段の上に赤い鼻緒の下駄があるのが目に留まり、そのときもやはり妙な胸騒ぎを覚えた。

石ころを蹴りながら歩いてゆくと、すでに玄関を出て、不機嫌そうに催促している父が見えた。その向こうに若い女の人の姿があった。ぼくが「さようなら」を言おうとすると、玄関から出てきたおばあさんが女の人にそっと耳うちしたので、顔を背けられたように感じた。その人は軽く首を振って、ゆるく微笑していた。それから軽く小首を傾げながら何か言った。ぼくは困って、羞じらうばかりだった。

おばあさんがぼくのところに小走りにやってきて、急いで何か手渡そうとした。最初、「野球のボールかな？」と思った。が、違った。ざくろの実だった。それは初めて見る、まだ一度も手にしたことのない果物だった。固く、頑丈な殻が裂けていて内部に暗い緋色が覗いていた。ぼくはそれを手にし、その重みを自分の体の中に感じた。体の中にあって、除け者にされている無骨な形をした異質というふうに。

ぼくは歩きながら、ざくろを手の上で転がしたり、軽くほうりあげて、やや間をおいてから出し抜けにやってくる重みを受け止めたりしていた。

すると、父が横合いからすげなく手を伸ばしてざくろを奪った。両手でぱっくり割ってから、ぼくの手に戻した。食むと、口中に生温かいあっさりした果汁が滲んだ。赤くつややかな果実にしては、いかにも拍子抜けのする味覚だった。それにおそらくぼくはもっとおびただしい果汁のしたたりを予期していたのだろう。

（すると、あの必要以上に頑丈な殻には、いったいどんな意味があるのだろうか？）

白く渇いた、曲がりくねったゆるやかな坂道の中途で、父がぼくの肩を大きな手で押さえて注意を促した。その手の位置と、見上げようとした父の顔の位置とがあまりにも隔たっていたので、ぼくはしばらく合点がゆかず、なにか言い足りない気持ちがしきりにした。

ようやく背後を振り返ってみると、心なくもゆき暮れたというような距離を隔てた坂道の上に、すらりとした人影が立っていた。こちらを見ているとも、遠く海を眺望しているとも見えた。ぼくは乾いた唇でゆるやかな風の身振りをくわえたまま、ぼんやりその人を眺めていた。汐の香りのする風がゆるく頬を撫でてゆき、手にしたざくろの実が、身体のなかで不安定に揺れているように感じていた。

その人はゆっくり歩いて接近しながらぼくを見ていた。ぼくは気恥ずかしくて逃げ出したいと思いながら、同時にその場に踏みとどまりたいとも感じていた。そのときぼくは、ふと思いついて、食べかけのざくろの実を一粒摘むと、片目にあてがってみた。この思いつきはぼくを得意にしたが、義眼をなぞらってみせることに得意だったのか、それとも世界を自分の好む色に染めることに得意だったのか、よくわからない。いずれにしろ、そのおかげでぼくは逃げ出すこともなくその場に立ち尽くしていれたのだった。そして、その人が立ち止まったとき、赤く透きとおったざくろの眼で、ぼくを眺めているその人の顔をはっきりと見届けたように思った。

やがてバスの停留所が見えた。素足とサンダルの間に砂粒が煩わしく侵入していてちくちくと痛んだ。ひどく歩きづらかったが、ぼくはそのまま平気そうにしていた。サンダルを履き直していると、父がさっさとおいてきぼりにしてゆきそうに思えた。それでなくても、停留所という目標が見えると、かえってそこまでの距離が明確になり、その距離から果てしなく取り残されそうだった。

停留所には粗末な長椅子が一脚備えられていた。少し傾いていて、坐ると、二本の脚が地につかなかった。それでひどく落ち着かない気分だったが、すぐに立ち上がる気持ちにもなれなかった。古ぼけた灰色の小屋の中で、明日に迫ったストを告知する赤い文字が異彩を放っていた。父は煙草を吸っていた。ぼくはその大きな手を見つめていた。

平屋とこんもりした木々の間に、海はきらきらと燿やいていた。海面に浮遊する白いきらめきは、波にゆられ、たゆとく変幻する生き物のように奔放に跳び跳ねて見えた。……

これは兄が十七歳のときに書いたと思われる作文だけれど、どうかしら、お気に召して？

容疑者の性格をあれこれ詮索するには恰好の材料じゃない？

もっとも私は、この文章に綴られた内容が事実かまったくの創作なのかどうか知らないし、たとえ事実だとしても、それに関しては意地悪くノーコメントを通すだけね。

ただ、ここで描かれている場所は、どうも隣町の叔母の家のように思えるのだった。秋の大祭で沙織さんと出会った家だ。バスで通う距離で、海辺で、どうやら親戚らしい家ということになると、他には見当たらないからだ。伯母さんは八人きょうだいの四番目の子で、次女にあたる。漁師の夫は水難事故で早逝している。親戚付き合いは浅く、お婆さんと二人きりでひっそりと暮らしていた。

しかし、兄の文章が匂わせているような父との密かな親交は、とても想定できない。浅黒くて、痩せぎすで、卑屈で意地悪そうなイメージしかなかったから。

だとしたら、ここに登場するその女性は誰だろうか。すぐに思い当たる人は一人しかいない。病気がちだった、沙織さんの母である東京の伯母さんだ。彼女は長女で、すぐ下の妹とはずいぶん親しかったらしく、療養のためにしばらく身を寄せていたという話を聞いたことがあるから。

そういえば、祭りの夜、沙織さんがそこに滞在していたということは、当然伯母さんも一緒だったと考えられる。でも私には、その夜、伯母さんに逢った記憶がない。その夜、伯母さんは娘一人を残して不在だったのだ。夜中にも帰っていない。

どこに居たのだろうか。

誰と？

遠い記憶の底にある祭りばやしの沁みた、暑熱の残る縁側で、偶然子供たちは出会った。その夜珍しく招待された私と兄も、伯母さんに連れられてやって来た沙織さんも、実は大人たちが巧妙に配置したカモフラージュの駒に過ぎなかったのかも知れない。

まあ、どっちにしたって私には直接関係ないのだけれども。

これは昔っから思っていたことだけど、もし将来、兄が私を驚かせるとんでもないことを仕出かすことがあるとしたら、自殺じゃないだろうかって考えていた。私の縁者にはなぜか自殺が珍しくなかったから。叔父さんがそうだし、叔母さんもそう。みんな父方の縁者だ。私の知る限りでは、その二人に共通していたのは、事前にこれといった変調は見られなかったし、自殺に結びつくような深刻な懊悩は見受けられなかったということ。

父の弟は神戸の造船会社に勤めていたが、勤務態度は真面目で、仕事上の不都合はまったくなかった。ただ、三十五になるというのに、まだ独身だった。マンションの一室の押入れの中で、おそろしく窮屈な姿勢で死んでいるのを発見された。父は連絡を受けて早速現地に赴いたが、そのみすぼらしい住居に愕然とした。一流の企業に十年以上勤めていたにもかかわらず、これといった家具調度も見当たらず、貯金も底をついていたからだ。押入れでネクタイを首に巻きつけた不自然な方法で首を吊っていたという状況も解せなかった。

　これが家族の疑念につながった。その三ケ月前に会社を辞めている。その理由も周囲にはよく分からなかった。ただ、ある日飲み屋でヤクザに絡まれ、柔道をやっていて腕力に自信があったことが仇となり、滅多打ちにあって前歯を二本折った。そのために顔つきがおそろしく惨めなものに変貌し、しきりに苦にしていたという。

　歯科医院に通わないまま、仕事もうまく行かなくなり、自暴自棄になったのではないかというのが家族の結論だ。他にそれらしい理由がなかったので、そのように推論するしかなかったというわけ。

　千葉県に嫁いだ叔母は、看護婦として働いていたが、姑との軋轢やら家庭に色々深刻な問題を抱えていたらしい。とはいえ、ふだんは陽気できさくな人柄だったので、傍目にはさほど悩んでいるようには見えなかったという。それが、突然、職場で自殺を図ったの。当直の夜、手術用のメスで手首を掻き切ったらしい。でも、幸い一命はとりとめた。医師との恋愛を取り沙汰されたが、当人はいっさい口を噤んでいた。二ヶ月後、やはり同じ場所で自殺未遂を起こして、とうとう病院を解雇された。

　そんなこんなで、私の家系では外聞の悪い事件が立て続けに起こっていたので、兄の一件を聞いても私はそんなに大きな衝撃を受けなかった。

　そして、今度の事件で兄が容疑者として手配されていることを知った時、「これはある意味で自殺のようなものだ」と、ふとそう思ったことを憶えている。

　叔父や叔母と違って、兄はとても自殺するようなタイプではなかった。したたかというか、大げさに言えば、人生に対してタカを括っているというか、そもそも呆れるほどの楽天家だったような気がする。だから、もし仮装した自殺であったとしても、追い詰められて逃避する手段と言うよりも、何らかの目的で意識的に選択した決意だとしか考えられない。

私の家系には、自殺の他に、もう一つ特徴的な性質がある。外聞の悪い話だが、それは淫蕩だ。父方の男子は一様にその傾向があったが、なかでも父のすぐ下の弟の放蕩は、その封建的な土地柄では鼻つまみ者だった。十代のときに同級生と駆け落ちして連れ戻されている。その後も色々面倒な不祥事を起こし、そのたびに父が奔走していた。

伯父の遺児のことがすぐ頭に浮かぶ。その女性は母親と一緒に葬式にも出席し、親類の間に物議をかもした。しかし、彼女とその母親はただ認知してもらえることだけが望みで、金銭的な要求は一切なかったという。嫡子は、不動産で一儲けした、家族でもっとも成功した伯父から二億円も相続したそうだが、その中からわずか百万円の慰謝料で片をつけたそうだ。

その親子はかつて一度、正月の朝、私の家を訪ねてきたことがある。小都市の繁華街でスナックを営んでいたようだ。正月はお店も休みだ。世間がみな同じ習慣に染まる日、親子二人は急に寂しくなって、思い余って情人の実家を訪ねたのだった。

あいにく家人がみな出払っていて、応対に出たのは私だった。もちろん二人の事情はいっさい知らなかった。

「この子は、あなたとは従姉になります」と母親は自己紹介した。

私には何のことだかさっぱり理解できなかった。私の当惑に穏やかで陽気な母親の表情に気ぜわしげな動揺が浮かんだ。

「あなたの従兄の義男さんとはきょうだいにあたります」

その名前には馴染みがあった。一度遊びに来たことのある神戸に住んでいる従兄だと言うくらいの認識だった。母親はなおも詳しく説明しようとしたが、いくつかの地名を羅列するとりとめない話になった。その間、そばに立っている、すらりとした背の高い、長い髪の女性は、黙って私をまっすぐ見ていた。化粧っ気の少しもない素顔が寒さに赤く染まっていた。挑むような鋭い視線だと感じた。

やがて娘に諭されるようにして、何度もお辞儀しながら親子は玄関を去っていった。

「神戸にいるおじさんの親類に当たる人が親子で訪ねてきた」

そう告げたときの両親の顔つきが忘れられない。子供には内緒にしておかなければならない種類の秘密だったのだ。

親子が忌み嫌われたのは、放恣な欲望が共同体に亀裂を生じさせる危険なものだったからだ。そのタブーを破った男に対する羨望と嫉視。悔し紛れに世間は男を放逐し、身ごもって捨てられた相手の女性を蔑んだ。そうやって守られてきた共同体で私は育ち、見捨てられてもなお繁華街でひっそりと健気に生きてきた親子の突然の訪問に、いつまでも妙に妖しい胸騒ぎを感じていた。それは自分の身内である叔父に対する、ひいてはすべての男性に対する畏怖とないまぜになった魅惑だったかも知れない。

兄はこの叔父の部類に入るのよね、きっと。

いずれにしても、犯罪者の兄がいたって、別に支障なんかないわ。むしろ私にはこうした負い目をかえって歓迎するような悪い性質があるみたい。どうせ一年もすれば世間はすっかり忘れてしまっているし、とりたてて何も変わるわけでもない。私は、わたしよ。

【容疑者の高校の同級生岡野昭三(27)の証言】

あいつとは、高校までずっと一緒だった。大学は別だが、夜行列車で一緒に上京している。ぼくは無事四年で卒業したが、あいつは五年間も籍を置いていながら、結局授業料滞納で除籍されている。アルバイトに精を出して授業にもあまり出ていなかったから、ほとんど単位も取れていなかったと思う。もともと卒業する意思などなかったんじゃないかな。かつての仲間ともあまり接触はなかった。たまに寂しくなるのか、麻雀をしている仲間の所にふらりとやって来て、自分は加わらないで見守っており、眠くなると押入れに寝て、翌朝ひっそり帰ってゆく。もともと仲間とつるむのが苦手だった。

週刊誌に載っていた女装にはとにかく驚いたな。なにしろあいつは女性が大好きだったからだ。いつも誰かに夢中になっていて、引っ込み思案なくせに躓いたような勢いで積極的になる。悪く言えば、手当たり次第という感じだった。だから、女装と騒がれ、そうした趣味のことをあれこれ取り沙汰されているる記事をみると、どうもしっくりこない。そんな秘密があったのか。それともただ逃走の手段だったのか。

もっとも女性との恋愛そのものが、本人さえ気づかない性癖の偽装だったのかも知れない。過剰すぎる性向は一応疑ってみる価値はあるからね。

あいつは運動が苦手だったとみられており、実際その評価は勉学に比べて劣っていたが、その能力が乏しかったというわけではない。むしろ走力や泳力には秀でた能力を発揮した。肉体的な欠陥はなく、その機能にも問題はない。

しかし球技などの団体競技となると、たちまち馬脚を現した。サッカーではきまって相手チームにボールを渡してしまうといった失態をしでかす。リレーに選抜されるほど足は速いのだが、バトンの手渡しが苦手で、うっかりヘマをやらかした。つまり身体的能力には秀でているが、問題はただただ、甚だしい動揺と緊張を強いられる対人関係にあったのだ。

彼には、ごく幼い頃、自閉症ぎみで、ほとんど誰とも口を聞かなかった時期があった。授業中が天国で、休み時間が地獄だったと打ち明けられたことがある。

「授業中は孤立を咎められないからである。周囲がこともなげに示す、仲良く睦まじ合うごくあたりまえの馴れ合いが、ぼくには理解できなかった。まるで奇跡を見ているようだった。周囲の朗らかな談笑ほど柔軟な風船のようなやわらかな障害でぼくを妨げていたものはなかった。ぼくには話さなくてはならない話題が一つもなく、みんなが苦もなく交わす会話は理解と能力の領域を越えていた。挨拶を交わすともう話題に窮してしまう。どんなに考えあぐねても何一つ必然的な材料を見出せない。そういうわけでぼくはいつも周囲に引け目を感じていた。周囲がなめらかな融合を示しているのに、自分だけは明らかにその雰囲気からはみ出している。すべての人は融通無碍に融合できるのに自分だけはその能力に決定的に背かれているのだ」

当時、ぼくと彼が一緒だったのは中学と高校だが、友達といってはぼくだけだった。悪い奴じゃなかったが、とっつきにくい男だと思われていたようだ。とにかく無口だった。他人と交わっても、うなずくかやわらかく微笑むのが精一杯の反応だった。彼は勉学も優秀で周囲の尊敬をかち得ていたのに、誰もが自在に乗りこなす自転車に乗れない劣等感に苛まれてもいた。

あいつはいつも教室の隅っこにいた。傍観者のほどの良い距離だけがかろうじて彼の安定を保証するのだ。だが、群れの中で孤立することは傍目でみるほど安楽ではなかったようで、彼がゆくりなく寛げるのは、誰もいない場所だけだった。校舎の裏手の焼却場や、校舎と体育館との繋ぎ廊下の裏手など、滅多に誰も来ない場所が彼の特等席だった。

「物をしっくりと握れない」

それは彼が口癖のようにつぶやいていた言葉だが、それが世界を前にした彼の対応のすべてを表現しているように思う。自分の手足にさえ裏切られるのだから、道具を使いきれるはずもない。それに握力が女性並みだった。

今はとっくに消え去っているが、彼の右手の甲には、夥しい数の疣《いぼ》がはびこっていた。一つ一つは微細で目立たないものだが、限られた範囲に集約されると、目も当てられない惨状をきたした。ちょうど寒さにひたむきに身構えた鳥肌のように群がり、均質でない分、それよりはるかに醜悪だった。あからさまに顔をしかめ、伝染を恐れた身振りで逃げ出す子もいた。

疣は彼のもっとも気の許せない懸念であり、言い逃れのできない恥辱であり、憎悪の対象だった。

「それは最初、甲のほぼ中心に、ごくひ弱な一つがぽつんと取り残されてあっただけだった。永い間そうだった。だから当初はあまり気にも掛けなかった」

皮膚のちょっとした気紛れな突起にすぎなかったし、ましてや身体のあちこちに擦傷のある子供にとって、わずかな皮膚のわだかまりがいったい何だろう。

「ところがそうこうするうちに、二つ、三つと、またたくまに増殖していった。まるで不安が呼び寄せるようにして。やがて見逃せないほどの数になり、その頃には中心の一つは肥大し、固く干涸らびて、青白く、意地悪な表情をした、とても皮膚の一部とは思えない異質な色と質とを備えていったのだ」

こうなると、毎日一緒に遊んでいたぼくですら、さすがに気色悪かった。増殖が不気味だったのだ。また伝染が怖かったのだ。

「疣の数はとうとう三十四になった」と言って彼は嘆いた。

毎日かぞえていたのだ。

「小豆ほどの大きさにふくれあがった中心の一つを、成長の異なる疣が惑星のように取り巻いている。その気紛れな配置には何か目に見えない意志が感じられた。というのも、目立った偏りもなく、余分な余白もなく、手の甲を隈なく埋めつくしていたからだった」

彼はもちろん右効きだったから、手袋でもしない限り、その醜悪な疣は対面する相手に嫌が上にも目についた。彼はますます引っ込み思案になり、いつも両手をポケットに突っ込み、少し身体をはすかいにした逃げるようなポーズで立っていた。だが、絶えず人目から隠しおおせているということは、心の中ではいつでもその醜悪さに直面しているということに他ならない。

「ぼくをかろうじて絶望から救っていたのは、それほど数多く繁殖した疣も、右手の甲にだけ限定されていたという事実だ。その醜さは傷つきやすい子供にはすでにして重荷だったが、それでもいずれは終焉を予感させた。そう思って不用意に安心していたのだ」

だが、増殖は止まらなかった。

「肘のあたりに気紛れに飛び火した疣を発見したときの驚きといったらなかった。はなはだしい動揺が足をすくった。宇宙は手の甲だけではなく、身体全体だったのだ。それまで甲にだけ限定されているように思えたのは、たまたまそうであったというだけで、夜空に銀河の偏った密集を見せているようなものだった。身体の各部は、今や新たな密集を誘う恰好の余地でしかなく、やがて宇宙がそうであるように、身体全体がほぼ均等に醜い疣に侵略されてしまうに違いない」

夢の中ではもっとあからさまな懊悩が演じられたそうだ。

「洋服の綻びが気になり、縫おうとすると、指先にチクリとした痛みがあり、その痛みは蕁麻疹《じんましん》みたいに身体全体に波及してゆき、やがて身体全体が醜悪な疣に覆いつくされてしまう。また、誤って指を切り、痛みを堪えながらバンドエイドを貼りつけようとするが、水に濡れているのかうまく接着せず、とうとう諦めて放り出すと、それが宙でくるりと回転して右手の甲に着陸し、どうしても取れなくなり、とうとう干涸らびた大きな平べったい疣に変貌するのだった。あるいはまた、身体中が痒くてたまらず、掻き続けていると、微細な粒の血が滲み、やがてそれが固くわだかまって無数の疣に変質するのだ」

そういった疣の生起に関する夢を、ぼくにしきりに打ち明けたものだった。

もちろん、それらが見事に消失する夢もまた反芻された。切除がもっとも適当な処置のように思われたのか、何度も手術の夢を繰り返したようだ。

「不意に大量の血にまみれて、ぎょッとして手を洗うと、なめらかな手の甲が顕れる。或いは、もっと残酷な手続きを必要とすることもあった。考案されたばかりの器械で、指が一本、一本切断されてゆき、とうとう腕がそっくりもがれる。こなごなになった肉塊がやはり器械の中で混合され、複雑な経路を辿り、しばらくすると、見事に再生された腕が出て来る。それをもう一度身体に接続する手続きが施される。そうして新しくぼくのものになった腕には、もちろん疣は跡片もなく消えているというわけだ」

彼の思春期は手の甲の醜悪さに集中し、どうしても逃れることができなかった。彼の性格だけではなく、その行動にも明確な影響を与えた。

「ぼくはこの醜悪な疣を、好むと好まざるとにかかわらず強いられた関心の顕れであり、口にできずに依怙地に押し黙った拙い執着の象徴だったのではないかと信じている。三十余りあった疣の一つ、一つが、実は気掛かりな関心であり、かたくなに拒否しながらも魅了された対象であり、好ましくない魅惑であった。そのように考えるなら、どうして疣がぼくにとってそんなにまでも醜悪でならなかったのかということも、醜い疣がどうして或る期間にだけ増殖し続け、やがては忽然と消えてしまったのかということも、容易に理解できる。それに中心の一つだけが異様に大きく、ごく幼い頃からのさばり続けていたということも、肘に飛び火した気紛れな奴が、例外的な位置を占め、なぜいつまでも残り、今でもあるのかといったこともあっさり納得できるのだ」

夢ではなく、実際に薬品のせいで疣が忽然と消え去った日、彼は喜び勇んで報告に来て、永い呪縛を懐かしみながらそう語った。

そのときはぼんやり聞き流していた説明は、今から思うと、男色の性向を暗示していると取れなくもない。踏み留まらなければならない魅惑。醜く意識されなくてはならなかった執着と関心。中心の大きな疣はもちろん父親であり、肘に飛び火したひ弱な例外は、初めて女性に向けられた恋心であったのではないか。いずれにしろ彼が人知れず抱え込んでいた深い苦悩はぼくにはとうてい理解できないものだった。

とにかく最も多感な時期、彼の関心はもっぱら自分のもっとも醜悪な手に集約されていたのだった。まだ美からも論理からも擁護されていない無防備な感性の時期から、彼の関心が掌に集中していたということが、ぼくにはとても悲しい。なぜなら、手はそのそばに白くたおやかな乳房をやすやすと髣髴《ほうふつ》させるからだ。手にまつわる彼の感傷は、白い乳房を求める空しいあがきを思わせる。彼には母親の乳房の記憶がいっさいなかったのではないか。手に対する明白な執着によって、乳房に対する憧れがはからずも暴露されてしまう。そのこと自体よりも、そうした心の偽装の拙劣さが悲しい。

それでなくても、爪が著しく鈍磨してしまった人間の手というものは、どんなに優美であっても、その根底には愚かしい無能な性質がつきまとう。獣の手はただかざすだけですでに威圧的だが、それに較べると人間の手はどうだろう。その手に残されたもっとも顕著な機能である物を握るという行為さえ、自らの中に取り込み、取り込みつつ不安げに自問しつつある戸惑いでしかなく、たわんだ指の、それ自体の曲がった驚きでしかない。

口と似たような機能を備えながら、決定的に違うのは、手による行為には消化がゆき届かないということだ。物はいったん手の中にしっくりと馴染み、消えてしまったかのように思える。本人でさえもうっかり忘れてしまうことがある。ところが、どうかした弾みに、物がぽろりとこぼれ落ちる。それは依然としてそこに変形もせずあったのだ。物を握るとき、把握される物の量感や質感や手応えとは、彼にあっては指の戸惑いであり、手が自問する困惑でしかないように思える。

「ぼくが何かを握りしめても、しっくりとした手応えを掴まえることができないのは、握っていた物体が落ちていった瞬間の知覚を、いつまでも覚えているからかも知れない。物はもう帰って来ない。逃げていってしまったのだ。ごくありふれたぬくもりと性質とによって受け止められていた物体は、手からこぼれ落ちていった瞬間、もはや手の届かない、永久に確認できないもう一つの相貌を明らかにするというわけだ」

「本当の自分の母親は別にいる」

と、いつか彼がぽつりと洩らしたことがある。

「まさか」

もちろんぼくは本気にしなかった。それでなくとも彼には虚言癖があったからだ。もっとも、相手におもねる、もっぱら話題を拡げようとする意図からくる、ほんの罪のない嘘にすぎなかったけれども。だが、今から思うと、実母の件は案外本当だったかも知れない。

修学旅行でいつまでも起きないのでいきなり布団をはがされたとき、彼の眠った姿勢が可笑しいと周囲が爆笑したことがある。海老のように背中を丸めて両足を抱え込んだ姿勢だったからだ。それは母親の羊水に浮かぶ胎児の姿勢だった。彼はなぜ周囲に嘲笑されているのかわからずきょとんとしていたが、その後、両足を紐で縛り、矯正を心がける。ようやく克服したが、そのせいで彼は何を失ったのか。

彼には家族が息をひそめて見守っている病気があった。それは生命の危機を脅かすような重篤な病気ではなかったが、口にするのを憚れる種類の病気だった。癲癇である。それは毎日苦しめられる性質のものではないが、いつも不意にやってくる、一挙に人格を破壊する、厄介な病気だった。幼い頃発作は数度に及んだと母親は言っている。

ぼくがその発作に初めて直面したのは、小学生の後学年の、卒業式か何かの大切な儀式の最中だった。突如、細く、甲高い獣じみた悲鳴が響き渡った。と同時に、ぼくの足もとに、目をむき、泡だったよだれを吐きながら、痙攣を起こして倒れている彼の姿が目に入った。それはもう、気の狂った目であり狂気の形相だった。式場は騒然となり、好奇な目が遠巻きにしていた。泣き出す女生徒も居て、儀式は台無しになった。その光景は、一度垣間見たものにぬぐいきれない印象を残し、快癒してもなお周囲に不安を投げかけ、いつ何時再発するか知れない恐れを浴びせ続けた。

周囲から秀才と持て囃される、おそろしく恥ずかしがり屋の、素直で、温厚な少年がそこにいる。その一方で、とうとうある夜、近所の胸の豊かな女性を襲いそうになるといった、激しく、衝動的な行動に走る性格を暴露している。闇を貫く悲鳴によって、犯行は未遂に終わり、みじめに泣きじゃくりながら哀願する小心者がそこに居る。

彼は自分の視線に特別な能力があると信じていた。その能力に気づいたのは、十二才の頃だったとい
う。こんなふうに打ち明ける。

……ある日の授業時間、教師の声が物憂く聞こえ、蝉の喧騒が遠くなったり近くなったりして、きまぐれな遠近をもてあそんでいた。永い追憶から抜け出すようにしてぼんやり顔を上げたとき、斜め前に座っているショートカットの少女の、形の良い小さな耳が目に入った。砂浜に打ち上げられた白く乾いた貝殻のような形が、架空の潮騒を響かせた。ぼくはうっとりして、漫然と注視していた。

そのとき細い首筋の黄色い平面的な肌がにわかに動きだしたように見えた。びっくりしたが、そのまま黙って目を注いでいた。すると、その視線の痛みに呼応するように、耳元の一部が、ぴくっと痙攣した。その小さなさざなみが、ぼくの全身を動揺させた。いったん目を逸らし、もう一度注視すると、またさきほどの痙攣が走った。

意外な効果にぼくは少し興奮してきた。そっと視線を下げ、今度はむきだしの素足を眺めた。すぐには何の反応もなく、失望しかかったとき、少女の様子がどうも変だということに気づいた。妙に落ちつかないのだ。腕が伸びて、膝のあたりを擦った。すぐには止まない。当の本人は、その刺激の因子に気づいていないが、やはりぼくの視線が特別な影響を与えていると考えないわけにはいかなかった。

凝視する部位を変えて、そこに明白な変化が生じることを何度も確認した。しかし、いつも決まって反応があるわけでもない。それが確信を保留した理由だ。それからというもの、機会があるたびに、相

手をぶしつけに注視する癖がついた。背後から眺めるとき、その人は必ず振り返った。しかし、何度確認しても、それが自分に特有の能力であるとは思わなかった。むしろ、それは敏感で繊細な相手の能力だと思っていたのだ。

そんなある日、ある女性の首すじをじっと凝視していたとき、その肌が真っ赤に染まった。その間、何があったかと言うと、その人の手がすっとかすかに触れただけなのだ。ところが激しく擦ったようにみるみる鮮やかに変色したのだ。ぼくには原因がまったく理解できなかった。だが、この明白な表徴は、もはや思い過ごしだとは考えられなかった。自分の凝視がその鮮烈な効果を生み出したのだと信じないわけにはいかなかったのだ。

それ以後、ぼくは自分の能力に確信を抱き、性懲りもなく実験を試みた。そのたびに、相手は明白な反応を示した。肌の一部をひくひくと痙攣させたり、全身をもぞもぞと悶えさせたり、きょろきょろと周囲を見回したり、ほぼ思い通りに操られるのだ。もしそんな反応がないときは、自分の集中力のなさが原因だと考えた。……

——と、まあ、こんな調子だった。その年齢には及びもつかないような淫猥な妄想を描きながら、そのくせまだマスターベーションさえ知らない奇妙な子供がそこに居る。

ようやく彼は、「どうやら俺には特殊な能力がある」とはっきり自覚し、実際にぼくの目の前で何度も披露してみせた。教室でも帰宅途中の道すがらでも、彼が注視すると、とたんに目の前の少女の肢体に明白な変化が現れるのだった。まず、首筋にひくひくという痙攣が起きる。次にたいていその子は何か虫でも触れたかのように気がかりそうに首筋を手で撫でてみる。一度ではなく、何度も何かが触れたというように確認してみるのだ。とうとう我慢しきれなくなったように全身に大きな動揺が生じる。そしてとうとう不安げに振り返る。目の前を歩いているどの女性もおしなべて同様な衝撃を受け、まるで細い針で突かれているような反応を示すのだった。

そんなとき彼は左手をポケットに突っ込んでいたが、あれはきっと興奮した一物を隠蔽する行為だったにちがいない。

ぼくの知っている邦夫は、まあ、こんなところだ。最近はずっと逢っていない。連絡さえなかった。二十歳になった頃から疎遠になった。かつては掛け替えのない友達のように頼っていたが、邦夫はもうぼくを必要としていなくなっていた。ちょっと身勝手だなと言う思いがあるが、さほど恨みがましく感じることもない。他人に反感を抱かせるタイプではない。手を濡らす水のような男だ。これまでぼくが仲立ちしていた世界への通路を見つけたというように如才なく振舞うようになっていたが、本質はさほど変わっているとは思わない。

第四章　密　会

当時の週刊誌には、遺体が裸で、あたかも凌辱されていたかのように伝えているものもある。発見者の次女も、動転した心で、一瞬、そんな印象を抱いてそのように口走っている。だが、これらは明らかな誤報であり誤認である。被害者は着衣したまま惨殺されていた。セーターもスカートもナイフでズタズタに切り刻まれ、血まみれになっていたので、裸体のような印象を与えたにすぎない。

検死の結果、遺体には十数か所の刺傷がみられたが、性器には凌辱された傷の痕跡はなかった。ただ、公表はされず、遺族にだけ内密に知らされた事実がある。実は遺体にはまだ新鮮な精子が残留していたのだ。しかも、それは夫のものではなかった。だが同時に、容疑者のものでもなかったことが判明している。もし被害者の不倫という事実が発覚していたなら、そしてその相手が容疑者でないと知らされたならば、マスコミの報道は本来ならまったく別の局面を迎えるはずだった。判然としない動機の解明や、凶行の凄まじさについて、合理的な説明が加えられる可能性もあったから、盲信していた細野の犯行さえ疑われ、相手探しに狂奔したことだろう。

精子の残留については、容疑者が性行為の対象から外された時点で、捜査上はほとんど問題視されていない。たとえ被害者が事件の数時間か十数時間前に特定されない男性と性交渉をもっていたとしても、殺害との直接の関連はまず考えられなかったからである。遺族を思いやってか、精液の残留の件は公表もされず、裁判でも取り上げられていない。

とはいえ、関係者の間では、情事の方が殺害よりもはるかに衝撃的で、信じがたい事実だったに違いない。殺害は突発的に巻き込まれた不運とも考えられたが、情事は彼女が自ら選択し、ひた隠しにした、周囲の信頼を根こそぎ裏切る行為だったからである。

長女の沙織は、潔癖で生真面目だが、その反面底知れない秘密を隠している印象が拭いきれなかった。次女の留美子にあってはその性癖の奔放さはつとに知れわたっていた。だが、被害者の怜子には、温和で清楚な顔立ちと相俟って、平穏な家庭の貞淑な妻というイメージしかなかった。被害者の思いがけない一面が図らずも暴露されて、家族の胸中にはさぞかし複雑な感情が巡ったことだろう。ただし、この報告は夫にはもたらされたが、夫の胸にひっそりとたたまれ、家族には知らされなかった公算が大きい。

この事件にはいつまでも欺瞞の匂いが消えないが、それは偶然がいくつも重なっていることにも起因している。まず家長と長男が泊まりがけでゴルフに行って不在だった。それから父親の不興を買って滅多に寄り付かない次男の恭二が、珍しく前日から滞在していたが、遅い朝食を終えるとさっさと外出している。やがて伯母が外出し、続いて次女も外出する。しかも、その日訪ねてくるはずだった長女さえもが、まるで事件を予知したかのように直前で訪問を回避している。

もし容疑者と被害者が二人きりにさえならなければ、決して事件は起きなかったと思われるのに、関係者が示し合わせたように現場から遠ざかり、惨劇を手招きしているような偶然が重なっているのだ。たとえすべてが自然な成り行きであったとしても、長女の突然の訪問撤回だけは、いかにも不自然で、故意の変更を推測させる。

次女留美子の供述にもあるように、また夫の証言にもあるように、長女の沙織はその日、久しぶりに実家に立ち寄る予定だったことが分かっている。実際にいったんはそのつもりで外出した。そして明確な理由もないのに急に中止しているのだ。

この点は捜査でも一応は問題視されてはいる。しかし、沙織は、「とりたてて用件があったわけでもないので、思い立ったと同じきまぐれでやめただけ」とこともなげに答えており、実家にも電話でそのように伝えたと言う。

では、そのとき電話を受けたのは、誰だったか。伯母でもなければ次女でもなかった。実はすでに片山家に到着していた邦夫が応対しているのだった。

その点を突かれて邦夫は、「いったいそれが事件とどんな関係があるんです？」と皮肉そうに揶揄しながらも、沙織から電話があった事実を渋々認めている。

「ええ、確かに沙織から電話がありました」

「どうしてそのことを隠していたのか」

「問われもしなかったのでとりたてて触れる必要はないと考えたまでです」

そう主張するが、これはいささか無理な弁解である。なぜなら、時間的には、凶行が突発するまさに直前のことだったからである。したがって犯行の一連の供述に於いて、明らかに故意に回避され、隠蔽されたと考えられる。

そのときの状況について邦夫はあらためて次のように弁明している。

……電話が鳴ったのは、たしか昼食を終えた直後のことでした。

ベルの音は不届きな思惑を咎めるように甲高く鳴り響き、ぼくは慌てて玄関の方へ向かいました。電話は、建築当初のまま玄関とリビングを結ぶ廊下の脇に設置してあって、携帯が普及するまでは「親に恋人との内緒話を聞かれてしまう」と子供たちには不平の種になっていました。

電灯もついていなかったので、廊下は薄暗く、すぐにはどこにあるのかわかりませんでした。それで不意に、つややかな黒塗りの受話器が目についたとき、ひっそりと身構えた猛獣の意気込みを感じさせたものです。玄関のガラス戸が反映のないくっきりとした光の枠を裁断して際立たせ、闇の中に立っているぼくの肢体をいっそう黒く塗りたくるようでした。曇りガラスは不意の来客を予感させながら、戸外の光を美しく阻んでいました。

ベルの鳴っている受話器を見つめながら、応答に出ていいものだろうか少しためらっていたようです。ベルの音はいったん止み、それからまた始まりましたが、実際はずっと継続していたのかも知れません。ようやく受話器を取り上げたとき、その重みが身体のなかに不意にもんどりうってきたように感じられ、とりとめない不安にかられました。ドアの隙間から誰かがこっそり覗いたり、寝室の襖がだしぬけに開くといった予感がちらちらし、何かの気配が妙に生々しく迫るのです。他人の家の電話に出るときは妙な後ろめたさを感じるものですが、そのときぼくは不届きにも留守の間に侵入した泥棒のようでした。

電話は沙織からでした。

「誰?」

と、まず咎めるようなそっけない調子で訊き、すぐに、

「あら、邦夫ちゃん?」と聞きなれた舌足らずな声が耳にもつれました。

「——沙織?」

ぼくは妙に動揺したことを覚えていますが、電話のベルが鳴ったとき、ふと沙織からではないかと予

感していたので、動揺はきっと別のことに関連していたのでしょう。とにかく、沙織の口調には、どうしてぼくがそこにいるのか不思議でしょうがないといった素朴な疑問がありあり感じられ、慌てて何か弁解しなくてはならないと焦せりました。しかし、そんな必要はない筈でした。ぼくはかつて何度もこの家を訪問していましたし、沙織が目当てだという本音を慎重に隠していましたから、沙織がいなくなったからといって、訪問の理由がなくなることはなかった筈でした。

「お母さんは？」

「なにかボランティアの会合だとかで、来たときにはすでに出掛けていて、まだ逢っていないんだ」

「留美子は？」

「友達から呼び出しを受けて慌てて出掛けてしまった」

「あらあら、お客さんを残して、みんな出掛けてしまったというわけ？」

「うん、」

「そう……」

と言いよどみ、怜子さんが訪ねてきていることをすでに聞き知っていたらしく、どうしているの、と聞きました。

「いま、ちょっと居ないんだ」

ぼくはうっかりそう答え、明白な虚偽のために後ろめたく感じましたが、まんざら嘘でもなかったのです。つい先刻、トイレからリビングに戻ったとき、怜子さんの姿が見えなかったからです。実際に庭にでも出ていたのかも知れません。

「今日はなんとなく億劫だから寄らないけれど、明日にでもそっちに行こうかと思うんだけど、邦夫ちゃんはいつ帰るの？」

そう訊いている沙織の舌足らずな声が聞こえていましたが、ぼくに会いたいのか、そうでないのか、ぼくの滞在が沙織には都合が悪いといっているのか、よく分かりませんでした。

「うん、……たぶん今夜は泊まってゆくと思うけれど、わからないな」

ぼくはあいまいに言葉を濁し、そのとき更衣室のガラス戸にリビングから漏れる淡い光がゆらめいたので、怜子さんが戻ってきたことを知り、それを沙織に知らせようかどうか迷いました。

「そう。じゃ会えるかも知れないわね」

「うん、」

ぼくは何か言いたりない気持ちで胸がいっぱいでした。

「それじゃ、そのとき。お母さんには、明日行くからって伝えて頂戴」

「うん、」

沙織の声はいつになく少しそっけなく聞こえました。ぼくは今更ながらに沙織がもう手の届かない所に行ってしまったように感じ、何か言いかけたままわざと黙りこくり、電話の切れるのを判決が下る気持ちで待っていました。無言が続き、それでもなかなか電話は切れません。気の遠くなる猶予が続き、その間ずっと無言の叱責を感じ、そのまま沙織がいつまでも受話器を置かないのではないかと不安になるのでした。

ようやく沙織が受話器を置いたので、ぼくもそうしたのですが、その瞬間、とつぜん周囲の趣きが変わってしまいました。受話器の重みだけが鈍重に残り、壁も床も偽りめいた模型の軽さを貼りつけるのです。ひんやりした床を踏みしめた自分の体にも確かな重量を感じられません。そうした違和感をぼんやり訝りながら、台所に向かって歩いて行きましたが、まだ受話器を手にしているかのように、片手を妙に不自由に感じました。それかあらぬか、指の中から沙織の声が洩れてくるような気がして、何度か腕をもたげてはまじまじと掌を見つめていたものです。……

邦夫の供述は、相変わらず他人事のような、誰かに操られているような行動を匂わせる。その供述からは、二人の特段の親密さは窺えず、むしろ他人行儀な応対が協調されている。それが偽装なのか常日頃のありようなのかの判断もなく、そこから何かを引き出そうという試みもなされていない。仮に沙織の存在が容疑者の心に何らかの影響を与えて事件の突発を招いたとしても、沙織のその日の行動が事件と無関係であることは明白だったからである。

通話記録は十四時十七分から八十四秒である。

犯行の直前の電話は、ごく単純に考えれば、沙織にアリバイを提供する。実際に外から犯行現場に電話したということなら、沙織は現場にはいなかったと証明できる。しかし、固定電話ではなく携帯電話からだったので、「その場にいなかった」という証明にさえならない。二人は死体が横たわっている現場で並んで立ち、顔を見合わせながら電話していたとも考えられなくもないのだ。

つまり電話は、必要もないのに、ただただ沙織のアリバイ工作のために必要だったとも言えるのだ。また、二人の会話の内容は、わざとのように伯母と留美子の不在が強調されていると言えないだろうか。

【片山家長女沙織の夫島崎義男(43)の証言】

短大を卒業した沙織が、二十一歳で私の勤める商事会社に事務員として採用されたときから、私はたちまち夢中になった。部下と上司の関係を弁えない、自分でも慎みがないと思える傾倒ぶりだった。今では気恥ずかしくなるが、入社歓迎パーティでの他愛ない遣り取りから有頂天になり、周囲が呆れるほどの迎合ぶりを演じてしまった。沙織の方でも私に好意を抱いていると自惚れていた。

残業で二人きりになった夜、私たちはとうとう一線を踏み越えてしまった。だが、私たちには大きな障害があった。私にはそのときすでに妻子があったからだ。しかも、その直後まで沙織には故意に内緒にしていたのだ。

やがて抜き差しのならない立場にあることを告白したとき、沙織はホテルのベッドで泣きじゃくり、そのそばでそれまでいくらか浮ついた気分で接していた私は、ベッドの傍らに落ちている下着を見ながら、悄然と肩を落としていた。たまらなく不幸だった。安易な、どこか誇らしい気分は、一瞬のうちに吹き飛んでいた。

今すぐ自宅に駆け込んで、妻に離婚を申し出たいと思い、実際に受話器を手にしたが、三度ベルが鳴ったところで、そばから沙織の手が制した。ひんやりした冷たい手だった。

その夜、私たちは、ゆくゆくは必ず一緒になろうと誓い合い、立ちはだかる障害を一つ一つ辛抱強く取り除いてゆこうと約束した。二人の絆は共有する困難を自覚して更に深まった。

だが、一年余り密会を重ねても、事情はなかなか好転しなかった。そのうち浮気が発覚して、すったもんだしたあげく、妻はいったん離婚を承諾したものの、寸前で約束を翻し、今度はそれまで以上の頑なさで拒否した。高額な慰謝料を私が渋ったことも原因の一つだ。事態は泥沼にはまり込み、家庭はさながら地獄だった。

それからいたずらに三年が経過し、私の辛抱強い懇願によって、過分な慰謝料を担保にようやく妻は離婚を承諾した。妻にはすでに再婚を希望する相手がいたので、娘は私が養育することになった。娘は黙って承諾した。

私は喜び勇んで沙織に報告し、プロポーズした。大きな犠牲を払い、ようやく漕ぎ着けた求婚だったが、予期に反して家族の誰もが好意的には受け止めてくれなかった。のみならず、未だに合点がゆかない気分が続いているが、沙織自身の反応も浮かないものだった。

とにかく、そうして私たちは昨年の秋、結婚したばかりだった。


夫というものは、会社に出勤した後、家で妻がどのように時間を過ごしているか、まず考えてみないものだ。生活というものは、単調で、変化のないものだから、日常の瑣末事に追われているか、怠惰に寝そべっているとばかり思い込んでいる。

しかし、どうやら妻は日中かなり頻繁に外出していたらしい。それが発覚したのは、うかつなことだが、つい最近のことだ。もっとも、結婚当初から、電車で小一時間ということもあって、沙織はよく実家に立ち寄っていた。あの家庭特有の、全員がきょうだいのような、周囲がなかなか溶け込めない独特の雰囲気のある環境に育ったので、結婚後も容易に断ち切れるとは思っていなかったけれども。

あの家では、子供たちは事あるごとに寄り集う。「それに父母が、このところ面倒なことが続いたので、めっきり老け込んで、精神的に滅入っているの」と言っていた。「たまには掃除くらい手伝ってやらないと」

似たような口実が重なったが、不審には思わなかった。ごく稀に泊まってくる場合もあったが、たいていは日帰りだったので、強いて咎める理由もなかった。

ところがある日、たまたま家に電話したとき、妻は不在だった。買物のために外出したのだと思い、二時間後にもう一度電話した。それから更に一時間後電話を入れたが、やはり不在だった。そのとき私の胸にぽっかり空いた深い当惑を想像して貰えるだろうか。

そのときなぜ私はあらためて携帯に電話しなかったのだろうか。これまでの習慣から、妻が外出している時以外は自宅に電話していた。わざわざ携帯に電話すると、不在を確認した上での電話になり、とりたてて用事があったわけではないから、それとなく動向を疑うような意図があるように勘繰られるおそれがあったので控えたのだ。それに、携帯電話は場所を特定しないから、何とでも誤魔化すことができる。それはこれまで自分が何度も体験していたことだった。

帰宅してからも、多少気にかかりながら、私はとうとう問いただせなかった。テーブルの向こうで、枠に閉じ込められた写真のような表情を向けたまま、妻の方も何も言わなかった。電話が目にとまるたびに、かすかな疑念がシャボン玉のように弾ける。しかし、疑念は永く続かない。私は妻をすっかり信頼していたのだ。

それからもしょっちゅう外出しているようだったが、問い質すこともなく黙っていた。真相を知るのが怖かったのかも知れない。ときどきそれとなく探りを入れたが、そのたびにたいてい妻の方からもっともらしい口実が提出された。しかも、たいてい機先を制して、妻の方から外出のもっともらしい弁解を並べるのだった。これでは納得しないわけにはいかない。

しかし、三度電話して不在を確かめたあの日の当惑は続いていた。あの日の外出だけは、どうしても疑念を拭いきれない。そして、それはもう確かめようがない。あれ以来、私は仕事中に何度も電話しようとして、そのたびに断念し、不確かな懸念だけを手繰り寄せた。たとえ電話して不在を確かめたとしても、妻はしかるべき理由を述べるだろうし、動揺を誘ったとしても、最後にはうまく言い含められるに決まっている。見え透いた稚拙な口実であっても、私の方で勇んで飛びついただろうから。

いつの頃からか妻の日記をこっそり盗み見る悪い癖がついていた。

それは、妻が実家に戻っていて、夜遅くになってから、泊まってくると伝言があった時に始まった。しかし、誓って言うが、私は妻を信用していなかったわけではない。むしろ、蠅のようにまつわりつく、まったく根拠のない疑惑を払拭したいとのみ切望していたのだ。

漠然とした意図を抱いて妻の部屋に侵入したとき、全身で事の重大さに気づいた。窓が、ドアが、あらゆる物体が、空間さえもが、いっせいに私を糾弾する。ひっそりと畳まれた下着。化粧品。鏡の中で私がぎょっとした暗い脂ぎった顔つきをして凝視していた。

日記は、隠そうとする意思をまったく感じさせないで、無造作に鏡台の上に置かれていた。まるで私がこうして盗み見ることを承知しているようなしたり顔を見せて。妻が日記をつけていること自体が、私には意外だった。

最初に日記に触れた瞬間のどよめきが忘れられない。初めて性器に触れたときのような、生命の根源的なおののきが擦過したようだった。

とうとう私は踏み越えてしまった。この私が、いつも女性に対して自信たっぷりで不遜でさえある私が、こともあろうに妻の日記をこっそり盗み見るとは。そんな行為をこれまで想像だにしなかった。しかも、そのとき私は自分の卑劣さを十分自覚しながら、自虐気味な気分でページをめくったのだ。

そして、日記は最初の一ページから私の期待を裏切らなかった。

それはおそらく日記を綴るきっかけとなったと思われるある日の出来事から始まっていた。あろうことか、今度の事件の被害者に対するいじらしい嫉妬と容疑者に対する恋情が滲んでいたが、もちろんその当時はこんな事件が起きるとは想像もつかなかったから、女学生のような感傷を蚊に刺されるほどの痛痒も感じずに読み流していた。


【容疑者の従姉島崎沙織(30)の日記】


私はずっと怜子さんに嫉妬していた。……

激しく、それこそ殺してやりたいと思うほど激しく、切なく嫉妬していた。

もちろんKのせいだ。

Kはかつて三度私にプロポーズした。最初は、私がまだ二十三歳のときで、二度目は、私がお見合いをした二十八のときだ。三度目はつい三カ月前、つまり私が結婚した直後のことだった。そして、二度はその舌の乾かないうちに撤回し、三度目だけは未だに保留している。

最初はまだ学生の身分だったし、ちょうど入院したばかりだったので、わけのわからない不安がつい口走らせたものだと弁護できる。二度目の求婚も、とつぜん見合いを告白された驚きがつい漏らしたつぶやきと諦めることができる。しかし、三度目は不届き至極な仕業で、悪意に満ちたものだと考えざるを得ない。

そういうわけで、私は三度裏切られたのだが、この数年間ずっと裏切られ続けていたと言えなくもない。Kが私のことをずっと慕っていたというのは真っ赤な嘘だ。Kはいつも適当に遊んでいた。すぐに恋愛に陥るのだ。そのたびに慎みなく溺れる。その相手は私の代理でしかないと言っていたが、とんでもない大嘘だ。そして、今、Kが愛しているのは、私ではなく、怜子さんだと確信している。それは三年前の出来事ですでに実証済だ。

あれは、兄と怜子さんが結婚した翌年の正月のことだった。めでたい家族団欒のさなかに、Kが示し合せたようにやって来た。いつもの通りぶらりとやってきたのだ。私はわざと兄の結婚式を話題にし、アルバムを手にしてKがどんな反応を示すか意地悪く眺めていた。Kはしばらくわざと無関心を装っていたが、やはり気になったのか、私のそばから覗き込むようにして眺めていた。

怜子さんの得意げな笑顔は華やかな花嫁衣装を粗末に感じさせるほどだった。Kはこれといった感想も述べなかった。私がしきりに怜子さんの美しさを褒め称えているのを、確かに聞いているのに、そ知らぬ横顔を見せていた。私の賞賛はいささか入念に繰り返されすぎたが、Kの無関心ぶりも徹底しすぎた。そのとき、母はたまたま居合わせた次男と顔を付き合わせるようにして話し込んでいた。物憂そうに交わした会話の切れ端がふと注意を引いた。

「……ああいう人だから、」

そうつぶやく母の横顔には穏やかな憂いが偲ばれ、すぐに怜子さんの話題だと分かった。話の前後の脈絡は分からない。でも母の口調には、うまくいっている二人の生活にただ一つ気掛かりなことがあるとすれば、非難するほどのことではないのだけれど、怜子さんの一風変わった性向で、……息子はさほど気にかけているようには見えないが、私にはちょっと理解できないところもあるといった懸念が窺えた。

また、母はこうも続けた。

「なにしろ一日中自分の部屋に閉じこもってばかりいて……」と。

私はそのときすべてを理解した。いや、とうに理解していたというべきだ。怜子さんは日常生活に差し障りのない如才なさを備えているし、順応性もあるが、誰にも触れられない心の奥底に、光の無為、或いはこぼれたミルクの輝かしい無碍とでも表現したいような空虚をひそませている。母にはそうした性質が理解できないのだ。私にもあまり理解できない。

ところが逆に、Kにはそんな怜子さんをあっさり理解しているような共感が窺えたのだ。無意味めいた、孤独を互いに嗅ぎつけた共謀めいた馴れ合いこそが、二人を結びつけていた。

新婚夫婦を取り囲んで賑わっている家族の中で、Kだけがぽつんと取り残されたように控え、所在なさを装いながら私の膝の上で開いたアルバムを取り上げ、矩形の枠に無言のまま閉じ込められている花嫁の姿を見ていた。

「どうしているんだ。まだ定職にもつかないんだって?」

長兄が弟をたしなめている最中だった。

「だったらどうだ、俺のやっている印刷会社で働かないか」

「え?」

「なに、気楽なものだよ。なんなら俺の家に寝泊まりすればいい」

その言葉に気を囚われたのはたぶん私だけだったに違いない。それほど兄の口調は屈託ない自然な調子だった。でも、結婚ほやほやの夫婦の家に、弟とはいえ寝泊りさせようとする兄の気持ちが理解できない。もちろん次兄は少し性急すぎる調子であっさり断っていた。

私は後ろめたく動揺し、思わず怜子さんを見た。そのとき怜子さんはほとんど無表情のままで身体をよじって次女と話し込んでいたので、まるで長兄にそっぽを向いているように見えた。もっとも次女との会話は困惑ぎみで、なんとなく取って付けたような浮かない顔つきをしていたから、兄同士の会話を注意深く窺っているというふうにも見えなくはなかったけれども。

「じゃ、その気になったらすぐに連絡をくれよ」

そう言い残すと、仕事の約束でもあったのだろう、長兄は立ちあがって壁に掛けてあった背広の袖を通した。そのそそくさとした態度と、追随しないで残った怜子さんの無関心そうな顔つきを見て、私はなんとなく二人の間がうまくいっていないように感じたのだった。

私がそうした思いがけない、だが予感してもいた二人の間柄をあれこれ詮索している間に、洋装で来ていた怜子さんに次女の留美子が、「せっかくだから着物を着たら」と勧めていた。母が怜子さんのために誂えたもののようだった。

「きっと似合うと思うな」

留美子がさかんにそう勧め、そのとき私は素直な好意からだとは思えず、私に対する何か皮肉めいた意地悪な刺が含まれているように感じたものだった。私は洋装だったたし、いつか着物を着てさんざんけなされたことがあるからだ。「やっぱり和服は豊満な人の方が似合うわね」

怜子さんはしばらく遠慮していたが、そのうち二人は隣の寝室に姿を消し、襖越しに抑制された二人の話声が聞こえていた。ところが、着付けを手伝った留美子は帯をうまく結べないらしく、甘えた、少し舌っ足らずな声で母を呼んだ。あいにく母はそのとき台所に立っていて、手が放せなかった。

襖が少し開いて、「ねえ、お母さん、ちょっと」といつもの奇妙に甘えた声で留美子が催促したが、母が億劫がってすぐには返事をしなかった。そのとき意外な声が、「じゃ、結んであげようか」と口をはさんだ。

「あら。Kちゃん、帯が結べるの？」と、留美子がすかさずすっ頓狂な声をあげていた。

「以前に勤めていたクラブで和服をまとうホステスの世話をしていたから、帯を結ぶくらいはお手のものなんだ」とKは答えた。

みんなは納得し、だったら結んであげたらとしきりに勧め、Kはみんなに囃し立てられるようにして寝室に入って行った。怜子さんがちらっと顔をあげて私を見たが、何も言わなかった。

Kが寝室に入ると、とたんに空気が濃密になった。Kは留美子から帯を受け取って怜子さんの背後に立ち、怜子さんは少し俯き加減にして慎ましく控えていた。Kの促す声にゆっくり回転して、Kと向かい合った。Kの顔にはびっくりした動揺が窺え、慌てて視線を落とすのが分かった。すると、そこにふっくらとした乳房のふくらみが輝いていたので、まるで豊満な乳房を見据えたように思えた。それからまた怜子さんの肢体がくるりと回転して、つれなく背中を向けた。そのときKの表情に、はっとする羽ばたきが窺えた。

しばらくその理由が分からなかった。怜子さんのうなじのほぼ真ん中には、小豆ほどの大きさの黒子があるが、それとそっくり同じ位置に同じように盛り上がった黒子のある女性を知っていたという偶然の一致に触れたような驚きだった。Kの視線はそれを凝視し、やや屈み加減になった姿勢はその唇を触れそうに接近させ、今にもくわえそうな危うさを感じさせた。

その寸前に回避して、Kはすっかり心乱れて口調で、「あれ、結び方を忘れちゃったな、」と言い訳しつつ、わざと帯を結んだり解いたりしていた。すると誰かが、「あまり上手じゃないな」と批評したものだから、なおさらしどろもどろになり、実際に帯の結び方を忘れてしまったように羞じらっていた。その間、怜子さんは一言も口を挟まないでいた。Ｋの手間取った所作に少しも焦れることなく、黙って慎ましく立っていたのだ。Ｋは、モデルのように従順にしている怜子さんを、そのまま帯を結び切らないで、ずっとその場に立たせておきたい、中途半端に結ばれた帯のように抱きすくめてどこか遠くへ運び去りたいとひたすら切望しているようでもあった。そして、そのそばに立つ優美な怜子さんの肢体は、ほのかに羞らった裸体で、ひらひらと舞う白い清楚な花びらをやわらかく手懐けているように見えるのだった。

みんなの前で堂々と披露した二人の狎れ合いめいた態度を私は決して忘れない。和服をまとうのを手伝うときの手つきは、深い関係のある者同士でなければできないような馴れ馴れしさがあった。また、それに呼応する豊満な裸体からは、嬉々と弾むような膨張と歪みがありありと映っていた。

あの光景が忘れられない。わたしがＫに裏切られたと感じた最初の経験だった。

その日から、私は少し欲張りになった。口調にも態度にも、これまでだったら控えていた媚態や催促が加わった。ところが、どんな難題を出しても、どんな無理を通そうとしても、いっこうに手応えがないのだ。Ｋはすべてを脱脂綿のように吸収した。……

こういった文章が長々と綴られていたわけだ。正直に言うなら、私は非常に緊張していたが、それは日記を盗み見る行為に脅かされていたからで、綴られた内容自体には取り立てて心を乱されてはいなかった。新聞記事でも読むように眺めていた。むしろ拍子抜けしたというのが当たっている。もっとあからさまな秘密が暴露されていると予期していたのだ。心の裏切り。そんなものは日常のふとした間隙をぬって誰の心にも挿すものだ。

そういうわけで、日記を見たことで、むしろ私はこれまで以上に妻を信じ切ってしまった。妻の策略にうかうかと乗ってしまったということなのか？

それからというもの、ときどき悪い癖が出て、妻の寝室にこっそり侵入したが、ドアを開けて忍び込む行為そのものに抑えがたい衝動を感じていたのであって、日記への興味はもう薄れていた。内容はほとんど変わらなかった。他愛ない心のゆらめきにすぎなかった。

思春期のような幼い恋情が連綿とつづられているのを読みながら、私はあっさりタカをくってしまった。あからさまな心情の吐露はかえって私には眉唾に感じられたのである。「きっと二人はまだキスさえ交わしていないに違いない」と思った。これは多少恋愛経験のある男の勘である。

ところが、今回の事件である。今あらためて思い出したが、日記に綴られていたのはKという男に関連することばかりだった。

K——それは、まぎれもなく今度の事件の容疑者とされている細野邦夫のことに違いない。

そこで、これまで何の変哲もなかった日記が、俄然、意味ありげに彩られた。事件とは無関係だったと思われた妻の関与さえ、にわかに浮上してきた。なにしろ日記は、冒頭に表白されていたように妻の被害者に対する激しい嫉妬に刺激されて始められたものだからだ。

さすがに今度の事件は衝撃的だった。よもや妻が事件に直接関与しているとは思わないが、気掛かりなのは、犯行時のアリバイがないことだ。妻はその日外出していた。たしか実家に寄り、泊まってくるかも知れないと言い残していた。だが、途中で気が変わって帰宅したと言い、その日の夕方には、私たちは一緒にイタリアンレストランで食事している。娘も一緒だった。妻の表情にも態度にも、異変を疑わせるような変化は見られなかった。いつも通りだった。

ただ、犯行時刻は、そのずっと以前のことだ。その時刻に妻は何処にいたのか明確ではない。あの日、妻は実家を訪ねていたのだろうか。だとすれば、それは凶行の後だったのだろうか。いや、いや、妻は犯行時刻には実家に居なかったと思われる。どこかで誰かと密会していたというなら、もっとたやすく信じられた。私は妻が事件に関与していないという事実だけを確認したかった。当夜、私は何の疑念も感じず、自宅訪問の撤回についてまったく触れることができなかった。今さら持ち出すわけにもいかない。

そのとき妻はどこで何をしていたのか。そもそも訪問は予定されていなかったのか。それとも、行くつもりだったが、言訳したように、途中で止めたというのが真相なのだろうか。私の頭の中に疑念が堂々巡りしていた。

それに、食事中に、娘が何気なく指摘した言葉が、今になってひどく気になる。

「あら、お母さん、どうしたの、その傷……」

「ああ、これ?」

妻は左手をかるく持ち上げ、包帯を巻いた手首を少しひねって見せた。

「いつもの原因不明の痒みよ。眠っている間に猛烈に引っ掻いたらしいの」

妻がときおり全身を襲う痛痒に悩まされていることは私も知っていた。軽く引っ掻いただけでも、たちまち紅斑が浮き、無残な症状をきたす。そうなると手も付けられないような痒みが増幅されるらしい。

氷で冷やしたり、きつく包帯で巻いたり、取って付けたような処置を施していた。もともと肌が異様にひ弱だった。

その時の妻の表情は明るかったが、包帯を巻くほど傷つけた手首が気にならない方がおかしい。なぜあのとき私はもっと突っ込んで問い質さなかったのだろうか。事件が事件だけに、今頃になってひどく胸騒ぎがする。

いずれにしろ、日記は、当然、事件当日のことにも触れているに違いない。私は日記を見たいという衝動を抑えられなかったが、なかなか機会がなかった。

ようやく三日後に、事件のショックで入院していた母親の容態が悪化したとかで、妻があたふたと外出したとき、その機会が訪れた。私は一目散に二階に駆けあがり、日記を手にした。以前に盗み見た箇所を飛ばしてページをめくったが、事件当日の記述はなく、事件の一週間前の記述が最後だった。

【容疑者の従姉島崎沙織(30)の日記】

《二月六日》

……夢の中で私はKの視線を浴びながら他の男に抱かれていた。私は見つめられて物体になっている。投げやりな気分ではなく、静謐な心で物になりきり、不特定の男たちに翻弄されることを受容したとき、私は意想外な自由を得ることができた。……

もう何も私を束縛できない。私は一目散に走る。

いつものように目覚まし時計の鳴る数分前に、ふっと目覚めた。夢の羽ばたきの衝撃も、その甘美な余韻もない、ごく静かな目覚めだった。私は目を開いたまま、そこがどこか見当もつかないというような当惑をわざと長引かせていた。落丁した本の一ページのように、昨日から唐突に切り離され、まだ今日を手繰り寄せないでいる目覚め。そこから、やがて不意に鳴り響く時計に催促されるまでの合間が、私にとって最も至福の時間だ。

息をこらして注意深くあたりを窺うなら、飛び出した耳やふくらんだ頬から、疎外された当惑が始まる。そのまま身じろぎしないで温もりに身を委ねているなら、裏切りは足の爪の剥がれかけた濃紅のペディキュアから始まる。

私は口紅もマニキュアもごく淡い色のものしか使用しない。それは、夫が素顔を好み、化粧に使う原色のあくどい色調を嫌っているからだ。したがって、もっとも目立たない部位にこっそり塗った、決して私の趣味に合っているとも思われない赤いペディキュアは、ただそれだけで、相応の意味合いがあると言っていい。夫はこれに気づいているのだろうか。たとえ気づいたとしても、とりたてて非難するまでもないと放任するだろう。私の意図からもっとも遠い所にある、この小さな裏切り。それは夫の目を逃れるというより、私自身の心の検閲を逃れる必要があったと言えるかも知れない。

赤いペディキュアと同色の口紅もある。それは夫と結婚してから購入したものではない。Kから贈られたものだ。いや、贈られたというのは、私の勝手な判断だ。それは、ある合図のために使用を義務づけられた代物なのだから。夫の前では決して見せない濃紅の口紅はときどき使用される。深夜の鏡の中と、指示された外出の際に。

小さな裏切りの色に導かれるように両足をすっと伸ばした。窓にとろける光。白いカバーシーツに震えるさざなみ。私は今朝もまた、こっそり自慰に耽っていた。小刻みに指を滑らせ、声を押し殺して、じっとその瞬間を待っていた。ところが、生憎なことに、オーガズムに達する寸前に、目覚まし時計のベルがけたたましく鳴り響いた。冷水を浴びせられたような興ざめ。いまいましいったら、ありゃしない。急いでベルを解除しようと起こした体から、ちりちりと焦げた髪の毛のような愉楽の悶えが逃れてゆく。腹立たしい気分のまま、隣のベッドに寝ている夫を眺めた。ぐっと顔をのけ反らせた、不精髭の目立つ寝顔。生真面目そうな鼻孔から鼻毛が一本長く覗いていた。

私はまだ力の入らない指の間に、昨夜の夫との情事を反芻している。夫にはもちろん内緒だが、私は夫とのセックスでまだオーガズムを経験したことがない。夫の性戯には先妻とのセックスの癖が明らかに残っている。そのぞんざいで、なおざりな仕種から、きっと過剰なくらい敏感な人だったのだろうと想像するしかない。

夫は自分の欲望の発露にしか関心がないのだろう、はるか遠くを眺め、やみくもな焦慮を繰り返すだけだ。そして、その場限りでは満足しているような顔つきだ。私はもちろんそれらしい演技を欠かさないので、取り残されている私の困惑に夫は気づいていない。

もちろん昨夜も避妊した。結婚以来ずっとそうだ。これは夫の要望だが、私にも強いて反対するほどの希望もない。夫にはすでに子供が二人居る。長男は先妻が育て、長女は夫が引き取っている。

起床。私は一足先にベッドを抜け出すと、着替え、まだ眠っている夫を気づかってそっとドアを閉める。毎日繰り返されるその仕種の最中に、ふと私は、握りしめた真鍮のドアのノブの大きさの虚偽を持て余す。

やがて長女が起きてきて、シャワーを浴びる。朝のシャワーなんて、私の年代の者には信じられない習慣だ。現代の子供たちは、臭いに恐ろしく過敏になっている。何もかも平均化し、他人と区別する手立ては臭いくらいしか残っていないのかも知れない。

その頃に夫も起きてくる。いつもの朝の情景が始まる。夫も長女もトーストとハムエッグで済ます。好物のマーマレイドの欺瞞を塗りたくって。トースターからぽんと飛び出した焦げたパンのような顔つきを向けて、夫が何か言った。私はうっかり聞きそびれ、「え？」と言った顔つきで振り返ったが、夫はもう無関心にテレビの画像に見入っている。

閉じた口のなかで咀嚼する音が聞こえてくる。夫と先妻の娘と私三人だけの、ほとんど会話のない食卓。私は食パンをくわえかけながら、ぼんやり顔を上げ、まだ真新しいシステムキッチンを眺めながら、新築された家の二十年という気の遠くなるようなローンの年月を思い巡らせた。

父娘の間では、以前から約束していた週末のスキーの話題が交わされていた。二人とも嬉しそうに笑っているが、実を言うと、長女はあまり気が進まないのだ。「二人水入らずで行ってきたら。わたしは遠慮するわ」と言いたげな目でときおり私の方を盗み見する。

この子はどうも苦手だ。

この子は父親を愛している。父親が永い間浮気していて、とうとう母親を追い出して、私を迎えたのだ。この子がこの異常な事態をどんなふうに受け止め、どのように自分に言い含めたのだろう。実母を追い出して後釜に座った私の存在をどう思っているのか、私たちの結婚をどう感じたのか、実際に一緒に生活していてどう感じているのか、その何食わぬ顔つきからでは見当もつかない。

私の立場を理解し、何かと気を遣ってくれはする。結婚したその日から、「お母さん」と呼んでくれ、かえって戸惑った。私はもっとありふれた冷淡な態度で接して欲しいと思っている。むしろ刺々しい厭味な態度で歯向かってくれた方がどんなに気楽か知れない。私があの子の母親を追い出したのだから、敵意を感じても不思議はないし、私はそのことを覚悟して結婚したのだ。

私はできるかぎり屈託のない態度で接してきたつもりだ。あの子を理解したいし、その誠実な気持ちはあの子も理解していると思っていた。ところが、どんなに正直に接しても、まるっきり手応えというものがない。敵意も寛容もなく、ただただ無関心なのだ。もしそれが演技だとすれば、感服するしかない。この子にはいつも敵わないと感じていたし、今朝もやはり同じように実感した。まだ十八歳。私とは一回りしか違わない。もし私の娘だというなら、私の十二歳のときの子供だということになる。ときどきそんなことを考えて可笑しくなる。

「完敗だわ。あなたにはとてもかなわない」

と、いつか正直に打ち明けたときも、この子は慈しむような穏やかな微笑を向けているだけだった。まだ十八歳だ。もっと無分別で、頑固で、粗暴で、冷淡であってくれたならと思う。少しおとなしすぎる。穏やかで、物分かりがよく、何ひとつ欠点がない。

それに、とっても奇麗だ。私がこの子の友達だったなら無条件に憧憬していたと思われるような美しさで、回りの男の子たちがさぞかしうるさいことだろう。だが、そのおだやかな美しい表情を見つめているとき、何か底知れない恐れを感じるときがある。その表情には上っ面な感情しかないのだ。いつも同じ表情だ。哀しみやよろこびといったものが、この子の表情には浮かんでいない。失礼な言い方になるが、どこか白痴めいた美しさだと思ったことがある。

それに最近どうも様子が変だ。私の勘なのだが、どうも恋人が居るような気がする。それもその年齢には不相応な、かなり深刻な間柄のような。もっともこのことはまだ夫には話してはいない。これといった明白な根拠があるわけではないし、また微妙な年頃だ。ただこの子はしっかりしているから、たとえ想像するような好ましくない関係だとしても、きっとうまく対処してゆくと思う。たとえヤクザの情夫になってもうまく処するだろう。

夫と長女を送り出すのは、たいてい八時すぎ。夫は大手の広告代理店に勤めており、この秋、ようやく課長に昇進したばかりだ。娘は都内の私立の高校に通い、今春卒業の予定だ。夫は短大に進むよう希望しているが、娘の方はあまり気乗りなさそうで、もうすでに何処かの会社の面接も内緒で受けているようだ。

私が外出したのは朝食の二時間後だった。

いつものように電車で新宿まで出て、駅の裏手のこぢんまりした喫茶『フローラ』に入る。店内にはまだ客は二人しか居なかった。私はお気に入りの窓際の席に座る。

やがて太ったウェイターがゆったりした動きで近づいてきて、グラスに入った冷水を差し出した。その大儀そうな仕種を、私はまるで逃れることのできないゆるい紐の絡まる拘束のように感じながら見ている。紅茶の注文を受けてウェイターが遠ざかり、私はテーブルの上に残された冷水を眺める。不動のグラスの中で、光を浮かべた水が繊細にふるえ、ろどんな顔つきをして氷をなめている。それは私の中に当惑したように浮かび、いつのまにか私は透明のグラスの中に浮かんでいる。

その喫茶は､月に一度くらいの頻度で利用している。そのときには必ずボッティチェルリの画集を持参する。とりわけ気に入っているテンペラの『春』を見開きにして、紅茶の芳しい香りを嗅ぎながらゆっくりと寛いでいると、眼前に拡がる、繊細で華麗な、装飾的な幻想に漂いながら、私はあっさり日常から遊離する。驚いた唇から花びらが舞い、ニンフから女神に変身する象徴的な図柄が、私はとても好きだ。私には特に意味深いと言ったら良いのか。私はいつまでも飽きることなくその図柄に漫然と目を注いでいる。注意深い放心の姿勢で。その変身とはちょうど逆の変身に、限りない憧憬と畏怖をないまぜにしながら。落ちつきはらった姿勢にまとった華やかな衣装が、不意にはぎ取られる。恐れおののいた裸体には、しかし、ややもすると、捕らえたゼフェロスの予期しない媚態がうねっている。風が吹いてきた。木々が梢をふるわせている。……しっとりした黄色い花粉のような共謀に身を染めて。

いる。手を差し伸ばす影がゆっくりと近づいてくる。私は恐れながらひたすら待って

売春。

月に一二度、私はKの手引きで見知らぬ男を相手にしている。結婚以来この悪習が続いている。それは結婚直後から始まったが、なぜその時期にKが強制したのか、深く考えてみたことはないが、私なりに理解しているような気分でいる。黄色いしっとりした花粉の共謀だ。

主人がこの事実を知ったなら、どんなに驚愕することだろう。自分では女性を人形のように弄び、恋愛をゲームぐらいにしか思っていないのに、相手が余所で他の男に抱かれていることは想像さえできない男なのだから。

しかも、私はセックスの場面を、このすべてを仕組んだKによって、隣室からこっそり覗かれているのだった。このことが私を、現実にベッドの上で抱き合っている男の存在を忘れさせてきた。もしKの鋭い視線が裸体に鋭く突き刺さっていなければ、見知らぬ男とのセックスは、たちまち穢らしい、我慢のできないものになったことだろう。

それからどれほどの時間が経過しただろう。小突かれたような衝撃を受けて、びっくりして顔を上げると、見知らぬ顔をした男がすぐ間近に立っていた。私を凝視している。私はとっさに立ち上がっていた。

……

——何だ？　これは？

売春とは！

そんな莫迦な！　これはたわごとか？

その目的は何だ？　私へのあてつけか。二人の緊張を保つための刺激か。それとも実利か。

私はまるでエアースポットに入ったように動転していた。あらゆることを一緒くたに考え、そのくせ何一つ明確な思惟を結べない。ここに書かれたことごとくが、事実だというのか？

よもやそんなことがあってたまるか。頭の中にネズミが駆けずり回っているようだった。私には到底信じられないし、また今となっては信じたくもなかった。いや、絶対、信じるものか！

そもそも私は妻の秘密を暴くために日記を盗み見したのだった。そして、今回初めてその目的に達した。そこには、驚天動地するのに充分な、予期していた以上の妻の行状が、ふんだんに、しかも克明に書かれていた。いたずらな空想が描いた絵空事なのか？

これまでの目に触れた文章は、私や子供に対する嘘偽りのない心情だった。心の中の裏切りだから、とやかく言えない。しかし、今回発見した意志に従った行動は、家庭を根底から覆す決定的な裏切り行為だった。私はとてもそれ以上読む気がしなくなって、いったんは、慌てて日記を閉じた。

私は妻の行状をあらいざらい暴きたて、糾弾することをひたすら望んで、その確かな証拠を今見つけたというのに、今度は躍起になってそれを否定しようとするのだった。ここに書かれたことはすべて虚偽だ。こんなことがあってたまるものか。もしそうなら、私にも、多少はそうした気配を予感できた筈だ。一緒に暮らしていたのだから。毎夜のように抱き合っていたのだから。

だが、否定すればするほど疑惑はまつわりついてくる。それでも、まだ私はひそかに期待していた。

私は、疑いがぬぐい難いほど濃厚になった後でも、妻のちょっとした浮気めいた行動に発揮された、肝心な所でひょいと身を交わすあの手軽な身のこなしを考えていたのだった。

これは、きっと妻のいたずらな妄想を綴ったものにすぎないのだろう。あるいは日記を盗み見る私をからかっているのだ。しかし、一方で、ここに書かれた記述はすべて事実のようにも思えるというジレンマが私を苦しめる。いっそ、どれかに決着すれば、私はもっと気楽になれる。最悪の事態でも、揺るがない確信さえ掴めれば、どうにか落ち着けるのだ。いや、私はもはや、信じる気力も、疑う気力もなくなっている。私にはもう妻のことがいっさい分からなくなった。同時に、自分のことさえ分からなくなった気分だ。

日記はそこで中断され、それ以降の記述はなかった。事件が習慣を断ち切ったのだと思った。だが、そうではなかった。注意深く見ると、数ページ切り取られたぎざぎざの痕が見つかった。三ページ分だ。きっと事件当日のものに違いない。

したがって私がもっとも懸念していた妻の事件への関与は確認できなかったが、故意に剥がされた事実がかえって疑惑を募らせた。すると、やはり妻は事件に巻き込まれたのだ。あの日、妻は予定した訪問を取りやめたと告げ、私たち親子はそろってレストランに行った。事件の急報を受けたのはその席だった。だが、実際は、その前に妻は実家に行っているのだ。まさに犯行時間の前後に。いったい妻は事件とどんな風に関わったのか！

とにかく、後は妻の反論を聞いてくれ！

【容疑者の母親細野セツ(54)の証言】

魔がさしたのです。そうとしか考えられません。

しかし、あの子をあんなふうに育てた責任はひとえに私にあります。幼少の頃、仕事にかまけて十分面倒をみてやれなかったことが原因です。あの子はとうに、私たち夫婦の手の届かない所に行ってしまっていました。六才のときすでにしてそうでした。十二才のときには、父親も私もすっかり軽蔑しきって、口にこそしませんでしたが、態度にはいつもあからさまな侮蔑が表れていました。

家に居てもほとんど口もきかず、部屋に閉じこもりっぱなしで、いったい何を考えているのかさっぱり分からない子でした。何を言っても生返事ばかりで、私たち夫婦はすっかり手を焼いていました。それでも、学業の成績は申し分ありませんでしたし、おとなしく、気立てがよく、周囲にはとても評判が良かったのです。

でも私は、何がどうのというのではないのですが、ときおり空恐ろしい不安に包まれることがあったので、とても心配していました。ほんの稀に、どうかした拍子に、鳳仙花みたいに爆ぜる憤怒があの子を襲うのです。突発性の、およそ根拠のない、理解しがたい爆発でした。

息子の不祥事のために二度学校に呼び出されています。

最初は、まだ中二の頃でした。なんと、同級生の少女の手の甲に鉛筆を突き立てたのだそうです。芯が折れ、少女の甲に僅かな傷が残った程度のもので、被害者からの訴えはなかったのですが、その光景を目撃した教師には見逃せない凶行に感じられたそうです。それは、事情を聞いても容易に納得できない、前触れもなく不意に表出した、すさまじい憤怒だったようです。あの子はそのとき級長で、相手は学校を休みがちで勉学に遅れを取っていたために、教師の指示で補習を義務づけられていた最中の出来事でした。

謝罪に出向いて、少女に会ったとたん、わたしはとても悲しくなりました。息子の凶行の理由を即座に合点したからでした。少女は、学校にほど近い、橋のそばの廃品回収業を営む貧しい家の長女でした。風呂にもろくに入れないのか、乱れた髪はぼさぼさでした。何よりも、片目は眇《すがめ》で、片頬がいびつに突きでている容貌の醜悪さが際立っていました。まさにそれがあの子の爆発を呼んだのです。そして、それは、他ならないわたしの容貌の特徴でもあったのです。

二度目は、高三の、周囲が受験勉強に精を出していた頃で、同級生の市の名士の息子が、いきなり殴打されて前歯を折ったそうで、これには高額な賠償金を請求されました。友達の証言では、相手に何か冗談めかしてからかわれたことが原因だそうです。あの子は有無を言わさずだしぬけに襲撃し、相手は何の抵抗できなかったようです。腕力に自信のない息子には不意打ちだけが唯一の効果的な武器だったのでしょう。それまであの子は喧嘩なんかしたことなどありません。冷静に考えれば、臆病で意気地なしのあの子が喧嘩に勝てるはずがありません。それはあの子にも十分分かっていたはずです。

私が恐れたのは、理性も判断力も根こそぎ奪われるあの子の突発的な憤怒でした。確かにそうした資質は昔からあって、私自身面と向かって恐ろしい剣幕で怒鳴り散らされたことが何度かあります。そして、直後にこちらが哀れになるほど落ち込んでいました。私にはそのいずれの反応もよく理解できなかったのです。それはせいぜい年に一、二度のことでしかないのですが、私には年中そうだったように思いこまされるように、理解し難い激情に顔面を膨らませた息子とそのそばでおろおろしながらなすすべもなく手をこまねいている情景が、私とあの子の唯一の関係だった気がするほどです。

とにかく、学校でそんな不祥事が続いたせいもあって、私たち夫婦はあの子を腫れ物にでも触るように扱ってきました。甘やかせすぎました。

その原因は、私自身が一番よく知っています。私には確かによそよそしい余計な遠慮がありました。あの子は私が自分の腹を痛めた子ではなかったからです。

終戦後、夫は東京で易者や役者で食いつないでいた時期があったようです。敗戦の衝撃がよほどこたえたようで、生きる気力を失ったように怠惰に過ごし、実家にも連絡一つありませんでした。あの子はそのとき付き合っていた女性との間に生まれた子供だとの触れ込みでした。家の窮状を知った親類縁者の強引な強制で故郷に戻った男は、生後間もない子供を引き連れていて、近所に住む誰も貰い手のない醜い私と強引に引き合わされたのです。私はもっぱら子守女として嫁がされたのでした。

邦夫の出生についての詳しい説明はありませんでした。でも、私は何もかも承知の上で結婚したのです。私には選択の余地などありませんでした。そんな時代でした。それに私は自分の醜悪な容貌に劣等感を抱き、人前に出るのさえ恐れるほど引っ込み思案な生娘でした。そういうわけで一緒になったときには、すでに私たちの間には人には明かせない女性の子供が居たのです。もっともすぐに私も妊娠しました。

永い間ずうっと私は勘違いしていました。母親というものは、息子の愛情をつゆほども疑わないものです。誰しもわが子を自分の身体の一部のように感じ、いつでも自分の身を犠牲にできるほど溺愛しているものです。また、わが子の方でも同じような愛情にあふれていると疑ってもみません。ですが、息子は違いました。あの子の私への愛情は気兼ねと同情でしかなかったのです。あの子が愛していたのは父親だけです。父親に対しても馴染もうとはせず、そっけなく装っていましたが、それはみな演技でした。子供ながらに公平を保とうとする律儀な義務感でしかなかったのでした。実際は、あの子の心は父親に対するあふれんばかりの愛情でむせかえっていたのでした。

あの子は自分の出生の秘密を知っていたのでしょうか。


やがて故郷を出て東京の大学に進学したときは、授業料の身に余る負担を嘆くよりも、ほっとしていました。自分ではどんなに分け隔てなく育てたつもりでも、娘と違って別の感情がしこりとして残っています。私は厄介払いをしたように心底安堵していたのです。

邦夫の都会での生活は、かつて都会で暮らした父親の消息が不明であったように、私にはまったく見当もつきません。滅多に電話も寄越さないし、何を訊いても私なんかにはろくすっぽ答えてはくれませんでした。大学は中途で退学しました。そのときも父親が慌てて上京して説得しましたが、怒鳴られてすごすご退散しています。あの子はいつのまにか暴君になっていたのです。家庭内だけで君臨する暴君です。

退学については私は面と向かって反対はしませんでした。仕送りも大変でしたし。

それからは職を転々としていたようですが、まあなんとか暮らしているようなので心配はしていませんでした。それに、東京には姉がいますし、なにかと気に掛けてくれていましたから。

あの子も姉が大好きでした。ひとえに姉が美人だったからで、私への面当てのように美人には目がないのです。姉も昔からなぜかあの子が気に入っていて、帰郷したときにはまるで恋人にでも逢うような笑顔でやってきたものです。私よりも七歳も年上なのに。

いつだったか、家に勢いよく駆けこむやいなや、「邦夫ちゃん、帰っているんだって?」と若やいだ声で叫びながら、勝手知ったる我が家のようにあの子の部屋へ飛び込んでゆきました。

「あら、あら、まだ眠っているの。呆れた、もうお昼よ」

その声にはとろんとした卵の黄身の媚態さえ窺え、私は一瞬ですが眉を顰めました。その後ろ姿を遠くから眺めていたのですが、姉は両手を胸の前に交錯させ、ふっくらしたなで肩をすくめながら、まだ布団にもぐりこんでいるあの子を見下ろしていました。

やがてすくめた肩をぶるっと震わせながら、「ああ、寒い」と言い、いったん間をおいて、「あったかそうね。私も入っちゃおう」と言いざま、屈んで布団をめくると傍らに滑り込んだものでした。私はびっくりして、慌てて庭に逃げ出しましたが、羞恥やら怒りやらで頭の中は混乱していました。

せっかくだから昼食はうちでもてなそうということになり、姉も手伝ってくれたのですが、ときおり一人でほくそ笑んでおり、妙にうきうきとした身振りになるのです。とうとう堪えきれなくなったように打ち明けました、「邦夫ちゃんたら、もう大人ね。さっき寒かったので布団に入ったら、体に変なものが当たるのよ。何かと思ったら、……」

そのときのあの得意げな微笑は忘れられません。私は抑えきれない憎悪を感じ、その白いふっくらした優美な横顔を睨みつけていました。そのつもりでした。ところが、ガラスに映った私は醜く歪んだ顔に似合わしからぬ愛想笑いを浮かべて斜視に姉を見上げているのでした。

私は逃げるようにその場を離れ、作業場で鍬を手にしました。家の前の畑に行って、目的もなく土を耕しながら、先刻の場面を思い出していました。初冬だというのに、ついつい力が入って全身汗みどろになるのにものの数分でした。

昔っから姉はいつも家族の中心でした。誰にでも好かれ、ませた言動で周囲の人気を独り占めにしていました。私は自分の立場を弁えざるをえませんでした。姉は誰からも好かれ、年齢を重ねるごとに美しく優美に成長しました。一方、私は対面する人を気まずくするほど可愛げのない醜い容貌のまま育ちました。暗い部屋の隅でじっとうずくまるようにして、機知のある言動で周囲を魅了する優雅な姉を羨望していました。この立場は私の人生の位置づけを決定づけました。

ところが、どういう巡り合わせか、結婚が二人の境遇を一変させたのでした。

姉が選んだのは三十歳でもう頭の禿げあがった風采の上がらない役所勤めの人でした。ところが私に舞い込んだ縁談の相手は俳優のような美男だったのです。貧乏で、その上生まれたばかりの赤ん坊も一緒でしたが、私は戸惑いながらも夢心地でした。

でも、新婚早々から、私たちの生活の中に姉が侵入してきました。その頃、姉は田舎の実家に療養に来ていたのです。昼夜働き詰めの私たちには子守りをしてくれるだけでも大助かりだったので無下に断る理由はありませんでした。

姉はすでに四人の子供を育てていたので赤ん坊の扱いはお手のものでした。我が子のように親身に可愛がってくれました。

やがて姉は東京に戻りましたが、たった三か月の間に、邦夫はすっかり変貌してしまったように感じました。

それからも毎年のように姉は田舎を訪れていましたが、実家に寄らなかったので、私はその事実を知らなかったのでした。姉は母の妹の嫁ぎ先に数日間滞在し、実家には寄らずそのまま戻っていたのです。母の妹は漁師に嫁ぎ、夫はすでに他界していました。

私が姉の不可解な滞在に気づいたのは偶然でした。夫は邦夫を溺愛し、しょっちゅう魚釣りに連れて行っていました。いつも大漁でした。

ある日、たくさんの魚と一緒に戻ってきた邦夫の手には、高価な玩具が大事そうに抱えられていました。ラジコンとかいう、私には説明されてもよく分からない代物でした。きっと夫にねだって買って貰ったのだろうと思いながら、家計のやりくりに苦労している私には法外な贅沢品に感じられたこともあって、こっそり訊いたものです。

「どうしたの、それ」

「伯母さんに貰った」

台所で魚をさばきながら、そっとこちらを窺ったその時の夫の表情。

そのとき私ははっきりわかったのでした。誰とも知らされなかった邦夫の実母が姉だったということに。その頃には周囲の誰もが知っていた事情にうかつな私はようやく辿り着いたのでした。

途方もない疑念が心にわだかまったまま、翌年の夏、姉と夫の密会が発覚するまで、わざとのように放置されたのでした。……

全身汗みどろになりながら畑を掘り起していると、これまでの気の遠くなるほど永い間に鬱積された感情の総量が、わっとばかりに噴き上がったのでした。とりわけ邦夫に対する遠慮のない気安さは、あの熟れ合いは、いつも遠慮がちに遠巻きにしてきた私には我慢できないものでした。

あの子は私が育てたのよ。私は必死に鍬を振り上げながら主張しました。振り上げた鍬を地面に叩きつけながら大声を張り上げて姉を罵倒していました。けれどもそれは私の体の中で破裂するだけで、声にはなりませんでした。

私はこれまで私が信条としてきた忍従の姿勢で立ち尽くしているだけでした。私はひたすら耐えることで辛い一生を何とか生き延びてきたのでした。この時も、ごく自然な成り行きで、煮えたぎった憤怒は私の黒い肌に染み付き、心の片隅に引っ込んでゆきました。

そのときの憎悪を思い出すと、私は空恐ろしくなります。ほんの一瞬のこととはいえ、それこそ姉を殺したいと思うほどの激越な憤怒が全身に充満したのでした。まだ実家で同居していた頃の日常の集積や、邦夫の誕生の経緯や、夫との関連などが、一緒くたになって体中を駆け回ったのでした。


事件後、大家から催促されて、息子の部屋を片づけるために、初めて田舎から上京しました。その際、在京の娘が駆けつけて手伝ってくれたのですが、豊島区要町にある二階建てのモルタル造りのアパートの一階の角部屋があの子の部屋で、田舎の家と比べ、こんな貧弱な所に住んでいたのかと呆れました。三畳一間しかなく、トイレも共同で、他の住人は全員が学生でした。

部屋は北向きなので、湿っていて、黴臭く、布団は敷きっぱなしでした。まるで空き巣に入られたように足の踏み場がないほど散乱していましたが、それは警察の家宅捜査のせいだと思っていました。ですが、そうではなく、紙片や本が散乱していたのはいつものことだったそうです。そんなだらしない性格だとは思ってもみませんでした。あの子のとめどない性質を垣間見た思いでした。

本棚には本がびっしり収まり、隅にも積み重ねられていました。新聞は取っていなかったようですが、タブロイド版が高く重ねられ、娘の説明だと競馬の専門予想誌だということでした。あの子がギャンブルに夢中だったとはまったく想像のつかないことでした。といっても、非難がましい気持ちでそういうのではありません。ただただあの子の知らない一面に驚いたというほどのことです。

押入れには夏冬の区別はなく無造作に洋服が押し込まれ、その中に女性物の下着と化粧品の類いがひっそりと残っており、さすがに恥ずかしい思いをしました。

娘は同棲している女性のものだと信じているようでしたが、私にはなんだか本人が使用しているように思えてなりませんでしたから。そうした性向がまったくなかったかというと、そうでもなく、何かの折にふっと妙な予感がしたこともあるのですが、よもやそんなことはあるまいと忘れてしまったのです。

それにしても、長年こんな鶏小屋のような部屋で住んでいたとは、信じられない思いでした。秀才がそのまま世間で通用するほど甘くはないと思っていましたが、私は邦夫のそつのない、それなりに切り盛りする才覚を妄信していたのです。

手狭な台所を眺めると、水栓やグラスに逆立ちになった歯ブラシが乾ききっていて、もう何年も使用していないように感じました。外食していたとしても、まったく生活の息吹が窺えないのです。あの子は本当にここに住んでいたのでしょうか？

あらゆるものを処分してくれというのが、息子の願いでしたので、本は形見として数冊残しただけで、近所の古本屋に引き取って貰いました。古本屋から買いあさったものばかりでしたから、対価はわずか三千円でした。その他にはめぼしいものはありませんでした。色々書き散らしたものがありましたが、娘が興味を示して拾いあげたものを除いては、すっかり始末しました。掃除はものの二時間で終了しています。

その日、私は娘の家に泊まり、眠れない夜を優しく慰められていました。翌日の夜、夜行列車で北陸に戻りましたが、やはり眠れず、ずっと泣き通しでした。そのうち所在なさから形見にした記名入りの本を手にして、その中に挿入されていた女性のヌード写真を発見しました。雑誌から抜き取ったグラビアなんかではなく、私製の写真でした。

裸体の女性は明らかに撮影者を意識し、得意げにポーズをとっていました。背景は狭いアパートの一室で、ぼやけた壁は薄汚れていました。ほっそりした肢体に不釣合いに豊満な、形の崩れていない美しい乳房が輝いていました。

私はすっかり動転して、息子の名誉のために慌ててトイレで始末しました。顔をよく見定めたわけではないので、それが誰の写真であったのかはわかりません。よもや事件に何らかの関連がある女性だったとは思いませんが。

実を言うと、逃走中、あの子から実家に電話があったのです。

応対したのは私です。滅多に電話を掛けてこない息子の電話に、慌てふためき、聞きたいことがたくさんあったのに、もともと口下手なこともあって、何一つ問い掛けていません。電話の向こうで、あの子はとりとめない言葉を連ね、私は久しぶりの懐かしい声に胸がいっぱいでした。

そのうち、「死ななくてはならなくなった……」と、思いつめたようにつぶやいたので、びっくり仰天してしまったのです。

私はおろおろするばかりで、その理由を聞き質そうともしなければ、逃走中なのに居場所を突き止めることも思いつきませんでした。たとえそうしたとしても、あの子は答えてくれなかったでしょうが。もともと実家に電話を入れることなど珍しいことですし、たとえ電話しても、生返事ばかり、簡単な話で一方的に切り上げてしまうのが常でした。そのときもやはり電話はすぐに切られました。そのときばかりは、あの子の意思ではなく、小銭がなくなったせいだと分かっていましたので、私は受話器を見つめてひたすら待っていました。だが、二度と鳴り響くことはありませんでした。

そういえば、そのとき、あの子のすぐそばで女の声がしました。その女の人が、いったい誰なのか、わかりません。まったく聞き覚えのない声だったと思います。赤ん坊の泣き声がして、それをあやす声のようでした。しきりに催促しているような、少し抑制された、苛立たしい声にも思えました。公衆電話で順番待っているまったく無関係な女性の声だったのかも知れませんが。……

【被害者の夫片山恭一郎(34)の証言】

妻を殺人と言う思いがけない凶事で亡くしたのですから、もちろん大きな衝撃を受けていますが、周囲が想像しているほどでもありません。

どうも私は、祖父の死に際してもそうだったのですが、死というものを切実に受け止められない性質のようです。生々しい哀傷が心にしっくりと絡みついて来ないのです。

事件発生直後から、警察の対応やら家族の宿泊の手配などに奔走し、事態を冷静に振り返る暇もありませんでした。もちろん葬儀の段どりもすべては私が主導で滞りなく遂行しました。嫡男であるからと言う理由からではなく、関係者の中でもっとも平静だったという事情からです。

葬儀と言えば、身内だけでひっそり進行している儀式の席上、弔辞を読みながら思わず激しく嗚咽してしまい、しどろもどろに中断して周囲の同情を集めてしまいましたが、あれは、実際に自分でも何が起こったのかよく分からない不意の発露なのです。直前までごく平静に用意された文章を読み上げていたのに、ふとした記憶に触発され、声が上ずり、その乱れに助長されてにわかな感情があふれ出し、どうにも制御できなくなったのでした。人前憚らずぽろぽろ涙を流し、そのよじれた軌跡を顔面に意識しながら、内心自分でも驚き呆れているといった状態でした。

もっとも、挨拶が終わった頃には、激情はあっさり掻き消えていました。見掛け倒しの、余韻のない、あっけらかんとした哀傷で、なんだか騙されているような気分でした。バツの悪い気分に包まれながら、不謹慎ですが、陽気な転がるような喜びさえ湧きかけるのでした。しかも、突発的な激情となった契機と言うのが、妻とは無関係な光景であったのですから、何をか言わんです。

両親はしばらく父の実家に身を寄せることになり、「まるで疎開のようだ」と、父は反りの合わない兄を慮って不満げでしたが、戦時中のように母の実家を選ぶわけにはいきませんでした。なにしろ母の実家は容疑者の実家のすぐ近所でしたから。

事件のほとぼりが冷めたなら、私は妻と暮らしていた公団住宅を払って、事件現場となった実家に戻るつもりでした。引っ越しは業者にそっくり任せるつもりでしたから、連日遅く帰宅し、早朝出かけるという毎日で、部屋を眺め、ドアを開けたり閉めたりするだけで、何一つ片づける気分にならないのです。引っ越しの前日になって、ようやく妻の遺品だけは整理しておこうと、真夜中に思い立って、ダンボールを組み立てました。だが、家事の一切は妻に任せきりでしたから、勝手がわからず、小一時間も手をこまねいていました。

整理箪笥から妻の下着をまとめてダンボールに移そうとしたとき、今更ながらに妻の死に直面したような気持ちになりました。下着はすべて白色で、レースのフリルも控え目なオーソドックスな物ばかりでした。だが、底にひっそりと隠すように、透明な赤色の派手な型が一枚見つかりました。私の知らない妻の心の一面を覗いたようで、なんだか悲しくなりました。指に妻の豊満な肉体のぬくもりと弾力を思い出し、しばらくぼんやりしていたものです。

それから立ち上がって、衣装棚を開いて、ハンガーに掛かった洋服を眺めて、少し驚き、困惑していました。私にはどの洋服にもなじみが薄かったからです。それらをまとっている妻の記憶がほとんどないのです。手から滑り落ちた青色のワンピースがふんわりとした嵩に妻の裸体を象《かたど》ってから優雅に崩れてゆきました。

そのとき不意に、匂いと一緒に妻のあでやかな肢体が鮮やかに蘇ったような気がしました。それを再現したいと思い、別のワンピースを選んで、ハンガーを握った片手を伸ばし、眼前に妻の容姿を立たせるようにしみじみと対面してから、今度は意識して、肩をはずし、ハンガーから滑り落ちてゆくのを見守りました。

濃緑のワンピースがすげなく畳の上に落下し、媚びるようにうごめいたとき、やはりまた妻の面影がふんわりと蘇りました。

ふと気がつくと、時計は深夜の二時を回っており、私は華麗に乱舞してひっそりとしおれた十数枚の洋服に囲まれてぼんやりしていました。

妻の怜子とは、五年前の冬、保険外交員の従兄の引き合わせで、新宿のレストランで会いました。私は自分でも恋愛経験が豊富だと自負していますが、そんな男が結婚に際して選択したのがお見合いと言う形式でした。これは自分でも意外でした。

怜子はとても美しく、信頼に満ちたまなざしでまっすぐ私を見ていました。私は食べ物の好き嫌いが激しい方ですが、恋愛もまた同様でした。私の嗜好は、食べられるかそうでないかがすべてで、たちまち夢中になるか、いつまでも無関心のままかです。そういう意味合いでは許容範囲は大きく、もちろん怜子は好みの範疇に入りました。

別れ際、いきなり歩道橋の上で抱きすくめてキスすると、初めての体験だったのでしょう、めまいを起こしてふらふらと倒れかかりました。私の腕の中で制御されていた放埒なたゆたいが一挙にあふれ、支えるのにあたふたしたものです。

三ヶ月後に結婚して、その二年後には家を出て近所の公団住宅に引っ越しました。これには両親はとても驚き、打ち明けたとき頑迷に抵抗していました。私の生まれて初めての表立った反抗でしたが、すぐ近所の、それもたまたま抽選を運よく射止めたという口実なしでは果たせなかったというわけです。別居はかねてより私のたっての希望でしたが、両親はきっと怜子にそそのかされたのだと勘違いしていたことでしょう。

新婚生活は私の日常にどんな変化ももたらしませんでした。私はこれまで同様、仕事に精を出し、得意先ともうまく折り合い、近所づきあいもそつなくこなし、何事も順調に日々を重ねていました。そんな中に顔なじみが一つ追加されたというほどの変化でした。

満を持して独立して立ち上げた印刷業も、怜子が経理を担当してそつなく援助してくれ、最初の年から順調に利益を上げることができました。まずまず順風満帆でした。またたく間に七人に増えた社員からは全幅の信頼を得ていました。

怜子は心底充実した笑顔を向けていました。初めの頃こそ、両親に気兼ねして慎ましく控えていましたが、家事もてきぱきとこなし、遠慮もなくなりました。毎日、うきうきと弾むようでした。

性生活については、それまで体験したことのない初心《うぶ》な処女を相手にして、私はやや戸惑い気味でした。私はこれまでどの女性に対しても狩人でした。ところが、今度の獲物は逃げもせず、抵抗もせず、なめらかに受容するだけでした。私の悪意も、嗜虐も、あっさり吸収してしまうのです。

一方怜子の方は、二十五歳目前までひたすら抑制してきた奔放なたゆたいを結婚によって一挙に解放し、とめどない奔出を許していました。その激情に、私は当初から少し持て余し気味でした。それは私の手に余る放埓だったのです。

といっても、怜子の挙措はあくまでも控えめでした。いつまでも初めての体験のように初心な羞恥に包まれながら身を任せていました。いつでも必死に制御しながら、その甲斐もなくあっさり翻弄されるのですが、あまりにも過剰な氾濫を前にして私はひそかに恐れをさえ抱きました。怜子の快楽は日増しに昂ってゆきました。それは私に尽きることのない苦行を強いるようでした。

私にはセックスフレンドが幾人も居ました。そういうわけでごく自然な成り行きから、怜子とのセックスは定期的におざなりのように繰り返され、ともすると生殖が目的であるかのように感じられていたかも知れません。

セックスレスの原因は案外こんなところにあるのかも知れません。

蜜月は一、二年で、ある日を境に、私はふっつりと要求を断ち、しばらくするとそれが常態となりました。

ときどきひょんな衝動から、台所に立っている妻に迫り、背後から羽交い絞めにし、いきなりその豊満な乳房に戯れることがたびたびありましたが、ベッドに誘うほどの情欲に結びつかないまま、いつのまにか数か月も経っていました。

それでも穏やかなオレンジ色の灯りに包まれて、二人きりの家族は食卓と椅子のように単純な必然性に結ばれて、平穏な毎日を送ってきました。

実際、ここ三年間セックスレスであったことを除けば、私たちはごく普通の夫婦でした。互いに尊敬し合い、信頼関係も人並み以上に深かったと思います。

もちろん妻の欲求不満は日増しに募っており、それには気づいていました。面と向かってあからさまに不平は言いませんが、その態度や視線にありありと映ることがあり、そのたびに思い立とうとするのですが、タイミングを逸したり、どこの家庭でもありがちなすれ違いが重なって、そのうち今度はベッドを共にしないことが常態となり、そうなるとなかなか元通りには戻れないものです。

このことはいつも私に辛い負い目を感じさせてきました。それにもまして、子供の誕生を心待ちにする周囲の期待をあからさまに浴びせられ、まさに針の莚《むしろ》の毎日でした。

両親の勧めで妻は病院で検査を受けていますが、結果はあいにく不確実なものでした。私の方は受診さえしていません。どちらかに身体的な欠陥があろうがなかろうが、セックスレスの続く私たち夫婦に子宝が授かる筈などありません。そんな事情を知らない両親からことあるごとに非難めいたまなざしを投げかけられて、怜子は悔しい思いに暮れながら耐え忍んでいたに違いありません。

そのように私は怜子の哀しみも苦しさもつぶさに感じ取っていましたが、一切の改善を怠ってきました。理由は単純です。それが私の性質の一つですが、物憂く、怠惰であったからです。それに、私たちの愛情は傍目にはどう映ろうが、決して失せていませんでしたから、いざとなればいつでも一挙に取り戻せるという自信があったからでもあります。昔から人参が大嫌いでしたが、二十歳になってたまたま食べたとき美味しく感じ、それ以来大好物です。愛情は私にとってそういうものです。一度好きになると終生変わらないもののようです。

しかし、もちろん億劫さだけを理由にするわけにはいきませんね。私の欲望は人並みで、いえ、むしろ人並み以上に放埓で、貪欲でさえありました。だが、怜子に対してはさっぱりときめきませんでした。

心身ともに親しくなると、まるで近親に対するように、私の欲求は急速に萎えてしまうのです。これまでも何度も同様の体験があります。きっとセックスには内に秘めた凌辱する凶暴さといったものが不可欠なのでしょう。

それに、私には常にセックスフレンドが控えていました。その点、私は非常に恵まれていました。私は快楽には目がない方です。容疑者の邦夫くんは、あれで結構惚れっぽい性質で、誰にでもすぐに夢中になる傾向がありましたが、私も同類です。私の方がもっと短絡で、快楽に繋がることなら何でも手放しで歓迎しました。この世で快楽以上に確実な手応えがあるでしょうか。私たちは本来、遺伝子によってそのように組み立てられているのですから。

実を言うと、私は俗に言うバイセクシャルなのです。周囲から如才ないと評され、実際に人付き合いはそつなくこなしてきましたが、それもそのはず、両性の気持ちに熟知しているのですから相手を思いやる気持ちに人一倍長《た》けていたというだけの話です。

そういうわけで、対象が両性の分、先般雑誌で取りざたされた邦夫くんの放埓な行状よりはるかに放恣で多感な夢想に満ち、卑猥で、狂熱的であったと言えます。

私は、どちらかというと性的にませた方で、ごく幼い頃から常に誰かを恋愛対象にしていました。

十七歳のある日、私の恋愛対象の女性たちにはみな共通点があることに気づいたのでした。髪型はショートカットで、スカートをはかず、通年スラックスで通している、乳房の目立たない女の子ばかりでした。

たしか学校の清掃時間でしたか、むせ返るような切なさを募らせて密かに恋していた女性が、短距離競走のスタートのようにお尻を高くあげて雑巾がけに励んでいるのを眺めたのです。張りつめた臀部の豊かさが強調されて目に入ったとき、自分でも信じられない気分でしたが、侮蔑めいた心象がゆらぐのが分かりました。その時私は悲しく自覚したのです。彼女をはじめこれまで憧憬してきた女性たちの美しさは、ひたすら少年を模倣することで担保されていたのだということを。

女性たちの中から明らかに特定の資質を抽出しながら傾倒する一方で、私の心の深層にはいつも男性に対するやみがたい憧れがありました。幼い頃からそうです。私は十八歳まである男性に心を寄せていました。その男性は秀才で運動能力に長けていてみんなの憧れの的でしたから、私が慎みのない愛着を注いでも見咎められる恐れはなかったのです。周囲がみなそうでしたから。それで毎日慎ましくそばに寄り添っていました。

ある日、彼は顔面を膨らませ、唇を裂かれた惨めな顔で現れました。校内一の不良に呼び出されてあっさりぶちのめされたのです。そのとき私と彼の関係を司る均衡が崩れました。惨めにうちひしがれた汚れた英雄を私は不遜な眼差しで眺めていました。その時一つの恋が終わりました。

けれども、私は失墜した英雄の打ちひしがれた惨めな様子に失望していたわけではありません。むしろ、血で汚れた彼のそばで、更に卑小になって、彼を支えたいという切実な思いにかられたのでした。哀感は切なく切り刻まれ、溢れそうに昂ぶってゆくので、慌てて踏みとどまるために、彼に失望する必要があったのです。そのとき初めて彼に対する思慕が、慎ましく寄せる親愛が、見逃せないほど深いものだと初めて自覚したのでした。それまでは気付かなかったのです。

ある日、繁華街を歩いているとき、中南米からやって来た若者に出会いました。私たちは近くの居酒屋で酒を交わし、二時間後には彼は私の部屋で寛いで居ました。ベッドの上で彼は私への情愛を熱っぽく告白し、深い関与を求めてきました。私はそれほど抵抗を感じていたとは思えませんでしたが、優しく諭し、自分でも驚くほどあっさり、手淫の手伝いならしてあげると提案しました。私の顔をうっとりと眺めながら、性急な昂奮の乱れの後、一方的な真夜中の饗宴は終わりました。

そのそばで私は不思議な穏やかな心で満たされていました。嫌悪もなければ、かといって巻き込まれるには余りにも冷静な心で彼を見守っていたのでした。そのとき私を満たしていたあっけらかんとした、陽気で、おおらかな調和を忘れることができません。大げさに言えば神の指の戯れを許容するような気分でした。

一歩踏み出すことは、本のページをめくるくらい簡単なことでした。それから二人は朝まで同じベッドで眠り、朝方目覚めたときにはもう彼は外出していました。残された私は他人の精液の臭いをさほど厭うこともなく、たっぷり染み込んだティッシュを少しおどけた気分で片付けていました。

もっとも、それから恋愛対象は意識してふたたび女性に向けられました。ある意味では仮装であったかも知れません。だからでしょうか、心底満足を得た経験はありません。キスをしても、セックスをしても、私の中にはぽっかり空虚な孔が空いていました。

このときの対処の仕方が、私のそれからの恋愛の方法でした。私は溺れそうになると、寸前で止まろうとするために、やたらと失望や侮蔑を塗りたくるのです。そうしないとあっけなく巻き込まれてしまうからです。

耽溺するのはもっぱら女性だけで、私の場合、男性を相手にするときは、一、二回の例外を除けば、目で陶酔し、心で惑溺するだけで、身悶えするのはせいぜい夢の中だけでした。

私は数限りなく女性との性交を重ねてきましたが、実を言うと、さほど大きな快楽を得てはいませんでした。私にとって自慰の方がよほど好ましい射精でした。もっとも女性とのセックスだって、厳密には女性器を利用した自慰のようなものですが。

いつしか出勤前に駅のトイレで自慰をするのが習慣になっていました。

ある日、トイレで、顔面を紅潮させて個室から出てくる男に出くわしたことがあります。お互いに顔を見合わせて、深く共感し合ったものです。清潔に保たれてはいても異臭の漂うトイレの空間で、見知らぬ男とすれ違い、お互いに海と空との単純な、それでいて深いつながりを意識しないではいられませんでした。私が半ば意識的に保持してきた心の均衡が初めて脆くも崩れそうになる瞬間でしたが、相手は苦笑まじりの笑みを浮かべながらそそくさと去って行きました。

離れてゆく背中と背中が哀歓を引きずり、これまでの人生のなかで私が故意に見過ごしてきた恋愛の切れ切れが身に沁みました。私はこれまで通り、常に抑制を心掛け、慎み深く人生を送るに違いありません。


それにしても、なぜ怜子はあんな酷い殺され方をされなくてはならなかったのでしょうか。未だに怜子の死が交通事故にでもあったようにしか受け止められないでいる理由の一つは、余りにも凄惨な殺され方のせいでもあります。それが私には不可解で、不可解であるがゆえになおさら無念なのです。裂傷は致命傷を含め十五か所もありました。リビングから廊下に這いずり出て、二階の階段へ逃げようとした形跡がありました。傷は背面に多く、正面には少なかったのですから、ナイフを振りかざして追いかけていた相手から妻は必死に逃げ回っていたのです。

遺体の解剖を承認したのは私です。被害者の遺族として、当然予測された凌辱の有無はどうしても確認しておきたかったからです。

解剖所見によると、性器には目立った損傷はなく、暴力による強制はないにもかかわらず、体内には新鮮な精子が残留していたとのことです。それは容疑者のものではありませんでした。もちろん私のものでもないのは明白です。私たちはここ三年間セックスレスでしたから。

いずれにしろ、殺害される日の当日か前日遅くに、妻が夫以外の誰かとセックスしていたという事実は否定できないわけです。ですが、結果を知らされたとき、私は心のどこかですでに予感していたかのように感じたものでした。

それにしても怜子の相手はいったい誰だったのでしょうか。まんざら見当がつかなくもない気分でいましたが、それは隣人であれ、新聞勧誘員であれ、会社の部下であれ、きっかけさえあれば誰でも可能性があるという程度のあいまいな確信でしかありません。

予期していたような深刻な煩悶もありませんでした。捜査もまた浮気相手については深く立ち入っていません。たとえ相手が夫でないとしても、容疑者でもなかったので、追及する必然性はなかったのです。この事件は、殺人者を検挙するもので、倫理を問うものではなかったからです。

きっと私は妻の浮気に気づいていたのでしょう。手のひらで卵の予感を戯れに転がしているような気分で予期していたのだと思います。はっきりした明証もなく、また疑惑も抱かないまま、ゆるがない信頼関係を保ちながら、予感は浮遊していました。殻を破ってぬめった中身が飛び出すことはありませんでした。

あるいは負い目から、むしろ自分の方から浮気を進めるような寛容さえほのめかすことだってあったかも知れません。むしろ妻の鬱屈がそれで解消するなら好都合だと、内心望む気持ちさえあったようです。

そのくせ私は妻を信じ切っていました。もし他の男性と抜き差しのならない関係に陥ろうと、決して私たちの繋がりは切れることはないという無条件の信頼があったのです。

いずれにしても、妻の浮気は、今回の事件とはまったく無関係です。


邦夫くんが犯人として逮捕されましたが、私にはこの事実が未だに素直に受け止められないでいます。どうも腑に落ちないのです。判然としない妻の浮気相手から私は真っ先に邦夫くんを除外したくらいですし、ましてや怜子を惨殺した相手とはどうしても信じられないのです。

その理由は単純です。邦夫くんが好きだった相手は妹の沙織だったのですから。

妻も二人の関係はそれとなく知っていて、私たちはよく話題にしていました。二人の結婚をひそかに応援してもいたのです。

「二人が愛し合っているのは火を見るより明らかだ。それなのに無理やり引き離し、どうして沙織を、再婚で、しかも大きな連れ子のある男に嫁がせなくてはならないのだ?」と、ことあるごとに私は両親に訴えていたものです。

実を言うと、私は邦夫くんと沙織の抜き差しならない関係を目撃しています。

沙織は一度家を出て西新宿に手狭のマンションを借りていた時期がありますが、その頃、私は独立したばかりの印刷会社の経営に苦労しており、西新宿まで営業の足を伸ばしていました。たまたま沙織のマンションの近辺まで来たので、何か差し入れようと思いたったものの、この時刻に立ち寄っても不在は明らかだし、管理人に預けるしかないと迷っていたときでした。

驚いたことに、そのマンションの前に、白いTシャツを着た邦夫くんの姿が出現したのでした。

それは、真夏の、太陽がもっとも苛烈な時間でした。私はびっくりし、なぜか後ろめたい気持ちに駆られて慌てて車に戻りました。エンジンを掛けないままじっと様子を見守っていると、思った通り邦夫くんは沙織の住むマンションの玄関に消えてゆきました。それを見届けてからも私はじっと身をすくめ、固唾を呑んで監視を続けていました。車内には猛烈な暑熱が充満していました。ワイシャツがぴったりと貼りついて、額からぽとぽとと汗が落ちていました。いったい私はどんな確証を得ようと待っていたのでしょうか。

邦夫くんがマンションに入ってから十数分後、玄関に若い男女が連れだって出てきました。仲良く寄り添っているのは、邦夫くんと妹の沙織でした。驚いたことに――とはいえ、その時の私はもはやどんな事実もあっさり容認できる心境でしたが、邦夫くんの両腕には赤ん坊が抱きかかえられていたのです。

二人は寄り添ってゆっくり歩き、慎ましく微笑んでいました。ときどき立ち止まって、ふたり一緒に赤ん坊の顔を覗き込むのでした。幸福そうでした。沙織の屈託のない笑顔を見るのは十年ぶりのようでした。それにしても、なんとも信じ難い光景でした。

赤ん坊が手にしている玩具が、ふと意味ありげに目に付きました。どこかで見た記憶があったからです。

そうか、と思い当たりました。つい先日、母がボランティアの準備していた段ボールの中に入っていた玩具とそっくりだったのです。すると、母は二人の関係を知っていたのでしょうか。人知れず二人を見守り、ひそかに援助さえしていたということでしょうか。

一時期、二人が真剣に結婚を考え、思い余って両親の許可を求めたことがありました。もちろん家族全員の猛反対に遭いました。そのとき父の剣幕は当然予想していたのですが、もっとも頑固に拒否したのは母でした。ちょっと意外でしたね。もっとも邦夫君はその時無職だったので母の反対も分かりますが。おそらくその時の負い目もあって、今になって支援の手を差し伸べているのでしょう。ふと嫉妬めいた感情が湧きました。

いずれにしろ、あの赤ん坊がたまたま近所の友達からお守りを依頼されたのだとはとうてい思えません。きっと二人の間の子供に違いないのです。

それに、これはおそらく私だけが知っている二人の秘密でしょうが、沙織は二度、もしくはそれ以上堕胎を経験しています。貧弱な乳房はそのせいです。順調な成熟は強制された中絶のために中断したのです。そのことで邦夫くんを憎む気持ちにはなれません。愛し合った二人が、苦悩し、精一杯悩んだ末の結果だったと考えています。いずれにしろ、そういう深い繋がりを知っていましたから、赤ん坊の存在はそれほど衝撃的な事実ではなかったのです。私は機会を得て援助を申し出る覚悟でいました。さっそく会社の経費をうまく利用できないか算段していました。

そのうち沙織はたった二年でマンションを解約してまた実家に戻ったのですが、空いた部屋は邦夫くんに引き継がれたようです。二人はそこでこっそり子供を育ててきたのでしょう。

この事実は誰にも話していません。妻にさえ内緒でした。

いずれにしろ私は、邦夫くんと沙織との関係に同棲じみた、抜き差しならない関係を目撃していたのですから、世間が騒いでいる怜子との痴情のもつれなんていうバカげた中傷は、全くの偽りだと信じています。

そういうわけで、妻と邦夫くんの関連はまったく想像もつきません。それでこの惨たらしい殺傷事件をどう受け止めていいのか未だに皆目わからないのです。偶発的な事故としか受け止めようがないのです。

事件前夜、私は父と一緒に泊りがけで静岡の温泉に向かいました。翌日の早朝、富士の麓でゴルフを楽しむためでした。印刷会社のお得意さんの接待名目のゴルフで、家族にはそう伝えていましたが、実は東京を離れる前に、父に関わるのっぴきならない不祥事の始末をつけるために、都内のホテルで先方と示談交渉を進めるために会っていたのでした。

父はその晩年をみずから穢していたのでした。

三十九年間実直に務めあげて、後一年で定年という年に、破廉恥な、父が最も嫌う不名誉なスキャンダルに巻き込まれていました。いわゆる援助交際というやつです。渋谷の街頭で声を掛けられてうかうかと乗ってしまい、タチの悪いことにそれをネタに脅迫されていたのです。ひそかに金銭で片を付けようとしていたのですが、後腐れのないように始末したいので手伝って欲しいと相談されていたのです。

父の痴態はこれが最初ではありません。つい数か月前にも、電車の中で若い女性に痴漢行為を犯した嫌疑で新宿駅に足止めを食らっていました。なんというぶざまな醜態でしょう。そのときも私が先方と交渉し、なんとか収めました。私はこうした調停役には如才ない才覚を発揮するのです。

今度の交渉相手はまだ二十歳そこその少年でした。前歯が二本欠けていて、それを隠そうとするのが習慣になっているのか、薄い唇を奇妙な具合にすぼめながら笑うので、妙に愛くるしい顔つきになり、うっかり気を許しそうになるのでした。

元暴走族の頭だったとかで、「今も乗り回しているの?」と、いかにも若者に理解のある大人を演じながら訊くと、「二十歳をすぎて続けるほどオイラは馬鹿じゃないよ」とうそぶいていました。今は薔麦屋の出前持ちで、地味に生活費を稼いでいるらしく、恐れていた暴力団との関係はどうやら父の妄想にすぎなかったようです。でも、煙草を喫うたびに顔をしかめ、細い目をさらに細めるのでよく見えないが、その眼は黒く澱んで動かないので、ときどきぞっとしました。

十代の金髪に染めた貧相な女の子が同席していました。その子が父の不祥事の相手でした。父の言い分を鵜呑みにするなら、ラブホテルに入ると、いきなりドアが乱暴に叩かれ、びっくりして女の子が開けると、その男が血相を変えて飛び込んできたそうです。女の子も同様に驚愕し、怯えてさえいたので、二人が共謀したとは考えられないと、父はまだその子を庇っていました。

「十五歳……」

と、男は低く囁くように言いましたが、少女はどう見ても少年と同じ二十歳前後にしか見えませんでした。

歪な三角形の平べったい顔つきの子で、どうして父がこんなつまらない女の子に引っかかったのか合点が行きません。

「インコウ……」

男はまたぼそっとつぶやき、そのままじっとテーブルの上を凝視していて、その背中を丸めた姿勢が身構えた猛獣のようで、不気味でした。

「それで慰謝料はいくら払えば良いのでしょうか」と訊きながら、ようやく少年のインコウというつぶやきが淫行を意味していたのだと知りました。

少年はにやりと笑い、欠けた前歯を見せながら、「それじゃまるでオイラが強請《ゆす》っているように聞こえるじゃないか。こっちから何も要求はしないよ。くれるものを頂くだけだよ」

喋るたびに欠けた端の間に風が走りひゅうーひゅうーとかすかな音を伴い、それが煩わしく耳につくのです。

厄介はまだ終わっていません。本格的な交渉はこれからです。

そんなこともあって、翌日のゴルフは散々でした。ティーショットは曲がるし、パットがことごとく外れるのです。うんざりして途中で止めたいと思っていたとき、電話で事件を知らされたのでした。


私は酒もほとんどたしなみません。かなりもてるタイプと見られていますが、最近はめっきり女遊びにも縁がありません。もともと謹厳実直は父親からそっくり受け継いでいるのです。

父に似て人の世話をしたり、説教を垂れたりするのも好きな方です。私の経験は父の経験の範囲をごく僅かしか超えることはありませんでした。父親からの教えを忠実に再現するのが関の山です。こんな事件に巻き込まれたからには会社の経営にも計り知れない影響が出ることでしょう。これからどうやって生活を立て直すか途方に暮れていますが、母から受け継いだ資質で、さほど切実には受け止めていません。まあ、今まで通り地道にやってゆくしかありませんね。

私にはこれといった趣味はありませんが、昔からなぜか妙に機関車の模型に惹かれていました。同じ軌道をゆっくり走る動きを眺めていると時間の経つのを忘れます。また、妙に焚き火が好きです。庭の枯れ葉を集めて燃して、炎のゆらめきをぼんやり眺めていると、悠久の時間に身を委ねているように安らかな気分になれます。何時間でもそうしていられます。

そうしたときの至福感は、じわじわ身に染みるものでもなければ、ふつふつと湧き上がる充実感でもなく、いうなれば幸福を充填した缶詰が無重力の中で浮かんでいるような気分です。時々途方もない虚無に落ち込みことがありますが、概してあっけらかんとした明るい楽観が私を包み込んでいます。そして、これが本来の性質ではないかとさえ感じることがあります。私を生存させているのは、この根拠のない、根っからの、明るく健康的な楽観です。

引っ越しが終わり、荷物は両親が私たち夫婦を呼び戻すために増築した家屋にそっくり収まりました。作業終了の確認のサインを求めた作業員が、書類と一緒に、封書と写真を数葉手渡してくれました。

「冷蔵庫の底にあったものです」

写真は妻のまだ十代の頃とおぼしき制服姿のものと、体操部に入部していた頃のレオタード姿のものです。平均台の上に両足で踏ん張って立ち上がった肢体は、のびやかで健康的ですが、制服では目立たない乳房の豊満さをこれ見よがしに際立たせています。残りの写真は私たちの新婚当時のスナップでした。

手紙は私宛で、封がしてあり、開くと、文字がびっしり万年筆ののびやかな筆致でしたためられていました。内容は、一言で言うなら、私の性質に対する慎ましい告発と哀しい裏切りの告白でした。日付はありませんが、ごく最近のもののようでした。

【被害者片山怜子(31)の〝遺書〟】

恭一郎さま。

この手紙はあなた宛ですが、私が生きている間にあなたの眼に触れることはまずないでしょう。そういう意味では遺書のようなものです。

あなたと出会って私はとても幸せでした。あなたと会わなければ、きっと私はまだ独身のＯＬで、計算にばかり終日追い立てられ、職場とアパートを往復している、婚期を逸した、貯金は多少あるがその使い道も知らない、少々偏屈な、取っつきにくい女と陰口をたたかれていたでしょう。

私は二十五歳間近になっても特定の恋人もいなければ、ごく浅い付き合いをしたお方もいませんでした。それにははっきりした理由があります。私は男の人が心底信頼できなかったからです。

私には思春期から人知れず抱えた悩みがありました。それは人並み以上に豊満な乳房です。婚期が遅れたのはまさにそれが起因しています。家庭が際立って厳格だったわけではありませんが、私は異性との交際には慎重すぎる傾向がありました。それも豊満な乳房のせいです。心身ともに制御し、引っ込み思案にさせたからです。きっとあなたは笑うでしょうが、豊かな乳房を隠すために晒しを巻いていたことさえあります。

現代では豊満さを誇る傾向がありますが、私たちが育った時代には侮蔑する風潮もあり、私は淫らな印象を振りまいているように感じて忌避していました。

……水たまりに映った自分の顔にそっと微笑みかけたり、光に擽られて身体をくねらせたりしているうちに、セーラー服の強張った生地の下で乳房はいつのまにか豊かにのさばっていました。その結果よりも、むしろ今後も続くと見られるたゆみない成熟の予感が、私を不断に脅かし始めました。それはいかにも余分な、無用めいた誇示に思えたのです。

遠くに海を眺めます。すると、きらきら燿やく海に誘われて、乳房が大きく膨らみます。海の気紛れな性質は、そのまま私の身体のなかに棲みつき、不穏に傾き、奔放にゆらめく危うさをそそのかすのです。水平線をはじめ、高さを示す周囲のどんな表徴も、いつもちょうど乳首の高さにあるように見えます。それで、たまたまそれらが目につくと、すッと乳首の先端に鋭利な擦過傷が掠め、かすかな疼きが残りました。

それが戸惑った姿勢に何度も執拗に反芻されるので、その夜ベッドに横たわると、背中に一条の水平線が傷のようにくっきりと描かれて見えるのです。身体の内部がそのまま暗くうねる海になり、ベッドごと揺れているように感じます。どこか異郷に運ばれ、そのつどベッドの上に連れ戻されるのですが、連れ戻されるたびに、見慣れているはずの部屋が異質な趣きを満たして迎えます。それかあらぬか、乳房もまた、さ迷った時間の弾力を伴って、ますますしたたかに、ますます豊満になって、そぞろな不安の噴霧を発散してやまないのでした。

懐かしさから公園のブランコに乗ったときなど、ゆるやかな反動に身を委ねているうちに、ふと乳房だけが、風船がやわらかく悶えながらドアの間から抜け出すように私の身体から離反します。私は切れたフイルムの残像みたいにそこに取り残されます。ブランコの動きのまま、風景から除け者にされ、昏迷をひきつれて遠ざかってゆくのは、私の意識の方でした。ブランコの次の揺曳を待って乳房に追いつき、取りすがり、ようやくもう一度それを身体の一部として取り込むとき、私の身体はいっそう豊満になり、その豊かさに、風景に対する慎みのない媚態をさえ感じてしまうのでした。

そのように、乳房はいつも私の中で手に負えない放埒を自由きままに泳がしていました。一人でいるときでさえそうでした。ましてや周囲に他人が介在するとき、その気の許せない予感は、ますます忌まわしく執拗なものになり、どうかすると自明のように蓄えてきた確信を揺るがせかねないのです。

他人の視線がひたすら私の胸のあたりに注がれ、そのまま不可解な表情で停滞します。相手は何食わぬ顔つきを装っていますが、明らかに乳房の膨らみに注意を向け、その大きさを目測し、誇張し、貶めようとしています。それはもう間違いのない事実でした。

そうしたあからさまな意図が窺えないときはもっと厄介でした。周囲は漫然と私を遠巻きにし、陽炎のように漂い、油断のならない嘲笑をうねらせます。椅子や樹木でさえも、意地悪な視線で私を絶えず追い回し、注意深く耳をそばだてて待ち構えているようで、気掛かりでなりません。それらに共通した目的が、ひたすら私を蔑み、苛もうとすることに集中しているのです。それは火を見るより明らかでした。

そういうわけで、まだ十五歳になったばかりの私には、乳房は疎ましく、煩わしい懸念のかたまりでしかありませんでした。

裸体にありながらそのくせ埒外にはみだし、途方に暮れたように付着している、無頓着ではあるがむやみに気掛かりな量感。まだ好ましく馴れ合う媚態とは感じられず、歩くと、たちまち捕らえがたい混乱を招き、空間が憫笑し、光が嘲笑します。肢体の動きに伴って、乳房は奔放にたゆたい、ちぐはぐに抗うような気がするのです。

走って、止まります。すると、動きの止まった体から乳房は勢い余って飛び出そうとし、取り残された心はときならぬ空虚を抱えて、思いがけない思惑をむくむく孕ませてゆく余地をあっさり提供するのでした。かといってじっと身動ぎしないでいると、かえってそのたゆみない成熟が促され、たちまち手に負えない豊かさを持て余すことになるのです。

両手で乳房をそっと包み込むようにして触れてみると、触れた刹那、つんと爪弾きにされるような頑迷な弾力の抵抗に遇い、その手応えは、慎重に閉じ込め包みこもうとするとたちまち指に抗い、しゃにむな抵抗を育んでゆくのです。鏡で見ると、あっさりした慎ましい膨らみでしかないのですが、掌に押し込められると、抑制されながらも独自の生き物のような張りと弾力をどんどん募らせてゆくのです。

心許なげに触れた最初の違和感は、いつのまにかうっとりしたぬくもりに惑溺し、掌のなかにゆるゆると成熟し、柔軟だが手強い量感が抗います。どうかすると、指と指の間から身悶えしながら逃れてくるようなしたたかで豊かなうねりさえ感じて、私はすっかり途方に暮れてしまうのでした。……

ときとして私は、この豊満な乳房に対する忌まわしさや過剰な防御の意識が、慎みのない期待を戒めている偽装のように感じていました。むしろ私は荒々しい狂暴な力によって蹂躙《じゅうりん》されたいと言う激しい欲望でいっぱいなのだ、とさえ信じました。鋭い刃物で容赦なく乳房を突き刺されて悶絶したいという強烈な欲情にさらされて心が乱れます。

成長とともに、乳房はますます豊満になり、昂然として人前に隆起しました。誰かと会っても、会話を無視してこれ見よがしな媚態をふりまくように感じられたので、欲望は必要以上に抑制され、いつも何か得体の知れない変身の恐れに脅かされていたのでした。

周囲から不断に脅かされ、自分の中の裏切りに絶えず糾弾されていた私に恋人などできるはずはありませんでした。

そうして、いつのまにか二十五歳になると、婚期を致命的に逸した哀れな女に感じられました。なにしろ田舎に残った同級生はみな二十歳そこそこで嫁いでいたからです。気分はとっくに三十歳を超え、重い憂鬱を抱えて、焦慮さえなく、もはや諦念の境地にひたっていました。

そんな折、知人の紹介で恭一郎さんに会ったとき、これまで私を脅かしてきた得体の知れない不安や恐れを少しも感じないことに驚きました。気がつくと、私は屈託なく笑っていました。

レストランを出て、タクシーを探しながら歩いていると、いきなり抱きすくめられてキスされ、私はめまいを起こしてぐったりとあなたの腕に身を委ねました。たしか橋の上でしたよね。周囲にちらほら散在する人影を遠く意識しながら、なまめかしい原色の灯りになめられて私は気の遠くなる陶酔に包まれていました。

あのときの陶酔が今も持続しています。記憶は年月によって育まれ、量感をさえ募らせ、官能的ですらあります。私は周囲の誰もが羨まずにはいない、この上もなく幸せな主婦でした。家族もみな好意的に迎えてくれました。細胞膜の仕切りこそあれ、肌を埋める細胞のように共感をもって組み込まれました。

性生活にも満足していました。次第に募り、昂り、もう少しで到達しそうになる寸前で、突然終わっても、この上もない至福に満たされました。無知な私は性交のもたらす快楽とはそんなものだと思っていたのです。だらしなく弛緩したあなたの身体のそばで、ついつい大きな空虚に包まれそうになりながらも、おおらかな調和に漂って私は安息していました。私は幸福でした。

すくなくともあの特異な場面に遭遇するまでは。……

盆に私は帰省し、予定より一日早く帰宅したときのことです。疲れ切っていたので着替えもせず手土産を並べてぼんやりしていると、ドアのチャイムが鳴りました。てっきりあなただと勇んで玄関に出ると、次女の留美子さんでした。

「ねえ、山中湖に行きましょう」

「今から?」

「恭二さんの運転で。だって、兄ったら、あなたの眼を盗んで保養所で豪奢な饗宴を繰り広げているんですって。悔しいじゃない。みんなで邪魔しに行きましょう」

気が進まないまま私はまるで誘拐された赤ん坊のように連れてゆかれました。

それはなんとも異様な光景でした。部屋に足を踏み入れたとたんその空間の歪みが分かりました。部屋は薄暗く、煙がもうもうと立ち込め、線香のような匂いが息苦しいほど濃密に充満していました。その場には十人ほどの男女が怠惰に横たわり、談笑したり、互いにソッポを向いたりしていました。あなたは背後にのけぞって哄笑していました。あけすけで、底抜けの、その声の調子が、まず私を驚かせました。あなたは弾けていました。その桁外れな陽気さは、猛烈な衝撃によって樽のタガを弾き飛ばしたようでした。陽気な哄笑は引っ切りなしに続いていました。

やがて私に気づくと、手招いて隣に座らせると、腕を首にからませながら向かいに居る誰かに向かって話しかけました。相手もそれに応答し、会話はちゃんと成立しています。でも、私には何か妙な違和感が拭いきれず、いつものあなたのようには思えませんでした。

その場に居る人たちの間には融合する和やかさがありました。それでいて宇宙にさまよう惑星のようにそれぞれに孤立して見えるのです。

次女はすっかりその場に馴染んで、まるでそこが定位置であるかのように、ソファーに座っている男性の前で、伸びた素足にもたれるようにして床に座っていました。その頭上に煙草を手にした誰かの腕が伸びて、次女は笑いながらのけぞって手を伸ばすと、短くなった煙草を指に挟み、大きく一息吸って、元の手に戻していました。恭二さんは、少し勝手が違ったというように戸惑いぎみで、だらしなく崩れた姿勢の太った醜い女性のそばで神妙に控えていました。

私だけが除け者にされているようでした。

軽くはたかれるような衝撃を受けて振り向くと、あなたが笑っていました。口がだらしなく緩み、唇の端の方に涎が溜まって見えました。私の眼前にやわらかくひしがれた煙草が揺れていました。私は首を振って拒みました。

やがてあなたに促されて隣の部屋に入りました。そこには二段ベッドがいくつか並んでいて、明かりはごく淡いものでした。私は強要されるがままに、すでに洋服を脱いでベッドで待っているあなたの両腕の中に倒れ込みました。そのとき、少し離れた位置にあるベッドで生き物のうごめく気配がして、思わず振り返ったものでした。あけすけな、あたりを憚らない嬌声が洩れて、急に止みました。

あなたは呂律の回らない口調でしきりに話しかけ、密着しながらいきなり強引に私の上に覆い被さってきました。これまで体験したことのない重さが私をベッドに押し付けました。あなたはあらぬ方向を見て、赤ん坊がむずかるような動きをしたと思う間もなく、あっけなく果ててしまい、それっきり泥酔したように眠りこけ、朝まで目覚めませんでした。その顔は恍惚に酔い痴れていました。窮屈なベッドの上で私は宇宙にはぐれたように孤独に沈んで、いつまでも眠れませんでした。

私はそのとき初めて理解したのです。私たちの幸福な家庭生活は、すべて欺瞞にみちた偽りの生活でしかなかったと。あなたを夢中にさせる享楽は家庭の外にあったのでした。

恭一郎さん、
私は初めて出会った日からこれまでずっと変わらずあなたを愛してきました。ほどの良いぬくもりに包まれて赤ん坊のように無邪気に満足していました。ところが、いきなり身ぐるみ剥がされて放り出されてしまいました。私が無邪気に咲き誇っていた花壇は一滴の水分のない荒涼とした砂漠だったのです。

あなたは私など愛しては居なかったのです。愛されていないと知ったとき痛切に感じたのは、皮肉なことに私が身もだえするほどにあなたを愛しているという事実でした。

あなたはただその才覚で印刷会社を経営し、たまたま成功していますが、あなたには確固とした未来への計画も目標もありません。会社も家庭も、あなたにはどうでもよいことなのです。私は違法な大麻かそれに類した薬剤の使用を責めているのではありません。平穏な家庭が一挙に崩壊する危険を認識しながら、恐ろしく軽率にそれに耽溺するあなたの心が理解できないのです。あなたにとって、現実はあの快楽の世界にあって、こちらの平穏な生活はどうでも良いのです。快楽への傾斜を押しとどめる倫理も価値観もあなたにはありません。まるで幼児のようによだれを垂れ流しながらひたすら快楽を求め続けているのです。

私は今でこそあなたの誰も愛せない悲しい性を理解できます。あなたが愛しているのは自分自身だけです。一人ぼっちで、凍てついた宇宙をさまよっている哀れな惑星です。

あの夜のことをいつか私に話してくださったことがありますね。あなたはご自分の体験した快楽を何度も説明してくれました。濃密な快楽が一秒ごとに募りながらまるで数年にもわたる永遠のような時間を泳いでゆく、とか。まさにめくるめく歓喜だ、それが永遠に昂揚しつつ継続するのだ、とか。何度繰り返されても私には理解できませんでした。

呆れます。ただのまやかしにすぎません。相手をしていた私だからはっきり言明できますが、たった数秒のことでしたよ。私の肉体の上に、ぐったりと崩れた、涎を垂らしながら恍惚の表情で悶絶したあなたは、哀れな痴人のようでした。

あなたに私の切ない告発を聞いていただきましたから、今度は私の哀しい裏切りを告白しなければなりません。いえ、きっと、あなたのことですから、もうお気づきのことと思いますが。

強い力が、一陣の風のように巻き上げ、私をさらってしまったのでした。事故のようなものでした。

いきなり抱きすくめられて、股間を鷲掴みにされたのです。この出し抜けの無作法に私がとった行為は、すっかり観念してしまったような無抵抗でした。

呆れたことに場所は病院の個室で、相手は病人でした。今にもドアが開いて看護婦が入室してきそうでした。私に隙がありました。いや、その隙間は私が故意にあつらえたものなのでしょう、心のどこかで期待にわななないていました。

それ以来、呼びつけられると、私はそのたびにいそいそと支度して、約束の場所に駆けつけずにはいられません。麻薬のような快楽の予感に手繰り寄せられてしまうのです。あなたとは遂に体験できなかっためくるめく陶酔が私を誘ってやみません。かつてあなたが私以外の女性に求めていたように、私も今その人を利用しているのかも知れません。ベッドの上で翻弄され、快楽に狂ったように身悶えするその身振りそのままに、私は当の相手ではなくあなたを強烈に希求し、あでやかに燃え上がるのです。

私は後悔などしていません。また、あなたに懺悔《ざんげ》する気持ちもありません。だって、あなたは他所で、これまでずっと、私の目を盗んで淫蕩の限りをつくしていたんじゃありませんか。

信じてください。私は今でもあなたを切ないまでに恋しています。その男の不埒な力に凌辱されながらも、狂ったようにあなたに恋焦がれているのです。密着するぬくもりと弾力をときどきあなたと勘違いしそうになって、口のなかで唾にまみれてこなごなになったプリンみたいに惑乱します。

お願いです、私を奪い返して下さい！

それができないなら、せめて私を殺して下さい！

【片山家の次男恭二(32)の証言】

ようこそ、六畳にキッチンがついているだけの、狭い、家賃六万円の、陰湿な北向きの部屋へ。義理の姉が殺された事件のことでいらっしゃったんでしょう？　それ以外に、雑誌記者がぼくを訪ねてくる理由はまずありませんからね。

ぼくのことは、すでに多少は調査済なんでしょう？

女とギャンブルに目がなく、まだ若いのに、借金で首が回らないとか。父親から勘当同然の仕打ちを受けているとか。区役所勤続三十六年の実直な当主を中心に、揃いも揃って真面目で、人当たりの良い、近所にもいたって評判の良い理想的な家庭にあって、無頼の鼻つまみ者だとか。まあ、その通りですがね。

ええ、なんでもお話しますよ。ぼくには守るものも捨てるものも何一つないのですから。

もちろんぼくは事件にはいっさい無関係ですが、ここ最近ずっと疎遠だったのに、なぜか事件の前日訪問し、翌朝、犯行の数時間前に姿を消している、――これはまあ、考えようによっては、犯行現場から逃げるような行動に似ています。そこに何か偶然ではない意図を嗅ぎ付けたのも無理はありませんね。なに、いつものように金の無心ですよ。兄貴と父親が泊まりがけのゴルフに出かけたのを知って、留守を狙って母親にせがみに行ったのです。あっさり断られて、雀の涙程度の小遣い銭を拝借しただけでしたが。

あの日、何か変わった様子がなかったかって？

いえ、何も。前日はもちろん、翌朝も、普段のごくありふれた家庭の雰囲気でしたね。

ただ、久しぶりに会う母親に多少の変調がみられました。いつもは落ち着いて鷹揚に構えているのに、言葉も刺々しく、少し気難しくなったように思えます。それに奇妙な癖に気付かないわけにはいきませんでした。穏やかな優しい容貌に、ときどき翳が刺すのです。最初、気のせいだと思っていたのですが、目を細め、唇を突き上げるようとし、寄り添った鼻と唇を一緒にひん曲げて、まるでからみつく臭いを防ぐような表情になるのでした。それが、二度、三度と繰り返されるのです。それは以前には決して見られなかったものでした。また、ときどき頬のあたりにひくひくと神経質な反応がありました。

ぼくが寝坊して起きてきたときにはすでに怜子さんは家に来ていました。挨拶を交わして一人だけで遅い朝食を取っていると、お茶を注いでくれ、それからリビングで母親といろいろ話していました。深刻そうな話ではなく、ごくつまらない世間話のようでした。

二人とも横顔は不機嫌そうでしたが、もともと怜子さんは口数が少ない方ですし、母も追従などするタイプではないので、二人が顔を合わせているときは、たいていそんなふうでした。母は誰にでも分け隔てしない人ですが、怜子さんに対してだけは、妙に遠慮がちに控えている印象が窺えました。溺愛していた兄を奪った女性ですから、周囲には理解できない複雑な気持ちが影響していたとしても不思議はありません。

食事を済ませると、新聞に目を通してから、応接間に行き、しばらくしてからそそくさと家を出ました。誰にも言葉も掛けていません。来るときも出て行くときも同じです。

邦夫と妹の沙織との関係はもちろん知っていましたよ。

まあ、沙織との関係について言えば、「神経症患者と治療にあたっている女医のような関係」とでも言うのがもっとも妥当でしょうね。

そういう意味でなら、患者は女医を全面的に信頼していました。もっとも盲目的だという意味ではありません。それにこの患者は誠実そうに見えながら気まぐれで、放埓でもあり、不安と混乱しか招かない輩でしてね。一方、女医は職務に誠実でもあり、忠実でもあったし、二人の関係を冷静に見極め、常に不信の念でいっぱいになりながら追随していたのです。もしそこに必然性があるなら、宿命とでも言いたいような不可思議な紐帯《ちゅうたい》しか見当たらないでしょう。

いずれにしろ二人はともに依存し合っていました。もちろん、男と女の関係ですよ。それもかなりどろどろした抜き差しならない間柄だったと言ったら驚きますか?

沙織は一度堕胎を経験しています。小さな病院でこっそり処置したので、父親は旅行に行っているという口実を鵜呑みにしていましたが、他の家族は全員事情を知っていたのです。もちろん沙織は相手の男に関しては頑なに口を閉ざしていましたから、誰も知らなかったのですが、ぼくは邦夫だと確信していましたよ。当時から。

もともと邦夫は女にはだらしなかったのです。その乱脈ぶりは家族に知れ渡っていました。そのくせ面と向かうと、誠実そうで、妙に憎めないんですよ。

沙織は怜子さんを嫉視していました。もっぱらその豊満な乳房のせいです。沙織の乳房は二十歳までは素直に成長していたのに、堕胎をきっかけに萎んでしまったと、妹の留美子から聞きました。もし邦夫が怜子さんに傾倒していると知ったら、そうした経緯からも、沙織は決して許せなかったでしょうね。そうしたとげとげしい険悪さを経ながらも、二人の仲は極秘裏に進行していたようです。

二人の関係がもはや隠しおおせなくなったとき、最初に理解を示したのは兄でした。兄にはそもそも常識も倫理観もないですからね。

兄の人生の規範は快楽でした。実直で、真面目そうに見られていますが、その心を覗けば放縦で、貪欲な欲望が充満しています。ただ、現実に羽目を外すのはごく稀で、定期的な習慣を除けば、常に厳しく自分を律していました。まあ、ぼくの知らない所でもっとむきだしの、あられもない醜態を演じていたかも知れませんがね。

兄は快楽には貪欲でしたが、そのくせ満足を得る快楽を掴めたことなど一度もない、空虚なかたまりでした。日常生活ではいたってまじめで、万事そつなくこなしていましたが、その心は宇宙の塵芥のように孤絶していたのです。そのことも兄の放埓を隠す要因となっていました。

そういえば、兄と邦夫はどことなく似ていましたね。表面的には対照的でしたが、根源的な性質に共通したものがありました。ですから女装で逮捕されたと聞いたときも別に違和感もなく受け止めていました。そうそう、兄が保養所で年に数回開催しているいかがわしいパーティにも邦夫はたびたび参加していたようですよ。あの場所では何が起こっても不思議はありません。二人が裸で抱き合っている醜悪な場面さえ想像してしまうほどです。ぼくは一度だけ顔を覗かせただけです。まやかしの快楽は性に合わないのです。

ぼくも二人に似たような享楽主義者ですが、はるかに現実的です。苦悩をできる限り避けることが日常の規範です。適当に妥協もします。退屈にも甘んじることができます。愉しみも苦しみも何もかも中途半端な、無軌道で、浮薄な人生です。

部屋が乱雑なので驚いているのでしょう。

ここにはすでに製造中止になったバブル時代の逸品が多くあります。その時代に製造されたものは、惜しみなく高価な部品を投入し、今では考えられないほど豪華な仕上がりになっています。現在はみな安価に走っていますからね。製造中止で、もう正規の購買が不可能だという点が、ぼくを虜にした理由の一つです。自分でも理解し難いのは蒐集が性懲りもなく継続したということです。ほら、ここに陳列されているのはみなネットオークションの戦利品です。

ぼくは手におえない収集癖という病気に罹っているんですよ。坂道を転がる石のようにどうにも止まらないのです。連日連夜、見えない相手との行き詰る駆け引きが繰り広げられます。収集癖の虫は習慣という大木に巣つくっています。飽きっぽい性格も歯止めにはなりませんでした。次から次へと新たな獲物を嗅ぎつけます。パソコンの次は、オーディオ、カメラ、際限がありません。気が付くと部屋中この有様だというわけです。おかげで借金まみれです。

パソコンは、ノートとデスクトップで八台もあります。ステレオにいたっては、コンポだけで五台、単品は数え切れません。カメラだって一眼レフはもちろんのことライカもポラロイドもあります。

使用しているのですかって？　そんなわけないでしょう。もしそうなら、ぼくは手が十六本、耳と目が無数にある怪物だということになるじゃありませんか。

ところで、昨夜、ある人物から不可解なメールが届きました。

正規の価格が数万円もするソフトを、たった二千円で購入できた相手からです。最新の正規商品を提供されたキーでダウンロードしたのですが、すんなり認証も通り、試用には全く問題はありませんでした。味をしめて別のソフトを手に入れようとメールしたのですが、怒りに満ちたなんとも不可解な文面が返信されました。内容は不当な言いがかりで、相手が勘違いしているのは明らかでした。メールの文面が脅しともとれる文意だったので、ふるえあがりました。深夜だということが、そして相手の顔が見えないということが、いっそう不安を煽るのです。

ネットにはこうした怖さがあります。文字によって相手は確固とした存在感をありありと示すのに、顔が見えません。住所も分からず、性格も年齢も分かりません。たとえ明らかにされていても虚偽でないという保証はありません。

そういうわけで昨夜は一睡もしていないんですよ。


おや、どうやら見つけられてしまったようですね。

散乱した独身者の部屋に女性ものの下着が一枚ひっそりと忘れられている、――これはどう見ても奇異な風景ですよね。容疑者は女装していたそうですが、ぼくにはそんな趣味はありませんからね。

お察しの通り、それは今度の事件の被害者の下着です。あの人は一度ならずここに立ち寄ったことがありますが、そのときに忘れていったものです。いや、正直に言うと、ぼくが残して置くよう指示したのです。下着をつけさせずスカートだけで外出させて、一緒に家の近所まで連れて行ったのでした。それはぼくの精一杯の意地悪でした。あの人は従順に従いましたが、緊張で、たびたびよろけていました。

どうせ調べはついているんでしょうから、白状しますが、確かにぼくとあの人は、想像されるような深い関係にありました。もう二年になります。

だとしても、殺人犯はぼくではありえませんよ。警察だって、ぼくらの仲は嗅ぎつけていたようです。性器に残留していた精液はぼくのものだと判断しているでしょう。でも、スキャンダルを捜査していたのではなかったので、崩せない鉄壁のアリバイのある男に関わっている暇はありませんでした。これといって問題にはしていません。

あの人が兄と結婚した当初から、ぼくはあの人にぞっこんでした。もっとも兄の結婚式には列席していません。なにしろ式の当日はリュックを背負ってアメリカを放浪していましたし、戻ってからも放蕩三昧に明け暮れ、勘当の身でしたからね。でも、さすがに祖父の葬儀までは父も拒めず、久しぶりで実家に寄った折に、あの人と初めて逢ったのです。

みんなが揃って火葬場へ行く間に、ぼくは一人実家に戻り、縁側でうとうとと寝入ってしまっていました。

……ふと、夢のなかでぼくの名前を呼ぶ声がしました。

夢のなかのストーリィはその声に遮られ、たちまち余儀ない変更をきたしたのですが、それが少しも不自然に思われず、かえって甘美なもつれとなって、陽気な賑わいをきたしました。ぼくは思い掛けない呼び声をあらかじめ予感していたようです。しかし、まだ相手が誰だかはっきりと分かっていないようですから、作為次第で夢の物語はまだどんな変更も可能だったのです。

「恭二さん？　恭二さんでしょう？」

「ええ、そうです」

とぼくは夢のなかで応えたつもりでした。ところが、相手は聞こえないのか、なおも執拗にぼくの名を呼ぶのです。

「……恭二さん、……恭二さん、」

それはぼくの心のなかで反芻される甘えに似た反響で、ぐずぐずといつまでもそのゆるやかな強要に縛られていたいような気分でした。

ふと、身近な膚の裏切りにあったように、顔面に小さな衝撃が爆ぜ、ぼくは不意に目覚めたのでした。たちまち物語は慌ただしい混乱にまみれ、そこから苦もなく抜け出てきたように、眼前に懐かしい顔が待ち受けていたのでした。白くたおやかな素顔がぼくの頰か鼻に触れそうに間近に見え、びっくりして、思わず跳ね起きました。

「恭二さんでしょう?」と、白い美しい笑みがこぼれ、「私、怜子です」と、あの人は自己紹介したのです。

「知っています、……」

ぼくはすっかり動揺していましたが、それは不意を突かれたからではなく、怜子さんがあまりにも美しかったせいかも知れません。唖然としながらも、「だが、なぜわざわざ自己紹介なんかするのだろう」と、まだ目覚め切れないもどかしい指の間で訝っていました。なぜならぼくはとっくに怜子さんだと分かっていたからです。ところがよくよく考え合わせてみると、ぼくらはそのときが初対面だったのです。それでいて、なぜか、懐かしい容貌だったのでした。まだ夢のなかで怜子さんがぼくを呼んでいるようで、その物憂げな優しい声が湯のように身体に戯れていました。

「高円寺に住んで居るんですって?」と、怜子さん。

「ええ、」

「家賃の要らない立派な家があるのに、わざわざ借家住まいなんですってね?」

そのおだやかな声が口紅の薄い唇の間から洩れているということに、妙ななまなましさを感じないわけにはいきませんでした。というのも、口の中に見え隠れする濡れた舌に、卵のとろんとした流出を思わせる淫らなぬめりを感じたのです。永い間閉じられた粘着性を破って、にわかに飛び出してきた、なんとも慎みのない流出。

「せっかく身内になったのに一度も会えなくて残念だったわ」

怜子さんは不満顔を工夫し、その表情をぼくは合点がゆかない気分で見ていました。

そのときの印象は、とても美しく、その物腰が湯のたゆたいのように優美だということでした。怜子さんはしっとりとした喪服をまとっていました。むしろ濃密な闇の憂愁に包まれていたと言ったらいいのでしょうか。怜子さんの笑みはなぜか花粉のようだと思ったことを覚えています。そういえば、対面している間、怜子さんは終始穏やかな笑みを浮かべてぼくを見守り、それをぼくは合点のゆかない戸惑いに頬をつねられているように感じていました。

葬儀に参列したばかりだというのに、怜子さんの表情や言葉の端々にいささか慎みのない悦びが溢れそうになるのでした。どうかするとうっかりはしゃいでしまいそうな喜びが現れかけては、そのたびに恥じらい、慌てて抑制されるのです。

ぼくの当惑の原因は、少なくともその不自然な持続は、きっとそのことと関連していたように思われます。大袈裟に言えば、そこに背徳の匂いを感じたのでした。それはそのまま、やがてぼくの心に芽生える許されない恋の波紋のようでした。

「なにしろ勘当の身ですので」とぼく。

「みんなとても心配しているわよ。ちっとも連絡が入らないって」

「ええ、……」

ぼくが喰うのもままならない貧窮に喘いでいると誇張されて伝っているらしく、

「大丈夫なの？　ちゃんと食事を取っているの？」と訊き、ぼくが苦笑まじりに頷いても、取り合おうとはせず、ますます同情して、というよりもむしろ得意な料理の腕前を披露しようとする勇んだ調子で、

「今度私の所に遊びにいらっしゃい。いつでも御馳走してあげるから」

あまりにも気さくな誘いに、ぼくはただただ困惑するばかりでした。

「お兄さんが邪魔だというなら、お昼にいらっしゃい」

そこでようやく怜子さんは、一人きりの部屋へ独身の男を招くという慎みのない招待を少し後悔したのでしょう、その美しい顔に長い睫の当惑を翳らせ、形の良い唇をゆっくり閉じてふと言い淀みました。

つまり怜子さんは、ぼくが心に描いた不届きな企みを嗅ぎつけ、その企みに翻弄される状況を心ならずも脳裏に思い描いてしまったと言えなくもないのです。ですが、すぐに、にっこり微笑して、

「でも、いいわよね。義理の弟なんですもの」

縁側にまばゆい光の輝きが溢れていました。その向こうですっくと伸びた鶏頭の花が臙脂色の重たげな花序を不安定に揺らしているのを眺めながら、ぼくはぼんやりしていました。うちの庭の一角には鶏頭の花がびっしり植わっていますが、母が故郷から移植したもので、いっせいに咲き揃うと丈が長いので実に壮観です。いつも母の故郷の容赦のない盛夏を偲ばせ、なぜか母の隠された苛烈な意志を想起したものでした。

もちろんぼくは怜子さんの誘いに応じるつもりはありませんでした。

ぼくが何度もためらったあげく、ようやく電話を入れたのは、一カ月も経ってからでした。

怜子さんは、以前の約束を思い出して、けれどもあいにく模様替えの最中なので、家に招待することはできないと告げ、

「新宿でイタリアンでも御馳走するわ」と伝えました。

その口ぶりには性急な動揺が窺えました。

ぼくらが会ったのは新宿の駅前で、場所も時間も怜子さんが指定したのです。

ぼくは約束の三十分前に到着して、じりじり気を揉んでいましたが、怜子さんは少し遅れてやってき

ました。弁解する横顔には、遅刻の言訳とは別の、妙な後ろめたさに刺激された興奮がちらちら揺れているようでした。たった今、兄と喧嘩してきたような顔つきに見えたのです。ひょっとしたらぼくとの約束が原因だったのでしょうか？

しきりに弁解しながらも、ぼくを急かして横断歩道を渡ろうとするので、まるでぼくらは何かから急いで逃げてゆくようでした。長い夏の日がようやく終わろうとする黄昏の憂愁をまとって、街ぐるみ逃亡の最中のように感じるのです。

レストランで食事をしながら、ぼくは怜子さんの美しさにうっとりと見惚れていました。その美しさをうまく説明できませんが、顔立ちの端整さや、憂いを含んだ穏やかな眼差しを指摘するだけではなんとなく物足りない気がします。その微笑には、すぐにそれと感じられる慈愛や寛容以外に、無意味めいた匂いがありました。ぼんやりしているのではないのですが、注意深く放心しているような、そんな感じがいつもその横顔に窺えるのでした。また、殊更なにも考えないし、深く追求しようとはしませんが、それでいて、苦もなくあらゆることに知悉している聡明さがありました。無言でいるときの方が、話しているときよりもはるかに雄弁で、しかも流暢に思えるのでした。

そういうわけで、ぼくは一緒に居る間とめどなく問い掛けられ、応える以前にもう了解してしまう怜子さんを唖然として見つめ、眼前にある白いテーブルのような当惑をこの上もなく好ましく感じていました。

皿に盛った料理。椅子。窓を濡らすしっとりとした濃密な闇。ぼくの座っている椅子は、遠い異郷を廻り、ようやくそこに辿り着いたばかりのようでした。煙草。とりとめない会話。怜子さんのふっくらした頬のそばでゆらゆら揺れているイヤリング。うんざりするほど永い時間、ぼくの心は異郷を旅していました。

怜子さんの心を覗きたいと思いました。もしそんなことができるなら、きっと光が燦々と降り注いでいる、椅子が一脚あり、編みかけの毛糸の毬が足下に転がっている、真っ白な空っぽの部屋に迷い込んだでしょう。

考えるゆとりもなくとめどなく喋り続けるのに、ぼくらは互いに欺きあっているようでした。ぼくは怜子さんへの恋情をしきりに仄めかそうとしながら、そのくせ臆病な逃げ道を用意していましたし、怜子さんもまた、これはぼくの勝手な想像ですが、どうかするとのっぴきならない関わりを持ちかねない二人の間に、そこはかとない不安を嗅ぎつけ、努めて素知らぬ振りをしていたような気がします。

ぼくらはいったい何を話していたのでしょう。あんな無意味な会話は初めてでした。いっそぼくは思いきって怜子さんを誘惑すべきでした。でも、もちろんそうすることもできず、ぼくは自分の悪意に、それを手にする以前にもうたじろいでいたというわけです。

一緒に居る間、ぼくはひたすら会話が不自然に中断することを願っていました。だって、気まずさに直面させる以外に、心のなかの苦悶を感じ取って貰える手立てを思いつかなかったからです。ところが沈黙を切望しながら、その夜、ぼくはおそろしく軽薄でお喋りな男でしかなかったのでした。

その当時、ぼくはキャバレーに勤めている一つ年上の女性と半ば同棲していて、その人との事情は誰にも内緒にしていたのですが、怜子さんに問われるまま、すらすら打ち明けていました。こんなことからも、ぼくがその夜、内心ひそかにもくろんでいた思惑があったとしても、他愛ない想像の戯れでしかなかったことは信じて貰えるでしょう。

ぼくはその女性が好きでしたが、怜子さんの前ではこっぴどく中傷したつもりでした。ところが、怜子さんはしばらく黙りこんでいて、それからまるで失望したように、「恭二さんは、その人のことが好きで好きでたまらないのね」とぽつりとつぶやいて、ぼくを驚かせたものでした。

「とんでもない！」とぼくはすかさず反論しました。

「あの人はぼくには手に負えない、守れない約束なんだ」

「そうかしら、」

「そうだよ。もちろんこんな状況を決して好ましく思っているわけじゃない。でもずるずると引きずられているんだ」

ぼくはムキになっていました。

「好ましくないから、かえって引きずられているのかも知れないわ。そういう魅力ってあるもの」

「………」

「でも私には理解できないし、理解したくはないわ」

「………」

「その人は幾つなの？」

「一つ上。……本人の言葉が嘘でないなら」

どうして怜子さんが、冷水の入ったグラスを握りかけたそのときのぼくの慎みのないおののきに気づかないのか、不思議でした。指をゆっくりと曲げ、グラスをやわらかく握りしめました。そのゆるやかな力にグラスがぐんにゃりと悶えるようでした。

「とても意外に思いました」

「なにが？」

「兄のようなタイプの男と結婚したこと」

と、ようやくの思いでぼくはそう言いました。それが二人の結婚に対して快く思っていないという、ぼくの正直な気持ちを吐露する精一杯の言葉でした。

怜子さんはやはり黙っていて、しばらくどうとも言いませんでした。

二時間あまり過ごしてレストランを出ました。

何処へ行こうとも言い出せないまま、ぼくは怜子さんの歩く後を黙って従っていました。その間、怜子さんはそれまでと打って変わって陽気になり、兄のことを誇らしげに吹聴して、ぼくを失望させました。怜子さんが兄を選んだのはただただ信頼できる相手だったからで、遠い親戚にあたるということが唯一の理由でした。二人の出会いの経緯を知れば知るほど、ぼくにはそんな気がしてくるのでした。

最初のキスの場面を少女みたいに羞じらいつつ告白するのを聞きながら、ますますそう信じました。ぼくはいつのまにか躍起になって反論していました。兄に対する中傷めいた言動になっていたように思います。怜子さんはふっつり黙りこくり、ぼくの非難を受け止めていました。

「私も以前には恭二さんのような人が好きだったわ」

と、交差点を渡りきったところで、怜子さんはぽつりとそう呟いたのです。

「え？」

ぼくにはそのつぶやきがとても唐突に聞こえたのです。その物憂げな調子や、そのときの憂いのある横顔には、たった一カ月の間に育まれた親愛とは明らかに異なった、遠い年月を思わせるしみじみとした哀感が滲んでいるように思われたのです。あたりのしめやかな闇の愁いが顔面にまとわりつき、不穏な予感をなぶったようでした。

急に人通りが絶え、信じていた以上にあたりが暗いことに改めて気付きました。間近で信号がきぜわしげな点滅を繰り返して、心ない擾乱《じょうらん》を掻き立てるようでした。

怜子さんは不意に言い淀んだまま口を閉ざして、しばらく背を向けていました。くるっと振り返ると、じっとぼくを見つめて、それからざらざらした舗道の上に影を残して急いで駆けて行きました。たまたまそこに地下に潜る入口が見えていたのですが、そこまで付いてきたのですから、改札口まで見送ったとしても不自然ではありませんし、ぼくはそのつもりだったのです。ところが、怜子さんの態度はつれなく、急に邪険になったように見え、ぼくが付いていくのを拒む冷淡な素振りがありありと感じられました。

なぜそんなふうに振り切るようにして唐突に駆けて行かなくてはならないのか、そのときぼくにはさっぱり合点がゆかなかったのです。それと気づかずにうっかり何か失礼なことを口走ってしまったのでしょうか。それとも急に兄のことを思い出して、これ以上他の男に付きまとわれるのを嫌ったのでしょうか。とりとめない思いを巡らせて、湿った闇の中にひどく悲しく取り残されたことを覚えています。

それっきり、ぼくの拙い恋情のもつれは、白くつややかな卵の殻に閉じ込められ、もう決して飛び出そうとはしませんでした。流動体のもっとも慎みのない不安定な状態であった時でさえも、ぼくは逢ってたちまち抜き差しならない恋に陥ったことを仄めかすこともできず、黙って見送ったのでした。

ところが皮肉なことに、きっぱり断念してから、ぼくらはかえって気軽に馴れ合うようになりました。ちょうどその頃、兄は独立して小さな印刷業を始めていました。兄にしてみればずいぶん大胆な決心でした。見直しましたよ。あの堅実な兄にそんな度胸があるなんて。

怜子さんが経理を務め、ぼくにも手伝ってくれるように要請があり、借金で首が回らない状況だったので飛びつきました。つまりぼくと怜子さんは同僚になったというわけです。兄は金策と営業に飛び回り、ぼくは憧れの人とこぢんまりとした会社でいつも顔を見合わせるようになっていました。

兄はぼくには常に寛容でしたから、実家には寄らなくても、公団住宅にはよく遊びに出かけました。和やかな家庭団欒の中でいつも心が乱れていました。それが怜子さんの意識しない癖なのか、少し眉間をひそませ、目を細めながら見つめるあの表情のせいでした。ぼくの執拗な凝視から逃れようとしながら、疎ましげにも、哀願するようにも見えるあの目が、ぼくは大好きでした。

遅くなると、あの人は一階の表玄関まで見送るのが常でした。階段を一緒に下りようとするとき、もつれるように手と手が触れました。その一瞬のぬくもりを心の中で一途な思いで保ちながら、

「ねえ、手をつなごうか」とつぶやくと、
あの人は動揺しながら足早になり、少し怒った声で叱ったものです、

「いったいどんな仲ですか！」

踵を返して階段をパタパタと上がるサンダルの音。居なくなったと思ったら、まだ踊り場でその表情がすぐに微笑みに変わったので、「ねえ、一度でいいから内緒で付き合おうよ」と声を掛けると、その声は抑制されても静寂の中で意想外に大きく反響して、ぼくをドキリとさせました。

「お声がかかればいつでも」

あの人はにっこり微笑みました。即答だったので、すっかりまごついてすぐには言葉を接げませんでした。

「ほんとにどこかへ一緒にいきたいね」

「そうね」しばらくして、遠く視線を移しながらつぶやくように、

「温泉……」

ぼくは湯気にからまれる裸体を想像してすっかり動転してしまったものです。

翌日の夜遅く、あの人から電話がはいりました。

「すみません、こんな時間に電話して」

「深夜に叩き起こされたって大喜びですよ」

「七日に接待ゴルフがあって、どうしてもメンバーが足りないのですって。それで、あなたに参加できないだろうかって。自分で電話すればいいのに、まだ仕事中だから、私から聞いてくれって……」

「来月の七日ですね。いいですよ。それで、あなたとのデートはいつですか?」

「以前から、いつでもいいって言ってるじゃないですか」

「そんなことを言うと、閉じ込めた恋が騒いで困ります」

「また、そんなことばかり」

「ねえ、ほんとうに一度でいいからデートしましょう。——あなたの人生の一日をぼくに下さい」

「夢のなかでいつもデートしているじゃないですか」

「それは夢で我慢しろということなんですか?」

かつては怜子さんのことが誰よりも理解できるような気がしていました。ところが、現在では、何一つ確信が持てないのです。たとえ言葉にされてもその事情は変わりません。ましてや惑う心を透かしたら、真意はたゆたう変幻そのものになります。

仕事中、たまたま二人っきりになったので携帯電話のカメラを向けると、帳簿から目を離さないで、

「勝手に撮らないでください!」

「はい……」

ぼくは叱られた猫のように縮こまって、指で保存処理しながら、「消去しました」と虚偽申告しました。

いったんトイレに立って戻ってくると、そのままあの人の机に向かって、「お別れです」と手を差し出して握手を求めました、「元気でいて下さい」

「え、……どこかへ行くのですか?」

「いえ、何処にも行きません。自分の恋にさよならです」


ある穏やかな陽気の日曜日、ぼくは多摩川のほとりをぶらぶらと散歩していました。実家のすぐそばまでやって来ながら、どうしても立ち寄ることができなかったのです。柔らかな風が顔面を撫でてゆき、軽く顔を上げた方向に、見慣れた家が見え、その向こうに公団住宅の棟が重なり合っていました。窓が開いていたり、閉まっていたり、ベランダに人影があったり、布団や洗濯物が干されたり、同じ構図なのに各戸はそれぞれの日常生活を健気に主張していました。

遠くに、まだ歩く方向も見定めのつかない人影がありました。それはぼくの体の中に気がかりな点描のように滞っていました。煙草をはさんだ手を口元に引き寄せたとき、見覚えのある髪形に気付きました。煙草をはさんだ手をそのまま口をふさぐように留めながら、ぼくはその偶然の出会いをゆっくり味わっていました。

あの人はまだぼくだと気付きません。喜びがこみ上げて、思わず大きく手を振ると、彼女はゆっくり顔をあげて認め、用もないのに、かといって無視するわけにもいかないので、方向を変えて（なにしろ校庭のように広い敷地で、方向が三十度は外れていたのです）、困った表情でぼくを見つめていました。

「伊豆の踊り子ばりに手を振ってしまいました」

目を細めた、困ったような顔に、ほつれた髪がそよいでいました。

「暑いですね」

「ええ」

誰かに見咎められるかも知れないという恐れが不安と恍惚を交互に与えていました。

「海へはもう行ったんですか？」

「いいえ。……だって誘ってくれないから」

あの人はいたずらっぽく笑いました。

「そんな、……」

ぼくもつられて笑いましたが、「誘ったら拒否したくせに」とぼくは心の中で子供みたいにふくれっ面をしていました。

それと言うのも、つい先日、悲壮な覚悟で手渡す書類の間にラブレターを挿入し、一方的に待ち合わせ場所を指定して、終日待っていたのでした。でも、約束の時間を二時間過ぎてもあの人は来なかったという経緯があったからです。

ところが、どういうわけか、怪訝そうな表情がぼくを見ています。

「崖から飛び降りるような気持ちでデートに誘ったのに、あっさり拒絶していながら」と先日の誘惑を恨めしげに振り返ると、

「え？　どういうことですか？」

やはりいぶかしげな真顔で聞き返すのです。つまりあの人はぼくが誘ったことさえ気づかなかったの

です。すると、ラブレターはまだあの書類の間に眠っているのか。兄に発見されなかったかと気もそぞろになりました。

「だって、駅で会おうと。あの日、ずっと待っていたんですよ」

「……」

やはり本当に知らなかったのです。すると、たちまち恋心は再燃しました。

「じゃ、今度の日曜日に会いましょう」

「大切な時間を無駄にさせては悪いですから」とあいかわらずすげない態度で切り返します。

「一度くらい、いいじゃないですか」

「会ってどうするんですか」と少し苛立った声。

「どうするって、」

ぼくは返答につまりかけました。

「……一緒に楽しく過ごしましょう」

「楽しく過ごすって……」

やわらかく苦笑し、少しためらってから、「それじゃ、主人に相談してから」とつぶやいたのです。

主人という言葉はぼくぶちのめすのに十分な衝撃でした。まつわりつく蝿を追い払おうとする意図がそんなにもあからさまに投げつけられたのです。

その頃、会社の経営状況は急激に悪化していました。会社が乗るかそるかの大事なときに、ぼくはそんな他愛ない恋のやりとりに浮かれていたのでした。

しかし、それも、痛烈な礫を食らわされて、きっぱり終わりました。さっぱりした爽快感さえ漂いました。そうだったのか。兄とはしっくりいっていないというぼくの判断は一人よがりだったのです。ぼくはこんな単純な事実を突き止めるのに、半年もかかったのです。すべてはぼくのひとり芝居でした、恋の戯れにあの人は体裁よく付き合ってくれただけなのでした。

ある日、兄が「相撲を見物に行くので一緒にどうか」と訊いてきました。

「いや、あんまり気乗りしないな」といったんは断ったのですが、ひょっとしたらと思い直し、「家族のみんなも一緒ですか？」

「そうだよ」

「最近ご無沙汰しているし、顔を見せるために行こうかな。歓迎されないとは思うけれど」

あの人だけを目当てにしていたのはもちろんです。

その直後、「ねえ、恭二さんも一緒に行くんでしょう？」とあの人からそう聞いてきました。それでわざとからかって、「いや、どうやら夫婦二人きりで行きたいようですよ」と言うと、「家族そろって行くんですって。恭二さんも一緒に行きましょう」と困りきった語調で訴えます。あの人はうちの家族が苦手なのです。

「そうしたいのですが、兄は体面上誘っただけで、本音はぼくなんかどうでもいいんですよ」

「でも」

「わかりました。あなたに会いに行きます」

仕事を早めに切りあげると、地下鉄の改札口を出たところでみんなと合流しました。ぼくは終始家族のかたまりから少し離れて歩いていました。あの人もやはり遠慮しながら遅れて歩いていたので、ぼくの前には常にあの人のあでやかな肢体が揺れていました。

観覧を終えての帰り道、やはり二人遅れて歩いていると、すすっと寄り添いながらあの人は、「いきなり背後から何かされそうで、とても怖かったわ」と悪戯っぽい声でささやきました。

「あなたが怖がるなんて信じられません。だってどちらかというと少し男っぽい感じがするときがありますものね」と言うと、そのことを少し気にしたらしく、黙って急ぎ足になって離れて行くので、その後ろ姿に向かって、「不埒なまねをする男と思われていたのがショックです」というメールを送信しました。

返信に、「無愛想で可愛げのない女ですみません」という文面が届いていました。

ぼくは煙草を買いながらすぐに電話して、周囲を憚りながら、慌てて受話器をそっと耳にあてがう後ろ姿を見ながら、「無愛想でかわいげがない女なんてこれっぽっちも思っていません。あなたの感覚は鋭くて、あなたが指摘したように、ぼくは何度も何度も背後から不埒な真似をしようと付け狙っていたんです。見事に見透かされたので、ついあんなふうに口走ってしまったんですよ」

翌日、事務所に入って行ったとたん、あの人がすっと顔を上げてぼくを見ました。それで思い余って、これといった用事もないのに、あの人の机に向かっていました。周りには同僚が何人かいました。あの人はぼくの取って付けた質問に机に座ったまま答え、ぼくは思いつめた表情をそのまま保ちながら、立ち去ろうとすると、あの人は立ち上がってそっと寄り添って来て、そのまま一緒に部屋の外へ出ました。

何か勘違いしたのでしょうか。周囲の視線を気にしながら、ぼくが何か言うのを待つように黙ってぼくを見ているあの人のぬくもりをありありと肌に感じるようでした。ぼくはそのままどこかへ連れ去りたいと痛切に感じながら、「めまいを起こしそうです」とつぶやくのが精一杯でした。

あの人は黙って事務所に戻って行き、その後ろ姿を目で追いながら、何か言い足りない気持ちでいっぱいでした。思い余って、「めまい」と一言メールして、帰宅の途に着きました。

人ごみにまぎれ紐を引きずりながら歩いてゆき、いつもの地下鉄に揺られていました。衝動的に思い立って二駅手前で電車を乗り換えて引き返すと、煙草を吸ってから、勢い込んで事務所に入って行きました。数人の同僚がいっせいに注視するのを意識しながら、奥の方に座っているあの人を見ました。けれども本人には声をかけることができず、すぐに目をそらし、同僚に向かって、「めまいを起こしそうです。なにか薬はありませんか」と聞こえよがしに喚き散らしていましたが、あの人はこちらへは顔を向けず、白いボタンをあしらった地味な薄青の事務服は椅子の上で少しも動きませんでした。

そんな戯れが性懲りも無く繰り返されていました。

ぼくたちがのっぴきならない関係に陥るには、何か偶発的なきっかけが必要でした。それはほどなくぼくの入院という形でやってきました。病気だと知っても実家の対応は冷淡でしたよ。見舞いに来たのは妹の留美子くらい。沙織なんか、ひどいもので、電話でふんと言ったきり。鬱屈した日々を送っているとき、お弁当を持参して、あの人が突然訪ねて来たのです。

「とにかく食事だけは絶やしてはだめよ」

かいがいしい看護ぶりにぼくは恐縮するばかりで、しゃがんだり立ったりする豊かな姿態を黙って見ているだけでした。親戚という関係をもとにした信じられないような無防備な後姿の、ふっくらした腰のあたりを、ぼくは不届きな思惑を抱いて見ていました。

いきなり抱きすくめてキスすると、病人を労わったのでしょうか、抵抗の身振りは控えめでした。無碍な、無垢な、隙だらけの表情が間近で陶酔していました。はかない百合の匂いと病院特有の消毒臭が同時に迫っていました。

　ぼくは、あの人以外の女性に対しては、放縦で、誠意のない、鼻持ちならない狩人でした。森を馬で駆け抜け、盲滅法に気まぐれな矢を放っては愉しんでいました。ところが、ひょんなことから矢が逸れて、牧場の羊を射る羽目になってしまったのです。野生は捕えるまでも捕えた後もじたばたするけれど、牧場の羊はあっけないものでした。

　それ以来、あの人は何度もこの部屋を訪れています。

　深夜に、兄に隠れてこっそり電話してきて、泣きじゃくっている可愛い面がありました。兄がいけないんですよ。無垢な身体に火をつけて、それで放置したのですから。あの人にとって夫とのオーガズムは婚約中のキスが最高潮でした。結婚してからの性交は更に大きな期待を募らせましたが、意に反して緩やかな快感しかもたらさなかったのです。環境や無知から性的に未熟だったあの人の抑制は、結婚してからしばらくの間は継続していました。兄の不手際な技巧は陰核部のわずかな満足をそそるだけで、いつも中途半端に途切れ、あの人はおだやかな陶酔に揺られながら、そんなものだと思っていたのでした。

　二年も経ってようやく抑えきれない快楽の予感が身近に迫ってきました。歓喜のどよめきがすぐ間近に迫ります。ところが皮肉なことに、その時点で、まるで図ったかのように夫との性生活はふっつり遠ざかったのでした。

　兄はさんざん弄んで、抑制を解除した上で、自分は一方的に飽きてしまったのです。彼女は抑えきれなくなった自分の欲情が、あられもない姿態が、きっと夫を遠ざける結果になったのだと思いこんでいたことでしょう。そうして数カ月か経ち、ぼくにいきなりキスされると、永い間押しとどめていた欲情がとめどなく氾濫したのでした。

セックスのたびにいつも初めて体験するような幼い恥じらいを保っている人でした。雑誌ではさも淫らな女のように書き立てられていますが、決してそうじゃありません。素直な、嘘のつけない、とても純情で、穢れのない心の持ち主でした。たとえ、ぼく以外のだれかれと浮気していたとしても、きっとあの人の心は純粋なままでしょう。ぼくとの関係を毎日後悔して、何度も別離をもちかけました。

そばにいて自分の不純が悲しくなりました。ぼくはただの好色な無頼でしかありませんでしたから。ぼくは何にも満たされることはないのです。ところがあのひとはどんな些細なことにでもあっけなく充足しました。快楽にはとても素直な人でした。ベッドの上のあの人はたちまち別人になります。豊満な肉体は、どんなに虐げられても、柔軟にふくれあがり、いっそうあでやかに輝くばかりでした。

時間が制約されていたので、二人が会うのは、たいていこの部屋で、そうでないときはあの人の住む公団住宅からほどない川べりであったり、公園であったりしました。情事の後、たっぷり精液の詰まったコンドームを片付けようとし、その処置に迷って、いつまでも二本の指で摘んだまま困惑している姿は、こぼれて汚してしまうのを恐れる愛らしさと、いとおしくて手放せないでいる淫らさとがないまぜになっていました。

「私ったら、すごい格好をしている……」

あの人はどんどん大胆になってゆきます。あでやかにうねる妖艶な肉体の媚態。そのくせ含羞は最初のときと同じなのです。暴発しかねない拳銃におそるおそる触れようとする仕草のあどけなさ。

「もっと早く会えれば良かったのにね……」

そのそばでぼくは肉体の倦怠を予感していました。そのくせ、それを隠すようにいたずらな嫉妬心を手繰り寄せようとするのでした。倦怠によって囲われる空虚を埋めるように根拠のない疑心が芽生え、うごめくようになっていたのです。

「それにしても、私たちはひどいわね。どっちも。これっぽっちも自責の念にさらされることはないのだもの」

二人とも一緒に居るときは不思議なくらい罪悪感に苛まれることはありませんでした。兄は何もかも見透かしているに違いないとぼくは確信していました。二人の抜き差しのならない関係にむしろ兄の誘導さえ感じていたのです。一方、あの人はぼく以上に罪意識から逃れていました。「この思いがけない贈り物は、私の望んだものではないけれど、私には享受する資格があるの」というような開き直りさえ感じられました。「それに私の方から飛び込んだのではない、私は執拗な情熱にほだされただけなのだわ」というような勝手な言訳さえ窺えました。もしぼくに付き合っている女性がいたなら事情はまったく違っていたでしょう。あの人はきっとその女性に対する後ろめたさに苦しんで、何度も退こうとしたに違いありません。

ある夜、帰宅するとすぐにあの人がやって来て、ぼくはいつもならせっかちにベッドに誘うのに、その日に限って気乗りなさそうにぼんやりしていました。テレビを観ている間、あの人は散乱した本を片付けていました。ぼくが何気なくその豊満な肢体を背後から抱きすくめると、いきなりだったからのか、あの人はこれまで見せたことのない興奮を発露させたのです。夫と一度も試みたことのない体位が彼女を異常なまでに興奮させたのだと思いました。

これまで味わったことのない凄まじい快楽が二人を巻き込みました。歓喜の余り絶叫しそうになるので、慌てて片手で口を塞いでいました。どうにもならない泥沼に足を取られたような、人間の暗い、根源的な、胎児と母親を結ぶ臍の緒のような紐帯を意識しないわけにはいきませんでした。あの人はともかく、ぼくには口笛を吹くような気楽さで始まった恋が、とうとう抜き差しのならない宿命という呪縛に絡み取られたように感じた瞬間でした。

皇居にほど近い公園のトイレでセックスしたとき、不意にノックされ、「大丈夫ですか」と声をかけられたことがあります。

「二人で入室したのを見掛けましたので」と外の声は不審げに訊ねています。

巡回中の警官が見咎め、いつまでたっても出て来ないので、暴力で連れ込まれた可能性もあると確認しに来たようでした。

ぼくはびっくりして震え上がっていましたが、あの人は冷静に、「大丈夫です。介護です」と答えていました。

ぼくはその落ち着いた機転に感心しながら、急いでズボンをたくし上げ、丁寧に二度、三度、水洗を流して出ました。あの人に上体を抱え込むようにして介添えされながら。

二人連れの警官が並んで立っていました。あの人は軽くお辞儀をして、「どうもご苦労さま」と警官をねぎらう余裕さえ保っていました。ぼくは慌ててにわか不具者を装うのが精一杯でした。

「歩くと精液がじわじわと降りてくるのがわかるの、気持ちよかったり悪かったり、変な気持ち」と子供のように恥じらいながら寄り添う愛らしさ。

あの人は、なぜか子宝に恵まれませんでした。実家の隣の幼児をあやしている後ろ姿は、どんなに子供を欲しているかを切実に感じさせせました。ぼくとのセックスも、ときとして子供を孕みたいという身悶えにすぎないように見えることがありました。セックスの際、あの人は避妊を要求しませんでした。

「だって、私には欠陥があって、子供ができない体質なの。だから大丈夫なの」

それからはいっさい避妊していません。でも、心のどこかで一抹の不安が横切り、射精の瞬間、不安は猛烈な勢いで増幅するのでした。危うく、きわどい、強烈な恐れに襲われながら怒張し、直後に弛緩するのです。おそらくあの人は、どうせ無駄だと承知していながら、その一方でひたすら妊娠を切望していたにちがいありません。そして、遅くとも二か月後に不妊を再確認するのでした。そんな繰り返しでした。相手がぼくに代わっても、あの人の放埓な性はもっぱら子供を欲する激しい足掻きでしかなかったのではないかと疑われるほどです。

兄は子供を欲しがっているようには見えません。二人の仲を詮索する気持ちはありませんが、あの人の口からときどき愚痴っぽい言葉が洩れてきます。兄から心底子供を欲しているという希望を聞いたためしがないとか。兄が求めるのは束の間の快楽そのもので、そもそも生殖は眼中にないのだとか。台所に立っているとき、背後からいきなり抱きすくめられ、乳房を弄ばれることがあったが、それっきり黙って立ち去って行ったとか。

相手か自分のどちらかに欠陥があるのではないかという周囲の冷たい視線に晒されて涙ぐんでいたこともあります。両親のあからさまな批判に、夫婦は病院で検査したが、結局確定的な判断はつかなかったそうです。検査での屈辱的な姿勢。それにもまして、そのとき自分を襲ったいたずらな快楽の触手。あのひとはどんなことでも正直に話すのです。怒ったり、悔しがったり、恥ずかしがったり。無碍な、無垢な、いつまで経っても初体験の羞恥を持続しているひとでした。

「兄は、とっくにぼくたちの関係に気づいていますよ。ええ、絶対そうです。一緒に暮らしているのですから気づかないはずがありません」

兄の手引きによって恋に陥り、寛容を装った狡猾な思惑によって泳がされているだけなのではないかという懸念を洩らすと、あの人はあっさり否定しました。

「ううん。まったく気づいていないわ。主人は、きっと私が告白しても信じないでしょう」

「それほど無頓着ではないでしょう」

「主人は、こと女房のこととなると、極めて愚鈍になるの。私のことを心底信じ切っているの。鋭敏でそつのない人だけど、妻に関しては不貞など考えてもみない無類のお人よしになるの」


それにしても、実家で長男の嫁と情交を戯れたのは、さすがにちょっと拙かったと後悔していますよ。しかも事件当日のことですからね。寝起きだったので夢に刺激された懶惰な情欲が残っていたのです。それにスリルがありましたからね。

示し合せたわけではありませんが、あの人が掃除のために応接間に入ってきて、ぼくがベッドに横たわっているのを見てびっくりしていました。あの人はぼくがそこに居ることを知らなかったのです。無理もありません、ぼくは滅多に実家には寄り付きませんでしたから。

思いがけない喜びを慎ましく制御して立っている無防備な身体をぼくはいきなり抱きすくめました。ベッドのそばで掃除機が単調な騒音で唸っていました。

やがてあの人が応接室を出てゆき、しばらくしてぼくはたった今目覚めたかのように装いながら、朝食のテーブルにつきました。あの人が寄り添い、そっとお茶を注いでくれたとき、ぼくは居間の襖の陰からじっと凝視している母の暗い濃密な視線に気づいたのです。ぼくは思わずうつむき、急須を傾けているあの人の白いふっくらした腕を見ていました。

シーツにうっかり精液を垂らしたのは失態でしたね。丁寧に拭ったので、よもや発見されることはないと思っていました。

母の姿がゆっくり視界から消え、何処かへ行き、もう一度戻ってきたときの形相ときたら。ぼくは思わず目を伏せてしまいました。きっと母の目には、怜子さんが掃除のために留まっていた応接間が疑惑のうずまく空間に映っていたことでしょう。

それでなくても母親にとって長男は大事な嫡男でした。その妻の不倫の疑いがこともあろうにかけがえのない自宅で繰り広げられたという疑惑がむっくり顔をもたげていたようです。以前からそれとなく感じていた直感が、密室での二人きりの不可解な時間の停滞のよって、たちまち明確な状況をつくりあげたのです。それが怜子さんのちょっとしたしぐさで決定的な確信を直結させたに違いありません。トイレに立って母親とすれ違うときに、間近で暗く光る険悪な形相にあって、ぼくはすべてを覚悟しました。

一方、怜子さんは母親の剣幕に気づかないでいたようです。

今思い出しても、あのときの母の形相は息子を殺しかねない鬼のようでした。きっとぼくらの情事は見透かされていたのです。いや、もっとはっきりした痕跡を発見されたのではないでしょうか。そういえば母は臭いには人一倍敏感なたちでした。せっかちな情事が漏らした執念深い濃密な臭いが、たまたま応接間を覗いたときに不意に母に絡みついたのではないでしょうか。
家を出る時のぼくは慌てふためき、遁走しているように見えたことでしょう。

——邦夫のこと？

そういえば、よくうちに来ていましたね。もちろん沙織が目当てでした。惚れ込んでいましたからね。うちによく遊びに来ましたが、都会で他に身寄りもなく、淋しかったからやって来たというわけではありません。孤独は彼にとっては少しも苦ではなく、むしろ他人と接することが本来苦手なんです。恋愛、セックス。彼に興味があったのはそれだけですよ。それだって、本当に心底楽しんでいたかどうか。でも最近はあまり来なくなっていました。沙織以外に欲望を満たす女性が現れたからではないでしょうか。

そうそう、来なくなったきっかけを思い出しましたよ。あれは確か正月のことです。ふらりとやって来て、珍しい沙織の和服姿にうっとりしていましたっけ。騒動は父の剣幕から始まりました。トイレから飛び出してくるや、「いったい誰の仕業だ？」と大声で喚き散らしたのです。トイレの便座カバーがぐっしょり濡れていると言うのです。

母親がやんわりたしなめ、妹たちがあからさまな嫌悪を示しながら、犯人を詮索します。母親は田舎育ちの邦夫が洋式便座に無知なための失態と決めてかかって、小を足すときは便座をあげなければならないと諭す始末。もちろん邦夫の仕業にちがいないのですが、まさか使用方法が分からなかったわけはなく、実際に本人はきょとんとしていました。自分では気付かなかったのです。

しかし、どうやったら便器カバーがびしょ濡れになるんでしょうね。きっと、沙織のことを夢想して興奮しながら用をたしていたんじゃないですか。

とにかく、そのときの恥辱が彼の訪問を中断させたのだと思います。時期的にそうだし、その場はなんとか言い逃れはしましたが、その種の恥辱は彼の心を徹底的に傷つけるのです。きっと永遠に消えない恥辱として残ったに違いありません。邦夫はそんなタイプなのです。磊落《らいらく》そうに見えて、病的な胚乳のような弱さをどこかに隠し持っている男でしたよ。


この事件をぼくなりに推理してみせろ――ですって？

これはまた、ぼくの性質を利用したずいぶん巧妙な誘導ですね。なに、ごくありふれた、激情にかられた突発的な事件ですよ。それ以外にどう解釈しろというのです。男と女が民家で二人きりで対峙していれば何が起こっても不思議はありませんよ。それなのに、うちの家族は邦夫にひとしきり同情し、下の妹なんかこの期に及んでも犯人は邦夫ではないと口走る始末です。事件は単純明快で、邦夫の供述通り起こったのです。

もっとも、いくつか妙な引っかかりがあります。

一つは家の電灯がすべて消されていたという事実です。たとえ戸外が明るい季節でも、うちはたいてい電灯をつける習慣でした。誰かが居るのに消灯されているという状況はまず考えられません。

もちろんその朝の朝食のときも電灯は確かについていました。つまり消灯は犯行の直後犯人によって為されたと想定しないわけにはいきません。だとすると血まみれになった手がスイッチを押したとも考えられますが、スイッチに血痕が残っていたという報告はありません。

いずれにしろ、犯行後、居間とリビングと廊下と玄関の四か所のスイッチが消されたのです。消灯は、我が家の外出するときの厳格なしきたりです。在宅のときは無駄な電燈をつけるのに、不在のときは喧しく戒められます。父はこうしたことには厳格なんです。電灯がすべて消されているのに、妹が証言する「不気味だったけれど、とても美しかった」という、台所のガスの火がそのまま放置されています。このちぐはぐな対処がぼくにはとても違和感があるのです。

この状況から自然に導かれる真相は、あくまで加害者が消灯したとするなら、犯行は衝動的でも突発的でもなく、冷静沈着に行使されたということです。どんな意図だったかわかりませんが、消灯とガスの火には明らかな作為が感じられるのです。

さらにもう一つ奇妙なのは、三人分の天ぷら蕎麦が平らげられ、玄関に出されていたことです。これも出前を取ったときの我が家の習慣で、食後ただちに洗ったうえ玄関に戻さなくてはなりません。ところが、丼には洗った形跡もなく海老の尻尾が残っていたということです。これも、うちではまず考えられない対応です。

そもそも邦夫と被害者が食べた残りの一人前は誰が食べたのでしょうか。邦夫の供述はそれに触れていません。もちろん邦夫に尋問すれば、こともなげに「ぼくが二人前食べた」と供述するでしょうが。

……

肝心の動機が不明ですって?

殺人事件はいつでものっぴきならない事情が強制するとは限りませんよ。取り巻く状況そのものがゆるやかに手招きする場合もあるでしょうし、偶発的な要因に誘発される場合もあるでしょう。二人きりに取り残された密室の窮迫や、出前にやってきたそば屋の店員の言動や、とつぜん鳴り響いた電話のべルの衝撃さえ、その契機となりえます。コートが足元に落ちたとき、ナイフの重みが床にずしりと異様な響きを与え、それが凶行のきっかけになったとも考えられなくもないのですから。

　どうしても邦夫以外の犯人を特定しなくてはならないとしたら、隣家の兄弟を挙げなくてはなりません。

　あの二人が怜子さんに執着し、執拗にまつわりついていたのは明らかです。隣家の二階の窓は、いつも僅かな隙間が開いていました。そこから常に兄弟の不埒な視線が我が家を盗み見ていたのです。

　あの人はいつか電車の中で痴漢にあったことがあり、そのとき犯人は特定できませんでしたが、あたりを見回すとそばに隣家の次男がいたと打ち明けたことがあります。また、「いつも誰かに付回されているような気がするの」とも嘆いていました。実際に地下鉄に乗り換えするときになにげなく振り返ると、後ろめたそうにこそこそと逃げてゆく姿を目撃したこともあるそうです。

　兄が父の不祥事のために奔走していたそうですが、あれも怜子さんが絡んだ、脅迫まがいの嫌がらせへの対応ではなかったかとぼくは疑っています。もちろん相手は隣の兄弟かその仲間に決まっています。

　どことなく気の許せない暗い目付きをした兄弟でした。特に上の方は突発的な凶暴さを予感させ、得体の知れない怖さを秘めていました。バイクの騒音のことで父から叱られて以来、むやみな憎悪を引きずっていたのは確かなようです。それが歪んだ欲望になり、いつしか怜子さんにまつわりつき、付回すようになっていたのではないでしょうか。

　この面談の初っ端に、「昨夜、不可解なメールを受け取り、そら恐ろしく感じて眠れなかった」と言いましたが、あれは実は、あの人を中傷する悪戯メールが舞い込んできたせいだったのです。ぼくとラブホテルに入る場面を撮った写真も添えられていたので、腹立たしくもあり、恐ろしくもあって、おちおち眠れなかったというのが真相です。金銭の要求はありません。匿名でしたが、おおよその察しがついています。隣家の兄弟の、たぶん弟の方です。

第五章　偽　証

裁判が唯一停滞した場面は、凶器を巡る論点だった。

警察の懸命な捜索にもかかわらず、遂に発見されなかったからである。凶器が特定されないまま、裁判は強引に進行した。

検察が自信を持って臨んだ論拠は、「犯人は自分であり、その日デパートで購入したナイフで殺害した」という、逮捕当初から一度も翻ることがなかった容疑者の自白だった。弁護人もまた容疑者による凶行を否定しているわけではなかった。殺害当時の精神状態のみに焦点を当て、責任能力の有無を問うている。

検察側の鑑定書は、鑑定当時ならびにその後の数か月間の容疑者の精神状態は、もちろん正常で、犯行当時の責任能力にはいささかの疑念も差し挟む余地はないと断言している。

「面談中の挙措・態度には著しい異常は認められず、長時間にわたる尋問にも澱みなく応答し、ほとんど疲労感も訴えなかった。質問内容も的確に理解し、応答にも不自然さはみられない。ただ、避けるような視線に顕れる羞恥の乱れと、多少幻聴を思わせる症状がときおり瞥見《べっけん》され、表情の変化の乏しさが目立っているが、取り立てて強調するにも及ばない、ごく一般的な、人見知りする性質だとも取れる範囲内の変調でしかなかった」

一方、弁護人側の鑑定書は、責任能力を阻害するほど重大なものであったとする犯行当時の精神状態に焦点を当てている。

「感情や表情の上での異常は重いものではないとはいえ、到底見逃しえず、殊に明白な幻聴に見舞われる症状が頻繁に見られた。心理学的実験の結果、その注意力、意志緊張などの方面に、正常とは言い難い所見が窺われ、思考過程上に著しい不調和が発見されている」

自白が意図的な誘導や強制によるものでないことは明らかであった。また、その供述内容も、客観的事実に即してほぼ整合性が保たれていたと言える。だが、客観的事実そのものが関係者の証言によるものでしかなく、共謀を示唆する意見もあることから、全面的に信頼するわけにもいかない。体験した者でなければ知り得ない、いわゆる「秘密の暴露」にあたる証拠も自白から引き出せてはいない。

裁判は、その計画性および凶悪性をもってして懲役十五年の実刑で結審した。被告側からの控訴はなかった。

【隣家の次男佐々木健司(20)の証言】

……事件当日、ぼくはいったん外出した直後、こっそり自宅に舞い戻っている。母に予備校に行けとけしかけられたが、日曜日なので休校だった。所持金も少なく、遊び相手もいなかった。それで十時前には帰宅して、母親に気づかれずに自分の部屋に閉じこもった。

ヘッドホーンで音楽に聴き入ったり、ヘッドホーンを外して煙草を喫い、ときどき窓外を見やったりしていた。落ち着かなかった。なにしろ隣家にはあの人が来ていたからだ。隣家のベランダに湯あみする光は刺激的になったり弱くなったりした。光線を遮る雲も木立もなかったので、それはぼくの心が反映した効果だとしか考えられなかった。

ぼくはいつものように望遠レンズを取り出して窓際に設置した。リビングにあの人の姿が見えると、心がときめいた。姿が見えなくなると、ぼく自身も消えてしまったように感じた。永い時間不在になり、ひょっこり姿を見せると、カメラに触れた手が熱くなった。あの人の顔が突然アップされると、ぼくは怯えて、一瞬のけぞりそうになった。次女と語らい、掃除機を引きずって移動し、また見えなくなった。次女と義母とが親しげにやり取りしていた。やがて次男の姿が現れ、そそくさと食事を済ませると、すぐに外出したようだった。

そのうち、あの人の姿がいっこうに視界に入らなくなった。ぼくはすっかり退屈してカメラのそばを離れ、イヤホーンをあてがって音の驟雨《しゅうう》に身を任せた。

コンビニで買ったパンとコーヒーで昼食をすませて、もう一度カメラを覗き込むと、義母と次女がリビングで顔を合わせており、そこに見知らぬ男が加わった。男はしきりに煙草を喫っていた。

男がいきなり振り返り、その顔が不意にアップされたので、盗み見しているのを察知されたかのように驚き、ぼくは思わずカメラから離れて仰向けに横たわった。

もう一度様子を窺ったとき、男が一人でテーブルについて蕎麦を食べていた。食べ終わると、ベランダに出てきて、しばらく庭を眺めていた。驚いたことに男の手には大きなナイフがあった。革製の鞘のボタンを外して、目の高さまで持ち上げ、白刃を煌めかせた。男はナイフを持つ手を上空に向かって伸ばしたり、手元に引き寄せてしげしげと見入ったりした。その仕草にはこれといった意図がうかがえなかったが、その無意味な持続は、どこか脅迫めいて見えた。

その時、男の背後に、リビングを素早く走って居間に駆け込む女性の姿が見えた。あの人だと思った。

ぼくは驚いて身を乗り出し、慌ててカメラのファインダーを覗いた。男が振り返り、リビングに戻り、隣の居間に入って行った。襖が閉められた。しばらくすると、もう一度襖が開き、男が現れた。リビングを移動し、ガラス窓の向こうに立つと、じっと庭を見ていた。永い間そうして立っていたような気がするが、ほんの数秒だったかも知れない。

男はきょろきょろと周囲を窺うような素振りを見せた。その目は暗かった。やがて、カーテンに手を掛け、ゆっくり引いた。ゆっくりとカーテンが引かれてゆき、リビングが狭まり、男の姿が見えなくなった。ファインダーから覗く空間に息詰まるような時間が停滞した。

カーテンに遮られてもはやリビングの内部は見通せなかった。ぼくのなかでにわかに不安のさざなみが沸き立った。外出するわけでもないのに真っ昼間、隣家のカーテンが引かれた。そのこと自体が奇異で、不可解だった。細工したのは、家族ではなく、客だった。しかも、その男はつい数分前までナイフを無意味に弄んでいたのだった。

カーテンに遮られた居間はひっそり静まり返り、ぼくはすれ違う電車がちょうど真上を疾走する高架下で立ち尽くしているような気分だった。急いで状況を把握しようとしている切羽詰まった緊張感がぼくの全身に漲っていた。

庭をはさんで遠くから眺めた光景が再現される。男の行動を逐次振り返ってみた。ぼくの脳裡にもう一度カーテンが引かれ、いっそうの不可解さを突きつけた。表情か首の動きに、確かにカーテンを引きながら庭を窺うような意図が見えた。ぼくの頭の中でまたカーテンがゆっくり引かれて行った。閉じたカーテンに男の顔が大きくクローズアップされてくる。

ぼくが思わず自室で立ち上がったのはその瞬間だった。何ひとつ明確には把握していなかったが、なにか奇妙な違和感を嗅ぎつけ、胸が塞がれたように縮んだ。

階段を駆け下るときはまだゆっくりした歩調だった。木戸に触れたときも、庭に侵入しようという気持ちはさらさらなかった。実際に庭に入ったとたん、次第に募っていた胸騒ぎが収めようもないほど大きくざわめいていた。ぼくは猛然と走り出していた。躍動が前方の視界を惑乱させる。予感が無形のまちらついた。明確になりつつある妄想が行動をさかんにけしかける。

ぼくのなかに熱くたぎるような沸騰があった。義憤めいた憤怒だった。

気の遠くなるような時間の経過があり、ふと気が付くと、ぼくは不意に、隣家のベランダの脇に立っていた。そこはまだ言い逃れのできる位置だった。なにしろこっちは隣家の住人なのだ。幼い頃はこの庭でよく遊んだものだ。何かの口実で隣家を訪問し、声を掛けたが、返事はない。それで戸惑いぎみに突っ立っている。まだそんな状況なのだ。ぼくの中で、何かががんがんと響いた。工事現場の掘削機のような物凄い喧噪で、耳を塞ぎたくなるほどだ。

かろうじてまだ猶予はある。まだぼくの姿は発見されていないのだ。そういう意味では不在に等しい。しかし、このまま何もしないで此処に立っていると、やがて家人が出てきて、用件を尋ねられ、いきなり言い逃れのできない窮地にはまる。たとえそんな状況になっても何かとっさにうまい言い訳を考えるだろう。今まで何度もそうした窮地は逃れてきたのだ。ぼくはそうした機転はきくのだ。

ぼくは何か言葉を発したようだった。たぶん挨拶とも採れる呼びかけだったろう。だが、誰の返事も返ってこなかった。「変だな。確かに在宅なのに……」ぼくの声は届かなかったのか。それとも届かないほど小さな声だったのか。実際に声を掛けたのか、そんなことまであやふやになる。いつのまにか視線の高さが変わっている。驚いて振り返ると、はいてきたサンダルが石段の上にあり、ぼくの全身はいつのまにかベランダに上がりこんでしまっているのだ。靴下の底がすべすべした木の肌を感じる。もう叫ぶこともできない。今度はひたすら発見されないように努めなくてはならない。

このまま立ち去らないで、もしガラス戸に手を掛ければ、もはやどんな言い逃れもできない。明らかに不法な家宅侵入罪だ。いくら親しくしていても、もはや弁解の限界を超えている。それとはっきり認識しているのに、ぼくの脳裡からまだ立ち去ろうとする意識が生まれてこない。いや、心の中でひっきりなしに、戻ろう、引き返そう、と必死に叫んでいるのだが、足が釘で打ち付けられたように動かないのだ。

それでもまだ罪を逃れる状況が残っている。それは内部に助けを必要とする切羽詰まった要請がある場合だ。誰かが助けを呼んでいる。それでぼくはここにやって来た。明確な救助の要請は聞いていないが、それほど差し迫った状況なのだ。男がナイフを弄んでいた。ぼくはそれを確かに目撃している。

とうとうぼくはガラス戸に手を掛けた。なめらかに横滑りしてゆくガラス戸を奇蹟でも眺めるように観ている。カーテンがまつわりつくよう揺れて、とうとう全身がリビングに忍び込んだ。

なぜかリビングは消灯しているかのように薄暗かった。ソファーがあり、低いガラスのテーブルの上で、煙草の吸殻がまだくすぶって、あえかな煙をたなびかせていた。その向こうに食卓があり、食べ残しの出前の丼が見える。右側の壁際には琺瑯《ほうろう》のシステムキッチンが押し黙ったように控えている。その光景は、自室から望遠レンズから眺めたものとは、明らかに色合いも広さも異なっている。大人になって帰郷した故郷の光景のようだ。

ぼくはリビングをぐるりと見回した。台所の向こうに廊下が見える。手前には閉じた襖が隣室への入室を阻んでいる。そうだ、そこだ。そこに二人が相次いで入って行ったのだ。

そこで起きようとしている不祥事を防がなくてはならない。なんとしても阻止するのだ。居間との仕切りの襖は押し黙ったまま閉め切られ、内部からは物音ひとつ聞こえて来ない。だが、そこに、あの人が居る。そして、ナイフを所持したあの男もいるのだ。

だが、閉じた襖を前にして、ぼくはそれ以上一歩も進めなかった。それを押しとどめる緊迫感が隔離された空間に満ちていたからだ。散々ためらったあげく、とうとう退散しようと決心した。

ただ、その前に。ぼくはガス台に近付いて火をつけようとした。手元で金属質の音がカチッと響き、薬缶の底で青白い火がぽっと着いた。ぼくは左手で薬缶を持ち上げて、その重さを量るような気持ちを残しながら、たよりなげにふるえながら燃えている青く美しい炎をじっと見ていた。

これは警告なのだ。あの二人のあやまちを諌める警告なのだ。

ぼくは閉じた襖に向かって思い切り大声で叫びたい気持ちだった。

身をよじってガラス戸を抜け、ベランダに飛び出し、素足にサンダルを絡めると、庭をすり抜けて一目散に逃走した。……

ぼくの一家は、ぼくが生まれた年にこの地域に引っ越してきた。両親と兄の四人暮らしの構成は二十年間変わらなかったが、つい半年前、兄が身ごもった痩せた貧相な顔の女性を連れてきたので、大きく変化した。

兄は元暴走族の頭を張っており、暴力沙汰や週末のバイクの騒音のせいで近所の鼻つまみ者だった。もちろん現在はもうバイクを乗り回してなんかいない。

「二十歳を過ぎても無茶をやるのは余程の間抜けだ。俺たちは暴力や暴走が法に触れることを承知している。人の迷惑は百も承知の上だ。だからこそやってるんだから。で、二十歳を過ぎるとぱったり辞める。頭の地位をあっさり後輩に譲って、今ではときどきお祭り騒ぎに参加するだけだ」

というのが、兄の口癖だ。食欲も性欲も人一倍旺盛で、身長が百九十センチもある全身には活力が溢れていて、欲望のままに生活を謳歌しているのを、ぼくはいつも羨望の眼差しで眺めている。

あれで仕事には結構真面目に励んでいる。東北出身者の母さんの血を継いで辛抱強いんだ。仕事にはいっさい不平不満は洩らさない。嫌なことがあっても、たらふく喰って、酔って騒げば、もう元に戻る。どうせたいした人生ではないことはわかっている。両親だって、近所の人だって、さほど変わらない。とにかく生活していければいいんだ、と言う考えだ。

結婚したときはすでに父親だった。と言って、何も変わらない。毎日パチンコに明け暮れ、飲んだくれて、野球観戦に熱中する。

「他の人の生活を羨望することもない。一流の会社に勤めた同級生を羨むこともない。彼らは彼らだ。何をやっていようがそんなに大きな差はない。気楽な生活を送りたいとも思わない。きっと退屈するのがオチだ。生まれたのは公団の手狭な住居で、裕福ではなかったが、周囲の人たちはみんなそうだった。だから突出した生活を送っている人を羨む習慣はない。みんなそこそこの生活で満足していた。人生における問題は、のるかそるかの正念場に差し掛かったときだけだ。そんな場面には生涯めぐり合うかどうかも分からない。とにかくその局面に遭遇したとき、自分が恥ずかしくない行動をとれるかどうか、それだけが問題だ。他にどんな問題があるんだ」

酒が入るとそう吠える。

ぼくはそんな兄がたまらなく好きだ。兄の方でも、理由は定かではないが、ぼくには一目置いている。

だが、両親のこととなると、どちらもこれっぽっちの愛情ももてない。唾棄の対象でしかない。向こうだって、そうに違いない。二度受験に失敗してからというもの、もう完全に見切りを付けられている。結構だ。二階の角にあてがわれている個室が確保される限りぼくに異存などない。

受験に失敗し、進む道を完全にシャットアウトされて、また一年間の気の遠くなる猶予がもたらされた。両親は、ぼくが引きこもりがちになったのは、進学できなかったことが原因だと考えている。とんでもない勘違いだ。もし大学に入学していても同様な成り行きになっていただろう。

ある日、突然、本のページをめくるように、たちまち幸福な衣装は剥がれ、人が本来そうである孤立に投げ出された。これまでぼくを保護していた優しい衣装は家族と言う名の幻影にすぎなかった。あらゆることは習慣的なまやかしにすぎず、もともと必然的な紐帯は生まれ落ちたとたん途切れていたのだ。ぼくは今、すべての物体がそうであるように、そこに転がっている。周囲が考えるような苦痛もないが、溢れる喜びもない。ただそこにぽつねんと置かれた石であることで仮初に充足している。心のよりどころになるのは方向のない位置とそこはかとなく知覚できる自分の体積だけだ。

そんなとき、望遠レンズの中で、不意に生きた幻影が出現した。

ある日曜日の午後のことだった。ぼくはネットオークションで手に入れたカメラを弄んでいた。望遠の一眼レフ。母がいつか机の中から発見して、その購入経路に不審を抱いていたようだが、見かけは高級でも、中古なので十分の一の値段で手に入れたものだ。

窓外に向かってファインダーを覗いたが、最初、ピントが合っていなくて、きらきら光るまばゆい乳白色の視界が満ちているばかりだった。目にあてがってレンズを調整していると、不意に、脅かすような間近で、美しい笑顔が迫った。それがあの人だった。

ぼくの心の動揺を反映して視界は荒っぽく揺さぶられたように動揺した。いくらか野卑を衒ったショートカットの髪を眺めると小さな顎が途切れ、細いうなじを辿ると戸惑った目が消えてゆくというように、顔面がそっくり視界に収まらない。視線の意識の嘴があの人の穏やかな表情を啄もうとするので、やわらかな皮膚がゼラチンみたいにぷるぷる身悶えしているようだった。気の許せない距離で密接した、大きく迫る映像は、そのままぼくの内部を表現しており、もはやあの人はそこには居なくて、その美しい残像によってもたらされたぼくの不安や動揺がそこに揺らいでいるように感じていた。

……ぼくは素朴な驚嘆にうたれて、しばらく唖然としていた。

注意深く辿る被写体が、ゆっくりそむいて、首筋を曲げながら、束ねた髪のほつれに煩わされるうなじを見せた。なめらかな肌にぽつんと、うなじのほぼ中心に、大きな、小豆ほどに盛り上がった黒子があった。考えられる限りこれほど天真爛漫なありようはないと思われる軽妙できまぐれな作為を感じさせて、ひっそりと寡黙に染みついている異質な色。異質な性質。異質な企み。皮膚を染めた黒いきまぐれな作為が、当人の表情に、時間を欺くさまざまな効果をもたらすようだった。

黒子はひときわ際立ち、あの人の横顔が悲しげな愁いを帯びたり、頼りなげに見えたりしても、依然としてあの人の感情のすべてはその黒子に集約しているようだった。そのとき望遠レンズの視野の中では、停滞しがちな時間を、他ならないその小さな黒い染みがたゆみなく導いていたのだ。

数十メートル離れているので、ぼくの悪戯は気づかれる恐れはないはずだった。だが、間近に迫り、手ブレであっけなく飛びすさる美しさに、ぼくはひっきりなしに脅かされていた。それに、本人はうかつに放心していても、うなじにある黒子は疑り深く、ぼくの不届きな企みに気付いていて、嫌疑を染め、侮蔑を孕んでふくれあがってゆくように思えた。

危ぶみながらも、ぼくは息を呑んでその黒子ばかりを追っていた。あの人が移動して視界から消え、もう一度蘇る、そのとき視野は、冬の光のような繊細な緊張を慄わせ、いっそうまばゆく横溢した。おおらかな調和に充ちた視界はそのたびに惑乱して、さらにまろやかな量感を募らせた。

その日からぼくはあの人に夢中になった。

あの人はいつも美しく孤立していた。それとも周囲から孤立していたからこそ、美しかったのだろうか。いずれにしろ周囲から孤立した立場は、色合いこそ違え、当時のぼくの立場と似通っていた。ぼくもまた周囲からつれなく見捨てられていたのだ。ただぼくの場合はひたすら融合を希みながら阻まれ、つたなく疎外されてきたのに反し、あの人の場合はそうあるべき必然さで、さりげなく孤立していたのだろう。ぼくには、消し忘れたナイトテーブルの明かりのように見えたその慎ましい孤立は、けれども周囲の非難を鵜呑みにするなら、疎まれ、除外されてきたということになるらしい。

そのように反論されても、ぼくには、たやすく周囲に媚びへつらうこともない、とても負けず嫌いで、意地っぱりな人だという訂正をもたらすばかりだった。

そうこうするうちに一年たったが、相変わらずその人の評判は良くなかった。なにげない言動がさまざまな物議をかもしだすのだ。近所の主婦たちのやっかみもあっただろうが、他の人なら見逃される些細な失言でも、あの人のこととなると、もう大騒ぎだった。

立派な家があるのに、近所の公団住宅に引っ越したとき、非難は頂点に達した。誠実で大人しい夫は無理やり強要されたのだと中傷された。事務員として働いていたから、毎日帰宅は遅かったので、家庭をないがしろにしているとも非難された。その人の派手で軽率な行動が中傷されると同時に、夫の不甲斐なさもまた槍玉にあがっていた。

その派手な装いは、さっそく非難の的になりかねない華美な色彩を際立たせ、どんなに遠く離れていてもすぐに識別できた。あまりにも軽快で、優美で、シャレていた。といってもそうした特徴は、いつか通りすがりに後ろめたそうに俯きながら、ちらっと垣間見たことのある、あの人のほっそりした敏捷そうな素足と、その素足に操られながらも導いてゆく細く危なげなハイヒールとによって印象づけられたものに過ぎないが。

当時、盛んに取り沙汰されていたように、あの人は永い間子供に恵まれなかった。そういったことも、ぼくには近所のありふれた主婦とは一線を画す特別な人にした。ぼくにとっては、あの人はいつまで経っても、「数日後にやってくる未知の女性」だった。或いはこうも言えるかも知れない。「華やかな予感を惑わせるだけで、いっこうにぼくの前に姿を現さなかった」と。

とにかくぼくは、両親の口さがない中傷などは、どれもこれも根拠のないものだと信じることができた。「跳ねっ返り」だとか、「石女《うまずめ》」とか非難がましく取り沙汰されているあの人は、いささかその行動に軽率さが窺えないこともないし、気紛れで、無頓着すぎる傾向が認められはするものの、それでも尚、いや、それだから尚更、いつも不当に虐待されがちな無碍《むげ》という名の美しい波紋だった。

高校にあがってからは、歩いては通えない距離がバス通学を余儀無いものにしていたので、毎朝あの人の姿を停留所で見掛けることになった。とはいえ、言葉を交わすことなどまずなかった。ぼくはもともと内気な方だったから誰に対しても無愛想だったが、あの人の場合にだけは、大人と子供の違いが隔てさせるのであり、あの人の美しさと、それに似つかわしくないぼくのいたらなさのせいだと思っていた。それでもバスを待っている間の所在ない気分は、というよりも周囲から譴責《けんせき》される位置を踏みしめている靴そのものが、そのままあの人への関心の表れを忠実に示していた。

あの人はたいてい時間ぎりぎりになるまでやって来なかった。バスを待ちながら、ぼくはいつも遠くを見ていた。そして目的の人影を見つけられないと足下を見つめた。周囲との融合を阻まれていたぼくの関心は、いつもごく身近に向けられ、どこかしら昆虫蒐集家の無意味な執着を感じさせたに違いない。

なにげなく、ふっと顔を上げる。するとそこに、あの人がおそろしくそっけなく周囲を無視した、無表情な顔を向けて近づいて来るのだった。その顔つきは、ごく幼い頃のぼくをたちまち魅了したあのマネキン人形の顔に似ていた。

（すると、あの人の身体もまた、あのとき触れた身体のように、すべすべして、固くしたたかなのだろうか？）

あのひとがぼくのひそかな注視に気付いたように振り向くやいなや、ぼくは慌てて視線を逸らし、そのままうつむいて、光の泡を付着したまつげの重みであの人を追想しているのだった。そんなときぼくの想像の目はいつも、ほっそりした素足が自らの奔放さを諭しながら慎ましく収まっている白いハイヒールにばかり注がれる。

やがてバスが曲がり角を回ってやってくる。乗客を満載し、フロントガラスに嫌疑を染めながら、威圧するようにしてやってくる。周囲がざわめき、そのざわめきにゆられるように、なぜかぼくはいつも解放されたような気分になったものだった。

満員の車内はたまたま相次いで乗車した二人を心ならずも不自然に密着させることがあった。それもたびたび。ぼくの意識の中にはあの人を避けようとする明白な意図があるのに、他の乗客の気紛れな移動やわがままな割り込みなどがかえってあの人を近づけるのだった。柔軟な弾力が触れ、甘い芳香が刺激して、荒っぽくカールされた髪が顔面に煩わしく触れる。そうしたときぼくは、はなはだしく動揺しながらも、かろうじて顰めっ面を工夫することができた。

そのように体面はどうにか保てはしても、背後から容赦なく強引に押し寄せてくる乗客の重みには抗しきれない。不本意な密着を避けようとして必死に食い止めているその重みがそのまま、ごく幼い頃に華麗に印象づけられ、いつまでたっても消えない、あの人の魅惑の弾力そのもののように思えた。

やがてバスは学校の近くの橋の手前に停まる。バスから掃きだされた直後、乗客はしばらく行き場をうしなったように右往左往し、前を行く誰かれの後を尾いてゆくしか考えつかないように見える。ぼくもまた、つい今しがたまで何を考えていたのか、何に気を囚われていたのか、すっかり忘れてしまっている。靴の形。鞄の重み。制服。制帽。……自分に振り当てられた役割を演ずるのに精一杯だったのだ。

埃っぽい光のなかで、朝の町は誰もいない公園のベンチのように無頓着に困惑している。その一方で、否応なしに昨日の続きが始まっている。橋の向こうで信号が変わった。橋の上に差し掛かると、ぼくはきまって何か忘れ物でもしたような気分になったものだった。


「誰ッ?――――」

不意に鋭い声が裂け、ぴしゃッ、という響きを立てて、間近に接した明るい曇りガラスに湯が浴びせられた。その声があまりにも身近に聞こえたので、ぼくはぼくの中のもう一人の声が怒鳴ったかのようにびっくりした。思いがけない容赦のない糾弾は、とっさに二人の立場を端的に示した。

曇りガラスには、浴びせられた湯がゆるゆるとうごめくアメーバのような絵模様を描いていた。それをほんのしばらく唖然として見つめていると、濃密な闇が背後からもの凄い形相で襲いかかってきた。とたんにぼくは、自分の犯罪的な行為を認識した。

慌てて逃げ出したが、そのときぬかるんだ足下を危ぶみながら、ふと不思議に思ったのは、あの人が少しも動揺しないで、とっさに手厳しい叱責を浴びせることができたという事実だった。つい今しがたまで、あの人はうかつに裸体を覗かれている無知な犠牲者でしかなかったのに、たちまち立場は逆転して、うろたえて泣きだしそうになっているのはぼくの方だったから。それでなくても、あの人の声の調子には、まるで覗いているのは子供だと心得ていたかのような余裕さえ感じられたものだった。

闇の中を這々の態で逃げ帰って、自室に閉じこもってからも、あの人の手厳しい声がぼくのなかで執拗に反響していた。ところが、奇妙なことに、すでに脅えはなかった。むしろなんだかわくわくするような愉快な気分さえそそのかされた。今後の困難な対策を思って絶望する前に、あの人のてきぱきした処置にすっかり感心してしまったといったふうだ。依然としてこちらが弱々しい犠牲者のように感じられたからで、もしそうなら、後で面倒な非難を被る気づかいはなかった。そういう意味では、ぼくはその悪質な目論見にさほど悪意を見出していなかったのであり、善悪もわきまえない子供の悪戯の延長としか考えていなかったと言えるかも知れない。

ぼくらは、あまり相応しくない場所であり、しかも曇りガラスを隔てていたとはいえ、ちょっとした愉快な会見をしてみせたようなものだった。そしてぼくは浅ましく狼狽することしか思いつかなかったけれども、あの人はとっさにシャレたユーモアを浴びせ、ぼくはその機知にひどく感心したといった経緯を想像させた。

あれこれ考えあぐんでいると胸が苦しくなり、今にも吐きそうになるのだった。喉から胃腸にかけて痛く捩れた疼きがあり、どうにも我慢できなくなる。こうしたことがぼくには不思議でならなかった。それというのも、ぼくはもうすでに不安を感じていなかったし、発見された訳でもないし、そんなに脅える必要はないとタカを括っていたからだ。したがってこの重苦しいわななきは、直面している事態とは裏腹な、いっそ無関係といっていいほどの、単純な肉体の疼きとしか考えられないのだった。

ズボンに付着した草花の種子を丹念に取り除きながら、永い間否応のない魅惑によって翻弄されてきた執着を、一つ一つ取り除いているような気分だった。妙な解放感があった。もちろんそぞろな興奮もあった。また妙な空虚感があった。玄関の方に耳を澄まして注意深く身構えていると、これまで馴染んできた部屋の性質が、包み込むというよりはむしろ、そっけなく疎外しているつれない範囲だというふうに理解できた。

いずれにしろ、顔を目撃されたわけではないので、まだぼくは誰でもなかった。

数日経っても、やはり何事もなかった。近所でそうした噂が立ったということも聞かない。バス停留所で見掛けるあの人の横顔からも、ぼくを疑っているような様子は少しも見受けられなかった。いつもの他愛ない日常の延長だった。

あの人を見掛けるたびに、ぼくは胸が苦しくなり、それから一週間ばかりの間、ぼくはたえず下痢に苛まされていた。

ところが、危うく発見されそうになったというのに、ぼくの悪質な行為はそれっきり途絶えたわけではなかった。

近所の公団住宅に住むようになっても、夫婦はかなり頻繁に実家を訪れ、食事を一緒にし、入浴もそこで済ませる習慣があった。リビングの家族団欒の光景を望遠レンズで覗きこみながら、ぼくはあの人の動向をこっそり窺い、注意深く時間を計算し、タイミングを計って家を抜け出すのだった。

悪癖は長い期間に渡ってかなり頻繁に繰り返された。その記憶が判然としないのは、たぶん覗見はそのたびに甚だしい動揺を強いて、何度繰り返してもその緊張感を薄れさせなかったからだろう。
一、二度てっきり発見されたと思って、びっくりして逃げ出したことがあるが、ぼくの開けた窓の狭間はわずか数センチしかなく、誰かが覗いていたことが分かってもぼくだとは決して分からない筈だった。だが、あの人がくるっとこちらを振り向いた瞬間、ぼくは全身を射すくめられたように戦き、驚愕した。浴室全体を見渡すことのできる隙間は、けれどもあの人には小指ほどの間隙でしかないという自明なからくりに、ぼくは永い間慣れることができなかった。
ぼくをときどき不審に感じさせたのは、最初閉まっていたガラス戸がたびたび開け放たれていたという事実だ。夏だったので涼むという目的があったのかも知れないが、手間を省かれて、かえって戸惑ったことを覚えている。いずれにしろ後ろめたい脅迫に身を竦めながら、おずおずと覗き見るあの人は、いつも惑うように美しく、平然と裸身をさらしていた。

最初のとき以来、罵声を浴びせられることは一度もなかったし、今では気付かれる恐れもなかった。それどころかあの人は警戒する素振りさえ見せなかったのだ。むしろなめらかな裸身に石鹸の泡を付着させて片膝をついているポーズや、俯き加減に身体を拭いている横顔には、「何もかも心得ている」といった印象が窺えたほどで、実際ぼくは何度もそのように疑ったものだ。

そういえば、一度おそろしく大胆にあの人と直面したことがある。覗いたとき浴室には誰もいなく、なんとなく不用意に脱衣場に移動すると、そこはガラス窓が開放されており、裸になってこちらを向いているあの人の前にいきなり踊り出たような恰好になった。観客不在の舞台にうっかり踊りでると、座席にひっそりと一人だけ控えていたのだった。

距離はわずか一メートルあまりで、間にはいつもの曇りガラスはなく、鏡のように、二人の上半身がそっくり直面していたのだ。あぜんとして立ち竦み、とっさに逃げることも思いつかなかった。あの人が気づかなかったのが不思議なくらいだった。

だが、あの人はうつむいて胸元をタオルで拭いており、ぼくの存在にいっこうに気付いた素振りは見せなかった。ぼくは息を呑んで、呆気に取られたように見入っていた。ごく身近でおそろしく無防備に相対しているという自覚があり、そのことに少しも脅えなかった。何か得体の知れない力に擁護されているような気がした。もしあの人が見咎めても、平然としていられただろうし、むしろそれをきっかけに声を掛けるほどの大胆さも持ち合わせていたような気さえする。

間近に惜しげもなくさらされている裸体は、まだほのかな湯気に包まれていた。あの人は顔をのけぞらしながら濡れた髪を鷹揚に振った。それからすっと手を伸ばし、手前の下着を取った。

今度こそ発見されたとぼくは観念してうつむいていた。だが、あの人の視線はわずかな角度で逸れていて、真正面に立つぼくの姿を認めようとしないのだった。軽くうつむき、それからふっと顔を上げて、しばらくあらぬ方向を見ていた。タオルを絡めて髪を丹念に拭き、またゆっくりと振った。その間、視線はあちこちに巡らされるのだが、まっすぐぼくの方に向けられることだけは避けられていた。

明らかにぼくがここに居ることを知っているのだ、とぼくは思った。間近に対面しているのだ、どうして見えないことがありえよう。もう一度ほっそりした腕がぼくの方に向かって伸ばされて下着を拾いかけたが、裸体を覆うのを惜しむようにしばらくためらっていた。いつまでも無意味に滞っている手。そのときの奇妙な顔の傾け方。何かに気を囚われているように装った怪訝そうな目。

……ぼくがあの人の裸体に初めて失望を抱いたのはそのときだった。軽い衝撃を受けたが、すぐには醜悪だとは考えなかった。明かりが真上でしかも頭部より向こうにあったので、ぼんやりとした翳りが裸体を被っていたし、腕が動くたびに、その影がくっきりと身体にまつわりついていた。そした翳りの効果がそのような見苦しさを与えるのだと感じていたのだ。実を言うと、何がそのときぼくをそんなに失望させたのか、すぐには理解できなかった。

浴室の明かりは明るく、周囲のタイルにつややかに反射していたので、とろけるような光のたゆたいを充たしていた。それに反して更衣室の明かりは淡く、みすぼらしく、赤っぽかった。そうした相違が影響して、あの人の裸体をみすぼらしく、貧弱に彩っていたのかも知れないし、意外に浅黒い肌だと感じさせたのかも知れなかった。また、浴室内と違ってほのかな湯気に包まれていない裸体は、そっけない印象を与えてとも考えられる。いや、おそらくそれまで覗き特有の空間によってまやかされていた美しいゆらぎの映像が、そのときはあからさまな被写体となって眼前にあったからだと思われる。いずれにしろぼくは、ただぼんやりと困惑し、あの人にはそぐわない、むやみな大きさを誇示した、だらしなく、張りのない乳房を見つめていたのだった。

いや、きっとぼくは、優雅で豊満な肉体に滲むけだるい倦怠感とすでに線の崩れかかった体形をはっきり見定めたのだが、痛ましくて故意にも逃したのだろう。それを最後に、ぼくは、夜こっそりと家を抜け出すという悪癖から足を洗った。

「お帰りなさい」

バスを下り立った直後、背後から不意にそう声を掛けられ、ぼくはびっくりした。同じバスに乗り合わせていると、たいていぼくはあの人に気付いたものだが、そのときはなぜかうかつに見過ごしていたのだ。疲れていたこともあるし、あの人が最終バスを利用することは滅多になかったからだ。

「え、……」

ぼくはしどろもどろに恥じらい、かつていつもそうであったように、今にも逃げだそうとするような身のこなしを示した。そして、そのことをすぐに羞じらい、あの人がぼくの愚かしい動揺に気付いただろうかと危ぶんだ。それでなくても、あの人の言動はいつもだしぬけで、ぼくの動揺をからかっているように思えなくもなかったのだ。

「毎日、こんなに遅いの？」と、あの人。

「ええ、」

ぼくが高校に通い始めると、帰宅時間がずれて、ぼくらは滅多にバス停留場で出くわすことがなくなっていたのだ。そのときバスが走り出して、道が狭いので車体が脅すように迫った。危ないので身動きがとれず、立ち止まって遣りすごすしかなかった。

ぼくはよろけかけて片手をあの人の方に伸ばしかけていたが、それは危険からあの人を庇おうとしたのではなく、むしろ自分の方が支えを必要としていたのだった。すぐ身近にあの人の肢体があり、豊かな胸が波のうねりを繰り返しているのを、ぼくは片手を宙に滞らせたまま、後ろめたそうにうつむきながら見つめていた。

バスが走り去ると、あたりはとたんに真っ暗になった。あの人の肢体がゆっくり離れてゆき、そのとき初めて微かな香りが鼻孔を擽った。そばにうっすらと見えるあの人の白いほっそりした横顔が、必死に抑制しているぼくの心のほてりの反映でもあるように思えた。闇が甘くしめやかに顔面を撫でていた。遠くに民家の明かりが散在し、その明かりを見つめていると、途方もない道のりを経てようやくそこに辿り着いたような気分になった。

市道を逸れ、橋を渡ろうとしたとき、あの人の歩調は急にゆるやかになり、どうかするとふっと立ち止まりそうなためらいを見せるのだった。

うっかり離れてしまって、相手からこそこそ逃げ惑うような素振りを見せても失礼だと思えたので、焦れったく感じながらもぼくは歩調を合わせようとしていた。だが歩調を緩めても、それに伴ってあの人も更にゆっくり歩くので、いっこうに効果がなく、ぼくは際限のない努力を強いられるようだった。

橋の下を流れる水のひんやりとした注意深いさざめきが聞こえる。まるでいかがわしい内密な謀りごとを囁き合っているようだ。みだりがましくもつれる月光を浮かべながら黒い水がゆったりと流れていた。

「何かやっているの？」

「ええ、」

いつもこのように遅くなる理由を尋ねたのだろうと思いながら、さりとて確信もできず、ぼくはあいまいに言葉を濁した。そのときぼくを捉えていたのは、あの人の帰宅がどうしていつもこんなに遅くなるのかということだった。

（誰かと密会？……）

そう考えると、闇はいっそう濃密になった。手にした鞄が黒いので、鞄が闇の中に逃れてゆくように感じられ、ぼくの手は闇をまさぐり、闇のしっとりとした憂い握りしめているようだった。なぜかあの人のハンドバッグがしきりに気に懸かった。その中身。つややかに濡れた、蝋燭《ローソク》の炎の形をしたリップスティック。それを操るときの注意深い指の動き。鏡の中の唇の歪み。……

ぼくはポケットをまさぐり、数本残っているくしゃくしゃになった煙草のケースを取り出して、一本を抜き取り、唇にくわえた。ところがマッチがなかった。

「あら、喫うの？」

「ええ」とぼくは答え、でもマッチがないのだと目で訴えた。

すると、あの人はハンドバッグからライターを取り出して、火をつけてくれた。風があるので火はすぐに消えるので、あの人はバッグを小脇に抱えて、両手で火を庇うようにして近づけた。ぼくの顔面はライターの炎を鮮やかに浴びて、今にも燃えるようだった。くわえた煙草の先端が小刻みにふるえて、その動揺を見透かされまいとして、唇に力をこめて必死に震えを止めていた。

あの人は自分も一本口にして、家じゃ喫えないのよ、といった悪戯っぽい笑みをうかべてぼくを見つめた。薄い唇に挿まれたほっそりした白い裸身が、つとのけぞるようにして炎を受け止めた。闇の中に赤い燠が、ぼくの注視を咎めるようにかッと凍てついた。

「もうすぐ卒業でしょう？」

「ええ」

奇妙な執着に囚われながらぼんやり放心していて、それから慌てて返答しようとするものだから、ぼくの口調はそのたびに乱れた。二人の足音が絡み合ったり、次第にそむきあったりしながら、背後の暗闇の中に取り残されていった。

家が近くなると、ぼくはめっきり無口になった。そのために、ますますあの人の肢体が身近に感じられた。濃密な闇があの人のうっすらと見える肩にうごめき、滑り落ちては、またゆるゆると這い上がってゆくように見えるのだった。

その翌日は、日曜だった。ぼくは朝食を取らずにそのまま寝入っていて、そのうち誰もいなくなったので、ようやく起きだした。すると、まるで待ち構えていたように、玄関で女の声がした。

「ごめんください」

応対に出ると、あの人だった。だがぼくは不思議と驚かなかった。声を聞いてすでにあの人だと分かっていたからだろうが、それだけではなく今日の出会いを昨夜からすでに予感していたような気分だった。

あの人は応対に出たのがぼくだったので、すこし驚いたようだった。その驚きはそのままぎこちない含羞になり、昨夜のあの人には窺えなかった余裕のなさが窺えた。地区の回覧版を届けに来たのだと言う。その声はいささか上ずって聞こえた。それから、ぼくが回覧板のシステムに無知だと危ぶむように、読み終わったなら隣家に回してくれるように告げた。用件を済ましてしまうと、あの人は気まずそうに身体を揺らした。ぼくはわざと黙ってあの人を見つめていた。あの人は軽く会釈してドアに手をかけたが、ぼくが黙って見つめているので、少し困惑したように振り向き、ためらいがちに、「受験、大変ね」と言った。

「ええ、」そう答え、ぼくはやはりぶしつけにあの人を見つめていた。

「頑張ってね」と、あの人はにっこり微笑した。

化粧がなく、こざっぱりしていて、どこか病み上がりのようだった。あの人を立ち去り難く感じさせ、そこに尚しばらく留まることを強いているのは、分別がましい配慮であり、ただただ自然な成り行きで会話を終えたいからだった。いうなれば、近所同士が交わす無難な挨拶だけが望みだったのだ。それと知って、ぼくは少し意地悪になった。このままずっと不自然に黙りこくって、その場にあの人を釘づけにして見つめていたいと思った。そのときぼくの脳裏に途方もない疑惑が浮かんだ。

（――この人はすっかり見透かしていたのではないか？　ぼくが永い間浴室の裸体を盗み見していたこ

とを——それも、最初っから）

戸外の光がまばゆく差し込んでいた。あの人の微笑が光に紛れ、あどけなく傾けかけた顔がぼくを見ていた。ふっくらした豊かな身体がゆっくり動いた。

「もう行くんですか?」と、ぼくはとっさにそう口走っていた。

「ええ、だって……」

「そうですね、」とぼくはすぐに応じた。

「………」

あの人は困りきったような表情でぼくの注視を受け止めていた。黙ってそのままぼくの出方を窺っているあの人の肩と胸のあたりには、いじらしい、恥じらいめいた動揺が窺えた。身体全体がやはりひどく貧弱に見える。そして、おそろしく無防備な姿勢だった。

「………」

ぼくはやはり黙りこくったまま､不自然な対峙を持続していた。気の遠くなるような時間の経過があった。このぶしつけな注視もあの人にはゆるやかな困惑しかもたらせえないことを、ぼくはたぶん、知っていたと思う。

だが、二人の間の沈黙は、ぼくの永い間のひそかな思慕を思い知らせ、そして更には、いつかあの人にもまた、ほっそりした指先をためらいがちに撓めてその胸に挿したかも知れない迷いを想起させるそこばくの期待があったのだ。あの人の足下には、玄関から洩れたくすんだ光が、媚びてまつわりつくように溢れていた。

「知っていたんでしょう?」と、ぼくは言った。

「ねえ、そうなんでしょう？　ずっと……」

　あのひとは、やはりじっとひたむきなまなざしを向けたまま、黙っていた。何を言われているのかさっぱり分からないといった表情に見えた。それから、ややあって、微かに頷いたように見えた。それとも軽くまばたきしただけだったろうか？

　やがて玄関のドアが閉まり、たった今まであの人の立っていた玄関のコンクリートの肌にはおだやかな光が湯浴みしており、それをぼくは失くした時間の罠のように見つめていた。しばらくして踵を返そうとするとき、そのゆらめきに媚びるように、ぼくの思惑にちょっとしたためらいが巡った。

　ぼくの家とあの人の家の玄関の距離は、広い庭を挟んで、ゆうに数十メートルあまりあった。その余裕がぼくのためらいをそんなにも長く引き延ばした一つの理由であった。しかも、裏道で、滅多に人通りのない隘路だった。もう一つの理由は、いうまでもなくぼくがあまりにも多くのことを考え、さまざまな厄介を想定したからだった。ぼくは脳裏に、陰った小道をゆっくり辿ってゆくあの人の足取りを想定し、一歩進ませるごとに、自分の大胆な決心を鈍らせ、この他愛ない思いつきを断念しようとしていた。

　たとえ追い掛けていったとしても、呼びとめることができるだろうか。たとえ呼び止めることができたとしても、それ以上、ぼくに何が言えるだろう。遠い感傷をつたなくなぞらってみせるだけだ。だがその無意味さがかえってぼくを促したようだった。

　ぼくは弾かれたように慌てて外に飛び出した。

　だが、もうそこにはあの人の姿はなかった。あの人の家の玄関が見えるまで道はまっすぐ続いていたが、ひっそりして、誰もいなかった。ひょっとしたら、何処かへ出掛ける途中でぼくの家に寄ったのかも知れなかった。

それで逆の方向を辿ってみた。だが、やはりそこにもいなかった。ぼくは考えあぐねていた。もしこのチャンスを逃したなら永久にチャンスは巡ってこないだろうという予感があって、むやみに心が急いた。ぼくにはあの人がそんなに早く家に辿り着いたとはどうしても信じられなかった。もしぼくが時間をそれほど極端に間違って予測していないとするなら、急いで駆けていったのならともかく、あの人はまだ家には着いていない筈だった。ところが、行く手にも背後にもいない。

もう一つ採りうる道があるとすれば、小川を飛び越えて、農地に向かう曲がりくねった畦道しかない。小川を飛び越える？　スカートが奔放にひるがえってはしっこそうな素足が跳躍するポーズが心に思い浮かんだ。それがかつてぼくがあの人に感じていた優美なしなやかさを思い出させた。

だが、とうとうぼくは断念した。まるで失恋したような気持ちを懐きながら、しばらくあてどなくぶらぶら歩いていた。

公団住宅の手前にちょっとした空き地がある。かなり広いコンクリートの敷地が展がり、そこは子供たちの格好の遊び場所となっている。少し前まではラジコンが走りまわっていたが、今はごく幼い子供たちに占領されていた。また中央には、はっきりした意図をもったいくつかの輪が、ぱらついた雨の波紋のようにチョークで描かれ、その上を赤いスカートが翻り、はしっこい素足が飛び越してゆく。その向こうの隅では、小さな昏迷のかたまりがうずくまり、コンクリートの肌をチョークでなぞっている。不意に、そこに誰もいなくなった。いや、もともと誰もいなかったのだ。

チョークで描かれた拙劣な線描がざらざらしたコンクリートの肌に残っている。それを見ていると、わけもなく哀しくなった。美からも論理からもまだ擁護されることを知らない、稚拙で、粗雑な、そのせいでかえって遣り場のないかたくなな力が実直に吐き出されている。そんなむきだしの感情のように思えたのだ。チョークがたまたま折れるか、さもなければ気紛れに興味を失ったかして、唐突に途切れた線条。不必要なほど長く伸ばされた、おそらくまっすぐ曳いたつもりなのだろうが、歪つに曲がりくねった一本の意志。

……線の末端には、途切れるということがどんな意味をもっているかを、そのときチョークを握っていた指が図らずも知ってしまったかのような、唐突さと驚きがあった。

風がやわらかく頬を撫でてゆき、その行方を追うように顔を向けて、もう一度顔を戻したとき、見慣れた筈の場所が意外な趣きを見せていた。心なしか、あたりがすっかり暗くなったような気さえする。コンクリートの敷地に長く伸びた、掠れた、白い線。それはかつてぼくがまだ幼い頃に曳いた線描のようだった。何かそうした記憶があるのだ。此処ではないが、やはり同じように腰を屈めてチョークで線を描いていたことがある。

幼いぼくの眼前には、鮮やかな驚嘆がむくむくと湧きあがり、生き物のように動いていた。指にぎこちなく握られたチョークの固い意志から、ちょうど手品師の白い手袋からハンカチがしゅるしゅると溢れてくるように、白い、夏の雲のようにけざやかな驚嘆がみるみる現れてきた。明らかに何もない所から、それは不意に出現したのだ。指のひそかな裏切りがなにげなく描いたのは、もう一つの視線であり、はじめて直面する言いがかりであったかも知れない。不安とよろこびをないまぜにした顔つきをして、ぼくは腰を屈めた姿勢でゆるゆると後ずさりしていった。それに伴って引かれてゆく鮮やかな表徴は、紛うことのない現実なので、もう自分の中のあやふやな確信や思惑を信じられなかった。

だが、今、足下を見ると、それは擦過したチョークが色濃く残った、拙く、痛ましい条痕にすぎなかった。犬が空き地の向こうを走っていったような気がした。ぼくは軽く顔を上げてその方向を眺めたが、風にお辞儀する垣根の波を見ただけだった。ぼくはなぜか不機嫌そうに身体を揺らして、一、二歩足を踏み出し、何げなく顔を上げて、ブロック塀越しに見える隣家の二階の窓を見ながら立ち止まった。それから、ふと見るともなく足下を見た。

すると、そこに、……思いがけず曳いてしまった境界線が……あった。

意味もなく気紛れになぞった線は、周囲から隔離し、取り残してゆく抜き差しのならない立場をくっきりと規定して、たまたまそこにあったぼくの身体を封鎖する逃れ難い呪縛となっていた。時間がとまっているのに、空間だけがとりとめなく拡がってゆくような気がした。

曲がり角に人影らしきものが見えて、すばやく消えた。あの人だったろうか?

おそらくぼくが恋焦がれていたあの人は、いつか望遠レンズでこっそり覗き見していたあの映像にすぎなかったのだろう。乳白色の視界の中の。そしてそれは、記憶しているもっとも美しいあの人の面影だ。誰にも侵されることのないおおらかな調和に委ねられていたあの視界の中では、夢のように、信じられないような完全な融合があっさりと許されていた。そして、ぼくにはあの人の心の奥底が、その秘められた思惑が、すっかり見透かせたのだ。もっとも手にしたカメラのレンズの中での融合が完璧であればあるほど、自分の身体も心もつれなく疎外されていると自覚しないわけにはいかなかったけれども。

ぼくが覗き穴やカメラのファインダーから飛び出して、現実の世界に足を踏み入れた経験が一度だけある。

ぼくの右手は、たとえようもない柔らかな感触を憶えているが、それはそのとき手に入れたまぎれもない実感だった。

卒業を数日後に控えた日のことだった。バスは満員だった。すぐ身近にあの人が同乗していた。ぼくはいつもなら左手で鞄の把手を握り、右手が頭上の吊革を握って体を支えているはずだった。ところが、その日に限って、右手は頭上にはなかった。

右手はどこにあるのか。それは腰のあたりにまで垂れて、まるでドアのノブに触れようとするように少しもたげられていた。指は曲がっておらず、あからさまな意図はない。ただ、手の甲にはやわらかな生地を透いて熱い肉体のなめらかな感触が触れていた。それは意図して触れた訳ではなかったが、そのままずらそうとしないでじっとその位置を保っている不自然さは明らかにぼくの意思が働いていた。他でもない、それがあの人の臀部の膨らみだとも認識していた。もしも僅かな抵抗があったなら、ぼくはすかさず手を引いていただろう。しかし、相手はいっこうに背こうとはしなかった。平然とぼくの手のわざとらしい停滞と、甲のかすかな圧迫を許していた。

ぼくは一心に神経をそこに集中していた。

喉がからからに乾いていた。心臓が弾丸のような形に変形して飛び出すようだった。右手の甲が意図してさらに密着の度を増すと、柔らかな熱い肌に過ぎなかった感触がにわかな弾力を予感させて迫った。

あの人の黒い髪が間近にあった。白い頬も見えた。不穏な手の感触に気づかないのか。気づいてはいるが、故意か偶然か判断が付きかねているのか。

支えるものがないので佇立したぼくの全身は恐ろしく不安定だった。バスの動きに危うく揺られながらも、ぐっと両足で踏ん張って、手の甲に伝わる熱くたぎるようなぬくもりを感受し続けた。

曲がり角でバスが大きく揺れた。周囲の動揺とともにぼくの体が大きく傾いた。そのとき、ぼくの手は頭上の吊革に向かわずに、触れていたあの人の臀部を思い切り力をこめて握りしめていた。指がいそぎんちゃくのように惑乱した。込めた力はあっけなく吸収された。

すばやく振り仰いだ鋭い視線を浴びて、ぼくは観念したようにじっと身構えていた。予期していた糾弾はまだなかった。あの人の表情にも非難がましさはなかった。余りにも突然だったので、ただただ驚愕したのだ。乱暴にひしげられた肉体の痛みに悲鳴を上げた表情だった。

とっさのことで、ぼくにも訳が分からなかった。なぜとっさに指は力を込めたのか。それは子供が母親の体に触れるときの容赦のない力の入れようだった。それは悪戯した子供を打擲する母親の躾にも似た。バスが大きく揺れて、とっさに何かに支えを求めたとも解釈できた。もしあの人に面と向かって糾弾されても、おそらくぼくはそんな言い訳はしなかっただろう。むしろ進んで犯罪者の汚名を被っただろう。偶然に、不慮の契機で触れたとするには、ぼくの指はあまりにも大きな快感を得ていた。つき立ての餅のようだった。可憐な、それでいてしなやかな弾力。

あの人はいったん顔を戻した。一瞬のことだった。バスが大きく揺れ、とっさに何かにしがみつこうとした行為と解釈したのかも知れない。しかも相手は近所の顔見知りの高校生だ。つい先日も話した相手だった。そこに悪意を見出すにはさすがにためらいがあった。しかも、今では相手の手は頭上の吊革を握っている。不可解なのは相手が目で挨拶を交わすこともなく、不自然に黙りこくっていることだ。軽く頭を下げるだけですべてはあっけなく解決したはずだった。余りにも突飛な行為に自分でもまだ困惑から抜けきれないのかも知れない。

ぼくはじっとあの人を見ていた。もう一度、あの人が不審そうな表情でこちらをむいたとき、ぼくははっきり意図して吊革を握っている右手を放し、あの人の凝固した表情の前でゆっくり下して行った。息詰まる緊張の中で、右手はそのまま密着したぬくもりの中を忍び寄り、あのすでに懐かしい、粉々になった熱い惑乱に向かって伸びてゆこうとしていた。

その時のぼくの心境は、おそらく構えられた猟銃に向かって疾走するウサギのようなものだっただろう。

【雑誌記者上野琢磨(43)の推理】

この事件を最初に雑誌で取り上げたのは私だ。当時は、新聞も雑誌も連日大物政治家の収賄容疑を追いかけ回し、いささかうんざりしていた。それでほんの気まぐれに提案し、運よく採用されて掲載されたものだが、これが意外にも小さな反響を呼んだ。

理由は明らかだ。容疑者の女装が世間の好奇を誘ったのだ。相変わらず景気は思わしくなく、学生の就職難も続き、鬱屈していた世間はこの滑稽な見世物で気楽な慰安を弄びたかったのだろう。社会不安は否応なく自分たちを引きずり込むが、変人の性癖は、からかう対象にこそなれ、自分たちは傍観者だという安易な立場を保障するからだ。だが、本当にそうだろうか。景気が回復すればたちどころに憂さは晴れるが、逮捕時の女装が私たちに突き付けた一種の不安、嫌悪と憧憬をないまぜにした波紋は、いつまでも心の隅に残る種類のゆらぎではなかっただろうか。

事件そのものは、余りにも単純で、謎解きの愉しみさえなかった。なにしろ犯人はすぐに逮捕され、あっさり犯行を自供していたからだ。

行き掛かり上、私は気のないまま裁判を傍聴したが、型通りの変哲のない応酬があるばかりで退屈だった。焦点はもっぱら容疑者の犯行時の責任能力に絞られていた。傍聴席から眺める容疑者の様子からは、責任を回避できるほどの異常性はまったく見受けられなかった。犯行を逃れようとする発言はいっさいなかった。その物静かな表情からは、穏やかな諦念と、すでに拘禁反応とも思える無力感が漂っていた。

ぼんやり傍聴席を見回して、関係者が一人もいないことを確認して、私は少なからず驚きを禁じ得なかった。やり場のない怨嗟や憎悪がないがしろにされている不快感より、申し合わせた不在にむしろ全員が納得づくで回避したような共謀めいた雰囲気を嗅ぎつけて困惑したのだ。

淡々と続く弁論を聞き流しながら、ふと何か違和感が膨らんでゆくのを止め得なかった。そして、それが自分にとって馴染みのある違和感であることに気づいた。もともと当初から私は、自分でも不分明な理由から、この事件に何かうさん臭い、虚偽めいた奸計《かんけい》を嗅ぎつけていたのだが、いつのまにかそれをすっかり忘れていたのだ。どうも変だぞ。私たちはとんでもない誤解を重ねているのではないか？ そんな疑念が次第に募っていった。

実はこの事件に似通った事件がかつて中野で起きていた。もう数十年間になるが、やはり白昼、若い婦人が全身十数箇所滅多刺しにされて惨殺された事件である。

中野の事件については、内村祐之氏による「若妻刺殺事件」として詳細に記述されているので、あるいは読者の中にも思い当たる人があるかも知れない。（みすず書房「日本の精神分析」所収）(1)

それにしても何もかもが似通っているのである。関係者の構成はやや異なるとはいえ、遺体の損傷状態はもちろん、事件発生当時の状況や、被害者の財布だけが紛失している点や、あげくはその逃亡から女装姿での逮捕に至る経緯までもがことごとく酷似しているのである。

この類似は偶然なのか？ いや、そうではないだろう。おそらく容疑者は過去の事件の記事に目を通したことがあり、それを意図的に模倣し、あわよくばかつての犯人が勝ち得た無罪をもくろんだに違いない。

　もちろん仔細に眺めれば別の要素がふんだんに盛られている。それにもかかわらず、特異なポイントはしっかり押えられていて、そしてまさにその配慮に作為を感じざるを得ないのだが、類似は全体に波及している。もしこれが模倣された事件だとすると、あっさりと自供し、すらすらと繰り出した容疑者の供述はもちろんのこと、それに添うた関係者の証言のすべてが虚偽である可能性さえ示唆される。

　もし容疑者が自供したように事件が進展し、決着がついたというなら、どうして動機と凶器という肝心な部分がはぐらかされ、明らかにされないのか。

　容疑者が犯行の数時間前にデパートで狩猟ナイフを購入したという事実は、事件の性質を決定づけ、捜査にも予断を与えたと推察される。だが、その事実をもってして殺害を計画的だったと断定するわけにはいかない。ましてや、訪問を電話で告げるまで、近所の公団住宅に住む被害者が在宅だと知りうる機会はなかったと推定され、その時点ですでに狩猟ナイフは購入済だったからである。従って凶行のためにナイフを準備したことが事実なら、殺す相手はまだ誰だか決まっていなかったということになる。

　犯行現場に向かう道すがら、包装を解き、桑の木で試し切りをしたというまことしやかな行為も、一概に殺害の予行演習だったと断定できない。購入したパソコンを帰宅する電車の中で開封してみたくなるのと同様だ。

　やがて突発的に起こる殺人は、伯母に電話して被害者の在宅を知ったまさにその瞬間、容疑者の胸に突然浮かんだとも考えられる。すると、そのときコートの中でずっしりと存在感を沈ませていたナイフ自体が気まぐれな凶行をそそのかしたとも言えなくもないわけだ。

　いずれにしろ、容疑者が伯母の家に着いたときに狩猟ナイフを携帯していたことだけはほぼ間違いないと見ていい。

ところが、その凶器がいつまで経っても発見されなかったのだ。

容疑者は当初、その行方について、

「動転していたのでよく憶えていませんが、たぶん駅に向かう途中で失くしたのでしょう」と供述している。「洗面所の水道水で手を洗ったとき、かたわらに血にまみれたナイフが置かれているのを目に留めています。でも、蛇口をひねって水を止めた後、ふたたびそれを手にした記憶はありませんし、逃走したとき所持していたかどうかもあいまいです」

執拗な訊問にうんざりしたように、「駅に向かう間に小川に棄てたような気もします」と、別の日には供述を変更している。確かに駅に向かう市道に沿って幅一メートルにも満たない小川があるが、川底を丹念に捜索しても発見されなかった。ナイフを流すほどの水量ではなく、犯行の日から捜索の日まで目立った降雨の記録はない。

そもそも、凶器は本当に容疑者が持参したナイフだったのか？

本人が主張しているだけで、そんな基本的な事実さえ実証されてはいなかった。

やがて思いがけない事実が判明する。

凶器の購入場所さえ偽証だったのだ。

事件当日の朝、容疑者が狩猟ナイフを購入した西武池袋デパートでは、当該の販売実績がなかったのである。証言がでたらめだと判明した時、おそらく捜査本部は慌てふためいたことだろう。供述のすべてが自発的で、驚くほど素直に導かれていたので、一つの破綻はたちまち全体の信憑性にも影響しかねなかった。供述のすべてが根こそぎ崩れる恐れさえあった。ところが、そこへ幸運な偶然が転がり込んだ。その月末の棚卸では一丁不明になっていたのだ。検事は飛びついた。つまり、当日も含め、この一ヶ月の間に、容疑者が万引きしたという可能性は残されたからだ。そこで、すかさず「容疑者は万引きによって狩猟ナイフを手に入れた」という断定に直結させた。容疑者の性癖からすれば十分考えられることだったからだ。

邦夫が万引きの常習者であったのは事実である。彼の部屋からは大量のミニディスクが発見され、そのすべてが万引きによる盗品と考えられた。書棚に並んだ蔵書のほとんどもそうだった。一時期同棲していた女性の証言からも常習は明らかであった。

邦夫は、幼少の頃より、家庭はさほど裕福ではなかったとはいえ、両親の嫡男に対する偏愛から、大抵のものは買い与えられていた。せがめば両親はどんなに無理をしても叶えたに違いないし、そのことは彼も十分理解していた。しかし、彼はあまり物をねだる子供ではなかった。ましてや窃盗などは考えられないというのが関係者の総意だ。子供の頃は他人の物にいっさい手を触れることはなかった。むしろその過剰な回避こそ特徴的である。窃盗の嫌疑を被るだけでも恐ろしく過敏に反応している。

だが、上京して以降、邦夫は明らかに万引きを繰り返していた。万引きは必要からではなく、日常のかりそめの安定が一挙に崩壊する盗む行為自体に魅了されていたに違いない。

容疑者に万引きの性癖があったとしても、それが直ちに凶器の入手方法と直結するわけではない。ましてやその日手に入れたという確証もない。

たとえ凶器が、事件当日万引きによって手に入れたとしても、それがそのまま計画的な犯行であったとは、やはり即断できない。この点については、容疑者はきっぱり否定している。事件は突発的に始まり、まるで夢の中を泳ぐように、何かに導かれるように展開したと。

容疑者は終始落ち着いた態度で応答していたが、凶器の行方については相変わらず記憶のあいまいさを理由にはぐらかせていた。犯行後の動転した心象ではやむをえないとも言えるだろう。

だが、犯行前の購入については同じ言い逃れはできない。

当日の売り上げ伝票の不在を突き付けたのは弁護人の方だった。思いがけない質問に、容疑者はさすがに動揺したようだったが、浴槽に浸った裸体に戯れるお湯の揺曳のようにしか見えなかった。

驚いたことに、すでに明白に証明されているにもかかわらず、あくまでも凶器は、当日の朝池袋の西武デパートで買い求めたという事実を説明した。この件は事前に打ち合わせていたと思われるが、容疑者の念頭からうっかりこぼれ落ちていた。

そんな事実はないという反論にも、店員がうっかりミスしたか、ごまかしているのだ、と反駁する。もしそのとき彼に、万引きによって手に入れたのではないかと囁かれたなら、捜査当局同様、たちまち飛びついたとさえ思われる。

実際、検事の主張する「万引きによって手に入れた」という機転に、「恥ずかしかったのでこれまで隠していましたが、実は万引で手に入れたのです」と素直に答えた。

そこで私はこの事件特有の奇妙な謎に再び包まれることになった。

万引きだって?

まさか。それならばどうして今の今まで隠していたのだ?

あの淀みのない供述はいったい何だったのだ?

私をもう一度この事件にのめり込ませる契機となったのはまさにこの瞬間だった。私の頭の中で様々な疑念が渦巻いていた。あっさり殺人を認め、凶器も明らかにし、凶行の様子も詳細に語る。それなのに凶器を棄てた場所も明かさなければ、購入場所さえ虚偽の供述を重ねていたとは。

　後日、私が独自に調査したところ、まさに事件当日の朝、やはり開店早々のデパートでゾーリンゲンのナイフが販売されていることが分かった。だが、それは供述にあった池袋西武ではなく、新宿高島屋だった。しかも容疑者がかねて主張していたナイフと同形のものだった。支払いは現金で済ましている。

　これは偶然の一致だろうか。いや、そうではあるまい。月に数本の販売実績しかない同種のナイフが、供述とほぼ同時刻に、電車で十数分離れた場所で販売されていたのだ。

　私はさっそく事件の不可解さと凶器の購入場所の新たな発見を盛り込んだ特集記事を提案したが、編集会議であえなく見送られた。もう世間は別の刺激を求めていたのだ。それに、たとえナイフの購入場所が特定されたとしても、購入した人物が容疑者であるとの立証も困難であるうえ、犯行を裏付ける凶器が発見されない以上、状況は全く進展しないし、虚偽についても、「うっかり間違えました」で済まされる。

　だが、私はこのそらぞらしい虚偽に、なんとなく作為めいたものを感じた。事件の真相を解く突破口は、まさにこの一点にあると踏んだ。おそらく凶器を購入した新宿という「場所」と「時間」が問題なのだ。そこで何があったのか。秘密にされなくてはならない何か特別な事情があったに違いない。

　凶器とともに、所在に関してあいまいな供述に終始した、被害者から奪った「赤い財布」もまた不可解な経緯を辿る。逃走した時、ぬくもりのように身に着けていたと供述しているが、逮捕された時はすでに所持していなかった。自宅にもなかった。容疑者はその紛失について明確な説明ができなかった。

　ところが、事件から一カ月余り経ってから、新宿駅の遺失物保管所に残されていることが発覚した。新宿駅の二駅手前の明大前駅の男性用トイレの中で現金を抜き取られた財布が清掃員によって発見され、届けられていたのだ。

つまり容疑者は、逃走の際、大幅な遅延を余儀なくされる途中下車をあえて行っていることになる。もちろん単純に便意を催したからとも考えられるが、渋谷方面へ乗り換える明大前駅と言う点が私にはどうにも気になった。渋谷に住む島崎沙織を連想するからである。二人はそこで落ち合ったのか、それともそこまで同行していたのか？

なぜトイレで財布を捨てたのか。赤い財布は被害者へのほのかな愛着を偲ばせる。それはそのまま愛する島崎沙織への裏切りである。後ろめたさが棄てる契機になったのだろうか。

トイレの中に残された財布は、密室でこっそり中身を点検する余裕があるから、金銭を抜き取って放置されるか、空っぽならまず誰にも盗まれない。いずれ清掃員に発見され、遺失物として扱われるのを見越して放置されたのか。女性物だが、そこに放置したのは明らかに男性だと強調できる。そのために故意に残されたとも考えられる。財布を奪って逃走した人物がまごうことなき殺人犯であり、それ以外の人物ではないという自明な事実が、逃走の足取りとともに刻印される必要があったのだ、と直感的に私はそう考えた。


私はぜひとも島崎沙織に会いたいと思った。

容疑者が彼女にぞっこんだったことを否定する者は誰もいない。容疑者の一方的な憧憬ではなく、相思相愛の仲であり、一時かなり深刻な状況にあったという証言もある。島崎沙織は事件の三カ月前に会社の上司と結婚しているが、それを機に二人の関係がぷっつり途絶えたという保証もなかった。

面会を希望する再三の申し入れは無下に断られたが、そうあっさり引き下がる私ではなかった。

「細野邦夫は犯人ではありません」

三度目の電話で、私はのっけからそう切り出した。これはもちろん根拠の薄いハッタリだった。だが、記者の勘にもとづく揺るがない確信でもあった。

電話だから表情は窺えなかったが、無言が手応えを感じさせた。

「私は自分が取材した事件の真相を知りたいだけなのです。もはやこの事件は雑誌にとってまったく価値はありません。記事で取り上げるつもりもありません。また、裁判を邪魔するつもりもないのです。もっぱら私の性分を納得させるための個人的な探求でしかないのです。それに、……」

私はそこで間をおき、相手の息遣いによって反応を確かめようと、慎重にタイミングを見計らって続けた。

「私は細野邦夫の真摯な意志を尊重しています」

これまでの記者経歴の中でもこれほど思いをこめて誠実に相手と接したことはなかった。電話を通してではあったが、まさに全身全霊を込めて切実に訴えた。まるで島崎沙織に恋をして切々と恋情を捧げるようだった。

島崎沙織はとうとう承諾した。執拗な懇請にとどめを刺すつもりなのか、当たり障りのない吐露で口を濁すつもりなのか、心の中でなにか氷解するものがあったのかは、その口ぶりだけでは分からなかった。

場所と時間は彼女が指定した。渋谷駅の構内の一角で、通勤の混雑が引け切らない時間帯だった。

定期券売り場の前に立って彼女を待ちわびながら、盗まれた赤い財布がこの駅と直結する明大前駅だったことをあらためて思い出した。きっと、あの日も、二人はここでこうして立ったまま向き合っていたのだ、となぜともなく私は思った。事件の日、ここで待ちわせて会ったか、ここまで一緒だったのだという思いつきは、次第に確信となっていった。もしそうなら、犯行後の細野を、彼女はどんな思いでどんな表情で見つめていたのか。

軽く肩を叩かれたような架空の衝撃を受けて、私はびっくりして顔を上げた。いつのまにか島崎沙織がすぐそばに立っていた。一度自宅を訪問して、すげなく追い払われたときの、表情の乏しい、冷淡な、その冷淡さを一重の瞼が戸惑った調子で和らげている、どちらかというとやや貧相な顔が、まっすぐ私を見つめていた。私はすっかり動揺してしまい、ろくすっぽ挨拶も返せなかった。

「あなたの、細野邦夫の意志を尊重しますという言葉を信じます」

「ええ。決して背く真似は致しません。信じて下さい」

彼女の声は電話で聞くより艶がなく、乾いて、かすれ気味だった。ただ、語尾に舌ったらずな甘い余韻が残って私の耳にもつれた。彼女は薄い唇を閉じ、うつむいて自分の足元を見ながら、片足を一歩後ろに退けた。そうして私と同じ方向を向いて並んで立ち、顔を上げてまっすぐ前方を見ていた。そのまま私の方には顔を向けず、さほど気負いのない口調で静かに囁いた。

「私が何をどんなふうに話しても、あなたはきっと疑念を挿さまないではいられないでしょう。記者さんてそういうものでしょうし、それに人間って嘘つきですもの。無言もかえって憶測をたくましくするだけです。そこで、私は私なりに精一杯の誠実さを示すつもりで、事件当時使用していた日記をお持ちしました」

「日記ですって？」

私はびっくりした。駅構内で立ち話なのだから、どうせ嘘八百を並べられて白を切られるのがオチだと考えていたからだ。

「拝見してよろしいのですか?」

「ええ。夫に盗み見られてしまった日記ですから、もうどうでもいいのです」

私は思わず彼女の表情を窺った。その声の調子には捨て鉢な印象はなかったが、わざわざ夫に見られた事実を付け加えたことに、妙にあざとい意図を嗅ぎつけてしまった。

「ひょっとしてあなた方は……?」

「ええ。すでに離婚に向けての調整に入っています」

「……そうだったのですか」

意外だった。私を驚かせたのは、思いがけない事件の波及ではなく、彼女の一途に思いつめたような沈痛な表情だった。私には、島崎沙織にとって結婚はさほど大きな意味を持っているようには思えなかった。結婚も離婚も毎日着替える衣装ほどの意識しかないと考えていた。なにがあったのか。そのひたむきな意志は何を見つめているのか。盗み見した日記が原因となったのならば、その内容はよほど衝撃的なものだったに違いない。

「五分間の猶予を与えます。その間、私はそばを離れます。付箋のある個所を一読したら返してください。そして、もう二度と、私たちにまつわりつかないと約束して下さい」

彼女はくっと顔を上げ、その化粧っけのない素顔でまっすぐ私の視線を捕らえ、そのまま目を逸らさなかった。その眼差しには私を慈しむゆとりさえあり、きつく結ばれた薄い唇と広い額には一途な意志が窺えた。その意志は、その肢体ほどの気負いもなく、静謐で、それでいてひたむきだった。きっと彼女は何か決心したのだ。生涯を通して貫こうとする固い意志だ、と私は思った。ほどなく私からわずかに視線をずらしてまっすぐ前方を見つめているその横顔をとても美しく思った。

「私たちに?」

私の口から思わず自問自答するような物憂いつぶやきが洩れていた。夫と離婚すると言うのだから、その相手が夫ではないことは明らかだったが、邦夫とて逮捕されていて、今後もずっと離れ離れになるのは必須だったからだ。ようやく私はその意味するところを合点したが、すぐには言葉を継ぐことができなかった。とっさに、邦夫の母親の、邦夫からの最後の電話での、『背後で急かせる女性の声を聞いたような気がします』という証言を思い出した。『そのかたわらで赤ん坊の泣き声が……』

みるみるまに謎が氷解した。それればかりではなかった。私はもともと疑り深い性格なので、これまで目を通した供述書をほとんど鵜呑みにはしていなかったが、今になって長男の目撃談や母親の手土産などがにわかに信憑性を伴って甦り、その真相を補強するのだ。おそらく二人に寛容だった長男と母親は二人ののっぴきならない関係を知っていたのだ。いや、ひょっとすると、家族の間では周知の事実だったのかも知れない。

「ええ、私と息子です」

「細野邦夫との間の子供ですね」

「ええ」

島崎沙織はハンドバッグを開き、安っぽい赤いビニールの表紙の、文庫本よりやや大きい冊子を取り出し、私に手渡すと、ゆっくり離れて行った。私は壁の方に向き直ると、慌ててページを開いた。五分間しかない。私は一心不乱に文字を辿った。どよめく視界がうまく文字を掴まえられなかった。興奮した指が踊ってうまくページをめくれなかった。一度だけ顔を上げ、遠くに立っている、うごめく雑踏の中で一人立ち尽くしている彼女の肢体を眺めたが、またすぐに手元の視線を戻し、几帳面な文字の羅列を走り読みした。

原色の夢のなかを必死に逃走しているような気分だった。

「時間ですわ」と言う声が聞こえた。

「ええ」

私は慌てて日記を閉じると、浮かんでいる彼女の手に載せた。波が曳いて足元の砂を浚うように記憶した文章がすり抜けてゆくようだった。ゆらっとした煽りがあり、私は思わず何か言いかけたが、彼女はもう背中を向けており、何者をも寄せ付けない厳しさを全身に漲らせていた。瘦せたほっそりした肢体がゆっくり歩いてゆき、やがて雑踏に紛れて見えなくなった。私は黙って見送るしかなかった。そのまま猛烈な風圧にさらされたような気分で立ち尽くしていた。

それから私は触手を喪った蟻のようにしばらくうろついていたが、やがて興奮を抑えるためにトイレに向かった。便器に座って、大きく深呼吸をしてから、日記に綴られた文章を脳裏に手繰った。全身の肌が彼女の筆跡でびっしり埋め尽くされているようだった。私は注意力を集中してできるだけ記述を思い出そうとしたが、何もかもが一緒くたに舞い上がって、混乱してまとめられなかった。

そのときドアが乱暴に叩かれた。私は慌てて不要な水洗を処置した上で、慌てて外に出た。不平げに待っていた男に睨まれて、軽く会釈をしてやり過ごしたとき、自分の顔面が熱く膨らんでいるような気がした。

自宅に戻ると、私は思い出しうる限りできるだけ忠実に日記を再現しようと試みた。付箋を貼った箇所は、二月十三日の日付からすると、まさに事件当夜書かれたものだ。おおよその雰囲気を伝えるために多少私の脚色に染まっているとはいえ、ほぼ次のようなものだった。

【容疑者の従姉島崎沙織(30)の日記】

《二月十三日》

その朝、いつものように八時に娘と夫を送り出して、いつもより早く九時すぎには家を出た。いつも持参するボッティチェルリの画集を携えて。待ち合わせをするとき、私はたいてい約束の二十分前に着くのを習慣としている。私は待つのが好きなのだ。というより相手に待たれるのが大嫌いなのだ。ところが、その日は、あいにくバスに乗り遅れたので、約束の時間に少し遅れた。こんなちょっとした手違いが、他人には及びもつかないような動揺を誘う。

喫茶フローラに着いた。いつもなら夢のように優雅に招くドアが、同じ顔つきのまま阻んでいた。私は困惑していた。手順がほんの少し違っただけで、一歩も進めないような困難に直面しているのだ。すべてが段取り通りに行かないとたちまち窮地に陥るほど本来は無理な行動だったのかも知れない。

ドアを押した。ゆっくり開いて、私のほっそりした身体を巻き込むようにして取りこむと、困惑した心をぽんと光に満ちた戸外に弾き出した。見なれた客席が目に入る。客はすでに何人か居た。もともと相手の顔を見て近づいていくのは、好きじゃない。私はいつも待っていたいのだ。なにもかも相手に任せたいのだ。そうすれば、後はすべて電車に乗って目的地に着くように事は容易に捗る。あらゆることがもう何度も繰り返した手順通りだったからだ。しかし、今回は、自分の方から接近しなくてはならない。まず私が心掛けなくてはならないのは、ざっと見渡しただけで、テーブルの上に指定の本が載っているのを一瞬のうちに見届けることだった。

淡い褐色の砂漠の色をした表紙。金色でリルケのサインを小さく刻印しただけの、特徴のあるほぼ正方形の冊子だから、すぐに見つけるはずだ。タイトルは「一角獣を連れた貴婦人」(2)とある。この本もKが提供したもので、私が持参するボッティチェリの画集と対になる符牒なのだ。「一角獣」とはまた、なんとも軽薄で直截な発想で、いかにもKらしい。

見つけたら相手を一瞥もせずに、その真向かいの席に坐り、コーヒーを注文し、持参した画集を相手の本の隣に置く。それから相手の唇のあたりまで視線を上げて、そのまま滞らせる。相手がおずおずと差し出す本を取り上げて、ページをめくり、紙幣が二枚挿入されているのを確認する。向かいの席にいる人物が私の今日の相手というわけだ。私は黙って相手に対してうなずく。それで交渉はすべて成立するのだ。

無機質なテーブルの上に置かれる二冊の本はときとしてむくむくと膨れ上がりうごめきだすようだった。合図の符牒に選ばれた二冊を交互に、あるいは同時に眺めるとき、私はいつもその表紙が二人の関係を端的に表しているように感じたものだった。繊細で華麗な色彩にあふれた私と砂漠の色に染められたK。だが、なぜか今は、逆だったのではないかと感じている。私が変わったのかしら、それともKが変質したのか、あるいは二人の関係が変わってしまったのだろうか。……

ところが、どのテーブルにも目当ての本を持参している人物は見つからなかった。どうしたのだろう。私の到着が遅れたからだろうか。と言っても、たった五分すぎたばかりだ。とりあえず空いている席に座ったが、落ち着かず、気もそぞろだった。

今日も、いつものように示し合わせて儀式に臨む予定だった。ところがいつまで待ってもお客はやって来なかった。祭司と生贄は揃っているのに肝心の神が降臨しないのだ。

十時半を少し回ったところで、Kが慌てふためいて駆けつけた。

「ごめん、今日は中止だ」

私はどうとも感じなかった。Kと会うときは、私は何も考えないようにしている。一切を空気のように委ねている。

ガラスと金属の硬質な空間の中で私たちはしばらく雑談していた。私は遠く水平線を眺めるようにKを見ていた。テーブルの上には白い磁器のコーヒーカップがある。そのただ単に距離というだけの関係。無目的なつややかさ。

「今日は、代わりに俺が相手しようか」とKが言った。

私に予期したような喜びが溢れなかった。

喫茶を出てタクシーを拾うと、私たちはバスの車庫の裏手にある、こぢんまりとした瀟洒な三階建ての建物に入った。そこは以前から私が部屋を借りていたマンションだ。私が二年で契約を解除すると、すかさずKがそこに住み着いた。申し合わせたわけではなく、直前に知らされたのだ。

階段を上がると、廊下に面して七室ある。真ん中の部屋のドアが目に付いた。というのも、泥棒に入られたので取り替えられて、鍵だけが真新しかったからだ。その部屋を通り過ぎ、角部屋の金属のドアを前にして私はふとためらった。

「ここは嫌……」

私が我儘を言うのは珍しいことだった。Kは表情を変えずに頷き、すぐに背中を向けて階段を降りてゆき、私は黙って従っていた。タクシーを呼び止めてすぐそばのラブホテルに連れて行かれた。

私はベッドに上でオールを失くしたボートみたいにあてどなく揺曳しているのが好き。窓が一つしかない湿った部屋。みすぼらしい内装で、窓だけがやけに頑丈に見えるのは、普通より小さめだからだ。窓から弱々しい冬の光がささめいている。暗がりの中で飛行機のスーパーシートほどの鉄製の椅子が持ち上げられない重量感を満たして据えられていて、手錠と鎖が鈍く光彩を放っていた。

Kは疲れているのか、セックス後ほどなくうとうとと寝入ってしまった。私は密着したぬくもりをゆっくり剥がしながらそっとベッドを抜け出した。

Kのコートが床に落ちていた。拾ってハンガーにかけようとしたとき、よれよれのコートに、何か当惑したように浮遊した重みが伝わった。

足の爪のペディキュアが剥がれているのを思い出して、バッグから小瓶を取り出して、椅子の上で足を組んで小指から塗り始めた。塗り終えるたびにふうっと息を吹きかける。その行為がなぜかたまらなく好きだ。

コトン、という乾いた音がした。

振り向くと、小瓶が倒れて、粘っこい液体がゆっくり拡がっていた。部屋がやわらかく歪んでいた。

そのとき私を襲った不思議な感覚はなんとも説明のしようがない。眼前にナイフがあった。そのそばで、小瓶が倒れて濃密な赤い液体がこぼれていた。白昼。都会のど真ん中のうす汚いラブホテルの一室で、私は情事の後のけだるい虚脱感につつまれた裸体で立ち、そばのベッドで寝入っているKを見ていた。

それから私はナイフを取り上げた。その重みは、一瞬と永遠を混濁させてぐんにゃりと柔らかな物体のように身体の中にもぐりこんできた。

テーブルに置いたペディキュアが倒れ、とろりと液体が流れて、それが自殺未遂に結びついたと言っても誰も理解できないだろう。いや、予兆はもっと早く始まっていた。

滅多にないことだが、ふと煙草が喫いたくなって、Kのコートから拝借しようとした。ポケットを探ったとき、何か固い得体の知れない重さが触れた。ナイフだった。どうしてこんなものがあるのだろう。その重さが、手を伝い、体全体に柔軟さを伴ってうなだれた。その瞬間、死への誘惑がふっと舞い込んだような気がしていた。

ナイフはコートのポケットには戻されず、テーブルの上に置かれた。なぜそうしたのか、自分でもよく分からない。Kになぜこんなものを携えているのか聞き質したかったのかも知れない。

それからいつものKの仕草を思い出しながら煙草をくわえて火をつけた。先端が燃え、馴染みのある臭いとは異質の、化学製品の焦げる臭いが鼻をついた。うっかりフィルターの方に火をつけたのだ。慌てて灰皿にもみ消したが、舌に辛い刺激が残った。

そのとき、コトン、という鈍い、余韻のない音が響いた。いっそうの静寂。ベッドにまだ寝入っている愛人。ベッドの下に、くるくると巻き取られた、肌のぬくもりも忘れた下着が捨てられていた。惨めだという実感があったわけでもない。それが目に付いたとき私たちの関係の際限のなさがゆっくりした足取りでやってきた。テーブルの上に、何かの影のようなかたまりがあった。それがナイフだった。もう一度触れる。コートから取り出したとは別の重みが実感された。二つの重みの差異が私の体の中でちぐはぐによたゆった。時計を見た。Kの寝顔をもう一度見た。もたげられたナイフの切っ先が鈍く光った。それから気の遠くなる時間の経過があり、私はひりひりする右手の手首を見た。血があふれていた。テーブルが真っ赤に染まっていた。

そのときKが、猥雑な夢に小突かれたように、ふっと目覚めた。少しカーテンが開かれている窓を眩しそうに見た。まだ私に気付かない。これまで一度もこうした経験はなかった。見られているのはいつも私の方だったから。怪訝そうな顔つきであたりを見回した。ようやく私を認めて、ひどく慌てて飛び起きた。

「何だ、いなくなったと思ったよ」

私は軽く苦笑した。私はKから逃げることなんかできない。

血がぽとぽと足元に垂れていた。

「何をしてるんだ！」

Kがベッドを抜け出して猛然と駆け寄った。乱暴に抱きすくめられ、ベッドに運ばれるのを、私は遠い記憶のように回想していた。

「どうしたんだ、いったい」

「自分でもよくわからないの」

私は正直に言った。

「よくわからないって？」

Kはうろたえ、その暗い表情を私は慈愛に満ちた優越感で見ていた。

「救急車を呼ぼうか」

「ううん、大丈夫。その気はなかったんだから。ちょっとした気の迷い」

「ばかだなあ、」Kは眉をひそめながらつぶやいた。

ばかだなあ、その言葉を私は心で繰り返した。少しめまいがした。抱かれながら天井を見ていた。時計の秒針の音が、ゆるく止まったり、急にせっかちに動きだしたりした。ナイフでシーツを切り裂き、包帯代わりにしながら、「病院にいくか？」とKは訊いた。

「ううん、だいじょうぶ」

まかれたシーツが見るみる間に鮮血をにじませた。心地よかったが、なぜそうなのか分からなかった。

その日は、「実家に寄るかも知れない」といつものように外泊の口実を残していたが、手首に傷を負っていたので、そのまま帰宅することにした。外泊して戻ってから発見されるより、不審を招かないと考えたからだし、実家でとやかく詮索される方がもっと辛かったからだ。

Kとはラブホテルを出たところで別れた。私が一足先に駅に向かい、遅れてKが駅に向かう手筈だった。Kは私の実家に寄ると言っていた。母が常々からかうように言っていた、「浜辺に流れついた瓶の中の手紙」みたいな気まぐれな訪問の日だった。

夕刻に帰宅すると、夫が珍しく十九時過ぎに会社から戻り、「久しぶりに一緒に食事しよう」と言うので、長女を伴って、近所のイタリアンレストランで外食した。最近、夫の態度に少し変化が見られる。なんとなく探っている視線を感じる。その夜も、テーブルの向こうで何食わぬ顔つきでナイフとフォークを操っていたが、ふと手を止めた指のたわみが意味ありげに見えた。

事件の報を聞いたのは、夫の携帯電話からだった。私はうっかりマナーモードにしたままだったので、何度も着信が残っていたが、気づかなかったのだ。長女をその場に残して、主人と一緒に実家に駆けつけた。


——と、まあ、こういった内容だった。我ながらうまく再現できたと自負している。

私は常々告白や日記の信憑性に疑念を抱いている。発表を予定している作家の日記などはもちろんのことだが、夫に読まれかねない主婦の日記の虚実などはとうてい信頼できない。

だが、島崎沙織の日記には、夫に見られる可能性を無条件に排除しなければとても触れえない秘密があからさまに綴られていた。淡々と綴られる日常生活の中に、唐突に思いがけない売春行為が綴られている場面に至っては、何が何だかさっぱり理解できない。これは夢か妄想の類でしかない、と私は思った。この部分があるだけで、日記全体の信憑性が一挙に失われてしまう。すべては虚偽だと証明するためにわざわざ挿入されているのではないかという密かな作為さえ感じられた。

「夫に盗み見られてしまったから」と彼女は打ち明けたが、それを読んだ夫はいったいどう受け止めたのだろう。私のようにただただ呆れ、真偽を図りかねたに違いない。それとも日記は、夫の憎悪や慟哭を引き出し、あわよくば離婚を導くために仕組まれたのだろうか。

売春の件は、真偽はともあれ、事件とは直接関連がない。しかし、容疑者が斡旋した客の都合でキャンセルになった後、二人が新宿の駅裏のラブホテルで密会している経緯は、とても見逃すわけにはいかない。なぜなら、容疑者の供述には一切触れなかった密会によって、大幅な時間が費やされたことになるからだ。時刻表を確かめるまでもない。狩猟ナイフを購入した時刻から辿って、ラブホテルで過ごした時間を加味するなら、細野はとうてい推定犯行時刻までに犯行現場に辿り着けるわけはないのだ。つまり被害者が伯母の家で殺害されたとき、二人はまだ新宿のラブホテルに閉じこもっていたということになる。自白した供述は真っ赤な嘘だったというわけだ。

これは大変なことだ。これによって事件の様相はまったく異なった相貌を見せることになる。私は何の根拠もなく、細野邦夫が真犯人ではないという妙な確信を持っていたが、それが明白に実証されたというわけだ。

しかも、日記は、新宿駅で別れた後、一人で帰宅し、イタリアンレストランで夫と長女とともに夕食をとる場面で終わっていて、沙織自身の事件への関与は否定されている。この供述を鵜呑みにするわけにはいかない。なぜならその記述の後に注意深く切り取ったぎざぎざの形跡が残っていたのだ。三枚分だ。この作為が沙織本人の手によるものなのか、それとも日記を盗み見した夫の手によるものなのか判断がつかないが、いずれにしても故意の隠蔽は沙織が当日事件の渦中にあった事実を追認していると言えないだろうか。剥がされたページには事件の真相があからさまに綴られていたに違いない。

しかも、日記はKと別れたところで中断され、数枚破り取られ、イタリアンレストランで夫と娘と一緒に夕食を共にしたところで終わっていた。つまり事件の渦中にあった出来事がそっくり除去されていたのだ。この作為が沙織本人の手によるものか、日記を盗み見した夫の手によるものか判断がつかないが、いずれにしても沙織もまた事件に関与していた事実はほぼ間違いない。

私はどうしても細野邦夫に会わなくてはならないと思った。少なくともラブホテルでの島崎沙織との密会だけはどうしても確認しなくては気が済まない。たとえ供述に矛盾がなくても、事前に口裏を合わせられるんだから、正確な事実確認には至らないが、この不都合な事実を突きつけたときの細野の反応がみてみたい。そこから一挙に真相が炙り出されるかも知れないのだ。

細野邦夫が私との面談に応じたのは島崎沙織の助言があったからだろう。ラブホテルでの密会に話が及ぶと、すでに白状したことを知らされていたのか、あっさり認め、こんな風に述懐した。

……セックスした後でうっかりうとうとと寝入ってしまい、猥雑な夢に小突かれたように目覚めると、窓のカーテンが少し引かれていてまばゆい光があふれていました。何気なくあたりを見回したが沙織の姿がありませんでした。

びっくりして慌てて飛び起きると、すぐそばに、下着もつけないでぼんやり突っ立っていたのです。

『なんだ、居なくなったのかと思ったよ』とぼくは苦笑しながら安堵したものです。

沙織の表情には少しも変化がないので、まるで時間が停滞しているようでした。そのときふと気づいたのですが、沙織の姿勢が何となく妙なのです。左肩がかなり下がっています。それでいて全身が傾いているわけでもなく、ごく自然な姿勢のまま左肩だけが不自然に下がっているのです。肩からそのほっそりした腕をたどってゆくと、腕の先で拳がゆるく握り締められているのです。拳には量感が示す気負いさえ見受けられず、握った指もほぐれそうでした。だらりと垂れた手首から血がぽとぽと垂れていました。

『いったい何をしてるんだ！』

ぼくは思わず叱咤して、ベッドを抜け出して駆け寄りました。間近にした沙織の表情に、はっと我に返ったような羽ばたきがあり、一瞬とっさに身構えた両腕がぼくの前に差し出され、片手にはナイフが握られていました。ぼくは何に対してかわからないまま少しひるんでいました。沙織の手からナイフが離れ、ゆっくりと床に向かって落下してゆき、素足の爪先少し離れた位置に跳ね返り、横になると鈍重そうに震えていました。手を出す暇もありませんでした。

ようやく沙織を抱きしめてベッドに運びましたが、その間、沙織は目を開いたまま虚空を見つめ、一声も発しませんでした。右手の手首には（沙織は左利きでした）、拭き取った後もじわじわと血が滲む細い溝が三条引かれていましたが、さほど深いとは思えなかったので安心しました。

『どうしたんだ、いったい！』

沙織の唇がうすく歪み、光のなかで柔らかな紙片の燃えるような笑みが浮かびました。

『自分でもよくわからないの……』

『よく分からないって？』

とっさに巻き付けたシーツ真っ赤に染まっており、その範囲がゆっくり広がっていました。

『救急車を呼ぼうか？』

『ううん、大丈夫。傷は浅いわ。もともとそんな深刻な気分ではなく、ナイフに戯れたような、ちょっとした気の迷いなの……』

『ばかだなあ』

ぼくは泣き出したくなりました。

『これじゃあ、とてもお母さんに会いに行けないわね』

沙織はやわらかく苦笑しました。その日の午後、沙織は渋谷で伯母と落ち合うことになっていたのでした。その表情にはもう今しがたの出来事をすっかり忘れてしまったような、あっけらかんとした屈託のなさがありました。ぼくはひとまず安心し、煙草を手にして火をつけようとしながら、ためらってそのまま灰皿に棄てて沙織を見ました。目を合わせ、何か言いかけて視線を落とし、首筋を辿り、貧弱な乳房に触れたところで視線を外しました。混乱を収束して急速にありふれた様相に変わった密室の空間で、むきだしの裸体が互いに寄り添いながら背くように配置されていました。やがて時計を見て、やおら立ち上がって少しよろけながら着替え、黙ってうつむいている沙織を促しました。伯母と約束した手前、到着時間を余り遅らせたくなかったからでした。それで、ついついそっけない態度になっていたと思います。現金支払機で清算を済ませてもまだ沙織はベッドに座っていました。やおら、ゆっくりと動き始め、ぼくも手を差し出して着替えを手伝いましたが、いっこうに捗らず、ぼくはそばで所在なげに立ち、じりじりと経過する時間と対峙していました。

手首の傷は、目立つのを嫌って、コンビニで買ったバンドエイドで処置しただけでした。連れ添って新宿駅まで行き、雑踏の中で、目と目を交わしただけで別れました。沙織は国電で渋谷へ、ぼくは京王線で高幡不動に向かいました。そして、伯母の家で、あのわけのわからない衝動から凶行に巻き込まれてしまったのでした。……

細野邦夫は抑揚のない静かな口調で語り終えた。終始、神妙に遠く間近な記憶をたどるような表情で話した。沙織の日記と照合するまでもない。細部にわたってそっくりそのままだ。

とんだ食わせ者だな、と私は内心苦々しく思っていた。

聞かれたことには何もかも素直にすらすら応える、真実を織り交ぜながら巧みに嘘を忍ばせる。しかも、聞かれもしないのに、用意周到な囁きをさりげなく巧妙に挿入する。親子が渋谷で落ち合う予定だったって？　何のことはない、二人を揃って事件から遠ざける算段なのだ。私はじっと、ぼそぼそと語る動きの目立たないその口を見ていた。話し終わったとき、唇の端にからかうような幽かな歪みがもつれたように感じた。とたんに私は腹立たしくなった。尻尾を掴んでやるぞ、と指に力を込めた。ラブホテルでの経過については島崎沙織の日記と食い違う点はまったく見受けられない。二人が申し合わせたか、実際そのように展開したのだろう。

「ところで凶器の行方は未だに解明されていないね。どこに隠したのか」

「それが、取り調べでも何度も答えたように、あの興奮状態でしょう、どうしても思い出せないのです」

と邦夫は答えた。

「嘘だ。あなたは誰かを庇うために自ら犯人を名乗り出たのだ。だからむしろ凶器を進んで差し出したいところだが、自殺未遂という不祥事のためにナイフには島崎沙織さんの血液が付着してしまった。そのナイフを凶器として差し出すわけにはいかなかったのだ。そうなんだろう？」

「………」

細野邦夫は考え深そうな目で私を窺っていたが、まばたきするように軽くうなずき、「おっしゃる通りです」と認めた。

「それも嘘だ！」

と私はすかさず突っ込んだ。

すぐに餌に食いつく奴はいとも簡単に釣りあげられる。

「そもそも凶器は、あなたの購入した狩猟ナイフではなかった。従って片山玲子殺害の犯人もあなたではない。新宿で別れたと主張している島崎沙織さんとあなたが現場に到着した時には、すでに犯行は終わっていたからだ。おそらくあなたたちは次女からの急報で急遽駆けつけたのだろう。父親と長男は遠方でゴルフに興じている最中だったし、次男はあてにならない。そこで次女は長女に連絡するしかなかった。深刻な事情を聞いたあなたは、急いで駆けつけるとともに、伯母と次女にすぐに外出するように指示した。まず、二人を現場から遠ざけることを最優先した。そのときすでにあなたは自分が身代わりになる決心を固めていたのだろう。ところが、筋書きは初っ端から躓いた。『出前を頼んでいるから受け取るまで外出できない』と次女は訴えた。あなたはやむなく伯母だけを外出させ、次女には出前を受け取ったらすぐに外出するよう指示した。これによって死亡時刻はかなりずれてしまった」

「すると、出前を受け取ったのは被害者ではなく、次女だったと言うのですか？」

「ああ。そうとしか考えられない」

「しかし、出前を届けた店員の目をごまかせますか？」

「人間の記憶なんて当てにならない。被害者の着ていた鮮やかな萌黄色のカーディガンをまとっていれば成りすませないものでもない」

「十数か所の傷を負った血染めのカーディガンを？」

細野は不敵にわらった。

「遺体の損傷は胸を一撃した深い傷を除けば、もっぱら背面に集中していたと報告されている。ボタンを掛けず無造作に羽織ったカーディガンの左前身頃の一部を折り畳み、店員に背中を向けさえしなければ血染めは隠せるわけだ」

「そんなものですか」

「いずれにしても、あなたが犯人ではありえない。あなた方がラブホテルに滞在していた時間は、十時四十七分から十二時二十三分となっている。情事とうたたね、それに思いがけない突発的な自傷と応急処置などを考慮すれば意外に短い滞在だ。そこから慌てて駆けつけたとしても、どんなに早くても、片山家に到着するのは十三時半前後と言うことになるのだから」

「なるほど、それでもまだ推定犯行時刻にはかろうじて間に合う計算です」

細野はこの期に及んでもまだ白を切るつもりらしかった。

「しかし、十二時を少し回った頃に同家に到着したというこれまでの供述が全くでたらめだったと言う事実も同時に露呈するわけだ。のみならず、それに呼応した関係者の証言もにわかに怪しくなる。伯母の証言も次女の証言も。少なくとも三人は共謀しているのだ。島崎沙織も同様だ。すべてはあなたの描いた筋書き通りに証言された。混乱の最中での切羽詰まった打ち合わせはいくつかの不整合をもたらしている。伯母の外出の理由が、あなたの供述では手編みの講習となっており、本人の弁ではボランティアの会合となったというように。これは、実は表向きの口実で、実際は渋谷で娘と待ち合わせることになっていたと、後日訂正されたが。……」

「食い違いはそれだけですか？」

「いやいや、探せばまだまだたくさんあるよ。次女の口を借りて『あいにく混んでいるので時間が掛かるって』と、いかにもありえそうな遣り取りを言わせている。これは余計な演出だった。店員の証言と食い違っている。また、同様に、自分の饒舌に酔ったかのように洩らした誤りがいくつかある。極めつけは、被害者のペディキュアに関する描写だ。その部分を読んで私は思わず吹き出してしまった」

私はわざと嘲るような口調を装った。

「だって、厚手のソックスに包まれたペディキュアが見透かせるはずがないじゃないか。また、テーブルから落下したグラスの割れた音を聞いたという表現もあるが、現場には破損したグラスはなかった。そのように淀みなく周到に綴られた供述には、作為に溺れた破綻がいくつも垣間見られる」

「そんな些細な食い違いは訂正すれば済むことです」と、細野は不敵に一蹴した。

そこで、面談は細野の一方的な要求で中断された。島崎沙織とのラブホテルでの密会は認めたものの、殺害に関してはかたくなに自分だと主張して譲らなかった。だが、私には十分な成果だった。

帰途につきながら私は事件を整理してみた。

犯行に使用された凶器は、細野が持参した狩猟ナイフではありえない。彼は殺害時刻には現場に到着していないのだから。それを凶器だと自白したのは、犯人は自分であって、他の誰でもないと主張するためだった。持参したナイフが凶器であるなら、ぼくしか犯人になりえない。ぜひとも凶器を差し出したいところだが、そうできない理由があった。ナイフには沙織の血痕が付着していたから、どうしても隠匿する必要があった。おそらく細野はそう主張したいのだろうが、なぜそんな手の込んだでっち上げが必要なのか。犯人を名乗り出るなら、実際に犯行に使用された凶器を差し出せば済むことじゃないか。その凶器は現場にあったのだから。いや、どうしてもナイフが凶器である必要があったのだ。実際に使用された凶器はただちに犯人を特定してしまう代物だったからだ、と私は確信した。

警察の現場検証はおざなりなものだったようだ。なにしろ、事件発覚直後に犯人が特定され、指名手配されたからだ。現場の状況は誰の目にも一目瞭然だった。犯人は被害者を惨殺し、逃走した。追走して検挙するのが急務だった。

遺体は、台所のシステムキッチンの脇に、背いたように少し傾いた顔が収容棚の扉に近接して横たわっていた。扉が開けられるのを防ぐようにして。もし収容棚を開けば、そこには幾種類もの包丁が整然と収められているのが目に留まったことだろう。その中の一丁が凶器だとすれば、たちまち片山家の主婦を犯人と名指しすることになるだろう。

もし伯母が犯人だとすれば、隣家の主婦が目撃したと言う姉妹の鬼ごっこも、あながち幻ではなく、実際にそうであった可能性さえ導かれる。わざと悲鳴をあげて犯行時刻を偽装するとともに、あわよくばおびき出して、捜査を攪乱させるために理解し難い光景を見せつける狂言だったとも考えられる。

とにかく、身代わりを買って出た容疑者の素直な自白も、それを裏付ける関係者の証言も、すべてが共謀して真犯人を庇うために仕組んだ芝居だったとすれば、私に執り付いていた違和感はすっかり払拭されるのだ。

――これまでの推理は、すべて私の妄想ということにしておこう。

島崎沙織に約束したように一切を公表するつもりはないのだから。

また、証拠は何一つないが、また冤罪を導く裁判の行方にも干渉するつもりも毛頭ないが、これだけははっきり言明できる。細野邦夫は犯人ではない。真犯人は伯母の片山房江である。細野は伯母の身代わりを買って出て、現場から逃走し、やがて逮捕されたのだ。

なぜ伯母を庇って身代わりを買って出たのか。それは彼が関係者の中で人生において最も希望が希薄だったという以外に理由を見出せない。それに、愛する恋人とその母親を前にして、他にどんな選択肢があったというのか。しかも、彼には、意図していたかどうかはともかく、一つのギャンブルにも似た賭けがあった。いつか読んだ殺人事件の、責任能力不在として実刑を免れた犯人の精神状態を模倣し、あわよくば無罪を勝ち取ると言う目算も手伝って、彼は進んで犠牲になろうと申し出たのだろう。

その夜、私はこの推理を、集めた資料を広げながら得意げに妻に吹聴した。

妻はその膨大な量に呆れ、「あなたの努力には敬服するわ」と一応嘆賞してくれた。

私も満足だった。

「よくこんな金にもならないことに専心できるのか私には理解できないわ」と、資料をぺらぺらとめくりながらくさした後、「良かったら私にも一枚加わらせて貰えないかしら。今晩中に読ませてもらうわ」と言い残し、資料を抱えて隣の部屋に閉じこもった。

翌朝、朝食は抜きで、テーブルに用意されたのはコーヒーだけだった。

「仕方がないわね。あなたが私の好奇心に火をつけたのだから」

「それで、どうだった？　新たな真相を炙り出せたかい？」

妻は薄い唇をカップの縁に着けたまましばらく答えなかった。口紅のない唇が濡れてカップから離れると、ようやく口を開いた。

「証拠と言えるものが何もない。凶器さえ見つかっていない。動機さえ解明されない。あるのは容疑者の自白と関係者の証言だけ。これでは誰だって犯人になりうるわ。だって、人って嘘つきだもの」

明らかに私にあてつけている。たしか島崎沙織も似たようなことを言っていたな、と私は思った。

「混乱してうわごとのように、息子が犯人だと口走るような母親の証言は特に信用ならないわね。もっとも、他の証言なり供述にしたって、すべてあなたの推理で着飾ってあるのだから、当てにならないと言う点では変わりはないけれど。物事はおしなべて見る者の眼によって変わって映る。あなたの眼が蟻の眼なのか、トンボの複眼なのか、私は知らない」

妻はいつもの軽蔑したような顔つきで皮肉った。

「あなたの推理はいつだって荒唐無稽で、軽率のそしりを免れないけれど、今回に関してはおおむね正解じゃないかしら。……閉ざされたドア。精液の臭い。うすうす抱いていた疑念が不意に直結した。あろうことか嫁の浮気の相手は次男だった。白昼の大胆不敵な狼藉《ろうぜき》。それも我が家で。とっさに沸騰した義母の憎悪。……でも、自殺説の方がまだましね」

「自殺説だって？　それはまたどういうことなんだ？」

「義母が激烈な怒りにかられて、たまたま手にしていた包丁を構えて被害者に向かって突進する。そこまではあなたの推理と同じね。だが、さすがに寸前で思いとどまる。すると、その刹那、被害者が凶器を握りしめた義母の両手を慈しむように支えて、凶器もろとも思い切り手前に引いた。凶器は胸部を深く抉った。……」

「つまり、被害者は明確な意図から、自らすすんで自分の胸を突き刺したというわけか」

「ええ。不意をつかれた義母はびっくりして被害者の両手にくるまれた手を伸ばしていただけだった。どう？　この方がまだしも自然な成り行きに思えない？」

「なるほど。やはり鋭いね」

私はかつて私の浮気をあっさり見破った妻の洞察力に未だに脅えているが、今回の明察もあらためて脱帽するしかなかった。

「当時、被害者は抜き差しのならない事態に陥っていた。義弟との不倫を思いとどまることもできない。ずるずる流されているうちに、秘密が露見しそうになる。義弟の元には密会写真を添えた脅迫じみたメールが届くようになった。にっちもさっちも行かない窮地に、自暴自棄になり、いっそ死を望むような境地になっていたとしても不思議はないわ。不意に、その機会が目前にやってきて、思わず飛びついたのだわ」

確かにいかにもありそうな展開だ。

「仮にそんな不可抗力な状況であったとしても、突発的な殺害に関わった義母の立場はさほど変わらない。一瞬のことであれ、明白な殺意があったのは間違いない。怒り狂って、包丁を握りしめて突進したのも事実だ。目の前で、相手は血みどろになって苦悶しつつ息をひきとる。自分の手には致命傷を負わせた包丁が握られたままだ。そのような状況で、事態を正直に訴えても、警察が信用してくれるかしら。それで、あなたが考え出したような対処を、邦夫が主導し、その場にいた全員が追随したんじゃないかしら」

妻が図に乗っているときは手に負えない。ここは黙ってそのまま拝聴することにした。

「あなたが見逃している点がいくつかあるわ。邦夫は逃走時なぜ女装していたの？」

「それは類似した過去の事件を模倣したからだろう」

「あら、そうかしら。容疑者が過去の事件を模倣して刑を逃れようとしていたのなら、責任能力を問われる精神状態に絞るべきで、逃走時の女装まで模倣するのはかえって変だわ。むしろその意図は隠そうとするはずでしょう？　それをあえてしたのには何か理由があるんだわ」

「ただ単にそうした性癖があったからとか」

　妻はじろりと睨み、私は肩をすくめた。

「片山家の庭は広く、隣家とはかなり隔たっているが、特に冬場は隣家の二階から殺害現場となったリビングはすっかり見通せるわね。邦夫が恐れたのは、女性二人が絡みもつれた光景を隣家の主婦に目撃されはしなかったかという点だった。そのうえ次女が、隣家の息子がときどき我が家を覗き込んでいるという看過し難い情報を洩らす。今日だってこっそり覗いていたかも知れない。そこで邦夫は、たとえ目撃されたとしても、言い逃れできるように女装癖を強調したかったのだわ。隣家から目撃された女性二人は、被害者と女装したぼくなんだと」

「ふーん、でも、そうかな」

　その説には私は半信半疑だった。

「さて、最後に遺体の偽装が残っているわね。遺体にたまたま持参していたナイフで夥しい数の刺傷を刻まなくてはならなかった。これは想像するのもおぞましい、むごすぎる処置だけれど、凶器を包丁と悟られないように、それと同時に犯人の狂気を演出するためにどうしても必要な作業だったと想像できる。あなたが模倣したと主張する事件では、遺体の上半身に四十か所、下半身に十八か所、実に五十八か所の刺傷があったそうだけど、正気の邦夫にはとてもそんな真似はできない。カーディガンやセーターはズタズタにされていたが、背中の損傷はどれもごく浅かった。邦夫は遺体から顔を背けず、労わるように、慰撫するようにナイフを振るったと思いたいわ。また、おぞましい殺害の模様を語る邦夫の供述ほど、実際の現場は混乱していないわ」

「ふむ」

「あなたは身代わりに出前を受け取る次女の扮装に苦労しているけれど、何もカーディガンは被害者が着ていたものでなくても構わない。出前を受け取った後、遺体に着せれば済むことだわ。そうなると、胸部を抉った深い傷に伴う損傷はなくなるが、それこそあなたの言う脇に寄せておけば済むことじゃないかしら」

「隠蔽工作の間に全身血まみれになっていたかも知れないね」

「だから、邦夫こそ、着替える必要があったのよ。逮捕されたとき女装していたが、きっと片山家から逃走した時も、実は女装していたのじゃないかしら。汚れた服装のままでは目立つし、隣家の目撃に備えて好都合だった」

これは妻にしては珍しく明らかに勇み足だ。

「いや、汚れはコートで隠すことができた。被害者の財布が明大前のトイレで発見されているから、女装はしていなかったとはっきり断言できる」

ようやく私も面子を保てた。

「そうね、私の間違いだわ」と妻はあっさり認めたが、コートの下は女装だったという可能性も残される。しかし、邦夫のコートは本人の供述通りなら窮屈な女性物であって、女装を隠せるほどゆったりしたものではない。いずれにしろ余り重要な問題とは言えない。

「さて、邦夫に残された最後の段取りは女装して逮捕されるだけだった。ところが、女装が結構似合っていたのか、ふらふら歩いていても、誰も見咎めない。そうかといって、逃走しているのだから、自分から進んで捕まるわけにはいかないし」

「新幹線なら、車掌が必ず検札のために接触するというわけだね」

「ええ。ところで、島崎沙織の日記には、事件当日実家に赴いた経緯が欠けていたのでしょう?」

「ああ、失望したよ。密会後新宿駅で別れたと、二人は口裏を合わせている」

「そうね。だけど実際は、沙織は邦夫と同行して実家に駆けつけ、現場での協議や工作に参加しているのは間違いない。もし日記が正直に綴られていたら、事件の真相が暴かれていたはずね」

「確かに書かれた形跡がある。だが、破り取られていた」

「だから、私がその続きを勝手に書き上げておいたわ」

「え?」

「谷崎潤一郎ばりに、改行に際して一字空けない特徴も添えてね」

妻は得意げに顔をのけぞらせながら、私の眼前に紙片を二枚ひらひらと揺らし、テーブルの上に載せると、得意満面の笑みを残して台所に戻って行った。

妻の筆跡は、細くて硬いペン先で弾く、読み手の神経を引っ掻くような癖のあるものだが、ここは辛抱して拝読することにした。


……………………

突然の電話は妹からだった。泣きながら喋るのでよく聞き取れなかった。それでなくとも、自傷めいた振舞をして混乱していたところなので、集中できなかったのだ。

「どうも、大変なことがあったみたい」と私は邦夫に訴えた。

「どういうことだ?」

邦夫が代わって電話に出て、詳細を訊き質していた。私はその深刻な横顔を眺めていた。

「とにかく、二人とも、今すぐその場を離れるんだ!」と邦夫は声を荒げた。

だが、出前を三人分注文しているので、それを受け取るまで外出できないと妹は訴えたようだった。興奮していた妹にしては珍しく冷静な判断だ。妹は邦夫と接するときだけ、妙に利発になる。

「できるかぎり色の鮮やかなカーディガンを着て応対するんだ。出前が届いたら受け取って遺体にカーディガンを羽織らせる」

「とてもそんなことはできない」と妹は訴えたらしい。

「だったら、脱いで置いておけばいい、ぼくが処置する。とにかく何か口実を考えて急いで外出するんだ。近所の友達がいいな。そして三時に現場に戻って、隣家に通報するんだ」

私たちは急いで着替えてラブホテルを出て、急行で実家に駆けつけた。

ところが、妹も母も邦夫の指示を守れず、その場に居残っていた。テーブルには出前の天ぷらそばが三人分と鮮やかな萌黄色のカーディガンがあった。遺体はシステムキッチンとテーブルに間に横たわっていた。電話で聞いていたが、実際に遺体を見ると、背筋が震えた。

邦夫は二人に早く外出するように促した。

「ぼくが身代わりになる。伯母さんには耐えられないよ。ぼくはまだ若いし、健康だ。それに、ちょっとした思い付きがあるんだ。まったく成算がないわけではない」

邦夫は、大丈夫だから、大丈夫だからと繰り返し、親指と人差し指で輪をつくり、ＯＫサインをかたどって、力強く母を説得していた。母は相変わらず頑強に首を振って抗っていた。母はソファーでうなだれ、その前で邦夫は跪き、切々と訴えた。

そのとき私は奇妙な光景を見た。

対峙する二人の間にＯＫサインを出した邦夫の右手がまだ不自然に宙に滞っていた。その右手がそのまゆっくり移動してゆき、邦夫の顔面に寄り添い、そのまま動かなくなった。母も奇異に見えたのか、邦夫の眼の高さに浮いている指の仕草を注視していた。指で囲った円が徐々に縮んでゆき、小さなかけらを摘まんだ形になった。それがそのまま目の高さに浮いているのだ。母はますます怪訝そうに見つめ、私の心にもますます不審が募った。

……邦夫は指の間から母を眺めているのだ。母もじっと目を離さなかった。奇怪な無言劇が続いているようだった。二人の間で、時間が停滞し、空気が濃密になり、粘り気さえ感じられた。

と、その瞬間、母の端正な顔が愚かしくぐしゃぐしゃに崩れた。

とたんに両手で顔を覆うと、その場に泣き崩れてしまった。私は急いで駆け寄って介抱したが、子供のように泣きじゃくる母を抱きながら、内心驚きを隠せなかった。世界で一番冷静沈着な人だと思っていた、いつも気丈な母の泣く姿を見るのは、実に初めてのことだったからだ。そんな哀れな姿を間近にして、邦夫の「伯母さんには耐えられない」と言った言葉が少しも誇張ではなかったと思った。

邦夫は包丁を洗い、丁寧に拭き取ると、台所の収納棚にしまって扉を閉め、しばらく考え深そうにあたりを見回していた。やがて次女を促して、一緒になって慎重に遺体をそこに移動した。扉が開けられるのを妨げられるように頭部が接近していた。邦夫はそれでも不足と思ったのか、怜子さんの顔を傾けて扉に触れそうに接近させた。

私は母を伴って先に外出し、次女と邦夫もほどなく外出し、邦夫が電車に乗る頃、次女がもう一度家に戻り、遺体を発見し、隣家に駆け込む手筈だった。

……………………


ラブホテルを出てからの邦夫と沙織の行動はほぼ推測通りだが、この文章には、思いがけない光景が挿入されている。もちろん妻の勝手な想像だが、邦夫が母親に向かって右手を目の高さに浮かべて、何かを摘まんだような間隔から母親を見つめ、その奇異な仕草が不自然に永く保たれるシーンである。

これは実に妻らしい着眼による趣向だ。

それは、邦夫の作文にある、柘榴の実をあてがって見知らぬ夫人を眺める場面とまさに符合している。

それは邦夫と伯母にしか分からない暗号だった。


……ぼくは、ふと思いついて、食べかけのざくろの実を一粒摘まむと、片目にあてがってみた。この思い付きはぼくを得意にしたが、義眼をなぞらってみせることに得意だったのか、それとも世界を自分の好む色に染めることに得意だったのか、よくわからない。いずれにしろ、肉眼では明確にされない距離だったにもかかわらず、ぼくは赤く透きとおったざくろの眼で、立ってこちらを見ているその人の顔をはっきり見届けたように思った。……

片山房江はその穏やかな雰囲気にもかかわらず、とても意志の強い女性である。彼女は我が子の出生の秘密を長い間ひた隠しにしてきた。邦夫当人が物心のつく年齢に差し掛かってからは、感情の乱れをいっさい示さず、あくまで妹の実子として扱い、募る愛情を完全に抑制してきた。だから、よもや邦夫が自分を母親だと知っているとは思いも及ばなかったであろう。混乱の最中、思いがけず見せつけられた我が子のサインに、母親は仰天した。たちまち遠いあの日の、別れ際に見せた我が子の奇妙な仕草を思い出したに違いない。

（――ああ、この子は知っていたのだ！　後年、あのとき会って別れた女性が私だと気づいたのだ。実の母親が私だと知りながら、ずっと黙って甥っ子を演じ続けていたのだ！）

二十年前の光景をとっさに思い出せるものなのか、と私は妻の着想に嫉妬して、ついいちゃもんをつけそうになったが、これは妻の趣向に分がある。母親は、あの日久しぶりに会った我が子のどんな表情も、どんな些細な仕草も、何一つ見逃さずに憶えていた。ましてや、それが相談して決めた最後の密会の、立ち去る瞬間の、立ち止まって振り返り、不自然に長く留まった奇異な仕草だったからなおさらだった。

積年の哀惜がどっとあふれ出た。家族に気兼ねしてぞんざいにしか扱ってこなかった我が子が、私が実の母親だということをとうに知っていて、長い間そ知らぬ顔つきで接していて、今この緊急事態のさなかに、初めて心情を吐露したのだ。

『お母さん、大丈夫だよ！　ぼくが身代わりになるよ！』

我が子を棄てた母親が許された瞬間だった。気丈な母親が泣き崩れたのも無理はない。

邦夫と沙織は、いとこ同士ではなく、腹違いの姉弟であった。

もっとも、このことは関係者の多くが指摘しており、片山房江の夫や邦夫の父親の妹は、ほぼ確信しているかのように告発している。邦夫の母も、息子が腹を痛めた子ではないとはっきり言明し、姉に嫉視している。当人と被害者を除けば、ほぼ家族全員が指摘しているのだ。

だから、当然私も二人の関係については当初から意識していた。だが、なぜ重視しなかったかと言うと、きょうだいであるからこそ、二人の恋愛はそれ以上に進展しなかったと妄信したからである。いや、もっと大きな理由がある。私は関係者の証言のことごとくを虚偽だと考えていたのだ。すべてを嘘っぱちと踏んだうえで、ついうっかり洩らした本音を拾い上げようというのが当初からの方針だったから、あまりにも明白な二人の関係はかえって見えなくなっていたのだ。二人の関係そのものは事件とは無関係だと考え、そうそうに念頭から払拭してしまったのだ。

私はあらゆる関係者を調査しながら、邦夫の父親にだけは及んでいなかった。すでに死亡していたからでもあるが、実にうかつだったと思う。父親はある意味ではすべての謎を解明する中心人物であったのだ。

関係者の証言を拾い集めて要約すると、沙織の母親の片山房江と邦夫の父親の細野邦彦の関係は次のようになる。

二人は同郷である。家は二軒隔たったごく近所で育ち、幼友達であるばかりか同級生でもあった。戦争が二人を引き離した。細野は徴兵ではなく、自ら志願して、近衛兵に配属された。終戦後、復員しても実家には帰らず、消息は不明だった。東京で闇屋や易者でなんとか食い扶持を得ていたところ、かつて同じ村で育った懐かしい、初恋とも言える人に巡り遭った。房江はすでに役所に勤めている実直な男と結婚しており、二男二女の母親だった。二人の恋情がどんなふうに進展したか不明だが、房江は妊娠した。邦夫はたちまち燃え上がった情念が産み落とした不義の子だった。やがて細野は親類縁者から強制的に故郷に連れ戻され、周囲の世話で片山房江の末の妹と結婚し、二人の実子として邦夫を入籍した。房江は病気療養を口実に頻繁に故郷を訪れ、陰ながら我が子を見守り、時折は愛人との密会も重ねたが、数年後ふっつり宿念を断った。

出生から十八年経って、上京して沙織に会った邦夫は、持ち前の浮薄さからたちまち夢中になった。もちろんまだ、邦夫の一方的な、麻疹のような熱情で、沙織の方は歯牙にもかけなかったらしい。二人はそれぞれの両親が固く口を閉ざして守ってきた秘密を知らずに、いつしか互いに心を許し合うほど惹かれ合っていた。まるで必然のような紐帯で導かれていたのだ。やがて沙織は妊娠し、二人揃って結婚の意志を伝えたとき、家族は仰天した。事情を知る双方の両親が二人の仲を決して許さなかったのも無理はない。頑強に反対し、事情をはっきり明かされないまま拒絶された二人は、家族から孤絶し、苦悶した。

沙織はやむなくいったんは別離を決意し、中絶しようとしたが、うすうす事情を察知していた邦夫に説得され、やがて出産した。邦夫は自分の狭い安アパートを解約しないまま沙織のマンションに転がり込み、二人は一時期同棲しながら子育てに専念した。やがて体調を崩した沙織が家屋の説得に応じて実家に戻ったが、マンションは解約されず、そのまま邦夫が住み続け、家賃は沙織が支払っていた。むつまじい親子三人の姿を目撃した長男の証言はまず信用していいだろう。

「上出来だね。まずは賞賛しよう」と私は脱帽して、台所の妻の後ろ姿に声を掛けた。

「だが、最後の部分の、この奇妙な光景は、いったい何なんだ?」

私は理解し難い描写に少し苛立ちを込めて訊いた。というのも、妻の文章にはまだ続きがあり、その場面の異様な光景がどうにも理解しかねたからだ。それはこんなふうに綴られている。

あの事件の当日、私は夕方に帰宅して、夫と一緒に娘を連れだってレストランに出向いた。

その夜、奇妙な、極彩色の夢をみた。

普段みる夢は色がついているようで、実際はそうではなかったことが分かるほど、そのとき見た夢は全編鮮やかな色合いに満ちていた。

……閉じている襖越しに二人の会話が聞こえた。

「噂を知っているでしょう?」

「噂って?」

「嘘よ。みんな知っていることよ。あなただって知ってるはずだわ」

思わせぶりな沈黙。

「父と思われる人がときおり家を訪ねてきていたわ。その夜もそうだった。近所に婚姻があって、祖父母が出かけている折だったので、きっと母が手引きしたんだわ。母の寝室をこっそり覗いてみると、父らしい男が母の股間に頭を突っ込んでいた。涎まみれのみだらな音が続いていた。

やがて父が上体を起こしたとき、母の下腹に妙なかたまりがあった。それを父は笑いながら指で突っついている。冴え冴えとした白い月の光が窓を濡らしていて、その手前に黒々とした得体の知れない物体がひくひくとうごめく、ぞっとするような光景だった。奇形だったの。ここに、こんなふうにして」

とあの人は、まばゆい豊かな裸体の下腹あたりに手を当てて、親指をついと立てて見せた。

「ちょうどこのくらいの大きさ」

「信じられないな」

「本当よ」

「だが、あなたにはない。遺伝しなかったというわけだ」

「でも、具象化しなかったというだけよ。あのとき直面した異様な光景は私の中にあざやかに刻印されて消えることがない。そういう意味では完膚なきまでに遺伝したんだわ」

私は唾を飲み込んだ。膝ががくがく震え、どよめく私の動悸が襖越しに二人の耳に届くのではないかと思えるほどだった。緊張に耐えきれなくなって、私は不意打ちを狙って乱暴に襖を開けた。いっせいに振り返った二人の顔が重なって見えた。

私は努めて冷静さを保って、見下すように二人を交互に見回した。膝を崩しただらしない姿勢で上体をひねっている怜子さんの白い手が、病人を介護するような慈しみで邦夫の裸体に伸びていた。

裸体？

いや、そうではない。仰天して、すかさず立ち上がった無防備な浅黒い醜い体形には、フリルのついたピンクの下着が巻き付いていた。大きく目を見開いて私を凝視している黒い目。だらしなく開いたまま閉じようとしない口。その口には輪郭を大きくはみだしたあざとい鮮紅の口紅が濡れていた。……

「この部分は、どうも、悪戯にしても、あまりいい趣味だとは思えないな」と私はくさした。

「ああ、それね。つい筆が滑っちゃった」

妻には元来こうした悪戯っ気がある。島崎沙織の日記でも見られたような、誰もが奇異に感じるような荒唐無稽な描写を挿入することで、すべてを虚偽に塗りたくろうとする作為を弄するのだ。そういえば二人の性質は少し似ている。妻はたいていのことには動じない。人生において嘘も真も同質に扱うような傾向がある。妻の日常生活は、淡々と時間の経過のままに過ごし、何一つないがしろにするわけでもなく、かといって何一つ重視することもなく、湯あみする光のように無為を貪っている。

「もちろんただの私の妄想にすぎないわ。深夜、沙織の日記の続きを書いていると、万年筆の胴体から黒いインクのかたまりがどんどん湧き出してきて、指を汚したような気がして、手を止めると、何かが周囲からひしひしと迫ってきて、淋しくて、なんだかそら恐ろしくさえ感じた。豪快ないびきをかいて寝ているあなたをこっそり覗きに行ったくらい。世間から隠れてひっそり暮らしていたあの二人の日常生活をつらつら考えていたわ。特に性生活に関して。……あなたがいつか不能になったことがあったでしょう、ほら、胎児に先天性異常が見られると指摘されて、さんざん迷ったあげく、二人で中絶を選択した直後からのことだったわ。あなたはいろいろ弁解していたけれど、私は内心、また例の浮気性が始まったと腹立たしく思っていた。だけど、今はなんとなく理解できるような気がする。妻の裸体を前にして、冷たく光る金具を操る掻爬《そうは》手術によって嬰児《えいじ》が穿り出された光景を想像しないわけにはいかなかったのね。そんなことと関連して、邦夫は沙織が実の姉と知った時から、あなたのように不能に陥っていたのではないか、なぜかそんなふうに感じたの。……時計が深夜の二時をきっかり指し、ペン先が骨を削るように響き、部屋全体が闇の虚空に浮いているような気がした。部屋いっぱいに誰かが徘徊しているような不安が私を包んでいた。そんななかで二人の関係を想うと、人間の根源的な恐れ、言うなれば粘膜が外界に触れておののくような恐れに、剥き出しの裸体がさらされているようだったわ。そうこうしているうちに、いつのまにかあんな文章が仕上がっていたのよ。……とにかくあの二人には性的な関係が希薄だったように思えてならないの」

「だが、事件当日、二人はラブホテルで密会している」

「だからと言って性交渉があったとは限らないわ」

「でも子供がいる」

「確かに二人の間には子供が生まれた。だが、それは二人がまだ、邦夫の出生の秘密を知らない以前の交わりの結果にすぎないわ。それ以後は果たしてどうだったのか。これには例の売春の一件もからんでいるのよ。あの話の真偽はどうなのだろうか。あなたはどう思う?」

「どうも信じがたいな。島崎沙織には一度会っているが、どうしてもイメージが直結しない」

「邦夫は職が定まらず、生来怠惰だし、プロポーズするとき、返答に詰まって食わして貰おうかなと口走っているくらいだし、二人に間に性生活がなかったとしたら、売春によって生活費を貢がせていたということも、まんざら考えられないことでもないわ。そんないろんなことが頭を巡って、やるせなく、気が滅入って、もう考えるのも嫌になっていたとき、ふと、沙織の日記にある〝一角獣をつれた貴婦人〟の本を思い出したの。その本のことを憶えている?」

「ああ、邦夫が斡旋した男に手渡して、沙織が相手を確認し、金銭授受に使われた本だね」

「ええ。あの本のくだりを読んだとき、私はどきっとした。だって数少ない私の愛読書の一つだもの。クリュニー美術館所蔵の六幅連作のゴブラン織のタピスリーのことはもちろん知っているわよね」

「うん、まあ」と私は口を濁した。

「リルケのマルテの手記から、その一角獣を連れた貴婦人にまつわる箇所だけを抽出して解説を加えたものだけど、百ページにも満たない小冊子なの。どうしてこの本が選ばれたのだろうと不思議だった。さほど多く出回っていない稀覯《きこう》本なのだから。私にも売春への恐れと憧れのようなものが潜んでいるのではないかと思わず心の奥底をさぐってみたくらい」

妻は立ち上がって自分の部屋に戻り、その本を私に手渡してくれた。厚さ一センチにも満たないものだが、沈んだ赤を基調とした写真が六枚、一ページに一枚ずつ貼られてある。

「私はかねがねこのゴブラン織りが大好きだった。華麗で緻密で豪奢でありながら、たとえようもないほどの静謐にひたされたその世界が好きだった。細密な織のひとつひとつがあらゆる音を吸収しているように、びっしり埋め尽くしたあらゆる生き物がひっそりと息を詰めている。ふと、この事件をなぞらえてみると、そこには関係者が戯画化されて勢ぞろいして見えた。いつも中央に位置する、もの悲しげな、困惑や不機嫌さえみせる貴婦人は、もちろん沙織だけれど、被害者にもなれば、母親にも変容する。想像の上では変幻自在だわ。愚かしげな獅子は父親にもなれば夫にもなるし、小さめに描かれた侍女は、確執のあった次女にも、夫の連れ子にも映るというふうに。だからいつも前面にいる一角獣は、欺瞞のマーマレードを塗りたくった沙織の家族を模した図柄だけには背後に素知らぬ顔つきで控えている。傍らに寄り添う子犬は赤ん坊に見えてくる始末だ。鳥獣に変身している滑稽な人物もいる。……この連作はどれも大好きだわ。わけてもその中のある一幅が私の目を釘付けにした。邦夫と沙織の二人の関係をそっくり暗示しているように見えたからなの」

妻が手渡してくれた冊子をとっくりと眺めて、私には妻が指摘する図柄がすぐに分かった。

「触覚とタイトルのついたこれだろう?」

「ええ、そうよ」妻は大きくうなずいた。

「リルケが〝存在しない獣〟と謳い、波間に漂うようにと愛でた一角獣は、深夜一人きりでいる私の目にどんどん変貌していったわ。月のようにおごそかで沈静な世界にあって、一角獣の白いなよやかな体躯には惑うような嫌らしさが漂ってきた。処女以外には馴致されないと言われる狂暴さなど微塵もなく、むしろおもねる媚態ばかりがあさましく際立ってくるの。私はそれまで抱いていた邦夫の性質を修正しなくてはならないように感じた。誠実そうで、小心な邦夫の性質の裏面に、言うなれば去勢された宦官の、狡猾な、暗いゆがんだ欲望を嗅ぎつけたような気がしたの。身代わりを買って出た健気な息子を演じているが、むしろ愛人に対する贖罪ということなら、まだしも許容できると思った。私はこの邦夫と言う男にだんだん反発を感じていった。私の勝手な印象によるのかも知れないが、一角獣をなぞらった邦夫には何か底知れない悪意を感じるのよ。もやしの嫌らしさ。貝のむき身やナメクジの嫌らしさ。塩をぶっかけてやりたくなったわ」

やはり妻は男に対しては手厳しい。

「だが、その批判は少々不公平だな。だって、邦夫本人ではなく、あくまでも一角獣の印象のよるのだから」

「確かに、そうね」

妻は妙にしょんぼりとつぶやいた。

「一角獣の角は、やはり男根の象徴だろうね」

「もちろんいろんな説があるけれど、私も端的にそう感じるわ。一枚だけ貴婦人が角に触れている図柄がある。顔は他所を向いているが、左手がさりげなく角に伸びている。触れているというには親指の作用にそこはかとない意志を感じるし、握っているというには指のたわみは余りにもそっけない」

「おや、万札が数枚あるぞ」

ページの間に紙幣が挿入されていたのだ。

「あ、それね。今月のお小遣い」

妻はにべもなく言い捨ててそっぽを向いたが、きっとへそくりだったのだろう。とんだところでドジを踏んだなと、私は思わずほくそ笑まずにはいられなかった。今朝の妻はいつになく気前がいい。

＊　＊　＊

細野邦夫は、刑確定後の半年後、獄中で病死した。急激に痩せるなどの兆候はあったが、本人は病状を隠し通し、激痛に耐えかねて訴え出たときはすでに手遅れだった。末期の肝臓癌だった。

細野はB型肝炎ウイルスの保菌者で、集団訴訟によって国が敗訴した特定B型肝炎ウイルス感染者だった。当該の感染者には特別措置法による給付金が支給されることが裁判で決定されている。それに関する給付手続きが、すでに本人によって弁護士事務所に依頼されており、認定後、遺言により相続人として認められた片山沙織に三千六百万円が支払われた。すでに島崎沙織は離婚手続きを経て旧姓の片山に戻っている。

細野が給付手続きを手配した時期は、今回の事件の半年前であった。もちろん自分が悪性の肝臓癌を発症していることを知っていたわけだ。さらに、その手続きに際し、両親がB型肝炎ウイルスの保菌者でないことを証明するために、血の繋がった両親と妹の血液検査の証明書を必要とした。B型肝炎ウイルスが遺伝ではなく、過去の集団検診において注射針の使い回しによる感染の可能性を証明するためだった。父親がすでに死亡していたため、母親と妹の証明書が発行された。本来は実母である片山房枝の血液検査の証明書が必要とされるのだが、さすがに依頼できず、戸籍の正当性を頼ってそのまま強行した。不正が露見するのではないかとしきりに気を揉んでいたことが面会した妹に伝わっている。したがって、事件当時、本人はとっくに自分の実母が片山房枝であると認識していたわけだった。

完

(1)「日本の精神鑑定」 内村祐之・吉益脩夫監修 みすず書房

(2)「一角獣をつれた貴婦人 マルテの手記抄」 R・M・リルケ 塚越敏訳・解説 風信社

＊上野記者によって、容疑者が摸倣したと推察された殺人事件を報じる当時の新聞記事の一部を、以下に抜粋する。

【昭和十二年六月十六日付讀賣新聞】

特許技師の若妻を無残ナイフで三十余カ所

伯父の家に上京した少年 病児の目前 一瞬ちぬって姿を消す

（制服中学生早熟の殺人 中野大和町の凶劇）

十五日午後一時半頃、中野区大和町、市電気局電燈課野○練○氏方六畳の間で妻壽○さんの実妹、同町商工省特許局機械部第二課審査官技師吉○幸○氏妻澄井さんが、鋭利な刃物様のもので全身三十余カ所を滅多斬りにされて北枕に仆れ、血まみれになって苦悶しているのを、用足しから帰宅した壽○さんが発見、驚いて筋向いの小林亀太郎さん方に駆け込み、野方署に急報して貰う一方、中野駅前井上外科医を招いて手当を加えたが、出血多量のため、同三時半遂に絶命した。（略）惨劇の六畳から台所まで一面血痕が飛び散り、被害者澄井さんがちまみれになって逃げ回ったことを一目に物語っており、臨終の苦しい息の下から漏らした一言によって、犯人はこの日金沢市から上京した野○氏の甥、金沢市○○町仏具商安○辰○長男、金沢第二中学二年退学の康一(17)＝仮名＝と判明、犯人は凶行後逃走したが、自殺のおそれもあり、各署に手配捜査中、なお澄井さんの死体は十六日帝大で解剖に付される。

【昭和十二年六月十六日付讀賣新聞】

麻疹の甥を看護中、姉の家で受難　犯人横恋慕の凶行か？

一少年の凶手にたおれた澄井さんは、金沢市上鷹匠町五呼び海軍少将瀧○吉○の次女で、昨年春県立金沢第一高女を卒業、今春四月三日吉○氏と結婚、同九月上京して、姉夫婦が住んでいるすぐ近くに新居を構えたものであるが、学校時代は排球の選手として活躍していた朗らかな正確の一面、謡曲仕舞を得意とするほどのしとやかな教養ある婦人であった。犯人安川少年は県立金沢二中に在学中に昨年二月に上京した際、浅草の松屋デパート五階婦人化粧室で、江戸川区小岩森○○子さんの五円入りハンドバッグを窃取して象潟署に検挙され、微罪釈放されたことがあり、同中学を二年で退校した手のつけられない不良で、この日午後零時すぎ金沢から上京して、伯父さんの野○さん方を訪れた。これより先十一時頃、澄井さんは野○方を訪れて姉壽○さんと奥八畳間で談笑しているところへ呉服商人が来て、二人が呉服物を見ているところへ犯人安川が訪れ、澄井さんと初対面の挨拶を交わしているのを目撃して呉服屋は帰っていった。まもなく壽○さんは同町山本氏方に嫁している女学校時代の旧友を訪ねる約束があったため、二人に、麻疹で病臥している長男晴○ちゃんのお守を頼んで外出、そのついでに近くの「藪そば」に澄井さんの昼食のうどんを二つ頼んで山本さんを訪ね、雑談約三十分で帰宅、この惨劇を発見したもので、この間犯人安川は飯を喰ってきたからといって昼食を断り、澄井さんは六畳の間でうどんを食い、安川は玄関脇応接室で江戸川乱歩の小説を読んでいた。前後の様子から、凶行は午後一時頃と推定されている。凶行原因については、犯人の実家と澄井さんの実家とは双方の郷里で知合の間柄で、また犯人が野○方を訪ねる前に、上京した足で被害者澄井さんを訪ねた形跡があるにもかかわらず、壽○さんの前では初対面のような挨拶を交わしていたといわれ、二人の間には隅井さんの結婚前から単なる知合以上の関係があったか、あるいは澄井さんに横恋慕していたものと推定され、しかも澄井さんは凶行当時逃げれば逃げ得る現場であったにもかかわらず、大きな声一つ立てず、傷も全身三十余ヵ所も斬り刻まれていると言う、痴情の殺傷沙汰によくある必要以上の残忍さで、これらの点は痴情説を裏書きするものとして、大体澄井さんの結婚を嫉妬した早熟の一少年の一途な凶行と見られるに至った。なお現場には隅井さんの五円入りのがま口が落ちていたが、ラジオの上においてあった五十銭入りの野○氏のがま口が紛失しており、犯人が持って逃げたものと見られているが、姉壽○さんの申し立てにもつじつまの合わぬところが多いので、野方署では今晩二時まで壽○さんを本署に召喚、取り調べた。犯人安川少年は身長五尺ぐらい、いがぐり頭でロイド眼鏡をかけ、金沢二中の制服制帽をつけ、黒の編上靴をはいている。

【六月十七日付讀賣新聞朝刊】

若妻殺し中学生捕わる　金ほしさに殺した　ケロリ痴情説否認

（大阪へ高飛びの列車内で移動警察の手に御用）

十五日白昼、中野区大和町野〇氏方で同氏妻壽〇さんの妹、同町吉〇氏夫人澄井さんを惨殺逃走した犯人、野〇氏の甥、金沢市安川康一の行方については、警視庁から全国的に手配して捜査中、同日午後十一時頃東海道幸田駅と岡崎駅中間を進行中の東京駅発下関行普通三等列車内において、岡崎署の移動警察官六郷刑事の不審尋問によって大阪へ高飛びの途中を逮捕され、岡崎署に留置、追及された結果、犯行一切を自白したので、その旨警察庁に通報、十六日午後一時、警視庁から係官が身柄引き取りに同署に向かった。ただ凶行原因については陳述がでたらめで、全面的には信用できないが、同人は窃盗の現場を目撃阻止された腹いせに凶器をふるったと申し立てている。しかし警視庁方面では掛かる単純な動機を見ず、この日野方署に出頭した被害者澄井の両親の申し立てにも信をおかず、加害者と被害者は郷里金沢において面識の中で、両人の間には相当複雑した関係があるものとにらみ、康一が金沢二中退校後の動機、交友関係等について取り調べ方を金沢警察署に移送した。

〈著者紹介〉

石田隆一（いしだ　りゅういち）

石川県七尾市在住。
ハウステンボス株式会社執行役員、
株式会社加賀屋顧問を経て、
遺書を書くつもりで創作活動に入る。

著書
『怪物 腹が一つで背中が二つの』（鳥影社）
『夢の弾力』（鳥影社）
『卵の予感・くるみ割り人形』（牧歌舎）
『アルミニウムの湖』（近刊）
『犯行声明』（近刊）

偽証　模倣された若妻刺殺事件

2021年12月1日　初版第1刷発行
著　者　石田隆一
発行所　株式会社 牧歌舎 東京本部
〒101-0064　東京都千代田区神田猿楽町2-5-8 サブビル2F
TEL 03-6423-2271　FAX 03-6423-2272
http://bokkasha.com　代表：竹林哲己
発売元　株式会社 星雲社（共同出版社・流通責任出版社）
〒112-0005　東京都文京区水道1-3-30
TEL 03-3868-3275　FAX 03-3868-6588
印刷・製本　株式会社 ダイビ

ISBN978-4-434-29392-4　　C0093
